胡莉亞姨媽與作家

摯愛推薦

這部作品之所以受歡迎，除了在華文文學裡鮮爲人知的高超的結構寫實主義藝術手法外，更重要的是作家以細膩的筆觸把他和姨媽胡莉亞的羅曼史寫得栩栩如生，感人肺腑，讀者只需讀上幾頁便拍案叫絕，再也難以放下，且愈是讀下去，愈受故事所吸引，非一氣終卷不可。

——譯者趙德明、尹承東

《胡莉亞姨媽與作家》開啓巴爾加斯．尤薩在政治議題之外相對輕鬆有趣的創作，也是巴爾加斯．尤薩軟調、側重愛情、情色題材的作品，在深受沙特影響的哲學思維路線之外另闢蹊徑的書寫。

——國立臺灣大學外文系教授張淑英

他從福婁拜身上，學到天賦乃堅韌的訓練，也學到運用日常生活爲題材，於是以己身愛情和婚姻爲藍本，創造出一條逸趣橫生的軸線，浪漫之中窺見幽默。他並在另一條平行軸線上鋪陳了形形色色的小故事，故事中有故事，儼然氣勢磅礡的狂想曲。如此獨特的小說結構，媲美精密的網路系統，結構寫實主義大師的功力教人讚不絕口。

——淡江大學美洲研究所副教授兼所長陳小雀

這部因「藝術眞實」分際問題，而備受爭議的作品，對我而言，始終仍是理解巴爾加斯．尤薩繁複的小說實踐的，最可親的基石，不宜錯過。以創造性的現代書寫技藝，展示通常不被現代文學接納的通俗敘事與精神，四十歲的巴爾加斯．尤薩，已先行實證自己日後的文學主張：小說首先是語言藝術的辛勤勞動，它嘗試指出，我們經歷的現實生活是狹小的，是以我們要創造新現實——豐饒的虛構生活。

——作家童偉格

這本書於我
是像卡爾維諾《如果在冬夜，一個旅人》
馬奎斯《百年孤寂》
艾可《玫瑰的名字》
那樣夢幻完美的結構
如人們第一次在顯微鏡下描出ＤＮＡ雙螺旋臂
或哈伯望遠鏡拍攝下的遙遠星系　星雲　太陽系邊緣之天體

一枚一枚映照人心不可思議的瘋狂和絕望的世界頂級短篇小說百科
像珍珠　像葡萄串
鑲嵌在一激流衝浪　大弧形迴灣的故事的飛矢
像魚鱗翻撥了亂倫　貞愛　黑暗虛無的時代　盲動的人群
故事如何如神跡被源源生產
如暴雨後的蕈菇蔓長
以及故事如何吞噬說故事的人

這是一本賦格重奏的小說交響詩
一本命運交織的故事牌陣與迷宮
繁殖故事的魔鬼敘事機器
它完美得讓人迷惑　怔忡　感激
它是世界末日來臨時
絕對要抓進書包的那五本書之一

——作家駱以軍

生活在愛蔓延時——享受愛情勝於書寫愛情

文：國立臺灣大學外文系教授張淑英

巴爾加斯．尤薩（Mario Vargas Llosa, 1936-）不僅在政治上乘風破浪、不畏險阻，[1]在愛情路上也是「雖千萬人吾往矣」般勇往直前。一九七七年出版的《胡莉亞姨媽與作家》（*La tía Julia y el escribidor*）就是他「爲愛走天涯」的見證與回憶。一九五五年，十九歲的青澀年紀便與大他十歲的胡莉亞姨媽（Julia Urdiqui Illanes, 1926-2010）結褵，展開一場轟轟烈烈的姊弟戀，遠走他鄉築愛巢，花都巴黎浪漫行。一九六四年結束九年的婚姻，隔年立即與墜入情網的表妹帕德麗希雅（Patricia Llosa）步入禮堂，迄今四十五載。彼時年少輕狂，與家人一怒爲紅顏；二度紅毯又似「曾經滄海難爲水」般深情，難怪在七十年歲時他不禁要問：「什麼是愛情眞正的容顏？」因而，二〇〇六年他完成了《壞女孩的惡作劇》（*Travesuras de la niña mala*），聲稱是自己的第一部愛情小說：「我想探討一種脫離浪漫主義神話的愛情。」[2]

注

1 取自巴爾加斯．尤薩的政論時勢論集的書名《乘風破浪》（*Contra viento y marea*）。

2 引自〈略薩訪談錄〉，《壞女孩的惡作劇》，北京：人民文學出版社，二〇一〇，頁三八三。

《壞女孩的惡作劇》和《胡莉亞姨媽與作家》都濡染著巴爾加斯・尤薩濃濃的自傳色彩，透過《壞女孩的惡作劇》男主角黎卡多的心路歷程（五〇年代的利馬、六〇年代的巴黎、七〇年代的倫敦、八〇年代的馬德里），我們看到了二十九年前他寫《胡莉亞姨媽與作家》中的小巴爾加斯・尤薩，以及他的文學初戀——醉心戲劇創作的巴爾加斯・尤薩（小說中的卡瑪喬）；顯然，他那段時期的「愛情觀／關」是絕對的浪漫和絕對的狂狷。然而，與巴爾加斯・尤薩離婚後的胡莉亞姨媽對《胡莉亞姨媽與作家》一書頗有微詞，認爲巴爾加斯・尤薩避重就輕，因此在一九八三年出版了《小巴爾加斯沒說的事》（另譯《作家與胡莉亞姨媽》，*Lo que Varguitas no dijo*），細訴自己受到傷害與欺騙的委屈。只是，相同的男女主角，胡莉亞姨媽的告白沒有巴爾加斯・尤薩的青春戀史受到更多讀者的青睞和認同。

胡莉亞姨媽是位幹練的才女，她與巴爾加斯・尤薩離婚後，前後曾任玻利維亞副總統巴連多斯（René Barrientos）夫人的私人祕書、第一夫人（班塞爾總統〔Hugo Bánzer〕夫人）的祕書，以及拉巴斯市政府禮賓處處長。一九九〇年代，兩人分別接受媒體採訪時，胡莉亞姨媽表示：「我對小巴爾加斯毫無怨懟，每個人都有權利選擇他的生活。我原希望有更大的誠信，那麼就可免除許多問題和痛苦。」巴爾加斯・尤薩這廂則說：「我和胡莉亞姨媽有過一段美好的回憶，我對她滿懷關愛，我很感激她；她多方協助我，鼓勵我成爲作家，因此，我以她爲名，寫這本小說獻給她。」二〇一〇年三月十日，胡莉亞姨媽以八十四歲高齡病逝，七個月後，巴爾加斯・尤薩贏得諾貝爾文學獎桂冠，十二月在頒獎典禮上致詞時，巴爾加斯・尤薩說到：「祕魯是我的故鄉，是亞雷基帕市[3]……祕魯是我的妻子，是帕德麗希雅，我有幸與她結褵四十五載……」此話未畢，巴爾加斯・尤薩流下眼淚，讓媒體描述爲可能是有史以來唯一在頒獎典禮上流淚的諾貝爾文學獎得主。兩段話相隔二十年，巴爾加斯．尤薩對前後兩任妻子諸多溫存，誠懇善意面對兩段感情，就像《壞女孩的惡作劇》切中的問題：愛情是什麼樣貌？是喜劇、鬧劇、純眞、務實、唯美？什麼才是愛情的眞面目？它是千姿百態，酸甜苦辣，方圓扁長……愛在生活，生活有愛才最眞實。

《胡莉亞姨媽與作家》開啓巴爾加斯．尤薩在政治議題之外相對輕鬆有趣的創作，也是巴爾加斯．尤薩軟調、側重愛情、情色題材的作品，在深受沙特影響的哲學思維路線之外另闢蹊徑的書寫（誠然，小說偶數篇章中仍散灑著巴爾加斯．尤薩畢生的執著：撻伐不公不義，聲援弱勢）。類似的小說如《龐達雷翁上尉與勞軍女郎》、《繼母頌》、《情愛筆記》（*Los cuadernos de don Rigoberto*）和《壞女孩的惡作劇》等等。小說篇章結構則幾乎是巴爾加斯．尤薩擅長的寫作技巧：不同的故事平行鋪陳，穿插在單數篇章與偶數篇章，僅以《胡莉亞姨媽與作家》爲例，比深受評論家與讀者看重的卡爾維諾的《如果在冬夜，一個旅人》（一九七九年出版）早兩年面世。

一九八八年，《胡莉亞姨媽與作家》以《愛情萬歲》（允晨出版）之名在臺灣與讀者見面，當時的巴爾加斯．尤薩已經是國際文壇名揚利藪的作家、拉丁美洲魔幻現實群的健筆，且正爲他的祕魯總統之路運籌帷幄。二十二年後，諾貝爾文學獎加冕的榮耀讓他的作品在中文書市甦醒且更加活絡。二〇一一年，已過從心所欲不逾矩之年的巴爾加斯．尤薩，讀者將用什麼心情迎接

注

3 指巴爾加斯．尤薩的出生地，祕魯西南海岸的亞雷基帕市（Arequipa）。

他這本未滿弱冠的純情少年仔的初戀史與成爲劇作家的夢想？得獎後他曾表示：「五〇年代的祕魯要是有劇場和戲劇活動，我肯定是個劇作家」；因爲，「戲劇是最貼近人生的創作文類」。的確，近年他不僅持續寫劇本、改編小說《公羊的盛宴》成舞臺劇，且親自主演別出心裁的劇目《一千夜後又一夜》的國王的腳色。

今年六月十一至二十八日，巴爾加斯．尤薩展開亞洲行，參訪上海、北京、東京三大城市，無論是專題演講、座談會或是三地的塞萬提斯學院所舉辦的「第三屆世界西班牙語日」（六月十八日）的慶祝活動，他闡述半個世紀以來自己鑽研文學創作所關注的幾個重點：文學與幽默、文學與語言、文學與愛情、文學與謊言。

在北京，我在臺下、在檯面、或是站立與他面對面交談，仍然感覺到他的熱誠奔放[4]，無論是面對當下眞摯的情愛生活（對身旁的妻子帕德麗希雅的柔情與依賴）或是對過往的沉默（已化爲塵土的胡莉亞姨媽），曾經有過的「眞」不必問爲什麼，已然消逝的往日情懷也無須多言語；因爲，誰能對那張小巴爾加斯背著胡莉亞姨媽的照片說「假」——背景是廣袤的草原，兩人笑逐顏開，天地間只有你我。誰又能對攜手共度四十五年的夫妻、膝下三子六孫、婦唱夫隨的婚姻說「僞」。「愛情萬歲」會是巴爾加斯．尤薩的座右銘與箴言。讀者提問他如何寫愛／情，找尋何種題材下筆時，他幽默回答說：「在生活中盡情享受愛情，遠比書寫愛情好太多了。生活中的愛，萬種風情。」要讓愛在生活中不斷地蔓延，生活在愛蔓延時。

注

4 參見二〇一一年八月十三日聯合報副刊所登之〈我是爲我所書寫的歷史而活——尤薩在北京〉。

譯者前言

文／趙德明、尹承東

《胡莉亞姨媽與作家》是當代拉丁美洲重要作家馬里奧·巴爾加斯·尤薩的自傳體長篇小說。全書以巴爾加斯·尤薩與姨媽胡莉亞戀愛的故事爲主線，描寫了這位作家青年時期的生活。

一九三六年三月二十八日，巴爾加斯·尤薩出生於祕魯的亞雷基帕市。一九五〇年至一九五二年曾在萊昂西奧·普拉多軍事學校讀書。中學畢業後，考入利馬的聖馬可大學。就在此時，他與舅媽的妹妹胡莉亞相識。胡莉亞是玻利維亞人，時年二十九歲，由於不孕而遭到丈夫嫌棄，終致離婚，因而來到祕魯姊夫家暫住以排遣憂悶。哪知道她一到利馬，一些老朽鰥夫便前來求婚。爲了擺脫這些厚顏無恥的糾纏，她就經常請巴爾加斯·尤薩陪同外出。不料，日久生情，兩人之間竟然萌生了純眞的愛意。已非妙齡的胡莉亞彷彿又回到了少女時代，她與年方十九歲的巴爾加斯·尤薩熱烈而又眞摯地相愛起來。但是，這種情形終於被雙方的親友所獲悉，掀起了軒然大波。他們紛紛表示這是「大逆不道」、「斷送巴爾加斯·尤薩的前程」，並且十萬火急地把情況報告給巴爾加斯·尤薩在美國經商的父母。這二人立即回電說：「近日內即回利馬面商。」爲此，十幾名親戚趕忙召開家族會議，決定敦促胡莉亞離開祕魯，巴爾加斯·尤薩也必須改邪歸正，好好讀書。面對這巨大的壓力，巴爾加斯．尤薩不但不低頭，反而提出要立即與胡莉亞結婚。他們在好友哈威爾和表姊南西等人的幫助下，取得了必要的證件，祕密逃到外地，買通了地方官員，辦理了結婚手續，以既成事實迎接父母的到來。巴爾加斯．尤薩的父親是個性格暴躁的人。他一回到利馬，聽說兒子已經逃走，火冒三丈地派人給巴爾加斯．尤薩捎去最後通牒，命令他讓胡莉亞在四十八小時內離境，否則要採取強硬手段。胡莉亞爲了不讓愛人受到傷害，決定暫時去智利避避風頭。經妻子和朋友一再勸說，巴爾加斯．尤薩終於同意胡莉亞出國。妻子走後，頑強的巴爾加斯．尤薩一方面拚命工作以籌措胡莉亞將來回利馬時的生活費用，一方面又積極透過母親去父親那裡疏通。經過一段時間的努力，他終於向父親提出自己能夠獨立謀生且不影響學業，希望能與妻子團聚。他父親見木已成舟，只好默許。至此，憑著堅持不懈的奮鬥，這對戀人最後取得了勝利。

上述戀愛故事展開的同時，作者還平行敘述了玻利維亞戲劇家彼得羅．卡瑪喬的悲慘遭遇。

彼得羅．卡瑪喬原來在玻利維亞爲電臺編寫廣播劇，作品頗受聽眾歡迎，但因收入微薄，難以維持生計。祕魯泛美電臺的老闆乘機將他拉到利馬工作。卡瑪喬雖然爲人孤僻，落落寡合，但是才華出眾，文筆高超。他編寫和導演的廣播劇活靈活現，膾炙人口，劇中的故事成爲街談巷議的話題。電臺的收入扶搖直上，老闆當然笑逐顏開。卡瑪喬的工作量迅速增加，每日長達十三個鐘頭。終於，他由於長期得不到休息，積勞成疾，不幸病倒。老闆一見搖錢樹已榨乾，便把他送進精神病院，一推了之。卡瑪喬在瘋人院裡險些喪命，靠著妻子賣淫，方才死裡逃生。但是出院後，已成了廢人。

馬里奧．巴爾加斯．尤薩以其成名作《城市與狗》轟動西方文壇以後，又陸續發表《綠房子》、《龐達雷翁上尉與勞軍女郎》、《酒吧長談》等在拉丁美洲文壇上有重大影響的長篇小說，而《胡莉亞姨媽與作家》則是巴爾加斯·尤薩於一九七七年九月發表的新作。在上述五部長篇小說中，作者以尖銳辛辣的文筆徹底揭露軍事獨裁政權、反動教會、資產階級政客等等的眞面目，他認爲目前這個腐朽和黑暗的社會好比一條毒龍，軍事獨裁、反動教會、流氓政客就是這條毒龍頭上的三張血盆大口，無時無刻不在吃人、吃人、吃人！文學的任務就是向它們開戰。因此一些拉丁美洲的文學評論家認爲巴爾加斯·尤薩繼承了批判寫實主義的優良傳統。但是，從創作藝術手法上看，這位拉美作家顯然接受了西方現代派的表現技巧，諸如意識流和黑色幽默，並反映在小說結構的安排上。上述五部長篇小說的結構各有特色，絕不雷同，所以文學評論界又稱巴爾加斯·尤薩是「結構寫實主義大師」。在《胡莉亞姨媽與作家》一書的結構安排上，作者的確花費了不少心血。比如，在本書單數各章裡（全書共二十章）介紹了巴爾加斯·尤薩與胡莉亞的戀愛故事，同時爲了表現那個毒龍般的社會如何吃人，作者頗具匠心地安排了劇作家彼得羅·卡瑪喬的興衰史；而在雙數各章裡（除第二十章以外），竟然各章獨立地作起短篇小說來，其故事情節又與單數的長篇小說全無直接關聯，如第二章講了婚禮上揭露的醜聞，第四章講了警長夜間巡邏的故事，第六章講了一樁強姦幼女案，第八章講了靠滅鼠致富的公司老闆如何受到妻子兒女的唾棄，第十章講了藥廠業務員馬羅金由於車禍而精神分裂，如此等等。在雙數章中，作者故意使人物混淆，以表明卡瑪喬這個劇作家由於精神錯亂，其作品顚三倒四到了何種程度。像這樣把長篇小說與短篇小說交叉安排在一部作品裡的手法，就是在歐美小說中也是罕見的。作者爲什麼這樣做？讀畢全書後，我們方能品嘗出它的味道：雙數各章的短篇故事是一幅幅社會風俗畫，連貫起來看，便構成一個多層次的社會舞臺；而長篇故事中的主人翁就是在這個舞臺上表演出一幕幕有聲有色扣人心弦的活劇。

這部作品之所以受歡迎，除了在華文文學裡鮮爲人知的高超的結構寫實主義藝術手法外，更重要的是作家以細膩的筆觸把他和姨媽胡莉亞的羅曼史寫得栩栩如生，感人肺腑，讀者只需讀上幾頁便拍案叫絕，再也難以放下，且愈是讀下去，愈受故事所吸引，非一氣終卷不可。

《胡莉亞姨媽與作家》一書尚有所謂的「姊妹作」——《作家與胡莉亞姨媽》，該書的作者正是《胡莉亞姨媽與作家》的女主角，也就是巴爾加斯．尤薩的前妻胡莉亞．烏爾吉蒂．伊利亞內斯。

事情是這樣的：胡莉亞在收到巴爾加斯．尤薩寄給她的贈書《胡莉亞姨媽與作家》時大爲震驚，她認爲夫婦之間的私生活是神聖的，不宜在世人面前披露，但由於考慮到那是一部文學作品，又念及舊情，書上還有「獻給胡莉亞．烏爾吉蒂．伊利亞內斯」的題詞，便沒有說什麼。然而這部小說後來竟改編成了電視劇，先是在哥倫比亞、繼而在拉美許多國家播映，胡莉亞認爲不少情節與事實不符，自己的形象受到了汙衊，於是再也無法忍耐，便寫了這部書作爲回答。

當然，從文學的角度講，儘管這部玻利維亞評論界稱之爲「空前的見證文學的小說」不愧爲妙趣橫生的傑作，但它和享譽國際的文學大師巴爾加斯．尤薩的作品是無法抗衡的。然而，就其社會影響而論，它卻不遜於巴爾加斯．尤薩的作品。正如胡莉亞本人所說的：「我不想創作一部當代文學名著，只想做個眞誠的女人，把我和馬里奧一起度過的始於天堂終於地獄的日子據實以告，什麼都不隱瞞。我要道出馬里奧過去的全部實情，把幾乎傳遍美洲大陸的電視劇中庸俗化了的東西全部糾正過來。」

序言

我開始在利馬寫這部小說，是一九七二年年中；之後又繼續在巴塞隆納、拉羅馬納（多明尼加共和國）和紐約寫下去，其間曾多次中斷，有時甚至中斷很長時間，最後返回利馬，四年後終於在那兒寫完。這部作品是我青年時代認識的廣播劇作家建議我寫的——某段時間裡，這位作家的情節劇令我極爲入迷。爲了不讓小說顯得過於虛假做作，我特意加進自傳成分：我的第一次婚姻經歷。這種努力對我很有用，它證明了小說這種體裁的出現並不是爲了講述眞實的事情，眞實的事情一旦走向虛構便成了謊言（亦即成爲可疑的、無法證實的眞實的事情）。

我費了很大力氣才賦予那些事情一種可接受的形式，否則，它們就像廣播劇作家彼得羅・卡瑪喬的腳本了；我也努力刪除了事情中那些典型的死板、過分、虛有其表或恐怖的東西；爲此，我採取了必不可少的諷刺手法，但又避免讓事情漫畫化。受五〇年代那些撕心裂肺的墨西哥電影的影響，情節劇曾是我早熟的弱點，而這部小說的主題使我毫不猶豫地認清了這一點。微笑和嘲弄並不能完全掩飾本書作者在情感上對波麗露舞、放縱的激情以及驚險離奇的小說的偏愛。

馬里奧・巴爾加斯・尤薩　一九九九年六月三十日　於倫敦

獻給
胡莉亞·烏爾吉蒂·伊利亞內斯

我書寫。寫那書寫的我。腦海中看著我寫那書寫的我，也看著我看那書寫的我。我想著那寫我書寫的我，也想著那看我書寫的我。我看著那想著看我書寫的我，想著那看我想著我書寫的我，書寫看著我寫那想著看我寫那看著我書寫那寫著我書寫那寫著我書寫的我，也想像我寫那書寫了想像我書寫那寫了想像我寫那看著我書寫那寫著的我。

——艾歷桑多，〈寫我書寫的我〉

1

那是很久以前的事了，當時我很年輕，和外祖父母同住在米拉佛拉瑞斯區奧恰蘭大道的一幢白牆別墅裡。爲了日後得以依靠自由業爲生，我正在聖馬可大學攻讀法律，實際上我更嚮往成爲作家。當時我還擔任一項頭銜響亮、工資微薄，但是有利可圖、時間彈性的工作：泛美電臺新聞部主任。我的任務是把報紙上有趣的新聞剪下來，稍加潤色，編成廣播新聞稿。我手下的編輯是個頭髮抹得油亮、熱中於各種天災人禍消息的小伙子，名叫帕斯夸爾。新聞每隔一小時播報一次、每次一分鐘，只在正午十二點和晚上九點連續播報十五分鐘，但我們總是一下子準備好幾份新聞稿，這樣我就能上街好好逛逛，在科美納大道的咖啡館裡坐坐，有時去上幾節課，或者到中央電臺的辦公室去串串門子，那裡要比我的辦公室熱鬧些。

這兩家廣播電臺同屬一位主人，互爲鄰居，都坐落在伯利恆街上，離聖馬丁廣場很近。兩家電臺毫無相似之處，倒是更像那種悲劇裡的苦情姊妹花，一個嬌媚無比，另一個滿身瘡痍，形成了鮮明的對照。泛美電臺占據一幢嶄新樓房的三樓和樓頂，從工作團隊、經營理念到節目內容盡皆透露一股自命不凡的氣息，以國際化、現代化、年輕化、貴族化自詡。儘管播音員不是阿根廷人（彼得羅·卡瑪喬可能已經向你們說過），但也稱得上是銀嗓子。泛美電臺播放很多音樂節目，大量爵士音樂和搖擺舞曲，也有一點古典音樂；泛美電臺的電波總是在利馬首先播出紐約和歐洲的最新成就，卻不輕視拉美音樂——雖然這種音樂總是有點摻假；泛美電臺對於民族音樂則十分謹慎，最多播送一點華爾滋舞曲。也有一些知識節目，如「歷史風雲錄」、「國際時事述評」之類；甚至在輕鬆愉快的節目中，也要插進「問答比賽」和「一躍成名」。這種讓電臺風格不致過分落入俗套的努力是有目共睹的。由帕斯夸爾和我組成的新聞部足以證明泛美電臺對文化的重視，這個新聞部設在頂樓加蓋的木板屋裡，遠眺大道上的垃圾堆以及利馬市內樓房頂上的柏木窗。登上這個隱密的樓層得乘電梯，電梯有個令人討厭的毛病：還沒停妥，門便開了。

相形之下，中央電臺則擠在一棟老式住宅裡，那裡院落套院落，夾道通夾道；一聽那些播音員毫無忌諱的滿嘴俚語，就能了解它那平民大眾化的特色和強烈的地方氣息。這家電臺很少播報新聞，透過它的調頻傳送出來的往往是祕魯音樂，包括安地斯音樂。鎮上各劇院的印第安歌手經常光臨電臺參加開放民眾觀賞的錄音，播音前幾個鐘頭，聚集在門口等候的聽眾可說是人山人海。此外，來自墨西哥和阿根廷的熱帶音樂也大量地隨著它的電波傳出去。它的節目很簡單，缺乏想像力，但是反應很好，像是「來電點播」、「慶生小情歌」、「影劇八卦」、「電影快報」等單元。但是，據各方面調查，電臺膾炙人口的大菜卻是廣播劇，這個節目使它牢牢地保住了廣大聽眾。

臺裡每天至少要播送五、六齣廣播劇。我很愛偷偷看那些在麥克風前的配音員。他們穿得一副寒酸破落樣，嗓音卻輕柔悅耳、青春洋溢，與他們蒼老的面孔、難看的嘴唇、無神的眼睛形成了可怕的對比。「哪天祕魯有了電視，他們唯一的出路就是自殺。」小赫納羅隔著播音室玻璃，指著那些配音員預言道。他們像在一個大魚缸裡，手捧劇本，圍住麥克風，一切就緒，準備開播

《阿爾維亞家族》的第二十四章。說實在的，那些聽了盧西亞諾．潘多的播音而傷心落淚的家庭主婦，如果看到他佝僂的身形和斜視的目光，會感到多麼失望啊！那些被荷塞菲娜．桑切斯抑揚頓挫的聲調勾起了回憶的退休老人，假如看到她的雙下巴、髭鬚、招風耳和爆青筋的樣子，又該多麼掃興呀！但是，電視傳到祕魯的日子還遙遠得很，因此，這群廣播怪獸暫時還能有恃無恐地討一口飯吃。

我始終很好奇，是誰人的手筆創造出這些讓我外祖母愉快地消磨下午時光的廣播劇。拜訪蘿拉阿姨、奧爾嘉舅媽、嘉碧舅媽或數不清的表兄弟姊妹時，我常常聽到他們提到這些故事。（我們這個家族奉行聖經教誨，住在米拉佛拉瑞斯區，彼此關係緊密。）我懷疑這些廣播劇是進口貨；但是，得知赫納羅父子既不是從墨西哥、也不是從阿根廷，而是從古巴購進這些劇本的時候，我驚訝不已。原來那是CMQ的產品——CMQ是由高瓦爾．麥斯特雷統治的廣播電視帝國。麥斯特雷是個滿頭銀髮的紳士，某次他造訪利馬時我見過他。當時他由赫納羅父子殷勤地護送著，在眾人尊敬的目光下穿過泛美電臺的走廊。由於我多次聽到播音員、導演和技師談到古巴的CMQ（CMQ對他們來說，就好比好萊塢之於電影界，有如神話一般），有一次我跟哈威爾在布蘭薩咖啡館喝咖啡的時候，竟然漫無邊際地遐想起來：在那遙遠的哈瓦那，滿城棕櫚，有天堂般的海灘，槍手橫行，遊人遍地，在高瓦爾．麥斯特雷的城堡設有空調裝置的辦公室裡，那支多才多藝的創作大軍利用無聲的打字機，每天八小時大概要編造出無數的通姦、自殺、戀愛、決鬥、繼承遺產、犧牲奉獻、機緣巧合和行凶犯罪的奇聞軼事，然後從這座安地列斯島向拉丁美洲播送；透過盧西亞諾．潘多和荷塞菲娜．桑切斯的聲音，使各國的祖母、姑姑、姨媽、堂表姊妹和退休職工懷著幻想度過每天下午的時光。

小赫納羅是透過電報論斤購進（或者確切地說，是ＣＭＱ賣出）廣播劇的稿本的——某天下午，我問起在播音前，他、他的兄弟或者父親是否仔細審閱過腳本，他驚愕了一下，才親口告訴我。他反問我「難道你能讀完七十公斤重的腳本嗎」，同時謙恭地望著我，自從他在《商報》週日副刊上讀到我某篇小說之後，便把我當個知識分子來敬重。「你想想這要花多少時間？一個月？兩個月？誰能花一、兩個月的時間去讀一齣廣播劇呢？我們不如讓它去碰運氣吧。幸運的是到目前為止，奇蹟之神一直在保佑我們。」在比較好的情況下，小赫納羅透過出版代理商或者同行友好調查有多少國家購買過ＣＭＱ的廣播劇本、以及該劇收聽率如何；如果情況不許可，就只好根據題目決定，或者乾脆丟銅板決定。這些腳本之所以論斤出售，是因為這是比按頁數或字數更不會有漏洞的方式，也就是說，是唯一可精準測量的方式。哈威爾說：「當然嘍，如果沒時間讀，就更沒時間去算字數了。」一部重六十八公斤三十克的小說，售價就像牛肉、奶油、雞蛋那樣由磅秤來制定，這種作法他深深著迷。

但是，這套辦法也給赫納羅父子造成了不少麻煩，因為腳本裡充塞了大量古巴方言。每次播出前幾分鐘，盧西亞諾、荷塞菲娜和同事只得自己動手盡可能譯成祕魯話（總是譯得很糟）。另外，一捆捆打字稿從哈瓦那運往利馬途中，在船艙裡或飛機上，或者是經過海關時，免不了破損，或許是整章整章地落掉，或許是潮氣把字跡弄得模糊難辨，或許是被拋進中央電臺的倉庫之後被老鼠啃咬一通。由於老赫納羅在播音前才分發劇本，上述情況總是在最後一刻才發現，弄得眾人十分狼狽。而他們的解決辦法就是跳過丟失的章節，昧著良心辦事。如果情況更糟糕，就讓盧西亞諾或荷塞菲娜配音的那個腳色病休一天，這樣便可在二十四小時之內不露很多形跡地修補、挽救或恰到好處地刪掉那失掉的幾克乃至幾公斤。此外，由於ＣＭＱ收費昂貴，小赫納羅一發現彼得羅．卡瑪喬具有非凡的才華，自然感到樂不可支。

我清楚記得他是哪一天對我談到彼得羅．卡瑪喬這個廣播界才子的，因爲就在同一天吃午飯的時候，我第一次見到了胡莉亞姨媽。她是我舅舅路裘的小姨子，前一天夜裡從玻利維亞來的。她剛離婚，來此休息調養，好走出失婚的陰霾。「其實啊，她是來另找丈夫的。」在某次家庭聚會上，親戚中最饒舌的奧爾騰西亞姨媽這樣說。那時我每個星期四都在路裘舅舅和奧爾嘉舅媽家裡吃午飯。那天中午我到的時候，看見他們全家仍然身著睡衣，吃著辣子香腸，喝著冰鎮啤酒，在恢復那一夜的睡眠不足。前一天晚上，他們和胡莉亞姨媽一直聊到黎明時分才就寢，三個人喝光了一瓶威士忌，他們都覺得頭疼。我舅舅路裘抱怨他辦公室的人大概要鬧翻天了，我舅媽奧爾嘉則說不是星期六卻睡晚了，實在難爲情。而那位新來的住客，身穿睡袍，光著腳，頂著髮捲，正把行李從皮箱拿出來。憑我所看到的那副尊容，任何人也不把她當成美女，但是她不以爲意。

「這麼說，你是多麗塔的兒子嘍。」她說著，在我面頰上吻了一下。「已經中學畢業了，是吧？」

我眞恨死她了。那時我與家人之所以有些小小的摩擦，就是因爲人人總是把我當作小孩子，不把我當個十八歲的名副其實的大人看待。沒有什麼比馬里多（馬里多是馬里奧的暱稱）這個稱呼更叫我惱火的，我覺得這個小名把我又送回穿開襠褲的年代去了。

「他已經讀法律系三年級了，還是個新聞記者呢。」路裘舅舅邊解釋邊遞給我一杯啤酒。

「說眞的，你還像個娃娃呢，馬里多。」胡莉亞姨媽以腳尖戳我一下說。

整頓午飯，她都以成年人對白痴和孩子說話的那股親熱勁對待我，問我有沒有心上人、去不去跳舞、平時作什麼運動。她以一種不知道是不是故意但總之很令我反感的姿態勸告我，只要我能長出鬍子，就把鬍子留起來；留鬍子很配我的黑頭髮，而且能迷倒女孩子。

「他現在既不想女人，也不想玩樂。人家是個知識分子，在《商報》週日副刊上發表了一篇小說。」路裘舅舅解釋說。

「小心哪，多麗塔的兒子可別成了同性戀。」胡莉亞姨媽笑了。我突然深深同情起她的前夫來，但我僅微微一笑，未露聲色。接下來的時間，她都在講一些玻利維亞聳人聽聞的笑話，並且尋我開心。我告辭的時候，她彷彿想補償我似的，擺出一副和藹可親的樣子邀請我哪一天晚上陪她去看電影；她說她是個影迷。

我及時趕到泛美電臺，免得帕斯夸爾把三點鐘的新聞時段全拿來報導《最後一點鐘》報上登出的在瓦爾品第充滿異國風情的街道上，掘墓人與痲瘋病患展開大戰的消息。在準備完四點鐘和五點鐘的稿子後，我就出去喝咖啡了。在中央電臺門口，我遇見了小赫納羅，他一副喜氣洋洋的樣子，拉住我的手臂，硬把我拖到布蘭薩咖啡館裡，說道：「我有個絕妙的消息要告訴你。」他剛從拉巴斯出差幾天回來，就是在那裡，他發現了那位既多才多藝又勤奮能幹的彼得羅．卡瑪喬。

「他簡直不是個人，而是一家企業！玻利維亞上演的劇作全是他寫的，他還參與所有的演出。廣播小說也全是他寫的，並且由他導演，還擔任男主角！」他滿口欽佩。

但是，他印象最深的還不是卡瑪喬的多產和多才多藝，而是這位作家廣受觀眾歡迎。爲了在拉巴斯的薩維埃德拉劇院親眼看看卡瑪喬，小赫納羅不得不出雙倍價錢買了一張黃牛票。

「你能想像嗎？就像買鬥牛票一樣。在利馬，誰讓劇場座無虛席過？」他讚歎道。

他告訴我，他一連兩天都看到許多老老少少女性聽眾團團擠在依里瑪尼電臺門口，等待著她們崇拜的對象出來，求他簽字留念。另外，麥肯廣告集團的拉巴斯分公司十分有把握地告訴他，彼得羅．卡瑪喬的廣播劇是玻利維亞各電臺中最吸引聽眾的節目。小赫納羅是那種所謂動作積極的企業家：對他而言，生意勝於名譽；他不是「國家俱樂部」的會員，也沒有當會員的奢望；他和所有的人交朋友；他總是興致勃勃，精力充沛到一種對旁人來說簡直是疲勞轟炸的地步。他拜訪依里瑪尼電臺後，當機立斷說服了彼得羅．卡瑪喬，聘請他作爲中央電臺的獨家王牌前來祕魯工作。

「這件事並不難辦，因爲他在那裡挨餓呢。他將負責廣播連續劇，到時我就可以叫CMQ那食人鯊見鬼去了。」他說明道。

我想盡己所能敲醒他的美夢。我告訴他：祕魯人顯然看玻利維亞人不順眼，彼得羅．卡瑪喬與中央電臺的同事一定處不好；聽眾會覺得他的玻利維亞口音很刺耳；對祕魯一無所知的他恐怕要時時刻刻鬧笑話。但是小赫納羅笑了，絲毫不爲我悲觀的論調所動搖。他說，彼得羅．卡瑪喬雖然沒到過祕魯，但是談起利馬人的心理，就彷彿是個下橋區居民那樣熟悉；他的聲調絕妙動聽，既不拖長S，也不把R發得很重，柔和得有如高級天鵝絨一樣。

「盧西亞諾．潘多和其他演員會把那個可憐的外國人給擠得粉碎，要麼就是漂亮的荷塞菲娜．桑切斯會把他強姦。」哈威爾這樣想像著。

我和哈威爾待在樓頂上。我邊和他閒談，邊以打字機把從《商報》和《新聞報》上整理下來的消息打成廣播稿，這裡改個形容詞、那裡改個副詞，爲泛美電臺十二點鐘的新聞播報作準備。哈威爾是我最要好的朋友，我們天天見面，哪怕只有片刻也好，爲的是證實一下我們都還活在世上。他是個冷熱無常、自相矛盾的人，但待人一向誠懇。他曾經是天主教大學文學系的高材生，像他那樣成績優異的學生、才華出眾的詩歌愛好者、繁雜課文的明快評論員，在那所大學還是前所未見的。大家認爲他畢業時一定會交出一份才氣橫溢的論文，成爲才氣橫溢的教授，不然也是個才氣橫溢的詩人或評論家。但是，有一天，他辜負了眾人的期望，沒作任何解釋，斷然拋下了未寫完的論文，放棄了文學，離開了天主教大學而到聖馬可大學經濟系註冊了。有人問及他退學的原因，他坦率地說（或許是開玩笑）是他寫的論文打開了他的眼界。那份論文的題目是「里卡多·帕爾馬作品中使用的諺語」。他曾經得用放大鏡來閱讀帕爾馬的《祕魯傳說》，搜索書中的諺語；由於他治學嚴謹，他做滿了整整一箱語言卡片。後來，一天清晨，他挑了一處空地就這麼把一箱卡片燒了。我和他圍著這堆語言學的火焰跳起印第安人的石堆舞來；他下決心與文學爲敵，寧願去學經濟。哈威爾在中央儲備銀行實習的時候，總是找藉口每天上午溜到泛美電臺來看看。那場諺語的噩夢給他留下一個習慣，就是無緣無故地用諺語戲弄我。

我感到十分驚訝的是，儘管胡莉亞姨媽是玻利維亞人，又住在拉巴斯，卻從未聽過彼得羅·卡瑪喬的大名。不過她向我說明，她從來沒聽過廣播連續劇。她念的是愛爾蘭修女辦的學校，打從在學最後一年在時光舞裡扮演黎明仙子以來（「馬里多，你可別問我那是多少年以前的事情。」），她一直沒進過劇院的大門。我和她從位於阿曼達利茨大道盡頭的路裘舅舅家裡出來，向巴蘭科電影院走去。她的手段實在狡猾，那天中午硬要我接受她的邀請。那是她到達後的第一個星期四，儘管我不高興再次淪爲玻利維亞笑話的犧牲品，但一週一次的午餐我可不願意缺席。我希望不要碰見她，因爲前一晚（每週三晚上我都要拜訪嘉碧舅媽）我聽到奧爾騰西亞姨媽以那種「把持了仙子的祕密」般的口氣說道：「她到利馬的第一週就外出了四次！每次的追求者都不一樣，其中一個還是結過婚的。這個離了婚的女人什麼都做得出來！」

十二點鐘的泛美電臺播音結束後，我來到路裘舅舅家，恰好看到胡莉亞姨媽與其中一個追求者在一起。走進客廳，見到在她身旁坐著的是我外祖母的表弟潘克拉西奧舅公，我的心裡感到一種報了仇的快意。那老頭子以征服者的目光瞅著胡莉亞姨媽；他穿著一身上個世紀的服裝，領帶上打著蝴蝶結，鈕釦眼裡插著丁香花，容光煥發的怪模樣讓人啼笑皆非。他喪妻已有幾十年，走起路來兩腳外八。家人對他來訪都懷有戒心，議論紛紛，因爲他總是當著眾人的面毫無顧忌地擰女僕一把。他有染髮的習慣，佩戴一只帶銀鏈的懷表。每天下午六點鐘，常常看到他在聯合大道的拐角處調戲下班的女職員。在我俯身去吻那個玻利維亞女人時，我貼著她的耳朵，以世上最諷刺的語言低聲道：「胡莉亞啊胡莉亞，多美妙的戰利品啊！」她向我擠擠眼，點點頭。用午餐時，潘克拉西奧舅公針對祕魯流行樂高談闊論了一番。他是這方面的行家，家庭舞會上總要用木箱鼓獨奏一曲（木箱鼓這種傳統「樂器」實際上就是一個木箱或木抽屜，演奏者以手指或手掌擊出聲音）。發表高見之後，他轉身望著胡莉亞姨媽，像隻貓般舔著盤裡的肉排，說道：「啊，對了，每星期四晚上，費利浦·賓格羅協會（費利浦·賓格羅〔Felipe Pinglo Alva〕爲祕魯本土音樂之父）都在祕魯主義的重鎮『維多利亞』聚會。你喜歡聽眞正的祕魯本土音樂嗎？」胡莉亞姨媽毫不猶豫地擺出難過的表情，裝模作樣地指著我回答說：「太遺憾了！馬里多先邀我去看電影了。」「好吧，那我就讓賢給年輕人了。」潘克拉西奧舅公微微躬身，像個風度翩翩的運動家。老頭子走掉以後，我以爲自己也可以脫身了，因爲奧爾嘉舅媽問她：「你說去看電影的事只不過是爲了甩開那個老色鬼吧？」可是胡莉亞姨媽卻斷然糾正說：「才不是，姊姊，我非常想看巴蘭科電影院上演的片子，可是那部片子不適合女性獨自去看。」她轉身看看我，我全神貫注聽著，因爲我晚上的命運就要宣判了。爲了讓我放心，這朵嬌豔的鮮花又補充了一句：「馬里多，你別擔心錢，我請客。」

就這樣，我和她來到了街上，先是沿著漆黑的阿曼達利茨大道，接著又拐向寬闊的格羅林蔭大道，只是爲了去看一部墨西哥電影。這還不算什麼，最精采的是，片名叫作《母親與情婦》。

「對於一個離婚的女人，可怕的不是男人都認爲自己有權利向你求歡，而是認爲你既然是個離婚的女人，就不再需要羅曼蒂克了。」胡莉亞姨媽這樣告訴我。「他們認爲用不著戀愛，用不著說什麼溫柔的話，而是毫不遮掩地以最粗魯的方式直接說出他們要什麼。我實在受不了，所以我寧願跟你去看電影，也不願和別的男人去跳舞。」

「眞謝謝你的恭維。」我說。

「他們眞是愚蠢透頂，以爲離婚的女人都是妓女。更糟的是，他們滿腦子只想幹那檔事。可是美好的並不是那檔事，而是談情說愛，對不對？」她自顧自繼續說著，甚至沒察覺我話裡的諷刺意味。

我開導她說，世上並不存在愛情，愛情是個名叫佩脫拉克的義大利人以及普羅旺斯吟遊詩人發明的，人以爲的純情與多愁善感，只是發情雄貓的本能需求，以美麗的詞藻和文學神話掩飾。我絲毫不相信自己說的，只是想要讓她刮目相看，但這套情欲生物論還是讓胡莉亞姨媽懷疑起我來：莫非他眞的相信那些胡說八道嗎？

「我是反對結婚的。」我盡力裝出一副賣弄學問的樣子對她說。「我贊成所謂的自由戀愛。但是我們應該坦誠一點，直接說是自由交配。」

「交配就是幹那檔事嘍？」她笑了，但又轉而露出沮喪洩氣的神情，說：「我年輕的時候，男孩都給女孩寫詩、送花，這樣過了好幾週才敢吻她們一下。馬里多，現在的毛頭小伙子把愛情弄成了多麼下流的東西呀。」

我們在售票窗前爲誰掏錢買票爭執了一番。然後，耐著性子看多洛莉絲・德里約表演了一個半小時，只見她時而呻吟，時而擁抱，時而享受，時而哭泣，最後披頭散髮迎風在樹林裡狂奔。散場後，我們仍舊步行回路裘舅舅家，一路上濛濛細雨打濕了我們的頭髮和衣裳。我們又一次談到彼得羅・卡瑪喬。她眞的從沒聽過他的名字嗎？因爲據小赫納羅說，彼得羅・卡瑪喬是玻利維亞的名人呀。是的，她的確聽都沒聽過。我想，小赫納羅被騙了；又或者，也許那個「玻利維亞廣播與戲劇界的一人企業」是他揑造出來的宣傳花招，只是爲了讓大家對某個他所雇用的小寫手產生興趣。三天後，我親眼看到了那位有血有肉的彼得羅・卡瑪喬。

那天我剛和老赫納羅發生了一些齟齬。因爲帕斯夸爾對於災難新聞有種難以抑制的偏愛，十一點鐘的播音稿全是伊斯法罕的地震消息。老赫納羅惱火的倒還不是帕斯夸爾擠掉了其他消息，只顧鉅細靡遺地描述房倒屋塌時蛇群如何竄到地面攻擊倖存的波斯人，而是因爲地震已經是一週前的事了。我不得不承認老赫納羅並非沒有道理，便對著帕斯夸爾破口大罵宣洩情緒。我罵他怠忽職守。這碗剩飯是從哪裡弄來的？從阿根廷雜誌上。爲什麼要播這麼愚蠢的新聞快報？因爲沒什麼重大新聞可報，那個消息至少還算有趣。我告訴他，人家付我們工錢，不是爲了要我們娛樂聽眾，而是要我們向聽眾報導當天的新聞概要。帕斯夸爾點點頭想要求和，卻又提出一個難以反駁的理由：「馬里奧先生，問題在於我們對於什麼叫作新聞的認知不同。」我正要說如果他堅持背著我實踐他那套煽情的新聞理論，那麼我們倆很快就要流落街頭，這時，木板屋門口出現了一個不尋常的身影。那人個頭矮小，介於矮子與侏儒之間，長著大鼻子和一雙異常明亮的眼睛，眼裡閃爍著令人不安的瘋狂目光。他身穿一套老舊而破爛的黑西裝，襯衫和領結上有明顯的汙跡，卻又給人一種乾淨整齊、挑剔講究、打扮得體的印象，就像那些老式照片上的紳士，活像囚犯一樣困在漿挺的大禮服裡，戴著把腦袋牢牢箍住的高禮帽。他的年齡難辨，三十歲至五十歲之間都有可能；一頭油亮黑髮長及肩膀。他的姿勢、動作、表情好像與自然或隨性無緣，使人立刻想到用線牽引的木偶。他彬彬有禮地向我們一鞠躬，擺出一副就像他這個人一樣不尋常的莊重神情，自我介紹道：「兩位先生，我是來占用你們一臺打字機的。如果二位肯幫忙，我將十分感激。這兩臺打字機，哪臺好用一些？」

他的食指來回指著我和帕斯夸爾的打字機。儘管我常到中央電臺去玩，對聲音與外貌之間的不一致早司空見慣，但一個如此矮小單薄的人居然發出這樣渾厚悅耳的聲音，發音咬字又是這般完美，實在令我驚訝。彷彿在他發出的聲音裡，不僅每個字母清晰可見、一個不缺，甚至連每個字母的分子和原子、每個音節裡的音素都魚貫而出，點滴不漏。他等得不耐煩了，也沒察覺他的外貌、聲音、魯莽的舉止讓我們很錯愕，逕自動手察看（或說嗅聞）兩臺打字機。最後他選中了我那臺古老笨重的雷明頓牌打字機——這個猶如一輛靈車般的龐然大物在時光的蹂躪下仍舊固若金湯。這時，首先有反應的是帕斯夸爾。「你是強盜啊？」他直截了當問道，我明白他這是為伊斯法罕地震新聞的事在我面前將功補過。「虧你想得出就這樣搬走新聞部的打字機！」

「雜碎佬，偉大的藝術比你這個新聞部重要！」那人怒喝道，鄙夷地瞪了帕斯夸爾一眼，好似對待腳下踐踏的螻蟻，同時繼續忙他手邊的事。在帕斯夸爾驚愕的注視下（毫無疑問，他也像我一樣在想「雜碎佬」是什麼意思），那位來訪者動手去搬雷明頓。他費了九牛二虎之力，終於把笨重的機器搬了起來，憋得脖子青筋暴跳，眼球幾乎要從眼眶蹦出來，一張臉脹得通紅，額頭上掛滿了汗珠，但他仍然不肯甘休。他咬緊牙關，蹣跚著朝門口走幾步，終於筋疲力盡了，再過一秒鐘，那件重物恐怕就要隨他一起倒地。於是，他把雷明頓打字機放在帕斯夸爾的小桌上，站在那兒喘氣，絲毫沒察覺帕斯夸爾和我被這個場面逗樂的表情，甚至沒注意到帕斯夸爾好幾次指著自己的太陽穴向我暗示這人是個瘋子。可是，他一順過氣來，便惡狠狠地責備我們說：「兩位，別那麼懶，發揮一點團結精神吧，幫我一下！」

我說，我很抱歉，但要想搬走那臺雷明頓打字機，得先踏過帕斯夸爾的屍體、再跨過我的屍體才行。那矮子正理著因這番費力粗活而扭歪了的領帶。我吃驚地看到他的面孔露出了惱怒的神色，這人顯然毫無幽默感，嚴肅地點著頭答道：「堂堂男子漢對決鬥絕不膽怯。兩位，請定個時間和地點吧。」

好像上帝有意安排似的，小赫納羅出現在木板屋門口，眼看就要商定的決鬥就這麼胎死腹中。他進門的時候，那個固執的矮子正想重新抱起雷明頓打字機再表演一次臉紅脖子粗。

「放下！彼得羅，我來幫您。」小赫納羅從他手中奪過機器，彷彿那不過是個火柴盒。這時，他從我和帕斯夸爾的表情明白了應該說明一下，便滿臉笑容地安撫我們說：「又沒死人，何必哭喪著臉呢！家父很快就會補一臺打字機過來給你們。」

爲了保住面子，我抗議道：「我們是多餘的人，所以把我們塞在這個豬窩一樣的閣樓裡，之前已經搬了一張書桌去給會計師，現在又拿走我的雷明頓，而且事先都不通知一聲。」

「我們還以爲這位先生是個強盜呢。」帕斯夸爾幫腔道。「他一進來就罵我們，擺出盛氣凌人的架勢。」

「同事之間要和和氣氣。」小赫納羅以所羅門王的聖賢口吻說道，這時他已把雷明頓放上肩頭，我發覺那矮子剛好到他衣領那麼高。「家父沒有替你們介紹嗎？那麼我就介紹一下吧，這樣大家便可相安無事了。」

那矮子立刻敏捷地伸出一隻胳膊，朝我跨過幾步，孩子般的小手伸向我，又是彬彬有禮地一鞠躬，以那悅耳的男高音自我介紹道：「彼得羅．卡瑪喬，玻利維亞人，藝術家，你們的朋友。」

他對帕斯夸爾又重複了一遍同樣的話，擺出同樣的姿態，同樣鞠了躬。帕斯夸爾顯然由於一時慌亂愣住了，無法判斷那矮子是在捉弄我們呢，還是一向如此。彼得羅．卡瑪喬出於禮貌與我們握過手後，轉身對著整個新聞部，站在頂樓中央和他身後巨人般的小赫納羅的身影裡。小赫納羅十分嚴肅地看著他；他呢，嘴巴一咧，臉上堆起皺紋，露出一排黃牙，做了個怪模怪樣的笑臉。停了一會兒，他擺出一副魔術師下臺前向觀眾謝幕的姿態，語調抑揚頓挫地對我們說：「我不會對你們懷恨在心的。人們不理解我，我已習以爲常了。再會了，二位。」

他從木板屋門口消失，像隻小精靈似的一蹦一跳三步併作兩步去追趕動作積極的企業家。企業家小赫納羅肩扛雷明頓，大步朝電梯走去。

2

利馬某個春光明媚的早晨，天竺葵顯得更加豔麗，玫瑰花更加香氣撲鼻，九重葛更加盛開怒放。這時，利馬的名醫艾貝托．金德羅斯（寬寬的前額，鷹勾鼻，炯炯有神的眼睛，剛毅仁慈的心腸）睜開雙眼，在聖伊希特羅大道寬敞的房間裡伸了伸懶腰，透過薄紗窗簾看到陽光把鐵絲圍籬內修整一新的花園草坪染成金黃色，天空清澈如洗，百花露出一張張笑臉。他飽足地睡過八小時後，心情平靜，精神舒暢。

那天是星期六，如果那位生三胞胎的太太沒有突發狀況，他就不必去診所，可以在上午做做運動，洗個三溫暖，再去參加艾麗雅妮妲的婚禮。他的妻子和女兒還在歐洲增廣見聞，爲衣櫥添購新裝，一個月之後才回來。他有錢，他儀表堂堂——即使雙鬢已白，仍舉止高雅、氣質莊重，甚至使品格高尚的有夫之婦也向他投去傾慕的目光。憑著這些條件，他大可藉這個月暫時的獨身生活去尋花問柳，可是艾貝托．金德羅斯在吃喝嫖賭這些事情上一向是適可而止的。他的朋友間流傳著一句話：「他的缺點就是學識淵博、家庭和樂、愛好運動。」

他交代要把早餐送上來，趁著早餐還在準備，打了電話到診所。值班醫生告訴他，那位生三胞胎的婦人一夜平安，開刀割纖維瘤的女病人已不再出血。他叮嚀了幾句話，吩咐如果有急事可打電話到萊米吉歐健身房找他，吃午飯時則可以打到他弟弟羅貝托那裡，還說無論如何，傍晚他會去診所看一看。管家送來木瓜汁、黑咖啡、抹了蜂蜜的麵包，艾貝托．金德羅斯已刮完鬍子，換好灰色燈芯絨褲、平底皮鞋和綠色高領運動衫。他邊吃早餐邊漫不經心地翻閱早報千篇一律的災害事故或花邊新聞。一吃過早餐，拿起運動包就離開家了。走過花園時，他稍作停留，拍拍「布克」——這條被寵上天的獵狐梗熱情地吠叫著送他出門。

萊米吉歐健身房坐落在米格爾．達索大道，就在幾條街之外，艾貝托博士喜歡步行過去。他每次都走得很慢，沿途回應鄰居的問候，觀賞各家的花園——住戶常常在那時澆水剪枝，還常常在卡斯楚．索托書店停留片刻，買幾本暢銷書。那時還很早，但是那些頭髮蓬亂、襯衫領口敞開的小伙子照例已經聚集在達沃利的店門口。他們或坐在摩托車上，或靠在跑車擋泥板上吃著冰棒，開著玩笑，商量夜裡去何處玩樂。小伙子很有禮貌地向他問好，可是他剛一走過，一個小伙子便冒失地對他發出「忠告」。這種忠告他在健身房裡可聽多了，也就是拿他的年齡和職業來取笑他：「醫生，不要太累了，要爲你的孫子著想。」他對此從不發火，只是一笑置之。這次他幾乎沒有聽到，因爲他正在想像艾麗雅妮妲穿上法國高級名牌迪奧的婚紗後該有多麼漂亮。

那天上午，去健身房的人不多，只有教練科克、兩個舉重迷——黑臉胡米加和佩里克．薩爾明托。這三座肌肉山有十個正常人那麼重。他們想必剛到不久，因爲他們還在暖身。

「啊，鸛鳥來了。」科克握著艾貝托的手說。

「幾百年了，還活著？」黑臉胡米加向他招呼說。

佩里克只是咂咂嘴，伸出兩根手指，這是他從德克薩斯學來的招牌問候方式。艾貝托醫生喜歡這樣熟不拘禮的招呼，這是健身房的朋友對他親切的表示，彷彿一起穿著背心短褲、汗流浹背地鍛煉，已經抹去了年齡和地位的差別，讓他們能平等相待、親密無間。艾貝托回答他們說如果需要他的專業服務，他將十分樂意效勞，一旦有頭暈或害喜的徵兆，請立即到他診所去，他會戴上橡皮手套爲他們仔細檢查私密部位。

「把衣服換掉，來做暖身運動吧。」科克對他說著又在原地跳了起來。

「如果你心臟病發，也不過是一死，有什麼好怕的？」佩里克邊跟上科克的節奏，邊挑釁他說。

「衝浪小子在裡面。」他走進更衣室時聽見黑臉胡米加說。

果然，他的侄子理查在裡面，已經換上藍色運動服，正在穿運動鞋。理查的動作無精打采，彷彿手是爛布做的，毫無力氣，臉上一絲笑容也沒有。他看著艾貝托醫生，一雙藍眼睛毫不在意，完全是旁若無人的樣子，艾貝托醫生納悶自己是否突然變成了透明人。

「只有戀人才這麼出神。」醫生走近他，伸手摸亂了他的頭髮。「侄兒，清醒一點。」

「不好意思，伯父。」理查吃了一驚，回過神來，臉脹得通紅，彷彿做了見不得人的事給人逮個正著。「我在想事情。」

「一定是在想什麼壞事。」艾貝托醫生笑了。他打開運動包，找了個空的置物櫃，開始脫起衣服。「你們家現在一定亂成一團吧。艾麗雅妮姐很緊張吧？」

理查看了看他，眼睛突然閃著憎恨的目光，醫生納悶是什麼惹惱了這個小伙子。但是，他的侄子顯然竭力裝得很自然，強作笑臉：「是的，亂糟糟的，所以我來燃燒一點脂肪。反正還不到時間嘛。」醫生心想這語氣聽起來就像「還不到上斷頭臺的時間嘛」。他的語氣沉重，透著憂鬱。他臉上的表情、綁鞋帶的笨拙動作，以及身體猛烈的晃動，洩漏了他心中的煩亂、沮喪和焦慮。他控制不住自己的眼睛，一會兒睜開，一會兒閉上，一會兒又盯住一個定點，忽而移開，忽而收回，又移開，好像在尋找著什麼無法找到的東西。他是個外貌出眾的小伙子，在室外鍛煉得容光煥發，即使在嚴冬也堅持要去衝浪，對籃球、網球、游泳、足球也很拿手。運動讓他練出黑臉胡米加說的那種「迷倒同性戀」的身材——一點脂肪也不留，寬大的脊背，順著一塊塊清晰可見的肌肉直延伸到蜜蜂似的細腰；兩條粗壯敏捷的長腿連最優秀的拳擊家也要羨慕三分。艾貝托·金德羅斯常常聽見女兒夏洛和一眾姊妹淘拿理查和謝爾敦·赫斯頓相比，而理查還更勝一籌。理查正在念建築系一年級，據他父母羅貝托和瑪嘉麗塔說，他一向是個模範生，勤奮向學，聽話，尊敬父母，愛護妹妹，誠實，討人喜歡。他穿護具、運動服和運動鞋時，理查就站在蓮蓬頭旁等他，一腳輕輕地踏著拍子——艾貝托醫生最喜歡侄女艾麗雅妮妲和侄子理查，看到侄子魂不守舍的模樣，心裡很難過。

「理查，有什麼麻煩事嗎？」他假裝不經意地隨口問道，臉上掛著慈祥的微笑。「說說看，伯父能幫忙嗎？」

「沒什麼，什麼事也沒有。」理查急忙回答，臉又紅得像燒透的炭一樣。「我很好，等不及要做點運動了。」

「他們把我的賀禮送去給你妹妹沒有？」醫生突然想起來了。「莫吉亞商店答應昨天送去。」

「一條非常漂亮的手鐲。」理查開始在更衣室白色的磁磚地上跳起來。「我妹妹高興極了。」

「這樣的事情本來該由你伯母辦，可是她還在歐洲遊覽，只好我自己去選購。」艾貝托醫生眼裡一片柔情。「艾麗雅妮妲穿上結婚禮服一定很美。」

他弟弟羅貝托的女兒在女人之中正如理查在男人之中一樣出色，她的美貌是全體女性的榮耀，即使用「白玉般的牙齒、星星般的眼睛、絲般的秀髮、蜜桃般的雙頰」來形容也不免黯然失色。她身材修長苗條，一頭烏黑秀髮，皮膚白嫩，舉手投足優雅大方，就連呼吸也很有氣質。小小的臉蛋輪廓鮮明，猶如出自東方工筆畫家的手筆。她比理查小一歲，剛剛從中學畢業，唯一缺點是太過內向，內向到讓祕魯小姐競選委員會大為失望，因為無法說服她參加競選。包括艾貝托醫生在內，誰也不懂為什麼她這麼匆促決定結婚，特別是和那麼一個人。當然紅頭髮安圖涅斯有他的優點——忠厚老實，受聘為芝加哥大學企業管理系教授，將繼承肥料公司這份遺產，拿過幾個自行車賽獎盃；但是，比起米拉佛拉瑞斯和聖依希特羅等等為了能和她結婚甚至願意去殺人放火的追求者，他非但算不上美男子，而且是最平庸、最遲鈍的（艾貝托醫生為了對再過幾小時就要成為他侄女婿的人有這樣的看法而感到羞愧）。

「伯父，你換衣服比我媽媽還慢。」理查邊跳邊抱怨說。

叔侄倆走進健身房時，把擔任教練視為天職而不僅為糊口的科克正在指導黑臉胡米加。他指著胡米加的肚子發表高論：「不管是在吃飯、工作、看電影、上你老婆，還是喝酒，一生中的每分每秒，如果可能，甚至在棺材裡，都要縮小腹！」

「老傢伙，做十分鐘暖身，活動活動關節。」教練命令艾貝托醫生。

艾貝托醫生和理查一塊跳繩，他感到全身慢慢熱起來，覺得很舒暢。他心想，人生至此，如果能有他這般良好的體能，五十歲實在不可怕。在他的同齡朋友中，誰的肚子能這樣扁平，肌肉也毫不僵硬？別的不說，就說他的弟弟羅貝托吧，弟弟比他小三歲，卻挺個啤酒肚，年紀輕輕就駝了背，彷彿比他老十歲。可憐的羅貝托，掌上明珠艾麗雅妮妲要出嫁想必讓他很傷心，這在某種意義上可說是失去了她。醫生自己的女兒夏洛也隨時可能結婚。女兒的未婚夫塔多・索爾德維亞不久將拿到工程學位，那時他勢必也會感到難過，覺得自己更爲蒼老了。艾貝托醫生跳繩跳得俐落，節拍清楚，由於不懈地練習，跳得非常熟練，雙腳交替，雙手交叉張開，就像個優秀的體操選手。然而，他透過鏡子看到他的侄子跳得過快，由於急躁，常常絆到繩子。他侄子咬緊牙關，額頭冒出亮晶晶的汗珠，閉著雙眼，好像爲了更集中精神似的。也許是有關女人的事？

「好了，跳繩到此結束，你們這兩個懶惰鬼。」科克儘管正和佩里克及黑臉胡米加一起舉重，可是一直看著艾貝托醫生和理查，數著他們跳繩的時間。「三十下仰臥起坐，重複三次。開始，快點，你們這兩個化石。」

腹部動作是艾貝托醫生的強項。他做得很快，雙手抱著後頸，仰臥起坐板調整到第二節的位置，背部保持離地、額頭幾乎碰到膝蓋。每做完三十下休息一分鐘，身體攤平躺著深呼吸。做完九十下之後，他坐了起來，高興地看到他勝過了理查。他從頭到腳渾身是汗，心跳加速。

「我還是不明白艾麗雅妮妲爲什麼要和紅頭髮安圖涅斯結婚。」他突然自言自語地說。「到底看上他什麼？」

他失言了，馬上很後悔，但是理查彷彿對他的話並不訝異。剛做完仰臥起坐的他氣喘吁吁地開玩笑說：「伯父，常言道愛情是盲目的。」

「他是個優秀的青年，一定會給艾麗雅妮妲幸福。」艾貝托醫生想挽回自己的失言，顯得有點羞愧。「我是說，在你妹妹的追求者中有利馬最出眾的小伙子。你看，她別的一個也不理，最後卻接受了這個紅髮男。他是個好孩子，可是，太……」

「太蠢了，對嗎？」理查替他把話說完。

「好了，我不會說得那麼難聽。」艾貝托邊張開、合攏雙臂，邊吸氣、呼氣。「可是，他確實是個平淡無奇的人，和任何一個別的女孩結婚都很配，但是艾麗雅妮妲這麼出色的女孩，這小伙子就配不上了。」他對自己的過分直率有點不安。「喂，別曲解了我的話。」

「別擔心，伯父。」理查對他笑笑。「紅頭髮那傢伙是個好人，既然我妹妹看上了他，肯定知道自己在做什麼。」

「三十下側身彎腰，重複三次，廢物！」科克吼叫著，頭上舉著八十公斤，肚子鼓得像隻癩蛤蟆。「縮小腹，不要凸出來！」

艾貝托以為理查只要做起操來就會忘掉煩惱，可是他在做側身彎腰時，看見理查又露出一副怒相，顯得暴躁、不耐煩，臉色十分難看。他想起他們金德羅斯一家有過許多神經質的人，也許羅貝托的大兒子遺傳了這種傾向，注定要由他把這個傳統傳到年輕的一代去。然後，他不由得分心，想到不管怎麼說，在來健身房之前應該到診所去一下，看看那位生三胞胎的婦人以及動纖維瘤手術的女患者。他沒有繼續想下去，因為他需要全神貫注地做操。他遵照科克的命令（用力，我的老祖宗！快點，你是死人啊！），抬腿落腳（做五十次抬腿動作！），扭動腰部（快速扭腰，直到肺臟爆掉！），活動背部、軀幹、前臂、頸項。他化成呼氣吸氣的肺臟、滴著汗的皮膚、使盡力氣的幾塊肌肉，操練得又累又痛。當科克喊道「舉啞鈴十五下，連續三次」時，他已經筋疲力竭了。出於自尊，他想至少要用十二公斤的啞鈴做上一套動作，卻無能為力，他的力氣耗盡了。試第三次時，啞鈴從他手上滑脫，引起其他舉重運動員的嘲諷（如果你是死人，就去墳墓！如果你是鸛鳥，就到動物園去！叫殯儀館的人來！安息吧，阿門！）並且滿懷羨慕默不作聲地看著理查（他始終愁眉苦臉，又是滿臉怒氣）毫不費力地完成例行的訓練項目。艾貝托醫生想：遵守紀律，持之以恆，節制飲食，有規律的生活，這還不夠；雖然能使差別縮小到一定的限度，但超過這個限度，年齡就是難以克服的障礙，就是無法越過的高牆了。隨後，他光著身體坐在三溫暖室裡，汗水順著睫毛流下來，阻礙了視線，他傷感地反覆叨念著一句在書上讀到的話：「青春呀，想起你多麼叫人喪氣！」離開時，他看見理查已和舉重運動員聚在一起練舉重。科克對艾貝托醫生指著理查，露出譏諷的表情說：「這個小帥哥決定自殺了，醫生。」

理查根本沒有笑。他舉著啞鈴，滿臉是汗，脹得通紅，青筋爆現，滿腔的怒火好像要傾洩到他們身上。醫生想像著他侄子突然把手中的啞鈴扔過來，砸爛他們四個人的腦袋。他向眾人告別，並且喃喃地說：「理查，我們在教堂見。」

回到家裡，他打電話到診所。一聽說生三胞胎的婦人想跟來訪的女性友人玩橋牌、開纖維瘤手術的女人問說今天能否吃餛飩配羅望子醬，他便放心了。他同意讓她們玩橋牌、吃餛飩。現在他心中了無牽掛，換上深藍色西裝和白色絲綢襯衫，繫上銀灰色領帶，別了一只珍珠領夾上去。他正往手帕上灑香水，妻子的來信送到了；在信的末尾，女兒夏洛還附上幾句話。信是從她們行經的第十四個城市威尼斯寄來的，上面寫道：「當你收到這封信的時候，我們至少又遊覽了七座城市，每座城市都美極了。」她們過得很快活，小夏洛很喜歡義大利男人。「……像電影明星一樣帥，爸爸，你想像不出他們多懂調情，不過，別告訴塔多。吻你一千次，再見。」

艾貝托醫生步行來到歐瓦洛．古鐵雷斯大道的聖馬利亞教堂。時間尚早，客人剛剛開始到來。他坐到前排，望著祭壇消磨時間。祭壇上裝飾著百合花和白玫瑰，窗上的彩繪玻璃宛如主教冠。他又一次體認到自己一點也不喜歡這座教堂，彩色砂岩和磚塊非常不協調，蔥頭形的尖拱顯得很浮華。認識不認識的人一批一批地進入教堂，醫生自然得時不時面帶微笑打打招呼，從勉強沾上邊的親戚到多年不相往來的朋友，當然也有城裡那些顯赫人物，像是銀行家、大使、企業家、政治家。羅貝托啊羅貝托，瑪嘉麗塔啊瑪嘉麗塔，你們兩個簡直是交際花，醫生慈愛地想著，沒有苛責的意思，他對弟弟和弟媳的毛病十分寬容。中午的婚宴肯定是豐盛的筵席。

結婚進行曲奏起，看著新娘走進教堂，他的心情一陣激動。新娘果眞美得令人屏息，飄逸的白紗，小巧的臉蛋，面紗遮掩下的側影顯得分外典雅脫俗。她低垂著雙眼，挽著父親的手臂向祭壇走去。體型肥胖、儀表威嚴的羅貝托掩飾住內心的激動，擺出一副大地主的神態。紅頭髮安圖涅斯看上去不似平常那麼不起眼，穿著全新燕尾服，臉上露出幸福的光彩，就連他的母親（一個笨拙的英國女人，儘管在祕魯住了二十多年，仍舊分不清西班牙文的介系詞）身著黑色長禮服，頭髮攏得有兩層樓高，也成了個迷人的女性。艾貝托醫生想，眞是皇天不負苦心人。從小時候起，可憐的紅頭髮安圖涅斯就一直追求艾麗雅妮妲，對她甜言蜜語，體貼入微，但艾麗雅妮妲始終不以為然。可是，他甘願忍受艾麗雅妮妲的惡言相向和傲慢無禮，乃至於街坊的孩子對他如此百依百順的譏諷。艾貝托醫生思考著：紅頭髮是個有毅力的青年，終於達到了目的。現在他就站在那兒，激動得面色蒼白，正把戒指戴在利馬第一美人的無名指上。儀式結束了，艾貝托醫生穿過嘈雜的人群朝接待廳走去，不住地向賓客點頭致意。突然間，他遠遠地望見了理查。這個青年人一臉厭惡地與人群保持距離，直挺挺站在一根柱子旁。

排隊要去向新婚夫婦祝賀時，費布列兄弟講了一堆調侃政府的笑話，艾貝托醫生不得不陪著笑臉。這對孿生兄弟長得如此相像，據說連他們的妻子也分辨不清。接待廳擠得水洩不通，簡直要被擠垮了，不少人還在花園等著進來。一群服務生往來穿梭，給賓客送香檳。處處是笑鬧聲和碰杯聲，人人都說新娘漂亮極了。艾貝托博士終於排到了新娘跟前，他看到艾麗雅妮妲的模樣依然高貴優雅，儘管廳內又熱又擠。「祝你永遠幸福，小甜心。」他擁著新娘說。新娘湊近他的耳朵說：「今天一早，小夏洛從羅馬打電話向我祝賀，我和梅塞德斯伯母也說了話。她們還特地打電話給我，眞是太貼心了！」紅頭髮安圖涅斯渾身大汗，臉紅得像隻蝦，眼裡閃著幸福的火花。「艾貝托先生，現在我也應該叫您伯父啦？」「當然嘍，侄子。」艾貝托醫生拍拍他的背。「而且以『你』稱呼就行了。」

他快窒息了。離開接待廳，穿過一陣陣照相機的閃光、摩肩接踵的賓客和一聲聲的招呼，好不容易走到了花園。那裡每平方公分土地上站的人少一些，讓他至少還能呼吸。他喝了一杯酒，擠進一群醫生中間，這些醫生都是他的朋友，拿他妻子的外出旅行沒完沒了地開玩笑：梅塞德斯不會回來了，她會隨某個法國佬留在那裡；瞧他額頭已經冒出角來了（「額頭兩端長角」在西班牙語裡意指妻子有外遇）。怎麼今天大家都要拿他開玩笑？艾貝托醫生任他們講著，想起了健身房的事。在數不盡的人頭上邊，他不時瞥見理查。理查在接待廳的另一端，站在說笑的男男女女中間，繃著臉，皺著眉，像喝水似的一杯杯灌著香檳。也許他捨不得艾麗雅妮妲下嫁安圖涅斯，醫生想，或許他也但願妹妹能找個更匹配的人。不，比較有可能的是他正經歷某種自我認同危機。艾貝托醫生想起他在理查那個年齡也經歷過這種困難的轉變階段，當時他在醫學和航空工程學之間猶豫不決。（他父親最終用很有分量的理由來說服他：在祕魯，航空工程師如果有出路的話，那只能是去做風箏或模型飛機。）也許羅貝托只顧埋首於自己的生意中，無暇爲兒子出點主意。艾貝托醫生本著他的慷慨（這種慷慨使他得到眾人的普遍讚賞），決定要找一天邀請侄子到家裡來，以處理這件事所需要的高超技巧，巧妙地把事情了解清楚，找出幫助侄子的辦法。

羅貝托和瑪嘉麗塔的家坐落在聖克魯斯大道，離聖馬利亞教堂只有幾條街。教堂裡的接待儀式一結束，受邀至午宴的客人就在聖依希特羅大道的樹木和陽光下魚貫而行，向紅磚木頂的宅邸走去。這幢豪宅四周圍著草坪、鮮花、欄杆，爲午宴精心布置。艾貝托醫生一到門前就發現慶祝活動比他預計的還要盛大。他出席的這場社交盛會，專門撰寫八卦消息的記者將以「世紀盛事」這種字眼來形容。

花園裡到處擺滿了桌子，豎立著洋傘。另一頭靠近狗舍的地方架起了遮雨篷，下面是鋪著雪白桌布的桌子，一字順牆擺開，上面放滿了五顏六色的冷盤。吧檯設在養了許多日本魚的池塘旁，吧檯裡滿是杯子、瓶子、調酒器，以及一壺壺潘趣酒，好像要爲一支部隊解渴似的。身穿白上衣的年輕男侍者以及戴頭巾穿圍裙的女侍者看見客人一進大門就立刻迎上前去，遞上檸檬皮斯可雞尾酒、皮斯克角豆酒、熱帶水果伏特加、威士忌、杜松子酒或香檳，還有插著牙籤的乳酪、辣椒馬鈴薯、培根櫻桃、炸蝦、各種冷盤、利馬眾烹飪天才合力想出來的一口開胃美食。屋裡，一籃籃一束束的玫瑰、晚香玉、黃菖蒲、紫羅蘭、石竹，或靠牆擺放，或沿樓梯排開，還有的擱在窗臺和家具上，氣氛令人心曠神怡。鑲木地板剛打過蠟，窗簾洗得乾乾淨淨，瓷器和盤碗擦得亮晶晶。想到說不定連玻璃櫃裡的古董雕像也擦拭一新，艾貝托醫生不禁笑了。前廳裡也擺了自助式餐檯，餐廳裡則有琳瑯滿目的點心——杏仁糖、冰淇淋、蛋糕、鬆糕、蛋白餅、糖漬蛋黃、椰子糖、糖漿核桃，圍著壯觀的結婚蛋糕。結婚蛋糕上裝飾了白紗和棉花糖，女士看了不禁讚歎出聲，但讓她們尤爲好奇的是陳列在樓上的賀禮，等著看上一眼的隊伍排了那麼長，艾貝托醫生見狀立刻決定不跟進，儘管他想知道他送的手鐲在禮品中是否顯得夠體面。

他在屋裡四處走動，不斷地和人握手，親切地抱人、被抱。之後，他又回到花園裡，坐到遮雨篷下，悠哉清靜地品嘗他在那天的第二杯香檳。一切都很順利，瑪嘉麗塔和羅貝托實在很擅長擺排場。儘管請一個小型爵士樂團來現場演奏的作法他覺得不十分入流（地毯、桌子以及自助式餐檯已經撤走，讓出跳舞的空間），但他把這看作是對年輕一代的讓步，因爲眾所周知，對時下年輕人來說，沒有舞會的婚禮不成其爲婚禮。火雞和葡萄酒送上來了，此刻，艾麗雅妮妲站在門廊的第二級臺階上，拋出新娘捧花，她的一票女同學和女鄰居高舉雙手等著接。艾貝托醫生遠遠望見自艾麗雅妮妲出生就一直照顧她的保母老維南茜婭，她躲在花園一角，感動得流下淚來，還用圍裙擦著眼睛。

艾貝托醫生嘗不出那是什麼年份的葡萄酒，但立刻知道是進口酒，可能是西班牙或智利的，照這天的奢華鋪張看來，也可能是法國的。火雞很嫩，入口即化。濃湯像奶油般香滑，撒上葡萄乾的甘藍菜沙拉可口得讓他放棄了節制飲食的原則，情不自禁吃了又吃。他陶醉地享受著第二杯葡萄酒，不由覺得暈陶陶的。這時他看見理查向他走來，手中的威士忌酒杯搖搖晃晃，雙眼呆滯，聲音也變了。

「伯父，天底下還有比婚禮更愚蠢的事情嗎？」理查咕噥道，對周圍一切不屑地揮了揮手，接著就倒在旁邊的椅子上。他的領帶歪了，灰色西裝衣領上沾了一塊汙漬；眼睛裡除了濃濃的酒意，還有波濤洶湧的憤恨。

「那麼，坦白告訴你，我並不十分熱中參加派對。」艾貝托醫生和氣地說。「但我很驚訝以你的年齡居然也不喜歡這種活動。」

「我從心底感到厭惡。」理查喃喃地說，瞪著四周，好像要把所有賓客一舉消滅似的。「我不知道我他媽的在這裡做什麼。」

「你想想，假如你不來參加你妹妹的婚禮，她會怎麼想呢？」艾貝托思索著一些人在喝醉酒時會說出來的蠢話。難道他不曾看見理查在許多派對上都玩得很瘋嗎？他的舞不是跳得很好嗎？曾經有多少次他侄子跑到聚集在夏洛房間裡的男男女女面前即興地跳起舞來？但是，他沒對理查提起這些事，只是看著理查喝乾了威士忌，要侍者再給他一杯。

「不管怎麼說，你要有心理準備。」他對侄子說。「你結婚時，你父母甚至會辦得更盛大。」

理查把新倒滿的一杯威士忌送到嘴邊，半閉著眼啜了一口，接著頭也不抬有氣無力慢吞吞地說：「我永遠不結婚，伯父，我對天發誓。」他的聲音微弱地傳到醫生耳朵裡，幾乎要聽不見了。

醫生還沒來得及回答，一個穿藍色衣服、身形苗條的金髮女孩堅定地站到他們面前，抓住理查的手，不等他反應過來，就把他拉了起來。

「和一個老頭坐在這裡，你不覺得丟臉嗎？去跳舞，傻瓜。」

艾貝托醫生看著他們穿過門廊消失了，頓時覺得胃口盡失。「老頭」這兩個小小的字在他耳朵裡迴盪；他的朋友建築師阿蘭布魯最小的女兒那麼不假思索地說出這兩個字，她的聲音那麼甜美動聽。喝過咖啡之後，他起身到客廳看看。

派對正值高潮，跳舞的人已經很多，從樂隊所在的壁爐前蔓延到其他房間裡，隨著恰恰、梅倫格、昆比亞和華爾滋的旋律又唱又跳。在音樂、豔陽、美酒的催化之下，年輕人的歡樂氣氛感染了中年人，中年人又感染了老年人。艾貝托醫生驚訝地看到連八十幾歲的老親戚馬塞利諾．華帕亞先生也踏著〈灰雲〉舞曲的旋律，挽著他的弟媳瑪嘉麗塔，扭動著那一身快散了的骨頭。處處煙霧瀰漫，人聲嘈雜，你來我往，光影閃爍，其樂融融，艾貝托頓時有點頭暈目眩。倚著欄杆閉上眼睛休息一會兒後，他露出微笑，滿心歡喜地端詳起艾麗雅妮妲來。她仍然穿著結婚禮服，但已不戴面紗，一刻也不休息，帶頭跳著舞。每首舞曲結束，便有二十個小伙子圍上來，請她跳下一支舞；她面頰紅潤，眼睛明亮，每次選擇一個不同舞伴回到舞池的漩渦裡。醫生的弟弟羅貝托走到了他身邊。羅貝托沒有穿正統禮服，只穿一套咖啡色薄料西裝，但還是滿頭大汗，因爲跳舞的緣故。

「我不敢相信她嫁人了，艾貝托。」他指著艾麗雅妮妲說。「她漂亮極了。」艾貝托醫生對他笑了笑。「而且你給了她一個很豪華的婚禮。」

「把世界上最好的東西給我女兒也不夠。」他弟弟感嘆道，語氣中有一絲傷感。

「他們要到什麼地方度蜜月？」醫生問道。

「去巴西和歐洲，紅頭髮的父母出錢。」他指著吧檯，笑呵呵地說。「明天一大早就要走，可是看現在這個樣子，我女婿恐怕是走不了啦。」

一群小伙子圍住紅頭髮安圖涅斯，輪番和他乾杯。新郎的臉紅得不得了，不安地笑著，只用酒杯沾沾嘴唇，想騙過朋友，但這些人不服，一定要他喝乾。艾貝托醫生以目光尋找理查，但是他不在吧檯，也沒在跳舞，花園裡一樣沒有他的蹤影。

這時狀況發生了。華爾滋舞曲〈偶像〉剛奏完，跳舞的人正準備鼓掌，樂師的手才離開吉他，紅頭髮正乾第二十杯酒，新娘舉起右手遮著眼睛，彷彿要趕蚊子般，身子搖晃了一下，她的舞伴還沒來得及去攙扶，她就倒在地上了。新娘的爸爸和艾貝托醫生一動不動，大概以爲她滑倒了，很快就會高高興興地站起來。可是大廳裡陷入騷亂——眾人驚叫著，推擠著；新娘的母親瑪嘉麗塔呼喚著「我的女兒，艾麗雅妮姐，親愛的艾麗雅妮姐啊！」，使得他們也跑過去攙扶她。紅頭髮安圖涅斯一步跳過去將她抱起來，由一些友人護送，跟著瑪嘉麗塔夫人上樓去。瑪嘉麗塔夫人邊走邊說「從這兒走，送到她房間去，慢一點，要小心」，並且要人去找醫生來。家裡的幾個人（舅舅斐南多、表妹恰布卡、馬塞利諾先生）叫眾人別慌亂，吩咐樂隊重新奏樂。艾貝托醫生看到弟弟站在樓梯高處向他打手勢。啊呀，眞蠢，難道他不是醫生嗎？還等什麼呀？他大步跑上樓梯，賓客看到他都讓開路。

艾麗雅妮姐被送到臥室，那是布置成粉紅色、朝向花園的房間。新娘面色仍然很蒼白，但已漸漸甦醒過來，睜開了眼睛。在她床的周圍，站著羅貝托、紅頭髮新郎、保母維南茜婭；新娘的母親則坐在她身旁，拿一塊浸過酒精的手帕擦她前額。紅頭髮新郎拉起她的一隻手，又著迷又焦慮地凝視著她。

「請大家暫時離開，讓我和新娘獨處。」艾貝托扮演起醫生的專業腳色，如此命令道。他把大家推到門口：「你們不要擔心，沒什麼事。出去吧，我幫她檢查一下。」

唯一不肯離開的是老維南茜婭，瑪嘉麗塔幾乎不得不拖她出去。艾貝托醫生回到床邊，靠著艾麗雅妮姐坐下。透過長長的黑睫毛，艾麗雅妮姐茫然而恐懼地看了他一眼。他親親侄女的前額，邊爲她量體溫邊笑著對她說：「沒什麼，不要害怕。脈搏跳得有點快，呼吸困難。」醫生發現她的胸部束得太緊，於是幫她解開了鈕釦。

「反正你要換衣服的，這樣更省時間。」

看到她腰帶紮得那麼緊，艾貝托立刻明白了是怎麼回事，但是他不露聲色，也沒問什麼，以免侄女知道他已經明白了。艾麗雅妮姐脫衣服時，臉脹得緋紅，此刻她是那麼茫然不知所措，以致既不抬起眼睛，也沒張口說話。醫生對她說不必脫掉內衣，只要解下腰帶就行了，因爲腰帶妨礙她呼吸。他微笑著，裝出完全不在意的樣子，說在新婚之日，心情激動，幾天來的疲勞和忙碌，特別是一連幾小時瘋狂地不停跳舞，昏倒也是尋常的事。他檢查了侄女的胸脯和腹部（一解開緊緊束著的腰帶，明顯地鼓了起來），這個雙手曾經摸過成百上千個孕婦的專家立即斷定艾麗雅妮妲該是懷孕四個月了。他也檢查了侄女的瞳孔，胡亂問了幾個問題，免得她多心，最後囑咐她休息幾分鐘再回客廳去，可是不要再跳舞跳得那麼瘋了。

「你看，只是太累了。無論如何，我還是開點藥給你，緩和一下激動的情緒。」

醫生摸摸艾麗雅妮妲的頭髮，爲了讓她在父母進來前平靜下來，問了她幾個關於蜜月旅行的問題，她有氣無力地回答。他對侄女說，能去一次這樣的旅行是一個人最幸福的事情；他由於工作繁忙，從來沒能騰出時間去這麼多國家玩，甚至將近三年沒去倫敦了，儘管那是他最喜歡的城市。他看到艾麗雅妮妲趁著他在說話，偷偷將腰帶藏了起來，換上浴袍，把一件裙子、一件領口和袖口都有繡花的上衣及一雙鞋子放在椅子上，而後又在床上躺好，蓋上被子。醫生心想是不是乾脆和侄女把話說開，告訴她旅行途中應該注意些什麼更好。但是，他馬上打消了這個念頭。可憐的新娘會很不好過，會覺得非常難爲情。再說，已經這麼長一段時間，她一定暗地裡看過醫生，完全清楚應該怎麼辦。但不管怎麼說，腰帶束得那麼緊是危險的，眞的會出問題，也可能對嬰兒有傷害。想到天眞無邪的的小侄女如今已爲人母，他心裡一陣感動。他走到門口，打開門，爲了讓新娘聽見，故意高聲地安慰等在外面的家人說：「她比你們和我都健康，可是累壞了。派人去幫她買點這種鎮靜劑，讓她休息一會兒。」

維南茜婭衝進臥室。艾貝托醫生的視線越過肩膀上方，看老傭人輕柔地低聲安撫艾麗雅妮妲。艾麗雅妮妲的父母也進去了，紅頭髮安圖涅斯也想進去，可是醫生嚴肅地拉住他的手臂，把他帶到浴室，關上了門。

「紅頭髮的，以她的狀況，整個下午都這樣跳舞，太胡鬧了。」醫生邊往手上擦肥皀，邊以極爲自然的語調對他說：「差點沒流產。你去告訴她，不要束腰帶，更不能束得那麼緊。她懷孕多長時間了？三個月？四個月？」

這時，彷彿被眼鏡蛇致命地咬了一口，艾貝托醫生一驚，腦子裡閃過一個可怕的疑問。他顫抖了一下，覺得浴室裡的寂靜有如電流一般；他從鏡子裡看到紅頭髮新郎目瞪口呆，表情扭曲，嘴角歪斜地僵住，臉色像屍體一樣蒼白。

「三個月，四個月？流產？」他結結巴巴地問，彷彿要窒息了。

醫生感到腳下的地在下陷。你眞蠢！眞魯莽！現在他才清清楚楚地想起艾麗雅妮妲戀愛、結婚只不過是幾個星期的事情。他把目光從安圖涅斯身上移開，慢慢地擦著雙手，腦子裡緊張地思索著，想找到什麼謊話，什麼託辭，把那個青年從痛苦的深淵中（他剛剛把那青年推進去）救出來。他只說得出幾句連他自己都認爲愚蠢的話。

「不要讓艾麗雅妮妲知道我發現了。我讓她以爲我不知道。最重要的是，你不用擔心，她很好。」

醫生急忙走出浴室，經過安圖涅斯身邊時從眼角瞄他。小伙子還站在原地，兩眼發直，張著嘴，滿臉大汗。他聽到安圖涅斯在他身後從裡面反鎖了浴室的門，想著他會痛哭一場，會去撞牆，扯頭髮，罵我，恨我，比對艾麗雅妮妲還恨。不恨我，恨誰呢？醫生慢慢地走下樓梯，滿心愧咎，擔憂不已。他一邊走，一邊像機器人似的反覆對賓客說：艾麗雅妮妲沒怎麼樣，馬上就會下樓來。他走到花園裡，貪婪地吸了一口空氣，感到輕快些，接著走到吧檯，喝了一杯純威士忌，決定回家去，不在這裡等著看好戲——由於他的無知和好意引起的風波。他只想關在自己的書房裡，舒舒服服地坐在黑色皮椅上，沉浸在莫札特的音樂中。

艾貝托醫生在大門口碰見了理查，他坐在草地上，垂頭喪氣，盤腿而坐，像個菩薩，背倚著鐵欄杆，一身西裝皺巴巴的，沾滿塵土、汙漬和草屑。他的臉色讓醫生忘記了紅頭髮新郎和艾麗雅妮妲，停住了腳步。理查的眼睛由於憤怒以及喝酒過多而充血，瞪得又圓又大，兩道口水從嘴角流了下來，表情既可笑又可憐。

「別這樣，理查。」醫生喃喃說道，彎下身去，打算把侄子拉起來。「不能讓你父母看到你這個樣子。來，先跟我回我家去，等你清醒了再說。我從來沒想過會看到你這個樣子。」

理查望著他，卻看不見；他仰起頭，雖然順從地想站起來，但是兩腿發軟。醫生不得不拉住他兩隻臂膀，幾乎是把他抱起來。醫生架著他的雙肩，扶他走路，他像個布娃娃似的一步三晃，彷彿隨時都要撲倒在地。「我們出去看看能否叫到計程車。這樣走下去，你連轉角那裡也走不到。」醫生咕噥道，站在聖克魯斯大道一旁，單手攙著理查。幾輛計程車開過去，但都有乘客。醫生舉著手，等候計程車，加上想起了艾麗雅妮妲和安圖涅斯，同時又對侄子的狀況感到不安，這一切讓他這個一向鎮靜的人緊張起來。這時，他從理查前言不搭後語的微弱喃喃聲中聽到了「手槍」這個詞，不禁笑起來。「遇到挫折不要灰心。」他彷彿自言自語地說，不期望理查聽到或回話。「侄子，你要手槍幹什麼？」

理查那雙流露出殺機的眼睛左顧右盼，不知看著什麼地方。他聲音粗啞、緩慢地回答，一字一字說得非常清楚，每個字都懷著深仇大恨：「殺了那個紅頭髮的。」停了一會兒，突然又補上一句：「或者殺了我自己。」說這句話時甚至都破音了。

理查的舌頭又不聽使喚了，艾貝托醫生聽不懂他接下來說了些什麼。就在這時，一輛計程車停了下來，醫生把理查推上去，告訴司機地址，自己也上了車。在汽車開動的一瞬間，理查哭了起來。醫生轉過頭去看他，理查向他撲去，頭埋在他胸前，身子一抖一抖地抽抽噎噎。醫生一隻手摟住他，像剛才對他妹妹那樣摸了摸他的頭髮，並且對司機使了個眼色，意思是說「小伙子喝多了」，請他不必緊張，因爲司機正從後照鏡裡看著那一幕。醫生讓理查靠在他身上，任他一把鼻涕一把眼淚地哭，把他藍色西裝和銀灰色領帶都弄髒了。當他在侄子那令人費解的獨白中聽到兩三次那句可怕的、然而也是動聽甚至可說是純潔的話（「因爲作爲男人我也愛她，任憑什麼我都不在乎，伯父」），他連眼皮也沒眨，心也沒有發慌。

到了他家的花園，理查嘔吐起來，一陣一陣地痙攣，連小狗都嚇壞了，管家和女傭拉長了臉。艾貝托醫生架著理查，把他送到客房，讓他漱了漱口，脫掉衣服，安頓在床上，又給他服了強效安眠藥。然後，醫生坐在他身邊，慈祥和藹地哄著他——他知道理查既聽不見也看不見，直到覺得他像個孩子似的酣然入夢。

醫生打電話到診所，告訴值班醫生除非有什麼急事，否則他明天才會出現。他吩咐管家，無論是有訪客上門或有人打電話來，都說他不在家。交代完畢，他倒了一杯雙份威士忌，一頭鑽進音樂間。他在唱機上放了一疊義大利音樂家阿爾畢諾尼、韋瓦第和史卡拉第的唱片，因爲他認爲聽上幾個鐘頭威尼斯、巴洛克和一般樂曲是掃除陰霾的好辦法。埋在軟綿綿的皮椅裡，蘇格蘭海泡石菸斗在雙唇之間冒著煙，他閉上眼睛，等待音樂創出奇蹟。他想，這是一個很好的機會，試驗一下他年輕時就爲自己設定的道德準則。根據這個準則，寧願諒解人而不評判人。他不覺得驚恐、憤慨或太過意外。他發現了一個人隱藏的激情，一種不可征服的愛，這種愛含有柔情和憐憫。他自言自語地說：現在他明白了，爲什麼一個那麼美麗的女孩匆匆忙忙跟一個傻子結了婚；而一個帥氣的衝浪好手、鄰近一帶最英俊的年輕人，爲什麼從不曾傳出熱烈追求哪個女孩子的消息；爲什麼他那樣心甘情願地、一絲不苟地去執行保護妹妹的任務。他享受著雪茄的香氣，品嘗著濃烈的威士忌，心裡想著沒必要太爲理查操心。他會找出辦法說服弟弟羅貝托，讓弟弟送兒子到國外，比如去倫敦讀書——在那個城市裡，他會找到新奇的事情和足夠的刺激，從而忘掉過去。醫生感到不安且關心的反倒是故事裡的另外兩個人物。他漸漸地陶醉在音樂中，一大堆沒有答案的問題在他腦子裡亂糟糟地翻騰，不過愈來愈淡薄、愈來愈縹緲了。紅頭髮新郎那天下午就會拋棄他那衝動魯莽、愚不可及的妻子嗎？說不定此刻已經拋棄了？還是默不作聲，或許是高尚或許是愚笨地繼續愛那個他曾拚命追求的騙人的女孩？這件醜事會張揚出去，還是會在虛僞、驕傲、廉恥的面紗掩蓋下，永遠把聖依希特羅的這場悲劇隱藏起來？

3

那次衝突後沒幾天，我又見到了彼得羅．卡瑪喬。那是上午七點半，我擬好了第一份新聞稿，打算去布蘭薩喝杯牛奶咖啡。行經中央電臺警衛室的時候，透過小窗我看見了那臺雷明頓。我聽到打字機在響，沉重的按鍵敲擊在滾筒上的聲音傳進我的耳朵，卻見不到機器後面的人。我頭探進窗口：打字的人是彼得羅．卡瑪喬，他的辦公室就設在這個小隔間裡。這個侷促的房間屋頂很矮，牆壁受潮毀損，還畫滿了內容下流的塗鴉。就在這樣一個廢墟般的房間裡，放上了一張和那臺雷明頓同樣高級的書桌，那架打字機在上面「噠噠」地響個不停。書桌和雷明頓的龐大體積幾乎把彼得羅．卡瑪喬的小小身軀吞沒了。他在椅子上墊了幾個枕頭，儘管如此，他的頭部也只及鍵盤的高度，於是他的雙手是在與眼睛同一水平的位置打字，看起來就像他在打拳擊似的。他是那樣地全神貫注，我已站到他身旁，仍然沒察覺我的出現。他那突出的眼睛死死地盯著稿子，兩根指頭不停敲打，牙齒輕輕咬著舌頭。他仍然穿著第一天那身黑色的西裝，既沒有脫掉上衣，也沒有摘去領結。在這個幾乎容納不下書桌、機器和卡瑪喬的狹小房間裡，看著他那副聚精會神忙得不可開交的樣子，看著他那一頭長髮與一身十九世紀詩人的裝束，看著他如此嚴肅認真地坐在對他來說顯得那樣龐大的書桌和打字機前，我不禁感到既同情又好笑。

「卡瑪喬先生，您起得眞早啊！」我問候道，前腳已經踩進了他的小辦公間。

他只是目不斜視地點點頭，暗示我要麼閉嘴，要麼就等一下，或者閉上嘴等著。我選擇了後者，等著他打完那句話。我看到他桌子上堆滿了打好字的稿紙，地下扔著幾個揉皺的紙團，看來沒人想到要幫他準備一個字紙簍。過了片刻，他雙手離開鍵盤，看看我，站起身，有禮貌地伸出右手，用句格言回答了我的問候：「藝術無須時間表。早安，我的朋友。」

我沒問他在這個洞穴裡會不會很難過，因爲他一定會回答說「困苦的環境有益於藝術上的成就」。我寧可邀請他去喝咖啡。他望望細手腕上滑來滑去的那只老舊得猶如古物的手表，低聲咕噥道：「已經創作了一個半小時，應該放鬆一下了。」前往布蘭薩咖啡館的途中，我問他是否總是一大早就開始工作。他回答說，他與其他搞創作的人不同，他的靈感和白日的光亮成正比。

「我的靈感隨著日出而到來，太陽愈熱，靈感愈旺。」他唱歌般地解釋。此時，一個睡眼惺忪的小伙子正在我們身邊打掃布蘭薩滿地的木屑、菸蒂、垃圾。「第一道曙光乍現，我就開始寫作。中午時分，我的大腦像火炬一樣灼熱明亮。下午火力逐漸減退，黑夜一到，我就停止工作，因爲只剩下灰燼了。但是沒有關係，下午和晚上正是配音員工作效率最高的時候。我的作息安排得井井有條。」

他說起話來非常嚴肅，我覺得他簡直無視於我的存在。他是那種不需要對話的人，跟他交談的人只要聽就好了。就像第一次見面時一樣，我很驚訝他的談吐毫不幽默，儘管臉上露出木偶般的微笑——咧嘴、齜牙、聳眉頭，藉以妝點他的獨白。他無論說什麼都顯得極其莊重，加上他那完美的咬字發音、矮小的身軀、不尋常的裝束、戲劇化的動作，更顯他是個古怪的異類。顯然，他認爲自己所說的話就是金科玉律。看得出來，他既是世界上最裝模作樣的人，也是世界上最誠懇的人。我試圖把他從藝術範疇的說教拉到普通的閒話家常來。我問他是否已經安頓下來，在這裡有沒有朋友，覺得利馬如何。對這些世俗話題，他覺得不值一談，不耐煩地說在離中央電臺不遠的基爾卡路已經找到了一間「atelier」（工作室）；又說他到哪裡都是隨遇而安，因爲藝術家的祖國難道不就是整個世界嗎？他不要咖啡，而是點了一杯檸檬馬鞭草薄荷茶。他解釋說，這種飲料不僅味道甘美，且有「養腦益智」之效。他一口接一口規律地喝著，好像每一次把杯子送到唇邊都準確地計算過時間。他剛一喝完，便立起身，堅持要各自付款。接著，他請我陪他去買一份利馬市區地圖。我們在聯合大道的書報攤找到了他要買的東西。他對著天空攤開地圖，望著各個區域的五顏六色，滿意地點點頭，要求開一張標明二十索爾的發票。

「這是爲了我的工作買的，雇主應該讓我報帳。」我們走回各自的辦公室時，他如此聲稱。他走路的姿勢也很奇特：迅速而緊張，彷彿擔心誤了火車一樣。

我們在中央電臺門口分手，他指著那擁擠的辦公室，有如展示一座宮殿，洋洋自得地說道：「實際上，辦公室等於在街上，我就像是在人行道上工作。」

「人聲那麼嘈雜，車輛來來往往，不會很干擾嗎？」我大膽問道。

「恰恰相反。」他篤定地說，似乎很高興還有最後一次機會再送我一句格言：「我寫的就是生活，現實生活的衝擊對我的作品而言不可或缺。」

我正要走開，他勾勾食指叫我回去，指著地圖，語氣神神祕祕地問我今天稍晚或者明天可否多告訴他一些利馬的事，我說我很樂意。

回到泛美電臺的頂樓木屋，我看到帕斯夸爾已經把九點鐘的播音稿準備好了。稿子的開頭，他用了一則他非常喜愛的那種新聞，是從《時事報》上抄來的，只不過用一堆形容詞點綴了一番：「在風雨大作的安地列斯群島海面上，巴拿馬貨輪『薩爾克』號於昨晚沉沒，八名船員死亡，屍體遭爲害上述海域的鯊魚咀嚼一空。」我把「咀嚼」改成「呑食」，刪掉了「風雨大作的」和「上述」等詞，最後簽上「已閱」二字。帕斯夸爾並不生氣，他是從來都不生氣的，但卻提出異議：「好心的馬里奧先生呀，總是給我改得亂七八糟。」

整整那一週，我都在努力創作一個短篇小說，是以我舅舅彼得羅講的故事爲基礎寫的。我舅舅是安卡什省一處莊園裡的醫生。那裡有個農民，在夜晚裝扮成「畢斯達戈」（魔鬼），從蘆葦叢中跑出來嚇唬另外一個農民。那個遭捉弄的受害者嚇得揮起刀向「畢斯達戈」砍去，一下子把他的腦殼砍成兩半，這個魔鬼立刻被送到另外一個世界去了。揮刀的農民隨即躲進山中。過了不久，一夥農民參加慶典後回家，見到有個「畢斯達戈」在村裡鬼鬼祟祟的，便一擁而上把魔鬼亂棍打死。死者原來是殺害第一個「畢斯達戈」的凶手，他爲了在夜裡回村探視家人而假扮魔鬼。那群殺人犯也逃進山裡，同樣扮成「畢斯達戈」趁黑夜回村，結果其中兩個人被嚇壞了的村民亂刀砍死，以後這些農民也是如此這般云云。我原來要描述的並不像我舅舅彼得羅的莊園裡所發生的那樣，也不是像後來我所想像的那樣在多不勝數的「畢斯達戈」中間，眞正的魔鬼卻溜掉了。我打算把這篇小說題名爲〈質的飛躍〉，我想把這個故事寫得像波赫士的作品那樣，冷靜客觀，靈巧簡煉，又富含諷刺意味。波赫士是我近日的新發現。我把花在辦公室、學校、布蘭薩咖啡館之餘的零碎時間全部投入到這篇小說上去了。在外祖父家裡我也寫，中午寫，晚上寫。在這一星期中，我既沒有去任何一位舅舅家吃午飯，也沒有如平常一樣去探望表姊妹，更沒有去看電影。我寫了又撕掉，或者更確切地說，剛寫上一句，覺得不稱心，便又重新開始。我認爲任何一個拼音或書寫錯誤都非偶然、都引人注目，都將被神或人無意中發現：此語不妥，需要修改。帕斯夸爾抱怨了。「老天爺，赫納羅家的人如果看到你這樣浪費紙，一定扣我們的工資。」到了星期四那天，我覺得故事終於大功告成了。那是一篇長達五頁的獨白，故事末尾才揭露眞相：扮鬼的恰恰是說故事者本人。十二點鐘泛美電臺播音之後，在閣樓上，我把〈質的飛躍〉念給哈威爾聽。

「妙極了，兄弟。」他爲我鼓掌，讚賞地說。「可是，幹麼要寫這種鬼故事呢？爲什麼不寫一篇現實生活的小說呢？爲什麼不刪掉魔鬼的情節，就讓故事在那群假『畢斯達戈』中間展開呢？不然的話，就寫一篇虛幻的故事，把你能想像出來的全部幻影都寫出來。但是，不要魔鬼，別寫魔鬼，因爲那會帶有一種宗教氣息，一股假虔誠的味道。最糟的是，在當今，這種題材是陳腔濫調。」

他走了之後，我把〈質的飛躍〉撕成碎片，扔進字紙簍裡，決心忘掉那些「畢斯達戈」，跑到路裘舅舅家裡吃中餐去了。在那裡，我聽說胡莉亞姨媽和一個我從沒見過但久仰大名的男人之間傳出了戀情。那人是阿道爾夫·薩爾希多，某個豪宅的主人、亞雷基帕市參議員，我們家族的遠房親戚。

「這個追求者的好處是既有錢又有勢，而且對她是認眞的。」奧爾嘉舅媽評論道。「已經向她求婚了。」

「糟糕的是這位阿道爾夫先生已經五十歲了，至今還沒有洗清他太太對他的指控。」路裘舅舅反駁說。「如果你妹妹跟他結婚，要不就得守活寡，要不就得偷人。」

「他和卡爾洛塔的事純粹是典型的街談巷議、謠言中傷。」奧爾嘉舅媽爭辯道。「阿道爾夫儀表堂堂，是個百分之百的正人君子。」

參議員和卡爾洛塔女士那段逸事，我知道得一清二楚，因爲我以此爲題寫過一篇小說，一樣在哈威爾的一番誇獎之後扔進了字紙簍。他倆的婚事是祕魯共和國整個南部地區的大新聞，因爲阿道爾夫先生和卡爾洛塔女士在布諾省各自坐擁大片土地，他們的結合勢必創造出一塊無邊無際的共有土地。婚禮極爲盛大，在金碧輝煌的雅納華拉教堂舉行，賓客來自祕魯各地，還擺了極爲豐盛的喜筵。蜜月剛剛度了兩週，新娘子就把丈夫拋在國外獨自歸來，醜聞傳得沸沸揚揚。她宣布將向羅馬教廷提出廢除婚約的請求，整個亞雷基帕市爲之愕然。

某個禮拜日，做過十一點鐘的彌撒之後，阿道爾夫．薩爾希多的母親在教堂的門廊裡當著新娘的面憤怒地責問她說：「不要臉的東西，你爲什麼就這樣拋棄了我那可憐的兒子？」

那位布諾省的女莊園主高傲地揮揮手，故意用大家都聽到的大嗓門回答：「夫人，那是因爲男士們身上特有的那個傢伙，你兒子只能拿來撒尿。」

她終於促使教會方面廢除了婚約。阿道爾夫．薩爾希多成了家庭聚會上取之不盡的笑料。自從他認識胡莉亞姨媽以來，一天到晚不是請吃飯就是送禮，時而請她去玻利瓦爾燒烤餐廳，時而去「九一」飯店，時而贈送香水，時而以一籃又一籃的玫瑰花轟炸她。我聽見這些消息，十分開心，期待著胡莉亞姨媽出來對準那位追求者射上一箭。但是，她卻把我們弄得目瞪口呆，因爲到了喝咖啡的時候，她手裡抱著滿懷的包裹出現了。她一露面，便哈哈笑著宣布說：「謠傳全都是眞的，薩爾希多參議員果眞不舉。」

「胡莉亞，我的老天，別那麼沒有教養！」奧爾嘉舅媽申斥她。「人家會以爲……」

「今天上午，他本人親口告訴我的。」胡莉亞姨媽辯白道，她對那位大莊園主的悲劇頗有些幸災樂禍。

那位大莊園主二十五歲之前一切正常，但就在一次倒楣的美國度假之旅中，不幸的事情發生了。胡莉亞姨媽記不清是在芝加哥、舊金山還是邁阿密，年輕的阿道爾夫在酒館裡邂逅了一名女子，征服了她的心（至少他以爲如此）。女子帶他到一家旅館。正當他倆打得火熱，阿道爾夫突然感到有把匕首頂在背脊上。他扭頭一看，是個身高兩米的獨眼男。他們沒傷害他，沒有打他，只是洗劫了他的手表、獎章、全部美元。就這樣，從此他再也不能人道。每當他正要和女人親熱，就感到脊梁骨上有把冰涼的匕首，彷彿又看見了獨眼男那凶惡醜陋的面孔，於是冒出一身冷汗，欲念也隨之消失。他四處投醫，請教心理諮商師，甚至找過某個亞雷基帕市的江湖術士，這個庸醫在有月亮的晚上把他活埋在火山腳下加以治療。

「別那麼壞。不要取笑那個可憐人了。」奧爾嘉舅媽笑得前俯後仰。

「如果我能肯定他永遠保持這個狀況，爲了他那些錢財，我也可以跟他結婚。」胡莉亞姨媽毫無顧忌地說道。「可是，萬一我把他治好了呢？你看不出來那糟老頭子想在我身上補回他失去的時光嗎？」

我在想，帕斯夸爾聽了亞雷基帕市參議員的歷險記一定十分開心，說不定會熱心地用整整一篇新聞稿加以報導。路裘舅舅告誡胡莉亞姨媽，她若是那樣苛求，就別想在祕魯找到丈夫。她抱怨這裡像玻利維亞一樣，美男子都是窮光蛋、有錢人都是醜八怪；即使有一、二個有錢的美男子，又總是結了婚的。忽然，她轉過身來問我，這一星期沒露面，是不是害怕再被拉去看電影。我說不是，編了一些要考試的謊話，然後提議當天晚上去看電影。

「好極了，去萊烏羅電影院。」她專斷地決定道。「那裡在上映一部叫人痛哭流涕的影片。」

我乘公車返回泛美電臺，一路上思考著用阿道爾夫的故事再試寫一篇小說，寫得輕鬆愉快一點，模仿毛姆的風格，或者像莫泊桑那樣，寫一篇嘲諷式的豔情小說。走進電臺，小赫納羅的祕書在辦公室裡獨自傻笑。她笑什麼？

「在中央電臺，彼得羅．卡瑪喬和老赫納羅鬧了一場糾紛。」她告訴我。「那個玻利維亞人宣稱在他的廣播劇裡一個阿根廷演員也不要，否則他就辭職。他贏得盧西亞諾．潘多和荷塞菲娜．桑切斯的支持，如願以償了。那些阿根廷人的合約作廢了。眞好玩，對嗎？」

在本籍和阿根廷籍的廣播員、主持人、配音員之間，存在著你死我活的競爭。阿根廷人如潮水般擁入祕魯，其中許多人是由於政治因素被驅逐出境的。我以爲那位耍筆桿的玻利維亞人之所以採取這一行動是爲了贏得本地同事的好感，然而事實並非如此，我很快發現這種猜測是不對的。他厭惡阿根廷人，對阿根廷的配音員尤其痛恨，看來這裡面並無私心。擬好七點鐘的新聞稿後，我去看他，打算告訴他我有些空閒時間，可以向他多介紹一下利馬。他把我讓進他的洞穴，以一種慷慨的姿態請我坐在除他自己那把椅子之外唯一可坐的地方：充作書桌的那張桌子的一角。他仍舊穿著那套西裝，繫著那條花格小領帶，置身於一疊疊仔細堆積在雷明頓旁邊的打字稿中間。那張利馬市平面圖已經以圖釘釘在牆壁上，各個街區都用紅鉛筆標上了一些奇形怪狀的符號以及各式各樣的縮寫字首。我問他那些標記和字母是什麼意思。

他點了點頭，露出機械化的微笑，這微笑包含著發自內心的得意和寬宏大量的神氣。坐定之後，他像發表演說似的開口道：「我是在生活的基礎上創作的，我的作品就像葡萄藤那樣攀附在現實生活上。爲此我才需要地圖。我想知道這個世界是不是如我所描繪的那個樣子。」

他指著地圖，我探過頭去，想明白他要說什麼。那些縮寫字母頗爲費解，既不是指什麼機關團體，也不是指哪個社會名流。唯一清楚的是，他把米拉佛拉瑞斯和聖依希特羅、維多利亞和卡亞俄港的各區域都用紅筆圈了出來。我告訴他，我一點也看不懂，請他解釋一下。

「很簡單。」他的口氣頗不耐煩，很像神父的語調。「最重要的是眞實。藝術就是這樣，絕不能虛假，除非在特殊情況下。我必須知道利馬是不是就像我在地圖上標的那樣。比如，聖依希特羅區標上兩個Ａ是不是合適？它是不是那些世襲名門和暴發戶住的區域？」

他講到「Ａ」的時候加重了語氣，那腔調似乎在說「只有瞎子才看不見陽光」。他根據社會階級把利馬市的區域分了類，但是他的用詞和記名法卻實在奇怪：有些地方他一語中的，另外一些則完全是主觀臆斷。比如，我贊成給耶穌·馬利亞區標上ＭＰＡ（中產階層、自由業、家庭主婦）；但是我提醒他，給維多利亞和保爾貝尼區打上ＶＭＭＨ（流浪漢、性變態、暴徒、妓女）的可怕標記，是很不公道的；把卡亞俄港縮寫成ＭＰＺ（水手、漁夫、黑人）或是塞爾卡多和奧古斯定標上ＦＯＬＩ（女傭、工匠、農夫、印第安人），也實在値得商榷。

「這不是科學分類，而是藝術分類。」他以做報告的口氣說道，一面揮動著他那小矮人的手掌，打著變魔術的手勢。「我列出的是代表人物，也就是那些賦予各區獨特氣味和色彩的人，而不是所有住在那一區的人。假如某個腳色是婦科醫生，他就應該生活在與他身分相稱的地區，警長的腳色也是如此。」

針對城市人口的分布，他鉅細靡遺問了我許多饒富興味的問題。（只有我覺得有趣，因爲他一直保持著葬禮般的肅穆神情。）我發覺他最感興趣的都是一些極端：百萬富翁與乞丐，白人與黑人，聖人與罪人。他根據我的回答，毫不遲疑、熟極而流地在地圖上增減修改原有的符號，讓我覺得他所發明、使用的這套分類法大概行之有年了。但他爲什麼只把米拉佛拉瑞斯、聖依希特羅、維多利亞和卡亞俄港用紅筆圈起來呢？

「因爲這些地方，毫無疑問，將是主要的舞臺。」他說著，那雙突出的眼睛帶著拿破崙式的自滿神情掃視著那四個區域。「我這個人討厭半吊子、混濁的水和淡咖啡。我喜歡是非分明、男女清楚、日夜有別。在我的作品裡，一向要麼是貴族，要麼是平民；要麼是妓女，要麼是貴婦。中產階級既不能激起我的靈感，也不能激起我的聽眾的熱情。」

「您很像浪漫主義作家。」很不幸，我說錯了話。

「事實上，是他們像我！」他從椅子上跳了起來，惱火地說。「我從來沒有抄襲過別人的東西。對我的作品有任何批評指教都行，唯獨這種汙衊我不能接受。恰恰相反，是旁人用最下流的方式剽竊我的作品。」

我努力向他解釋，我說像浪漫主義並非有意侮辱他，那只是個拙劣的玩笑，但是他不聽。他突然就氣得火冒三丈，那副激憤的神情彷彿面對一群滿懷期望的聽眾。他用他那渾厚而悅耳的聲音連珠砲地罵道：「整個阿根廷到處都流傳著我的作品，它們被拉普拉他河流域那幫『寫稿匠』糟蹋得不成樣子。您以前和阿根廷人相處過嗎？您如果看見阿根廷人，趕快躲開他，因爲那股阿根廷臭氣會像痲疹一樣傳染。」

他臉色發青，鼻翼不住翕動，咬牙切齒地擺出厭惡的表情。面對他個性中截然不同的這一面，我感到大惑不解，只好含含糊糊地嘟噥了一句什麼，大致的意思是：拉丁美洲沒有智慧財產權保護法，實在令人遺憾。結果我又惹了禍。

「不是這個意思。被別人剽竊，我並不在乎。」他更加惱怒。「我們這些藝術家並不是爲沽名釣譽而工作的，而是出於仁愛。即使我的作品冠上了別人的名字，如果能夠傳遍全球，我也心滿意足。那些拉普拉他的別字先生之所以不可原諒，是因爲他們任意篡改我的劇本，改成低俗的東西。你知道他們幹了些什麼嗎？除了必定改換標題和人名之外，他們總要用一些阿根廷佐料加油添醋……」

「眞狂妄，太不尊重人了。」我打斷他的話，心想這一次肯定說對了。

他輕蔑地搖搖頭，擺出悲劇般的莊嚴神情，以震動這座洞穴的聲音一字一字緩慢地吐出兩句我從來沒聽他說過的粗話：「臭婊子！死玻璃！」

我想讓他說下去，希望知道爲什麼他對阿根廷人的仇恨要比一般人強烈。但是，看到他那副氣急敗壞的模樣，我沒敢張嘴。他的臉痛苦地抽動了一下，一隻手揉了揉眼睛，彷彿想抹掉過去的陰影。接著，他滿面愁容地關上斗室的窗戶，把打字機的滾筒調到中間，蓋上打字機的蓋子，拉了拉領結，從書桌裡拿出一本厚書夾在腋下，示意要和我出去走走。他熄了燈，來到門外，鎖好房門。我問他那是本什麼書？他充滿感情地撫摸著書背，好像愛撫一隻小花貓一樣。

「一個患難之交。」他激動地低聲說，一面把書遞給我。「一個忠實的朋友和工作助手。」

這本書是由埃斯巴薩．加爾貝出版社於史前某個時候出版的，厚厚的封皮上滿布五顏六色的斑點和刮痕，書頁已經泛黃。儘管作者學歷傲人（阿達爾貝爾托．卡斯德洪．德拉．雷蓋拉，穆爾西亞大學古典文學、語法和修辭學碩士），卻是個沒人聽過的傢伙。書名聽起來格局很大：《世界百大名家文學語錄一萬條》，副標題是「塞萬提斯、莎士比亞、莫里哀等人關於上帝、生命、死亡、愛情、痛苦等問題的言論集」。

我們一直走到伯利恆街。和他握手道別時，我剛好順便瞄了手表一眼，頓時一陣驚慌：已經晚上十點了。我以爲只和這位藝術家耗了半個鐘頭，而實際上對這座城市所做的社會流言學的分析以及發洩對阿根廷人的憎惡，竟然用去了三個鐘頭。我急忙向泛美電臺跑去，心中暗想帕斯夸爾一定把整整十五分鐘的九點新聞用來播報土耳其某個縱火狂或波芬尼爾某件殺嬰案的消息。但是，事情好像並不那麼糟，因爲我在電梯遇到赫納羅父子，他們沒生氣的樣子。老闆告訴我這天下午已經和魯喬・加蒂卡簽訂了合約，請這位歌手作泛美電臺獨家貴賓，來利馬演出一週。我來到頂樓木屋，翻閱了一下新聞稿：還過得去。這樣，我便不慌不忙地乘公車到米拉佛拉瑞斯區的聖馬丁廣場去了。

回到外祖父家已經是深夜十一點鐘，他們都已入睡。我的晚飯一向留在爐子上，但是，這一次除去酥炸牛排、白飯、炒蛋之外（這是我一成不變的晚餐），還有一張便條，上面的字體顫巍巍的：「你舅舅路裘打電話來，他說你放胡莉亞鴿子，你們約好要去看電影的。他還說你是個沒禮貌的野蠻人，要你打電話道歉。外祖父留。」

我心想：爲了一個玻利維亞文人，竟然忘記了新聞稿、忘記了和一位女士的約會，這實在有些過分。我很不痛快地上床躺下，由於這並非有心失禮而感到懊喪。我輾轉反側，折騰了許久方才入夢；睡前，我竭力說服自己，那是她的過錯，是她強迫我接受看電影的鬼主意，非要我去受那份可怕的折磨的；我尋思著第二天打電話給她時要編什麼藉口。我想不出別的什麼好辦法，也不敢對她說實話。於是，我做出了一個豪氣的舉動。播完八點鐘的新聞，我去市中心某家花店，請店家送一束價格十索爾的玫瑰花給她，上面附了張卡片，思索再三，我寫了一句自認爲簡潔而又風雅的話：「敬請諒察。」

下午在編輯新聞稿的空檔，我就亞雷基帕市參議員的悲劇勾勒了一個流浪漢豔情小說的草稿，本想這天晚上努力完成，可是，哈威爾從泛美電臺下班以後跑來找我，要帶我到「高地區」去看一個降靈會。靈媒是個法院書記，我在儲備銀行的辦公室見過他。哈威爾多次對我談起他，因爲那個人經常把靈異經驗講給哈威爾聽。那些鬼魂不僅在正式降靈會上與他來往，而且常常出其不意地突然出現，比如，一大清早弄響電話跟他開玩笑，他拿起話筒，聽見裡面傳來曾祖母清晰的笑聲，而老太太早在半個世紀以前就去世了，她一直住在煉獄裡（這是曾祖母親口告訴他的）。那些鬼魂還常常出現在公車上、電車上或者行走在大道上；他們附在他的耳邊低語，他只好一言不發，無動於衷（他似乎說的是「不予理睬」），免得人家以爲他是個瘋子。我聽了非常著迷，便請求哈威爾安排我與靈媒書記見面。書記答應了，但是降靈的日子卻延遲了好幾週，說是要天時地利配合才行，必須等待月亮轉到某個方位，潮汐交替，以及其他一些更爲特別的因素，看來鬼魂對濕度、星座方位和風向是很敏感的。而這一天終於來了。

我們費了九牛二虎之力才找到靈媒書記的家，那是一間骯髒不堪的矮房屋，擠在堪卡約小巷的盡頭。實際上，那個人遠不如哈威爾講的那樣有趣。他六十多歲，喪妻，禿頭，身上散發出一股藥味，眼神呆滯，談吐乏味之極，任何人也不會相信他能夠通靈。他在破爛骯髒的小房間裡接待我們，請我們吃餅乾配一小塊切得薄薄的乳酪，喝了幾滴皮斯克酒。他沉悶地敘述他在陰間的經歷，一直講到時鐘敲了十二點。二十年前，喪妻之後，他就有了這種經歷。他太太的死使他陷入無法平復的悲傷之中。直到一天，有個朋友爲他指示了通靈之路才算救了他。這是他一生中最重要的事件：「因爲這不僅使人有機會繼續看到、聽見自己的親人，而且也是很好的消遣，時光不知不覺就過去了。」他的語氣彷彿像在評論受洗派對。

聽他的敘述，覺得跟死人談話彷彿有點像看電影或者看足球賽（當然不會那麼有趣）。他所看到的陰間生活索然無味，令人沮喪。陰間和陽間本質上似乎沒有區別：鬼魂也會生病、戀愛、結婚、生兒育女、旅行，唯一的區別是他們永遠不會死亡。我無聊到快哭了，時鐘敲十二點時，我惡狠狠頻頻瞪著哈威爾。靈媒書記請我們在桌旁坐下（不是圓桌而是方桌），熄了燈，命令我們雙手合十。接著是一片寂靜，我心情緊張，等待著事情變得有趣些。這時，鬼魂出現了，書記仍然以日常說話的口氣問他們世界上最枯燥乏味的事情：「索麗達，你好呀？我很高興聽到你的聲音。我來啦，帶了兩個朋友，他們都是好人，希望和你那個世界接觸一下。什麼？什麼事？讓我問候他們？當然可以，索麗達，我替你問候。她說她衷心問候你們，還說如果可能，請經常為她禱告，好讓她早日離開煉獄。」在索麗達之後，又來了一大串親朋好友，書記也和他們作了類似的交談。他們還都在煉獄中，都請他向我們轉達問候，請求為他們祈禱。哈威爾堅持要召喚某個在地獄裡的人，讓他來掃除我們的疑慮，可是靈媒毫不猶豫地說辦不到，因為那邊的人只能逢單月的頭三天方可接觸，而且他們的聲音只能勉強聽到。哈威爾這時要求會見那個曾經侍候過他母親、他本人以及他兄弟的女僕。於是，古梅辛達婆婆登場了。她問候大家，說她十分想念哈威爾，她正在打點行裝，即將離開煉獄去見天主。我請書記把我哥哥胡安招來（其實我根本沒有兄弟）。出乎意料之外，胡安竟然來了。他通過靈媒那柔和的聲音叫我不必為他擔憂，因為他和上帝在一起，而且經常為我祈禱。聽罷這個消息，我心裡感到十分篤定，也喪失了對降靈的興趣，便默默地在腦海裡為參議員的故事打起腹稿來。我靈機一動，想出令人難以猜透的標題來：「不完整的面孔」。就在哈威爾不厭其煩地要求書記喚來某位天使或類似印加帝國國王曼戈·戛伯克那樣的歷史人物時，我決定讓參議員運用性幻想來解決他的問題：與妻子親熱的時候，讓妻子戴上海盜眼罩。

將近凌晨兩點鐘，降靈會才結束。我們沿著「高地區」的大街找計程車，想先到聖馬丁廣場再從那裡轉乘公車回家。我對哈威爾說，由於他的過錯，陰間對我來說已經失去詩意和神祕色彩；由於他的過錯，我清楚看到，在陰間，死人都要變成蠢貨；由於他的過錯，陰間不再是虛無縹緲的，而且人要懷著這樣的信念生活下去：在來世（如果存在的話），一種無盡無休的呆痴病加上枯燥無聊的生活在等待著我們。這番話令哈威爾氣得將近發狂。待我們終於攔到計程車，作爲懲罰，車錢由他付了。

回到家裡，在酥炸牛排、白飯和炒蛋旁邊，我見到一張紙條：「胡莉亞來電。她說已經收到你的玫瑰花，很美，她很喜歡。她還說，你別以爲憑著這些玫瑰就能脫身，一、二天之內你還得陪她去看電影。外祖父留。」

第二天是路裘舅舅的生日。我買了一條領帶當禮物送他。我正準備中午到他家裡去，可是小赫納羅卻偏偏來到閣樓，一定要我和他去萊蒙地飯店吃午飯。他希望我幫他起草幾份星期日登報的廣告，預告一下彼得羅·卡瑪喬的廣播劇將從星期一開始播放。我說，由藝術家本人親自起草這些廣告不是更爲合理嗎？

「問題是他回絕了。」小赫納羅解釋道，一面像煙囪般吐著煙圈。「他說他的劇本無須商業廣告，憑著自己的身價就令人欽佩，還說了一些蠢話。這個傢伙竟然這麼彆扭，毛病一堆。關於阿根廷人的那些事，你也知道了吧？他逼我們取消合約、付賠償金，但願他的節目證明他的傲氣是有道理的。」

我們邊起草廣告，配冰鎮啤酒吃著鱸魚。萊蒙地飯店的屋梁上時而竄過幾隻灰色的小老鼠，牠們的存在彷彿證明這家飯店是百年老店。小赫納羅還說了他和彼得羅·卡瑪喬之間的另一次衝突。起因是：在利馬首次上演的四齣廣播劇的主角問題。這些戲中，主角是個「依然神奇地保持青春」的五十幾歲的人。

「我們對他解釋說，各種調查都表明聽眾喜歡三十至三十五歲之間的主角，可是他倔得像頭騾子。」小赫納羅苦惱地說道，從口鼻中吐出煙圈。「我是不是做錯決定了？這個玻利維亞人會不會一敗塗地呀？」

我回想起我和彼得羅在中央電臺他的洞穴中那一晚的談話。他專斷又口齒伶俐地論及五十幾歲的男人，說這個年齡是思維和感官的高峰，正是年富力強的時期，一切的人生閱歷都已沉澱；這個年齡的男人是女人最想要而男人最害怕的。讓人丈二金剛摸不著頭腦的是，他堅稱老年是一種「祈使」現象。我得出結論，這位玻利維亞文人大概五十歲，老年的遠景讓他心生畏懼。在他那大理石般堅強的性格裡也流露出一絲人類弱點的光芒。

編完廣告，已經來不及跑一趟米拉佛拉瑞斯區了，於是我撥了通電話給路裘舅舅，告訴他晚上再去擁抱祝賀他。我原以為會遇上一大群親戚前來祝賀，但是除去奧爾嘉舅媽和胡莉亞姨媽之外，再也沒有旁人，因為親朋好友白天已經來過。他們三人正在喝威士忌，也為我斟滿了一杯。胡莉亞姨媽對我送的玫瑰花再次表示感謝——我看見那些花放在客廳的餐具架上，實在少得可憐；隨後，她又像往常一樣開起玩笑來。她要我坦白，我失約的那晚是因為什麼樣的「節目」使我無法脫身？是大學裡的小黑妞絆住了我還是電臺裡出了狀況？她身穿天藍色洋裝，腳下是雙白色皮鞋，特地去美容院化了妝、做了新髮型；她笑起來很真誠，毫無顧忌；她的聲音低沉，兩眼射出大膽放肆的目光。到這時我才發覺她是個頗有魅力的女人。路裘舅舅心花怒放地說人生只有一次五十大壽，他請我們去玻利瓦爾燒烤餐廳吃飯。我心想：連續兩天不得不放下那個心理扭曲的不舉參議員的故事了。（如果小說就用「心理扭曲的不舉參議員」當標題怎麼樣？）但是，我並不覺得遺憾，而是樂於參加這晚的聚會。奧爾嘉舅媽上下打量我一番，說我這身裝束不適合去玻利瓦爾燒烤餐廳。她要路裘舅舅借我乾淨的襯衫和鮮豔的領帶，多少彌補我這身西裝的皺摺和陳舊。襯衫穿上去太大，脖子在領圈裡直晃蕩，我對自己的樣子感到很不安。（這又給胡莉亞姨媽提供了笑料，她開始叫我「大力水手卜派」。）

我從未去過玻利瓦爾燒烤餐廳，我覺得那裡是世界上最高尚文雅的地方，我從來也沒吃過那樣美味可口的菜肴。樂隊演奏著波麗露舞曲、鬥牛舞曲、布魯斯舞曲。這些節目中的明星是個法國女人，肌膚如牛奶般雪白，彷彿親吻麥克風般輕柔地朗誦歌詞。路裘舅舅由於多喝了幾杯而情緒高昂，用他稱之爲法語的話向那法國女人歡呼「Vravoooo!Vravoooo mamuasel cheri!（好哇！好哇！親愛的小姐）」。第一個站起來跳舞的是我，我拉著奧爾嘉舅媽到了舞池裡。我自己也感到驚訝，因爲我不會跳舞（那時我堅信文學天才與舞蹈、體育是格格不入的）。幸而在擁擠的舞池中以及若明若暗的燈光下，沒有人察覺到我不會跳舞。胡莉亞姨媽這時正在給路裘舅舅苦頭吃，強迫路裘舅舅跳舞時離她遠一點，一面跳出各種花稍的舞步。她跳得很好，許多男女的目光隨著她轉。

到了下一首舞曲，我請胡莉亞姨媽跳。我預先告訴她，我不會跳舞；但是，因爲正在奏一支速度極慢的布魯斯舞曲，我跳得還算過得去。我們跳了兩首曲子，不知不覺地離開了路裘舅舅和奧爾嘉舅媽那一桌。就在舞曲結束的一瞬間，胡莉亞姨媽正要走開，我拉住了她，在她嘴角邊吻了一下。她吃驚地看了我一眼，彷彿目睹什麼奇蹟似的。樂隊要換班，暫時有一段空檔，我們只好回到餐桌邊。在那裡，胡莉亞姨媽開始取笑路裘舅舅的五十大壽，說從這個年齡開始，男人就變成老色鬼了。她不時向我投來迅速的一瞥，彷彿想確認我是否眞的在那裡。從她的眼神可知她還無法接受我吻了她的事實。奧爾嘉舅媽已累了，嚷著想回家，可是我堅持再跳一曲。「知識分子沉淪了。」路裘舅舅說，說罷拉起奧爾嘉舅媽去跳最後一支舞。我請胡莉亞姨媽跳。我們跳舞的時候，打從認識以來，她首度保持沉默。跳到人多的地方，路裘舅舅和奧爾嘉舅媽漸漸離我們遠了，我就把她往懷裡摟得緊一些，幾乎貼著她面頰。我聽到她驚慌地低語說：「馬里多，你聽著……」我打斷了她的話，在她耳邊說：「我不准你再叫我馬里多，我已經不是小孩子了。」她退開幾步看著我，勉強微笑一下。就在這時，幾乎是不假思索地，我彎身吻了她的嘴唇。我們的嘴唇幾乎沒有碰在一起，不過這個舉動還是出乎她的意料；她驚訝得停下了舞步，眞的傻了，目瞪口呆地站在那兒。舞曲一停，路裘舅舅付了帳，我們就走了。回米拉佛拉瑞斯區的途中（我和胡莉亞坐在後座），我拉起她的手，含情脈脈地緊握在我手中。她沒有抽回去，但是，慌亂的神色依然可見，不再開口講話。在外祖父的家門口下車的時候，我暗自猜想著她大約比我大多少歲。

4

卡亞俄港的夜晚，好似狼的嘴裡一般潮濕又黑暗。警長利圖瑪翻起軍大衣的領子，搓搓雙手，準備去履行自己的職責。他五十歲，正值年富力強之際。國民警備隊上上下下都尊敬他。他曾經毫無怨言地在環境最惡劣的區域任職，身上至今留有與罪犯搏鬥的傷痕。祕魯大小監獄裡關著許多由他親自戴上手銬的惡棍。他經常受到公開表揚及正式嘉獎，兩度榮獲勳章。但是，這些榮譽沒改變他那謙遜、勇敢、誠實的品格。他在卡亞俄港第四分局已經服務一年了；命運安排給港口警長的最艱鉅任務——夜間巡邏，他也擔負了三個月之久。

遠處，卡門聖母教堂敲響了午夜鐘聲。一向準時的警長利圖瑪（他天庭飽滿，鼻直口方，目光炯炯，一副正直忠厚的相貌）開始上路。在他身後的一片黑暗裡，第四分局老式的木板房透出一線燈火。他想像著哈依麥·孔查警官大概在讀唐老鴨的故事，鼻涕佬卡瑪丘警員與曼薩尼達·阿雷瓦洛警員在爲剛煮好的咖啡加糖，當天唯一的囚犯（丘古依多開往帕拉達的公車上，一名扒手現行犯被五、六個憤怒的乘客打得遍體鱗傷後送到分局來）則縮成一團睡在牢房的地板上。

他的巡邏路線從新港區開始，負責在此站崗的是夏朵·索爾德維亞。夏朵是個來自通貝斯省的年輕人，愛用天賦異稟的好嗓子哼唱冬德羅民間舞曲。新港區是卡亞俄警方的心頭大患，因爲在這個由木板、鐵皮、碎磚亂瓦蓋起的迷宮般的棚屋區裡，只有極少數居民依靠裝卸貨物和下海打魚爲生，多數人是流浪漢、小偷、醉鬼、毒蟲、皮條客或同性戀（還不算那數不清的妓女）。這些人動不動就尋釁鬥毆，有時還舞刀動槍。這裡沒有自來水、下水道、電燈、柏油路，但不少警方人士卻用鮮血染紅過該區。可是，今天晚上則格外平靜。他腳下經常踢到眼睛沒看見的石塊。糞便和腐爛物的臭氣撲鼻，他緊鎖著眉頭，走過彎彎曲曲的街巷，四處尋找夏朵。他心想：冷天氣讓夜貓族都早早上了床。時值八月中旬，正是隆冬時節。濃霧淹沒了一切。牛毛細雨把空氣弄得濕漉漉的，這個夜晚顯得淒涼難熬。夏朵躲到哪裡去了？這個通貝斯省的膽小鬼可能因爲怕冷，或是怕強盜，躲進瓦斯卡爾大道的酒館裡飲酒取暖去了。警長利圖瑪想：不會的，他不敢；他知道是我巡邏；假如他擅離職守，那可是自找倒楣。

他發現夏朵站在國營凍藏庫對面的街口路燈下，冷得狂搓雙手，整張臉陰森地裹在圍巾裡，只露出一對眼睛。一看見有人走來，他嚇了一跳，立刻去摸槍套，但一認出是警長，便「啪」的來了一個立正。

「警長，您嚇了我一跳，」他笑著說。「您從遠處的黑影裡鑽出來，我以爲是鬼呢。」

「什麼鬼！胡說八道！」利圖瑪跟夏朵握握手。「你把我當成強盜啦。」

「天這麼冷，不會有強盜，他能搶到什麼呢？」夏朵重新摩擦起雙手來。「三更半夜天寒地凍的，只有像您和我這樣的瘋子才在外面逗留，再不然就是那些畜牲。」

他指指凍藏庫的屋頂，警長睜大眼睛望去，只見六七隻南美兀鷹把嘴巴埋在翅膀裡，一隻靠一隻地蹲踞在鐵皮屋脊上。他想：牠們一定餓極了，即使凍僵，也要待在這裡聞著腐肉的氣味。夏朵借助昏暗的路燈，用捏在手心裡的鉛筆在值班報告表上簽了字：沒有任何情況；無車禍，無犯案，無酗酒鬧事。

「警長，這一夜平安無事。」他陪同警長向曼戈．戛伯克大道方向走了幾條街，說道：「但願如此。等到值完班，就算世界末日也不關我的事。」

他獨自笑起來，彷彿說了什麼滑稽的故事。警長利圖瑪想道：應該了解一下某些警員意志消沉的情況。夏朵好像猜到了他的想法，一本正經地補充說：「警長，因爲我跟您不同。我不喜歡這個職業。我只是爲了混口飯才穿上這身制服的。」

「如果我有權，你就不用穿這身制服了。」警長低聲咕噥著。「我只把那些全心奉獻的人留在警備隊裡。」

夏朵回答說：「那麼一來，警備隊就是空城一座啦。」

「寧缺毋濫嘛。」警長哈哈笑起來。

夏朵也笑了。他倆摸黑穿過瓜達魯貝工廠周圍的空地，街上的小混混常用石頭打壞這裡的路燈。從這兒可聽到遠處傳來的海潮聲，以及不時地穿過阿根廷大道的計程車聲。

「您希望我們個個都是英雄。」夏朵突然開口道。「您希望人人都忠心耿耿地捍衛這些垃圾堆。」說著，他指指卡亞俄港，指指利馬城，指指周圍的一切。「難道人家感激我們嗎？您沒聽見人家在大街上向我們喊些什麼嗎？難道有人尊敬我們？警長，人人都瞧不起我們。」

「就在這裡分道揚鑣吧。」走到曼戈．戛伯克大道的路口上，利圖瑪說道。「你不要離開自己的地段。不要自尋煩惱！不要總是盼著退伍。一旦批准退伍，就會像隻喪家犬到處受罪嘍。潘其托．安德薩納就是這樣，他到局裡來找我們，淚眼汪汪地說：『我無家可歸了。』」

這時，他聽到夏朵在身後嘟囔了一句：「沒有女人的家還算什麼家？」

在漆黑的夜空下，警長利圖瑪沿著淒涼無人的街道向前走去。他心中想，也許夏朵是有道理的。一般人確實不喜歡警察，只有擔心出事的時候才想起警察來。可這又怎麼樣呢？他無須強迫別人敬重他或者愛戴他。他想：大眾的態度對我來說無關緊要。的確，他看待警備隊這份工作的心態確實不像同僚那樣，這是爲什麼？他們絕不拚命工作，只是力圖安逸；上司不在身邊時便偷懶養神，或者撈點外快。利圖瑪，你爲什麼不那樣做呢？他心裡回答說：因爲你喜愛這一行；就像別人喜愛足球或是賽馬一樣，你熱愛自己的工作。他忽然想到，假如某個足球迷問他：「你喜歡哪一隊？青年隊？還是卡亞俄港隊？」他一定回答：「我喜歡國民警備隊。」在迷霧中，在密密的細雨裡，在這漆黑的夜晚，他笑了，得意於自己這個俏皮的念頭。就在這時，一聲動靜傳來，他嚇了一跳，立即伸手掏槍，停步細聽。事發突然，令他感到有些慌亂，暗想：利圖瑪，你簡直嚇慌了手腳，但你從來沒害怕過呀，你從不膽怯的，因爲你一向不懂得恐懼是什麼滋味。左邊是一片空地，右邊則是海洋運輸公司一號倉庫，那聲動靜就是從那裡傳出來的。那聲音很響，彷彿木箱和鐵罐翻倒後撞倒了另一些木箱和鐵罐的聲音。不過，這時一切均已恢復平靜，只有遠處海浪拍岸以及風吹鐵皮屋頂或者鑽過鐵絲網的嗚嗚聲。他心想：大概是貓追老鼠撞翻了木箱，貨堆坍塌了。他想像著那可憐的貓和老鼠被小山般的箱桶、痲袋壓破肚皮的慘景。此刻他已來到喬克洛．羅曼負責執勤的區域。喬克洛顯然不在這裡。利圖瑪心裡明白，他一定在另外一頭，要麼在海員經常光顧的「樂土」、「藍星」或者某個酒吧和妓院裡，要麼在卡亞俄人稱「梅毒街」的窄巷裡。他肯定正靠在某個破舊的櫃檯前白喝人家的啤酒。利圖瑪繼續向前走著，心想他要是突然出現在喬克洛身後，說一聲「喬克洛，好小子，你竟敢在值勤的時候喝酒，這回你可倒楣了」，那傢伙勢必大驚失色。

他剛剛走了二百公尺左右，便猛然收住腳步，轉身望去。暗影裡，一盞街燈（從街頭混混的彈弓射擊下奇蹟般地倖存下來）的光線微弱地照在倉庫的一面牆壁上，此時倉庫靜悄悄的。他想：不是貓，也不是老鼠，是小偷。他的心臟驟然撲通撲通地跳了起來，前額和雙手似乎滲出汗來。是小偷，是小偷。他一動不動地站了片刻，心裡明白應該往回走，因爲從前有過類似的預感。於是，他掏出手槍，拉開保險，左手捏緊手電筒，轉身快步走去。他感到心臟好像要從嘴巴裡跳出來似的。對，肯定是個小偷。走到倉庫附近，他再次停步，不住地喘息。假如不是一個、而是好幾個呢？是不是最好去找夏朵，去找喬克洛呀？他搖搖頭：不必了，自己一個就綽綽有餘。若是小偷多，那對他們更糟，對自己更爲有利。他耳朵貼在木板牆上，凝神細聽：一片寂靜。只聽到遠處傳來的海水聲以及時而駛過的汽車聲。利圖瑪想：什麼小偷！眞是胡思亂想！利圖瑪，你在作夢吧？那是貓在抓老鼠。他覺得冷意全消，渾身燥熱，有些疲倦。爲了找到倉庫大門，他繞了一圈；找到以後，用手電筒照去，看到門鎖還好好的。他心中暗自思量：利圖瑪，你眞遜！你的耳力不如從前啦！他剛要邁步走開，手電筒順手一照，在黃色的燈光之下，他發現距離門邊幾公尺的牆壁上有一處破洞，是用斧頭劈開的，或者是用腳猛力踹斷木板的。這個破洞足以讓一個人鑽過去。

他的心臟發瘋似的狂跳著，檢查過手槍保險確實已打開，便關閉了手電筒，又環顧一下四周：只有一片黑暗，遠處瓦斯卡爾大道的路燈宛若燭火般跳動著。他深深地吸足一口氣，使出全身力量，狂吼道：「隊長，帶人把這片倉庫給我包圍起來。要是有人逃跑就馬上開槍。小伙子，快一點！」

爲了逼眞，他用力跺腳來回跑了幾遭。接著，便把臉貼到倉庫的板壁上，聲嘶力竭地喊道：

「你們完蛋啦，自認倒楣吧。你們已經被包圍了，趕快出來，一個個從鑽進去的地方爬出來。給你們三十秒鐘的時間，乖乖地爬出來！」

他聽見自己喊聲的回音消失在夜空裡，隨後仍然是海水聲和零星的狗叫聲。他數了不止三十秒，而是六十秒。心想著：利圖瑪，這回你可出醜啦。一股怒火湧上心頭，他猛然高聲喝道：「兄弟們，注意！準備開火！」

接著，他果決地趴下來，儘管上了年紀還身穿大衣，卻靈巧地鑽進破洞。一到裡面，他立刻站起身，躡著腳，閃到一旁，背貼著壁板。他什麼也看不見，但他不想打開手電筒；他也沒聽見任何動靜，但是他再次確信裡面有人。那個人也像他一樣，正躲在暗處屏息靜聽，並且極力想看個究竟。警長覺得有人在呼哧呼哧地喘氣，便舉起手槍，扣著扳機，口中數了「一、二、三」後，一下子打開手電筒。一聲突然的驚叫使他猝不及防，嚇了一跳，手電筒從手中滑落，滾到地面，照見了似乎裝著棉花的麻袋和酒桶。就在燈光一閃的瞬間，令人難以置信地照出一個縮成一團的裸體黑人；那人雙手捣著面孔，一雙吃驚的大眼睛卻從指縫間注視著手電筒，彷彿一切危險均來自那道亮光。

「不許動！否則我立刻開槍！老實點，不然就死定了，黑鬼！」利圖瑪怒吼著，他用力過猛，喉嚨震得好疼。說著，彎腰揀起手電筒，洋洋得意地說：「黑鬼，這回你完蛋啦！認栽吧！」

他喊得這樣凶狠，自己也感到意外。他已經把手電筒拿在手中，光柱重新掃到了黑人身上。那傢伙並不跑，仍然蹲在那裡。利圖瑪吃驚地睜大了疑慮的眼睛，無法相信眼前的情景。但這不是想像，不是夢幻。一點不假，那黑人全身赤裸，如同他出生時那副模樣，一絲不掛：沒有上衣，沒有短褲，沒有鞋襪。他好像不知害臊，似乎沒有意識到自己裸著身子，因爲他並不遮掩那個在燈光下輕輕搖擺的造孽玩意兒；他仍然蜷縮著，兩手遮住半個面孔，文風不動，有如給燈光催眠了一樣。

警長並不向前靠近，只是下令說：「黑鬼，手舉起來！你要是不想挨子彈，就老實一點！你因爲擅闖民宅和妨害風化被捕了。」

警長提防著黑暗中可能竄出來的共犯，一面估量：這小子不是小偷，是個瘋子。這個判斷的根據是他不僅在隆冬季節裸體外出，還有那一聲驚叫。警長想：這個人不正常；那一聲喊叫十分奇特，介於狼嗥、犬吠、驢叫和狂笑之間。那聲音不像是僅僅從喉嚨裡衝出，好似發自丹田或者肺腑。

「我說過了，手舉起來！混蛋！」警長喊道，向前跨近一步。黑人沒服從命令，仍然一動也不動。他渾身黝黑，極其瘦弱。利圖瑪在黑暗中辨認出他那身皮包骨和菸斗似的雙腿，但腹部卻鼓得像個球還往下垂。警長立刻聯想到鄰近一帶有些骨瘦如柴的兒童，他們也是因爲有寄生蟲而挺著腫脹的圓肚皮。那黑人繼續摀著臉，靜靜地蹲在那裡。警長又向前跨了兩步，一面盯著對方，提防他逃走。他想：瘋子是不怕手槍的。同時又挪動兩步。這時他離黑人只有幾步距離，於是看清了對方的肩膀、手臂、背上的疤痕。利圖瑪想：我的老天，這是鞭傷，還是燒傷？或者生病留下的？

爲了不嚇到對方，他低聲說：「黑鬼，你把手放到頭上，到那個你鑽進來的破洞去。你要是老老實實的，到警察局我請你喝咖啡。你一定快冷死了，這種天氣怎麼能光著身子呢？」

他打算向黑人再靠近一步，對方突然鬆了手，露出臉來，利圖瑪於是看到藏在一縷頭髮後面的驚慌的眼睛，看到一些可怕的傷疤，看到從那張大嘴裡露出的一顆孤零零的門牙，他看得目瞪口呆。就在這時，黑人又發出一聲含混的、難以理解的、非人的嗥叫，同時東張西望，顯得極度恐慌，彷彿一頭不馴的野獸，準備尋路逃跑。最後他竟然選擇了他不應該選擇的方向：正是警長用身體堵住的道路。他並非要打倒警長，只是想奪路而去。這種逃跑的方法實在出乎意料，可是利圖瑪沒閃躲，他立刻感到對方猛然撞到自己身上。幸虧警長早就有心理準備，食指沒有扣動扳機，手槍沒有走火。黑人與警長相撞時，嘴裡噴出一股臭氣。利圖瑪用力一推，對方就像個布偶似的倒在地上。爲了教訓黑人，警長又狠狠踢了他一腳。

他命令說：「站起來！你不僅是個瘋子，還是個傻瓜，而且臭得不得了！」

那黑人身上說不上有股什麼氣味，像瀝青，像醋酸，像貓尿。這時，他已經翻過身來，仰面朝天躺在地上，恐懼地望著警長。

「你是從什麼地方跑出來的？」利圖瑪嘟囔著，手電筒照著黑人，迷惑不解地審視著那張奇怪的面孔。他看到橫七豎八的疤痕布滿了面頰、鼻子、前額、下巴，直延伸到頸部。這樣一副嘴臉，那副傢伙又暴露在外，竟然在卡亞俄港走來走去而無人報警。

「快站起來！不然賞你耳光！」利圖瑪說道。「不管你是不是瘋子，我已經受夠了。」

那傢伙動也沒動，嘴裡發出怪聲，不知嘟囔些什麼，嗯嗯啊啊、哇哩哇啦的，又像鳥叫，又像蟲鳴，又像野獸低吼，總之不像人類。他仍然萬分恐懼地盯著手電筒。

「站起來，別害怕。」警長說著，伸出一隻手拉住了黑人的胳膊。對方沒反抗，但也不打算站起來。利圖瑪心想：還眞瘦啊你。他簡直要覺得黑人不停發出的怪聲十分有趣，同時又想：還眞怕我啊你。他強拉黑人站立起來，無法相信黑人是如此之輕；他把黑人推向壁上的洞，不料對方竟踉蹌一下跌倒了。但是，這一次黑人自己爬了起來，費了很大力氣才倚靠在油桶上。

「你病了嗎？」警長問他。「黑人，你連路都走不了呀？你這傢伙到底是從哪兒來的？」

警長把黑人拉向破洞，逼他彎腰鑽過去，兩人踏上了大街。黑人走在前面，嘴巴裡不停地發出喃喃聲，彷彿嘴裡有塊鐵片，極力想吐出來一樣。警長想：「沒錯，是個瘋子。」細雨已經停了，呼嘯的狂風橫掃街道，周圍一片哀鳴。利圖瑪推著黑人，催促他快些向警察局走去。警長儘管穿著厚厚的軍大衣，還是感到很冷。

「小子，你一定凍僵了。這種天氣，又是這種時候，你竟然全身光溜溜，要是不得肺炎，那簡直是奇蹟了。」利圖瑪說道。

黑人走著，牙齒不住地格格作響，兩隻瘦長的手抱在胸前，不停地搓著兩肋，似乎寒氣專門攻擊他的肋部。他仍舊嗯嗯啊啊、哇哩哇啦個不停，彷彿在自言自語。他順從地按警長的指揮拐彎。街道上沒有汽車，沒有醉漢，連隻貓狗也沒有。卡門聖母教堂鐘聲敲響兩點的時候，他倆走到了警察局，看到窗戶裡射出的昏黃燈光，利圖瑪高興起來，有如遇難者看見了海岸。

風度翩翩的年輕警官哈依麥・孔查見到警長帶著裸體的黑人出現在門口，幾乎扔掉了手中的唐老鴨漫畫書（這是他今晚讀的第四本，此外他還讀了三本超人和兩本魔術師曼德萊克），嘴巴張得老大，下巴險些脫臼。警員卡瑪丘和阿雷瓦洛正在下跳棋，這時也吃驚地瞪大了眼睛。

「你從哪兒弄來這麼一個稻草人？」警官終於開口道。

「是人？是野獸？還是怪物？」阿雷瓦洛起身嗅著黑人的氣味問道。後者自從踏進警察局就一聲不響，東張西望，滿面驚恐，似乎生來第一次看見電燈、打字機和警察。但是，他一看見阿雷瓦洛走近身旁，便又一次發出令人毛骨悚然的驚叫，企圖跑到街上去。利圖瑪看見哈依麥・孔查警官嚇得幾乎連人帶椅子和漫畫書翻倒在地，卡瑪丘掀掉了棋盤。警長一伸手抓住了黑人，輕輕搖晃著對方說：「黑鬼，老實點！用不著害怕。」

「警官，我是在海洋運輸公司的新倉庫裡發現他的。」警長繼續說。「他打破板壁鑽了進去。我報告怎麼寫？是說他偷竊、闖入民宅，還是妨害風化？或者三件一起報告？」

那黑人蜷縮成一團，警官、卡瑪丘、阿雷瓦洛從頭到腳仔細地打量著他。

「警官，這些不是天花的疤。」阿雷瓦洛指著黑人面部和身上的疤，說道：「顯然是有人用刀劃的，眞是令人難以相信。」

「我一輩子也沒有見過這麼瘦的人。」卡瑪丘望著黑人的皮包骨說。「也沒有見過這麼醜的人。我的上帝，瞧他那一頭捲毛，那雙腳！」

「黑人，別再把我們蒙在鼓裡啦，說說你的來歷！」警官下令道。

警長利圖瑪這時已摘掉警帽，解開大衣，在打字機旁邊坐下，開始起草報告。他抬起頭來高聲說：「警官，他不會說話，只能發出一些聽不懂的響聲。」

「你是不是裝瘋賣傻？」警官更好奇了。「你別想捉弄我們這些老行家。快說吧，你是誰？從哪兒來？父母是什麼人？」

「要不然就賞你耳光，看你說不說。」阿雷瓦洛補充說。「黑鬼，快點，像金絲雀那樣唱起來吧。」

「如果這些疤痕眞是刀劃的，那麼至少挨過幾千刀。」卡瑪丘說道，仔細審視黑人臉上那橫七豎八的刀痕。「一個活人怎麼能被弄成這副樣子呢？」

「他快要凍僵了。」阿雷瓦洛說。「他的門牙像擲骰子一樣格格亂響。」

卡瑪丘糾正說：「是臼齒。」他仔細打量著黑人，有如近距離觀察螞蟻一樣。「你沒看見這裡只剩下一顆門牙了嗎？對，就是這顆大象牙。好傢伙，這是個什麼怪物？噩夢裡才見到著這種東西。」

「我看他是腦袋不靈光了。」利圖瑪說道，一面不停地打字。「大冷天光著身子亂跑，頭腦清醒的人怎麼會這樣。警官，你說對嗎？」

就在這時，出了亂子，他抬頭一看，那黑人像被電擊中了一樣猛然推倒警官，飛箭一般從卡瑪丘和阿雷瓦洛二人中間穿過。但是，他沒跑向大街而是衝向擺著棋盤的桌子。利圖瑪看到他猛撲到一塊吃剩的三明治上，一下子塞進口中，像動物一樣萬分艱難地吞嚥下去。卡瑪丘和阿雷瓦洛趕到黑人身邊時，他正貪婪地嚥下另一塊三明治，他們怒不可遏地給他兩個耳光。

「弟兄們，別揍他了。」警長勸阻道。「發發慈悲，給他喝杯咖啡。」

「這裡可不是慈善機構。」警官說。「我真不知道該怎麼處置這個傢伙。」他出神地望著黑人。後者一動不動地挨過卡瑪丘和阿雷瓦洛的毆打之後，已經嚥下三明治，這時正安靜地躺在地上輕輕喘氣。警官終於發了善心，高聲說道：「好吧，給他喝點咖啡再押入牢房。」

卡瑪丘從保溫壺裡倒了半杯咖啡給黑人，他接過鋁杯，瞇著眼睛慢慢喝，把杯子舔得一乾二淨，接著乖乖地被帶進牢房裡。

利圖瑪把報告又重讀一遍：竊盜未遂、入侵他人土地、妨害風化。哈依麥·孔查警官這時已經回到書桌前，他的眼珠滴溜溜地轉個不停。

「我知道了，我知道他像誰。」警官開心地笑了，把一本五顏六色的漫畫書拿出來給利圖瑪看。「像泰山故事裡面的黑人，像非洲人。」

卡瑪丘和阿雷瓦洛把棋盤重新擺好。利圖瑪戴上警帽，穿好大衣，剛要出門，便聽到那個扒手醒來後的驚叫聲：他對牢房裡來了這樣一位同伴表示抗議。

「救命啊！快救救我！他會強姦我的。」

「住口！不然我們來收拾你。」警官訓斥道。「你讓我安安靜靜看我的漫畫書吧。」

利圖瑪站在門口，看見黑人席地而臥，全然不理睬扒手的呼聲。那個扒手是個中國來的乾瘦鄉巴佬，膽戰心驚地躲在一旁。警長暗自笑了起來，「那小子一覺醒來，才發現跟妖怪關在一起」。他那高大的身軀頂著刺骨的寒風又鑽進了迷茫的黑夜裡。他豎起大衣的翻領，雙手插進衣袋，心情沉重地踏上繼續巡邏的路。他首先來到梅毒街，喬克洛·羅曼正靠在「樂土」的櫃檯前聽那個染了髮、戴假牙、綽號「哭泣之鴿」的老同志調酒師講笑話。警長在巡邏紀錄上寫下「警員喬克洛·羅曼執勤時有喝烈酒的跡象」，儘管他知道孔查警官是個寬恕自身與他人弱點的人，對此是不會理睬的。他離開海邊，折回薩恩斯·貝涅大道。此時，這條街顯得比墳場還要死氣沉沉。他費了九牛二虎之力方才找到負責在市場這裡值勤的溫貝托·基斯貝。店鋪還都關著。流浪漢比平時要少，他們都蜷縮在破布袋或爛報紙上，躲在樓梯或卡車下面睡覺。利圖瑪白白轉了幾圈，只好吹響預定的聯絡警笛，方才在哥倫布和高克讓大道交叉的路口上找到溫貝托·基斯貝，後者正在救護一個遭歹徒打傷腦袋、險些被搶劫的計程車司機。他們兩人把司機送進醫院急救；接著便到第一個開門營業的瓜爾蓓達太太的鮮魚店去喝魚頭湯。隨後，一輛巡邏車在薩恩斯·貝涅大道接走了利圖瑪，把他一直送到聖斐理伯堡壘。警察局裡年齡最小的弟兄瑪尼塔·羅德里克斯正在堡壘的牆下值勤。警長發現他獨自在黑影裡玩「跳房子」，玩得十分認真，時而單腳，時而雙腳，一塊一塊地跳過去。他一看見警長，馬上立正站好：「活動一下可以暖和暖和身體。」

他指著人行道上用粉筆畫的方塊，問道：「警長，您小時玩過『跳房子』嗎？」

「我更喜歡打陀螺。放風箏也挺有意思。」利圖瑪回答說。

瑪尼塔・羅德里克斯報告了一個意外情況，並說這樣值勤倒是很開心。事情發生在午夜時分，那時他正在帕斯・索爾丹大道巡邏，忽然看到有個人在爬窗戶，立刻拔槍瞄準那個傢伙。可是那人卻放聲大哭，發誓他不是竊賊，而是有婦之夫，太太要求他夜裡爬窗而入。瑪尼塔問他爲什麼不像一般人那樣敲門進屋？那個男人哭哭啼啼地說：「如果她看見我像小偷那樣溜進屋內，會變得對我很溫柔，您能想像嗎？有時，她硬要我用匕首脅迫她，甚至還要我扮成魔鬼。警察先生，要是我不滿足她的要求，她都不肯吻我一下。」

「他看你一副乳臭未乾的樣子，就瞎掰一個故事混過去。」利圖瑪說著笑起來。

「但他說的是眞的呀！」瑪尼塔堅持道。「我敲敲門，那小子和我一起進去了。他老婆是個傲慢的小黑妞，說確有其事，難道她和她丈夫沒有權利裝小偷玩嗎？警長，我們這一行什麼怪事都遇得上，您說對嗎？」

「是啊，小伙子。」利圖瑪點點頭，想起那個裸體黑人來。

「警長，有這樣一個老婆永遠也不會無聊。」瑪尼塔不住地嘖嘖稱羨。

小伙子陪著利圖瑪走到布宜諾斯艾莉斯大道才道別。警長向巡邏區分界線貝亞畢斯塔、必希爾大道和恰拉卡廣場走去——這段路程較長，通常走到這裡便開始感到困倦；心裡想著那個裸體黑人。他是從瘋人院跑出來的？可是拉爾科・艾雷拉瘋人院距離這裡相當遠，任何一個警察或巡邏車都會發現他，並將其拘捕的。那些傷疤又是怎麼回事呢？是用匕首劃的？好傢伙，那可眞要疼死了。怎麼能把人一刀刀亂劃成那副模樣呢？老天爺，莫非他生下來就是如此？這時天空依然漆黑，但是黎明的跡象已依稀可見：汽車逐漸多起來，早起的行人開始漫步街頭。警長暗暗自問：各種怪人怪事你目睹過不計其數，爲什麼這個裸體黑人卻一直占據著心頭呢？他聳聳肩膀：純粹出於好奇心，讓自己巡邏的時候有事情想想而已。

警長利圖瑪沒有費什麼周折就與薩拉德碰頭了。這個警員和他在阿亞庫喬城一起工作過。只見他在值班日記上寫道：一起微不足道的車禍，沒有傷亡。利圖瑪簽過字，把黑人的故事告訴薩拉德，後者覺得唯一有趣的是搶吃三明治那一節。薩拉德愛好集郵，他邊陪同警長巡邏，邊向上司彙報：那天他弄到一些衣索比亞的三角形郵票，上面印有紅、綠、藍三色的獅子和毒蛇；這種郵票極爲少見，他只用五張分文不值的阿根廷郵票就換到手了。

「人家一定以爲你的那些郵票很值錢嘍。」利圖瑪打斷他說。

往日他還能心平氣和地忍受薩拉德的饒舌，今日他則不耐煩，所以道別的時候，他感到如釋重負。一抹淡藍色的熹微悄悄出現在天際。卡亞俄港擁擠的、生鏽的建築群逐漸擺脫黑暗，露出淺灰輪廓。警長幾乎小跑地往前奔走，心裡計算著還剩下幾條街方能到達警察局。但是，得承認今天自己這樣匆忙並非由於夜間巡邏的勞頓，而是急於再次見到那個黑人。看來你以爲這是一場夢，利圖瑪，那個裸體黑人已經不在牢房裡啦。

但是，那黑人還在，他好似一捲粗繩般地蜷著身體，縮在牢房的地板上。那個扒手已經滾到另一頭去睡了，臉上仍舊掛著驚懼的神色。其餘的人也在睡覺：孔查警官伏在一疊漫畫書上，卡瑪丘和阿雷瓦洛背靠背地坐在板凳上打盹。利圖瑪站在那裡，觀察著那個黑人：瘦骨嶙峋，蓬頭垢面，孤零零的門牙，橫七豎八的刀痕。他感到陣陣戰慄傳遍全身。黑人哪，你是從哪兒來的？這時警官睜開了惺忪的睡眼，警長把巡邏報告遞了過去。

「利圖瑪，你可以交差了。一天又過去了。」警官嘴巴裡黏黏糊糊地說道。

這一輩子又少了一天，警長心想道。他用力一碰腳後跟，敬禮完，轉身走了。他下班了，這時正是清晨六點鐘。像往日一樣，他走到商場，在瓜爾蓓達太太的店裡喝碗熱湯，吃些烤餅、炒豆飯，外加一個蛋塔，然後回到哥倫布大道那個小房間去睡覺。他未能立刻入睡，剛一矇矓，立刻夢見那個黑人。他看到黑人在阿比西尼亞高原上，頭戴高帽，腳踏馬靴，手持馴獸棒，站在獅子和紅、綠、藍三色的毒蛇中間。這些動物依照馴獸棒的指示在表演。在藤蔓纏繞、枝葉茂密的樹叢中，站著一群人。樹上，鳥兒在唱，猴子在叫；樹下，眾人發瘋似的狂呼喝采。可是，那黑人非但沒有向觀眾鞠躬致謝，反而跪倒在地，伸出雙手，一副哀求的可憐相；他兩眼淚汪汪，嘴巴張得很大，痛苦地、急促地尖聲唱出那繞口令似的奇怪樂曲。

下午三點多，利圖瑪醒來了，儘管已經睡過七個鐘頭仍然感到不快，身體倦懶。他想：他們已經把黑人押到利馬城去了吧。他像小貓似的洗過臉，穿上衣服，想像著處置黑人的流程：九點鐘的巡邏班車把他載走，在那之前，大概會給他一塊遮羞布，然後送總局立案，再轉到預審監獄；他現在可能就在那黑窟中，跟二十四小時以內拘捕的流浪漢、小偷、搶劫犯、打架鬥毆分子關在一處；他一定冷得發抖，餓得要命，抓著身上的蝨子。

這一天，天氣陰暗潮濕。人走在雨霧中猶如魚兒在髒水裡游動一樣。利圖瑪心事重重，踏著碎步，去瓜爾蓓達太太的店鋪裡吃點心：咖啡、麵包夾乳酪。

「利圖瑪，我看你神色不太對。」瓜爾蓓達對他說。這是個熟諳人情世故的老太婆。「是金錢問題，還是愛情問題？」

「我在想昨天晚上抓住的那個裸體黑人。」警長以舌尖嘗嘗咖啡。「他鑽到海運公司的倉庫裡去了。」

「這有什麼新鮮的？」瓜爾蓓達問道。

「他全身一絲不掛，滿臉傷疤，頭髮像一堆亂草，還不會講話。」利圖瑪解釋道。「什麼地方會跑出這種人呢？」

「從地獄裡。」老太婆笑著接過鈔票。

利圖瑪起身去格羅廣場找海軍軍官貝特拉爾拜斯。他倆相識多年，當年利圖瑪只是個警察，貝特拉爾拜斯是個普通海員。那時他倆都在皮斯科城服役。後來不同的命運將他倆拆散了近十年之久，可是兩年前再度相會了。現在兩人總是一起消磨假日，利圖瑪把貝特拉爾拜斯那裡看成自己的家。他倆經常光顧蓬塔海員俱樂部，去喝杯啤酒，玩玩跳棋。警長一找到老朋友，就講起那黑人的故事。貝特拉爾拜斯聽罷立刻找到了答案：「他是非洲來的野蠻人，溜上了輪船，躲在船裡漂洋過海來了。船到卡亞俄港以後，他趁著黑夜，鑽到水裡，就祕密潛入我們祕魯了。」

利圖瑪覺得茅塞頓開，一切水落石出了。

「你說得很有道理，的確如此。」他讚不絕口地拍手稱道。「不錯，他是從非洲來的。到達這裡以後，出於某種原因，人家把他趕下了船。因爲是在貨艙裡發現他的，爲了免於付稅，他們只求擺脫他。」

「他們之所以沒有把他交給當局，是因爲知道當局不會收留的，於是就強迫他離船，並且說『野蠻人，你自己想辦法去吧』。」貝特拉爾拜斯進一步補充，故事便完整了。

「這就是說，黑人還不曉得自己在什麼地方。」利圖瑪分析道。「他那些哇哩哇啦的聲音不是瘋話，而是土人的話，也就是他的語言。」

「兄弟，這好比你鑽進一架飛機、在火星上著陸一樣。」貝特拉爾拜斯啓發他的朋友。

「我們太聰明了！黑人的謎團全都被我們解開了。」利圖瑪說。

「你應該說『你』太聰明了！」貝特拉爾拜斯表示了抗議。「怎麼處理這個黑人呢？」

利圖瑪心想：天曉得！他倆玩了六盤跳棋。警長贏了四盤，結果由貝特拉爾拜斯付啤酒錢。

後來，二人前往貝特拉爾拜斯在阡恰瑪約大道的住處，那是一間窗櫺上裝了鐵條的小房子。貝特拉爾拜斯的女人朵米蒂拉正在打發三個孩子吃飯，一看見丈夫和朋友來了，便將小兒子放到床上，吩咐另外兩個孩子即使有人來也不准開門；稍稍梳理了頭髮，便一手挽著丈夫、一手勾著朋友，一起去薩恩斯·貝涅大道的波爾多影院看義大利電影。利圖瑪和貝特拉爾拜斯都不喜歡這部片，可是她不但喜歡，而且還要再看一遍。他們回到阡恰瑪約大道的時候，孩子已經進入夢鄉，朵米蒂拉給丈夫和朋友端上剛剛回鍋的馬鈴薯燒牛肉。利圖瑪告別的時候，已經十點半了。到達第四分局時，正是他該報到的時間：十一點正。

哈依麥·孔查警官不容他歇口氣，把他叫到一旁，下達了緊急命令，那幾句斯巴達式的話使利圖瑪感到頭昏腦脹，兩耳嗡嗡作響。

「上級知道該怎麼做。其中必有道理，我們照做就好。上級是從來不會錯的，利圖瑪，你說對嗎？」警官拍拍他的肩膀要他放心。

「當然啦！」警長含糊其詞地說。

這時，卡瑪丘和阿雷瓦洛裝作十分忙碌的樣子。警長斜眼一瞥，一個假裝在檢查通行證，那副專注的神情好似欣賞的是春宮照；另一個假裝在收拾辦公桌，把東西排好又打亂，打亂又排好。

「警官，我可以提個問題嗎？」利圖瑪問道。

「可以。不過，我不知道能不能回答。」警官答道。

「爲什麼上級偏偏選中我？」

警官說：「這個我能夠回答。有兩個原因：第一，他是你拘捕的，這個玩笑是你開了頭的，理應由你來結束。第二，你是我們分局、也許是全卡亞俄港最能幹的警察。」

「實在過獎。」利圖瑪喃喃地說，絲毫也不感到高興。

「上級十分清楚這是艱鉅的任務的，所以委派你去完成。」警官說道。「在利馬成千上萬名警察裡挑選了你，你該自豪啊！」

「哎呀，這麼說我倒應該表示感謝啦。」利圖瑪驚愕地搖搖頭。他考慮片刻後，又低聲問道：「必須立即執行嗎？」

「沒有別的餘地。」警官極力裝出輕鬆愉快的神情，說道：「今日事今日畢，不可留到明日去。」

利圖瑪心想：現在你明白爲什麼黑人那張面孔總是不肯離開你的腦海了吧？

這時傳來了警官的聲音：「你需要幫手嗎？」

利圖瑪感覺得到坐在那裡的卡瑪丘和阿雷瓦洛嚇壞了。就在警長注視兩個警員的一瞬間，死一般的寂靜籠罩了整個房間。爲了讓他們兩個好好品嘗一下這個難熬的時光，利圖瑪故意遲遲不決定。阿雷瓦洛繼續翻著那疊通行證，卡瑪丘則埋頭整理書桌。

利圖瑪指指阿雷瓦洛說：「他跟我一起去吧。」他聽見卡瑪丘深深地舒了一口氣，也看到阿雷瓦洛把所有的仇恨都集中在目光裡，向他射來，心想他一定在罵髒話。

「警官，我感冒了。正想請求今天晚上免除我的外勤。」阿雷瓦洛囁嚅道。

「別耍賴了，快穿大衣！」利圖瑪向前走去，與阿雷瓦洛擦身而過，卻並不看他。「快點走吧！」

警長走到拘留室，打開房門，這是他天亮以後第一次看見黑人。後者已經穿上僅及膝蓋的破褲子，一條搬運工用的麻袋遮住了前胸和後背，麻袋割開一條縫，讓他頭部露在外面。他仍然打著赤腳，靜靜坐在地上，望著利圖瑪的眼神既不高興也不恐懼，嘴巴裡不停地咀嚼著什麼；兩隻手上沒有戴銬，手腕綁了一條繩子，繩子的長度足以讓他雙手自由活動，能夠抓癢或進食。警長打手勢要他站起來，但是黑人似乎不明白。警長於是上前抓住他一隻胳臂，那傢伙才順從地站起身來。警長走在他前面，就像把他領來時那樣冷漠。阿雷瓦洛這時已經穿好大衣，戴好圍巾。孔查警官沒有回頭去看他們出發的情形，他埋頭在一本唐老鴨漫畫裡。（利圖瑪心想：可是他沒發覺那本書拿反了。）卡瑪丘倒是向他倆苦笑一下。

來到大道上，警長靠著馬路邊上行走，靠牆的一側留給阿雷瓦洛。黑人走在他們兩人中間，邁著那特有的大步伐，對什麼都不在意，嘴裡還在嚼著東西。

「那塊麵包他嚼了差不多兩小時了。」阿雷瓦洛說。「今天晚上把他從利馬帶回來的時候，我們把儲藏室裡那些石塊一樣硬的麵包都給了他。他全吃光了，就像石磨那樣不停嚼著。他一定餓壞了，您說是嗎？」

利圖瑪心想：任務第一，感情第二。他確定了如下的路線：沿著卡洛斯·孔查大道上行至莫拉海軍上將大道，再順著這條街走到里瑪克河岸，沿河走到海邊。他估計往返約花四十五分鐘，最多一個鐘頭。

「警長，這都是您的過錯。」阿雷瓦洛嘟噥著。「誰讓您去拘捕他的？您一發現他不是小偷，就應該放掉他。你看這下子弄得我們多麻煩。請您告訴我，您相信上頭的看法嗎？這傢伙眞是藏在輪船裡跑來的？」

「貝特拉爾拜斯也是這麼想的。」利圖瑪說。「有可能是對的。不然的話，你怎麼解釋這樁怪事呢？這副蓬頭垢面的模樣、滿臉的傷疤、全身一絲不掛，說的是一口怪話，突然出現在卡亞俄港，這一切你怎麼解釋？他們說的大概是對的。」

漆黑的街道上迴盪著兩人踩著皮靴的腳步聲，打著赤腳的黑人走起路來無聲無息。阿雷瓦洛再次開口道：「警長，如果由我決定，我就讓他留在監獄裡。他身爲一個非洲野蠻人可不是他的錯啊。」

「正因爲如此，他才不能留在監獄裡。」利圖瑪低聲說道。「你也聽見警官說了：監獄是關小偷、殺人犯和流浪漢的。把他關在監獄裡，國家花的錢算在哪筆帳上？」

「那就遣送他回國。」阿雷瓦洛嘟嘟囔囔地說。

「你怎麼查出他是哪一國的呢？」利圖瑪提高了嗓門說。「你也聽警官說了，上級用各種語言試著跟他對話：英語，法語，甚至義大利語。他什麼語言也不會說，他是個野人。」

「就因爲他是野人，我們就該給他一槍？」阿雷瓦洛又一次嘟囔道。

「我沒說這是對的。」利圖瑪低聲說。「我只是把警官傳達上級的話再重複一遍而已。你別裝傻啦。」

他們走上莫拉海軍上將大道的時候，卡門聖母教堂的鐘聲剛好敲十二下。利圖瑪覺得那鐘聲十分悽慘。他努力注視著正前方，但時時不由自主地向左側轉過臉去，瞥那黑人一眼。每當從昏黃的路燈下走過，警長便看看他，他總是那副老樣子：上下顎骨機械化地一開一合，腳下邁著與他們相同的步伐，一點兒也不知道要擔心。利圖瑪想：對他來說，世界上唯一要緊的似乎就是咀嚼。過了一會兒又想道：他是一個判了死刑而還不知道判決的人。立刻他又想：毫無疑問，這是個野人。這時，他又聽到阿雷瓦洛惱怒地埋怨：「上級為什麼不就地放掉他，讓他自尋出路？既然利馬有這麼多流浪漢，那就再增加一個好啦；多一個，少一個，又有什麼關係？」

「這你已經聽警官說過了。」利圖瑪回答說。「國民警備隊不能縱容犯罪。假如你把他就此釋放了，那麼他除了去偷去搶別無出路，不然就像條餓狗一樣凍死。實際上，我們這是幫他的忙。槍一響，一秒鐘的事，總比慢慢餓死、凍死要好，總比孤苦伶仃、悽悽慘慘地活著要好。」

可是，利圖瑪覺得自己這話並不能說服別人；聽著自己的聲音，他覺得那似乎是另外一個人在說話。

阿雷瓦洛抗議道：「不管怎麼樣，您聽我說。我不喜歡這種差事，您選中我眞是害慘我了。」

「你以為我喜歡嗎？」利圖瑪低聲說。「上級選中我不是也害慘我了嗎？」

他們走過海軍軍械庫，裡面的警報器剛好在響。穿過空地，走上乾塢的時候，一條野狗從黑影裡竄出來狂吠。他們默默走著，耳邊傳來皮靴踏地的回聲以及附近海水的拍打聲，嗅到鹹鹹的潮濕空氣。

「去年，有一群吉普賽人就在這塊地上紮營。」阿雷瓦洛突然聲音顫抖著說道。「他們搭起了帳篷，表演雜技，看手相，變魔術。然而市長下令要我們把他們驅逐出境，因為他們沒有得到市政府的許可。」

利圖瑪不作聲。他突然很難過，不僅是由於那黑人，也是爲了阿雷瓦洛和那群吉普賽人。

「難道我們就把他的屍體扔在海灘讓鶙鵰去啄嗎？」阿雷瓦洛幾乎要嗚咽起來。

「我們把他的屍體扔到垃圾坑裡，讓市政府的垃圾車把他運走，運到殯儀館，送給醫學院，讓學生解剖用。」利圖瑪生氣地說。「阿雷瓦洛，上級的指示你聽得很清楚，用不著我再重複了。」

「指示我是聽到了，可是我想不通爲什麼我們必須殺死他，這樣冷酷無情。」過了幾分鐘，阿雷瓦洛又說：「您雖然努力執行任務，但您也想不通。從您的話裡，我發覺您也不同意這道命令。」

「我們的職責不是同意不同意命令，而是執行命令。」警長聲音微弱地說。停了一會兒，他更加緩慢地說：「你說得有道理。我是不贊成這麼辦。可是我服從命令，因爲必須這樣。」

這時，他們已經走完了柏油路，到了大道盡頭，路燈也沒有了；面前是漆黑的泥土路。一股濃重的臭氣彷彿凝固了，把他們包圍起來。他們已經來到里瑪克河岸的垃圾坑邊，這裡離大海很近，地處海灘、河口和街道之間。每天清晨六點鐘以後，垃圾車就把貝亞畢斯塔、拉貝爾拉及卡亞俄港的垃圾倒在這裡；幾乎與此同時，男女老少成群地跑到這裡來翻撿穢物，尋找能賣錢的東西，他們常常與海鳥、兀鷹、野狗爭搶垃圾中的殘剩食物。離這片曠野較近的道路是通向范達尼亞和安貢的，那裡林立著卡亞俄港的魚肉加工廠。

利圖瑪說道：「這個地方最好不過了。垃圾車都經過這裡。」

大海的浪濤聲震耳欲聾。阿雷瓦洛停住了腳步，黑人也停下來。兩個警察手持電筒，藉著微弱的光線觀察那張布滿傷疤的臉頰以及機械地咀嚼著的嘴巴。

「糟糕的是他毫無反應，還猜不到事情的眞相。」利圖瑪低聲說道。「別的人早就有所覺察，一定嚇得要死設法逃走。麻煩的是他竟然這樣平心靜氣，這樣信任我們。」

「警長，我有個主意。」阿雷瓦洛好像凍僵了一樣，牙齒格格地碰個不停。「我們放他走吧，回去就說已經把他殺了。總而言之，隨便編點什麼，說明屍體失蹤的原因……」

利圖瑪掏出手槍，打開保險。

「你膽敢慫恿我違抗上級命令，甚至還要我欺騙長官？」警長聲音顫抖地吼起來，同時舉起右手，槍口指向黑人的太陽穴。

但是，一秒、二秒、三秒……幾秒鐘過去了，他沒射擊。他會開槍嗎？他會執行命令嗎？槍聲響了嗎？那個神祕的外來移民躺倒在那神祕莫測的垃圾坑裡沒有？或者他被赦免一死，像野人似的、盲目地逃向外灘了？而那位從不犯錯的警長則惶恐不安，任憑臭氣不斷襲來，海濤震耳，爲自己的失職而悔恨不已？卡亞俄港的這齣悲劇究竟如何收場呢？

5

帕斯夸爾在新聞稿上，把魯喬·加蒂卡造訪利馬一事炫耀成「永誌難忘的藝術盛會、全國廣播電臺的劃時代成就」。他出現在泛美電臺害我不止付出了一則新聞，還付出了一條領帶、一件襯衫，都是九成新的，並且害我再次對胡莉亞姨媽失約。在智利這位波麗露歌唱家到來之前，我已在各家報紙上看過他數不清的照片以及頌揚他的文章（小赫納羅曾說「鈔票買不來的文章最值錢」），但是要到我在伯利恆街親眼目睹女性觀眾排著長長的隊伍等候進入音樂廳，才真正體會到他的聲名是如此顯赫。由於音樂廳內僅有一百個座位，得以入座觀看的女性屈指可數——那一晚，泛美電臺門前擠得水洩不通，我們早已寫好七點鐘的新聞稿，卻無法送到二樓去，於是我和帕斯夸爾不得不從隔壁棟爬到電臺頂樓，才進得了辦公室。

帕斯夸爾對我說：「臺階、門口、電梯前滿滿都是女人。我想請她們讓條路，她們卻把我當作想插隊的。」

我打了電話給小赫納羅，興高采烈地說：「魯喬的演出還要一個鐘頭才開始，可是人群已經把伯利恆街堵住了。現在，全祕魯都在收聽泛美電臺的廣播！」

我問他，由於發生了這種事情，是否能犧牲七點鐘和八點鐘的新聞，可惜他就是想得出辦法，他叫我們利用電話把新聞念給播音員聽。我們照他說的辦了。在休息時間，帕斯夸爾欣喜若狂地聆聽收音機裡魯喬・加蒂卡的聲音，而我則重閱我那篇關於不舉議員的小說——第四個版本了。我最後給它取了個恐怖小說的題目：〈毀容的面孔〉。九點鐘，演出結束，我們聽到馬廷內斯・莫羅希尼向魯喬・加蒂卡告別，聽到觀眾的歡呼。這次不是罐頭音效，而是眞人在歡呼。十秒鐘之後電話響了，我聽到小赫納羅告急的聲音：「你們要想辦法下來，這裡像螞蟻堆似的黑壓壓一片。」

女性觀眾擠在臺階上，築成一道人牆，被身材魁梧的警衛赫蘇西托擋在音樂廳的大門前。我們穿過這道人牆，眞是費了九牛二虎之力。帕斯夸爾高喊著：「請讓救護人員通過！請讓救護人員通過！我們來接傷者！」女性觀眾（大多數是年輕的）或者無動於衷地望著我們，或者微笑著，但是並不讓開，我們只好推開她們。來到音樂廳內，我們看到慌亂的場面：眾人頌揚的藝術家正要求警察前來保護。這位藝術家身材矮小，臉色發紫，對他自己的女歌迷心懷憤怒。我們那位開明老闆極力安慰他，告訴他叫警察來會造成更壞的印象，那群黑壓壓的女孩站在那兒是出自於對他才華的崇敬。但是，這位天才並不相信這番話。

「我了解那些女人。」他一副又怕又氣的樣子。「先是要簽名，最後是又抓又咬。」

我們都笑了，但是後來他的預言應驗了。小赫納羅決定讓我們等半個鐘頭，他認爲那群崇拜者一旦厭倦了就會走掉。十點十五分（我和胡莉亞姨媽約好去看電影的時刻），女孩還沒厭倦，倒是我們等得不耐煩了，於是講好要擠出去。我和小赫納羅、帕斯夸爾、赫蘇西托、馬廷內斯・莫羅希尼一行人挽著手臂圍成一個圈，把那名人夾在中間。剛一開門，那位天才的臉色就更加慘白了，簡直像張白紙。我們走下幾級臺階，沒有受到太大的傷害，我們手臂推、大腿拱、頭頂、胸撞，對付那些排山倒海而來的女性群眾。她們這時還一個勁兒地又是鼓掌又是歎息，甚至伸出手去觸摸那個她們崇拜的人物——他面如縞素，微笑著，嘟嘟囔囔地說：「朋友們，小心，手臂勾好別鬆開。」但是，我們馬上不得不應付一波正式的進攻。她們狠狠地拽著我們的衣服，號叫著，伸長手指要撕碎偶像的襯衫和西裝。經歷十分鐘令人窒息的推擁，好不容易走到入口處，我覺得我們馬上就要頂不住了，並且彷彿看見身材瘦小的波麗露歌唱家被人從我們中間擄走、女歌迷當著我們的面把他撕成了碎片。這種事情沒發生，但當我們把他塞進老赫納羅（他在方向盤前已守候了一個半鐘頭）的汽車裡時，魯喬．加蒂卡和我們這些鋼鐵般堅強的衛士都成了這一場大災難的倖存者。我的領帶被搶走了，襯衫撕得一條條的；赫蘇西托的制服被撕破，帽子被搶走；小赫納羅的前額被手提包打傷。歌唱大師安然無恙，但是他身上的裝束只有鞋子和內褲完整無損。第二天，當我們十點鐘在布蘭薩咖啡館喝咖啡時，我把女歌迷的瘋狂行徑講給彼得羅．卡瑪喬聽。他根本不訝異。他遠遠地看著我，沉著冷靜地對我說：「我的年輕朋友，音樂也是打動人心的呀。」

正當我奮力保護魯喬．加蒂卡的人身安全時，阿格拉德西達太太已經把頂樓清掃完，我那篇參議員小說稿也被她扔進垃圾堆裡去了。我非但不痛心，反倒如釋重負。我想那是天意。當我告訴哈威爾我不再寫下去時，他不但不設法勸說，反而對我的決定表示祝賀。

胡莉亞姨媽聽我說起這晚的保鑣經驗談，頗爲開心。自從在玻利瓦爾燒烤餐廳偷偷接吻的那一晚起，我們幾乎天天見面。路裘舅舅生日的隔天，我冒然跑到舅舅家。真幸運，胡莉亞獨自一人在那兒。

「他們去看你的奧爾騰西亞姨媽去了。」她說著，把我讓進客廳。「我才不去。我知道那個惹是生非的女人成天揑造我的謠言。」

我摟住她的腰，把她拉過來，想親吻她。她沒拒絕，但也沒有親我。我感覺到她那冷冰冰的嘴巴貼在我的嘴上。我們分開時，我看見她面無笑容地望著我。她不像昨天晚上那麼驚恐，說得更確切些，她有些好奇，眼神裡有一絲嘲弄。

「喂，馬里多。」她的聲音親切、沉靜。

「我這一輩子各種荒唐的事都做過。但是，這個我不幹。」她大笑一聲。「我，勾引小鬼頭？絕不！」

我們坐下來暢談了快兩個鐘頭。我告訴她我的全部生活，不是過去的，而是未來的，也就是當我有朝一日生活在巴黎、成爲作家後的生活。我告訴她，從我第一次讀大仲馬的作品起就想寫作，並且夢寐以求去法國旅行，住在藝術家區的某間閣樓裡，全力以赴地致力於文學，這是世上最壯麗的事業。我對她說，爲了讓家人滿意我才選讀法律，可是，我覺得在所有的職業中，律師是最無趣、最愚蠢的，我永遠不會從事這一行。我察覺到自己講得很熱切，我告訴她，我是平生第一次將心裡話說給一個女人而不是哥兒們聽。

「在你看來，我像你媽媽，所以你把心事告訴我。」胡莉亞姨媽分析我的心理。「這麼說來，多麗塔的兒子竟然成了個文人？不行，不行。你會餓死的，孩子。」

她對我說，前一晚她徹夜失眠，回味著玻利瓦爾燒烤餐廳裡偷偷的接吻。這個多麗塔的寶貝兒子，曾幾何時、至多是昨天吧，她還陪同他媽媽一塊兒送他到科恰彭巴的拉薩列學校上學去，仍然把他當作一個穿著開襠褲的小孩子，一個爲了免得獨自外出才叫來陪自己去看看電影的孩子，現在竟長大成人、一下子親起她的嘴來了，她實在難以理解。

「我已經長大成人了。」我拉過她的手來親吻著，理直氣壯地對她說。「我十八歲了，而且五年前就不是童男了。」

「那麼我呢，我已經三十二歲，十五年前就不是處女了，那我又該是什麼樣的人呢？」她笑了。「一個死老太婆！」

她的笑聲眞誠而有力，很自然，很爽朗；她那一對豐唇張得老大，眼角堆起皺紋，譏諷、調皮地看著我，儘管還不像是對待成年男子那樣，但也不像是對待黃毛小子那樣了。她起身倒了一杯威士忌給我。「在你昨晚那大膽的舉動之後，我再也不能用可樂招待你了。」她對我裝出難爲情的樣子。「我不得不像對待我的追求者那樣招待你。」

我對她說，年齡上的差異並不那麼可怕。

「是的，並不見得那麼可怕。」她回答我說。「可是，差一點，只差一點點，你幾乎就能當我的兒子啦。」

她對我道出她的婚後生活。起初幾年一切如意。她丈夫在高原上有座莊園，她對鄉居生活是那麼習慣，所以很少到拉巴斯去。莊園住處很舒適，她喜歡那裡的寧靜以及健康而簡單的生活：騎馬，遠足，參加印第安人的聚會。由於她不能生育，婚姻才蒙上第一抹陰影。一想到無法傳宗接代，她丈夫便悶悶不樂，後來更開始酗酒，從此夫妻關係便沿著吵架、分居、重歸於好的斜坡往下滑，直到最後吵翻。離婚之後，他們保持著良好的朋友關係。

「假如有一天我結婚，我是不要孩子的。」我提醒她。「孩子和文學勢不兩立。」

「意思是我可以提出申請、掛號排隊了嗎？」胡莉亞姨媽嘲諷地對我說。

反駁別人的話時，她反應機敏，顯得口才辨給；她饒有風趣地講述桃色故事，她（如同到那時爲止我所認識的女人一樣）對文學一竅不通到可怕的地步。給人的印象是：在玻利維亞莊園那漫長的清閒歲月裡，她只讀過阿根廷的一些雜誌、德利寫的垃圾，還有她認爲值得回味的幾本小說：H．M．胡爾的《阿拉伯人》和《阿拉伯人的兒子》。那天晚上我告辭時，問她我們是否去看電影，她說：「當然可以。」我們去看了夜場；從那以後，幾乎天天如此。除了耐著性子看許多墨西哥和阿根廷的劇情片外，我們還無數次地接了吻。看電影漸漸成了藉口。我們選擇距離舅舅家最遠的一些電影院（蒙地卡羅、科利納、馬爾薩諾），以便有更長的時間在一起。電影散場之後，我們沿著米拉佛拉瑞斯空曠無人的街道長時間地來回散步（每當出現路人或汽車時，我們就分開），做著「小肉餅」（她告訴我，玻利維亞人把手牽手稱爲「做小肉餅」），無所不談，而那正是在利馬稱之爲冬天的可怕季節裡，牛毛細雨淋得我們渾身濕漉漉的。胡莉亞姨媽總是跟她的許多追求者共進午餐或喝茶，但是把晚上的時間留給我。我們經常去電影院，坐在後排座位（特別是片子很糟的時候），這樣我們就能在不影響別人的情況下接吻又不被認出來。我們的關係很快就穩定下來，但是沒有定型，處在戀人和情人這兩種格格不入的範疇中的某個難以確定的地步。這一點在我們的談話中是常常提及的。說是情人，是指我們總是躲躲閃閃，提心弔膽，怕被人發現，老是覺得在冒險；但這是精神上的，實際並非如此，因爲我們並不放蕩相處（像哈威爾後來大肆渲染的那樣，我們幾乎「碰都不碰」）。說是戀人，是指我們尊重當時米拉佛拉瑞斯青年戀人的某些古老的禮儀（邊看電影邊接吻，手牽手在街上漫步）以及保持貞操（在石器時期，米拉佛拉瑞斯的女孩結婚時一般都是處女，只有當自己的戀人成爲正式的未婚夫時才讓他觸摸乳房和性器），但是，我們的年齡相差那麼大，又有親戚關係，怎麼會成爲戀人呢？鑒於我們含糊而荒唐的羅曼蒂克愛情，我們便開玩笑地稱這種愛情是「英國式的婚約」、「瑞典式的羅曼蒂克」、「土耳其式的劇碼」。

「一個小男孩和一個老太婆之間的愛情，而且這個老太婆還是小男孩的姨媽。」某一晚我們穿過中央公園時，胡莉亞姨媽對我說。「這可是彼得羅．卡瑪喬廣播劇的好題材。」

我提醒她「只不過是我的表姨媽」，而她告訴我，在三點鐘的廣播劇節目裡，有個腳色是住在聖伊希特羅的小伙子，是個英俊帥氣的衝浪好手，卻恰恰與妹妹發生了關係，更可怕的是，妹妹還懷了他的孩子。

「你從什麼時候開始聽廣播劇的？」我問她。

「我是跟著姊姊聽的。我必須要說，中央電臺的那些劇碼寫得太好了，引人入勝又令人心碎。」

她推心置腹地對我說：她和奧爾嘉舅媽常常聽廣播劇聽得雙眼含淚。這是我看到彼得羅．卡瑪喬的文筆如何影響利馬居民的第一個證明。往後幾天，我又在別的親戚家看到了別的證明。我常到蘿拉姨母那裡去，她一見到我出現在客廳門口，便以手勢吩咐我安靜。她身子傾在收音機旁，好像不單單是爲了傾聽，也是爲了嗅聞、觸摸玻利維亞藝術家那或顫抖的、或嚴肅的、或熱情的、或清脆的聲音。我到嘉碧舅媽那裡去，見她和奧爾騰西亞姨媽聚精會神地拆著線團並洗耳恭聽盧西亞諾．潘多以及荷塞菲娜．桑切斯那些怪腔怪調、充滿形容詞的對話。而在我自己家裡呢，我的外祖父和外祖母，正如外祖母卡門說的，他們一向「喜愛小說」，現在卻迷上了廣播劇。我早晨被他們扭動收音機指針發出的聲響吵醒——他們正忙著準備收聽十點鐘首播的廣播劇；我吃午飯時，不得不聽下午兩點鐘的廣播劇；白天，不管我什麼時候回家，都碰到兩個老人和廚娘躲在小會客廳裡全神貫注地在足足有一個餐檯那麼大的收音機旁收聽著廣播劇，最糟糕的是他們總把音量開到最大。

「你爲什麼那樣喜歡廣播劇？」有一天我問外祖母。「那裡面有書本上沒有的東西嗎？」

「這玩意很生動，親耳聽人物講話覺得更逼眞。」她思索了一下，然後解釋說：「再說，像我這樣的年紀，耳朵比眼睛更靈光。」

我在別的親戚家也做了類似的調查。我的幾個姨媽和舅媽（嘉碧、蘿拉、奧爾嘉、奧爾騰西亞）都喜歡廣播劇，她們覺得廣播劇很有意思，既有悲傷的，也有快活的；廣播劇給她們消遣，使她們充滿幻想，能體會到實際生活中無法體會到的東西，也因爲廣播劇表現眞人眞事，或者因爲每個女人都有點兒浪漫情懷。我問她們爲什麼不喜歡讀書，她們反駁說：誰那麼傻呀，幹麼去買書，書裡講的都是些深奧的文化；而廣播劇則簡單明瞭，惹人發笑，消磨時光。眞的，她們確實成天守著收音機，我從未見到她們有誰打開過一本書。在我們夜間散步時，胡莉亞姨媽有時扼要地講些她印象深刻的故事給我聽，我則聊起我和玻利維亞文人交談的內容；就這樣，不知不覺間，彼得羅．卡瑪喬成了我們的愛情故事的一部分。

在我經過無數次交涉、終於修好了我的打字機那天，小赫納羅本人也對我證實了新廣播劇如何受歡迎。他手中拿著資料夾，眉飛色舞地登上頂樓木屋。

「超越了最樂觀的估計！僅僅兩週內，廣播劇收聽人數增加了兩成。你們知道這什麼意思嗎？也就是我們的廣告收入增加了兩成！」

「那麼也意謂著爲我們增加兩成工資了，赫納羅先生？」帕斯夸爾在他的座位上跳起來。

「你們不是在中央電臺工作，而是在泛美。」小赫納羅提醒我們。「我們是有高尚趣味的，不播放廣播劇。」

各家日報也很快在娛樂版上與新廣播劇所吸引的聽眾相呼應，開始讚頌彼得羅·卡瑪喬。是吉多·蒙泰維代率先在他的專欄「最後一點鐘」上推崇彼得羅·卡瑪喬的，稱他是「老練的、富有熱帶想像力和唯美修辭天分的劇作家，是廣播劇裡交響樂的大膽指揮者、聲音甜蜜的多才多藝的表演家」。可是，這些形容詞的主人並不了解他周圍正在掀起的那股熱潮。一天早上，我到布蘭薩咖啡館去，想拉他一同去喝咖啡，卻見到他寢室的窗戶上貼著一張告示，上面以草體字寫著：「不接待記者，不簽名。藝術家在工作！請尊重他！」

「這是眞的還是開玩笑？」我問他。我品嘗著牛奶咖啡，他喝著他的養腦醒神檸檬馬鞭草薄荷茶。

「非常認眞。這地方千奇百怪的事情在折磨著我；如果我不制止他們，那兒很快就要有聽眾來排隊了。」他指著聖馬丁廣場說，彷彿不樂見那種情況似的。「要照片、要簽名……我的時間像金子一般貴重，不能浪費在那種蠢事上。」

他的話沒有半點自負的意味，只表現出一種眞心的不安。他穿著那套慣常穿的黑西裝，戴著領結，抽著那種叫「飛行」牌的氣味難聞的香菸。像以往一樣，十分嚴肅。當我說姨媽舅母全成了他的狂熱聽眾、小赫納羅對他的廣播劇收聽率激增又是如何喜出望外時，我以爲他會很高興，他卻厭煩地叫我住嘴，彷彿這些事情都是不可避免的，他許久以前就預料到了。更確切地說，他說他對「商人們」（從那以後他總是以這個詞代稱赫納羅父子）缺乏敏感而覺得很惱火。

「廣播劇尚有不足之處，我的職責是彌補它，他們的職責是幫助我。」他皺著眉頭說。「但是，很清楚，藝術和交易是死敵，就像豬玀和珍珠一樣。」

「不足之處？」我驚異了。「可是你的廣播劇很受歡迎啊！」

他解釋道：「儘管我出言要求，商人還是不想解雇巴布利托。說是基於老交情，因爲他在中央電臺都不知多少年了什麼什麼的，彷彿藝術是慈善事業似的！那個病夫的無能對我們的工作是一種眞正的破壞！」

小巴布利托是電臺環境所吸引來或造就出來的那種別具一格的無法形容的人物。給巴布利托的名字冠上個「小」字彷彿暗示他年紀很小，但實際上他是個年已五旬的梅斯蒂索人，走路總是拖著腳步，氣喘病不時發作，一發病他四周就滿是臭氣。他成天在中央電臺和泛美電臺晃來晃去，從幫清潔工打掃、出去給赫納羅父子買電影票鬥牛票到分發排演入場券，什麼都做。他的常態工作是幫廣播劇做音效。

「這些人以爲做音效是隨便哪個白痴笨蛋都能勝任的小事，疏不知那也是一門藝術，而那個死老頭扁頭人巴布利托懂什麼藝術？」彼得羅．卡瑪喬氣呼呼地說，語氣冰冷而傲慢。

他向我發誓，「時機一到」，他將毫不猶豫地親手剷除「改善他工作」的一切障礙（他說得那麼肯定，我都信以爲眞了）。他感傷地補充說，他沒有時間傾囊相授，好好培養一個音效技師，但是，迅速考察「本地各個電臺」後，他找到了要找的東西。他放低聲音，向四周掃了一眼，惡狠狠地結束他的話：「合適的人選在勝利電臺。」

哈威爾和我一起分析彼得羅．卡瑪喬是否可能實現除掉小巴布利托的願望。我們一致認爲小巴布利托的命運完全取決於民調：如果廣播劇收聽率不斷增加，老闆肯定毫不留情地犧牲他。果然，不到一個星期，小赫納羅到頂樓來了，正遇上我全神貫注地寫一篇新小說。他可能注意到了我的慌亂。我匆匆取下打字機上的紙夾進新聞稿中，可是他裝作沒看見，什麼也沒說。他露出一副文學藝術家偉大保護者的神氣，同時對我和帕斯夸爾說：「抱怨了那麼久，總算找到了你們想找的新編輯。你們這兩個懶惰鬼，小巴布利托將跟你們一起工作，別因爲這樣就鬆懈呀！」

新聞部得到的這個後援，與其說是實質上的，毋寧說是精神上的。因爲第二天早上七點鐘，小巴布利托非常準時地來到辦公室、問我該做什麼時，我請他整理會議紀錄，他卻滿臉懼色咳嗽了兩聲，面色如土、結結巴巴地說他沒辦法。

「我不識字耶，先生。」

我把小赫納羅爲我們挑選了一個文盲當編輯這件事看作是他樂觀精神的美好表現。帕斯夸爾在知道編輯任務由他和小巴布利托分擔時，本來很緊張，現在聽說來的人是個文盲，便毫不掩飾他的高興。他當著我的面教訓他的新同事，說對方消極被動、不知努力學習力爭上游，哪像他帕斯夸爾雖已邁入壯年，但還是利用夜校的免費課程進修。小巴布利托嚇得膽戰心驚，不斷稱是，像個機器人似的重複說：「確實，我沒想到這一點；沒錯，您說得完全對。」他帶著一副馬上就要被辭退的神情盯著我。我安慰他，要他負責遞送新聞稿給播音員。實際上，他成了帕斯夸爾的奴隸。帕斯夸爾叫他整天在頂樓和大道之間來回奔走，幫他買香菸，或去卡拉巴亞街的攤販那裡買夾肉馬鈴薯（papas rellenas），甚至讓他看天上是否在下雨。小巴布利托以傑出的犧牲精神忍受著這種奴役，甚至對那個折磨他的人比對我更爲尊敬友善。他在不做帕斯夸爾吩咐的事情時，便蜷縮在辦公室的角落裡，頭靠著牆暫且睡上一會兒。他像臺生了鏽的電扇那樣鼾聲隆隆，還發出咻咻聲。

他是個寬宏大量的人，並不因爲彼得羅．卡瑪喬用勝利電臺的外來者取代了他而懷有半點怨恨。他由衷欣賞這位玻利維亞文人，對他除了誇讚，還是誇讚。小巴布利托常常向我請假去看廣播劇的排練。回來時，一次比一次顯得更興奮。

「這個人是個天才。」他迫不及待地說。「想得出各種絕妙的點子。」

他總是帶回彼得羅・卡瑪喬藝術壯舉的有趣奇聞。一天，他對我們發誓說彼得羅・卡瑪喬曾勸盧西亞諾・潘多在登臺表演一段談情說愛的內容以前，預先手淫，理由是這樣能使聲音輕柔，使呼吸更羅曼蒂克。盧西亞諾・潘多拒絕了。

「馬里奧先生，現在我才知道爲什麼每當有談情說愛的劇情的時候，他就鑽到樓下的小廁所去。」小巴布利托畫個十字、吻一下指尖。「肯定是去幹那種丟人的事，怪不得他們聲音那樣輕柔。」

我和哈威爾爭論了老半天，是確有其事？還是這個新編輯無中生有？我們的結論是，不管怎麼樣，有充分的根據顯示這樣的事情並非絕不可能。

「與其寫什麼多羅特奧・馬蒂，你不如就此大書特書。」哈威爾訓導我說。「中央電臺還眞是文學的寶庫啊。」

那些日子，我加緊寫作的小說是根據胡莉亞姨媽所說的軼事寫的，那是她在拉巴斯的薩維埃德拉劇院看到的。多羅特奧・馬蒂是個西班牙演員，他巡迴全美洲，演出《凶殘的女人》、《眞正的人》或其他更爲賺人熱淚的悲慘劇碼，廣大的觀眾群看了淚流成河。甚至在利馬（劇院在那裡已是塵封古蹟，從上一個世紀起就沒落了），多羅特奧・馬蒂的劇團也以根據神話編寫的獨一無二的劇碼使市政劇院座無虛席，那劇碼名爲《主耶穌的生死與熱情》。這位藝術家極爲務實，據那些愛說長論短的人所言，某一晚，扮演耶穌的演員中斷了他在橄欖林中的痛苦嗚咽，以溫柔的聲音告訴尊貴的觀眾說，第二天劇團將有一場動人的演出，屆時每位紳士可以免費帶伴侶前來觀看（緊接著又繼續表演）。這恰恰就是胡莉亞姨媽在薩維埃德拉劇院看到的那場演出。劇情進入高潮時，耶穌在各各他山頂上奄奄一息，觀眾發覺那塊籠罩在香爐煙雲之中的木樁（馬蒂扮演的耶穌就釘在上面）開始搖動。是意外事件還是預先安排的？聖母、弟子、羅馬軍團的士兵、平民皆默默地交換著目光，小心翼翼地往後退著，離開那個搖擺不定的十字架。在十字架上，多羅特奧扮演的耶穌依然把腦袋垂在胸前，喃喃地說起話來，聲音很低，但前幾排座位還是能夠聽到：「我死了，我死了。」無疑，觀眾害怕褻瀆神明，底下沒有一個人膽敢衝上舞臺去扶十字架。此刻，在一片代替了祈禱聲的恐怖嘈雜聲中，十字架無視各種物理定律左右搖晃著。幾秒之間，拉巴斯的觀眾聽著那一聲震撼劇院的巨響，看著加利利的馬蒂被那塊聖木擊中，面朝下撲倒在舞臺上。胡莉亞姨媽對我發誓，耶穌在摔到舞臺上變成肉餅之前，野蠻地吼叫道：「我死了，他媽的。」我尤其想重現這個故事的結尾：故事就這樣，以耶穌的吼叫和粗話結束，以求最佳效果。我希望寫成一個滑稽的故事。爲了掌握幽默的技巧，我不論在汽車上、火車上，抑或睡覺之前躺在床上，都在閱讀手頭所有名家的作品，從馬克・吐溫、蕭伯納、龐西拉到費南德茲・弗羅里斯。可是，像過去一樣，我寫不出來。帕斯夸爾和小巴布利托不斷數著我扔到字紙簍裡的紙張有多少。幸虧赫納羅父子對新聞部的用紙是毫不在乎的。

過了兩三個星期，我才認識了接替小巴布利托的那個從勝利電臺來的人，與他到來之前不同——那時誰都能去觀看廣播劇錄音，彼得羅・卡瑪喬已經禁止除演員和技師之外的任何人進入錄音室。爲了做到這一點，他把門全關上，並在門前放上令人望而生畏的巨大耶穌像。就連小赫納羅本人也不例外。我記得有一天下午，小赫納羅像是遇到了麻煩需要安慰的樣子，氣得鼻翼翕張，來到頂樓向我發牢騷。

「我想到錄音室去，可是他立刻中止排演，我不走他就拒不錄音。」他氣得聲音都變了。

「他說我下次再害排演中斷，就拿話筒打我的腦袋。我怎麼辦？我是一氣之下把他趕走還是忍氣吞聲？」

我說了些他想聽的話：既然廣播劇很受歡迎，就忍氣吞聲吧（「爲了全祕魯廣播業的大局著想」云云），別再到那藝術家的領地去湊熱鬧。他採納了我的建議，可是我自己卻禁不住好奇了，很想去看看那位文人是怎樣錄製節目的。

某天上午，在我們慣常喝咖啡的時候，我小心翼翼拐彎抹角說了一陣，最後鼓起勇氣試探一下彼得羅．卡瑪喬。我說很想看看新來的音效技師是怎麼工作的，以便證實技師是否像他所說的那麼優秀。

「我沒有說他優秀，而是說他還可以。」他馬上糾正我。「但是，我正在教他，他也許能成爲一個好技師。」

他啜了一口補腦茶，一雙小眼睛冰冷而謹慎地看著我，似乎滿腹疑慮。最後無可奈何地同意了。

「好吧，您明天來，看三點鐘的。但是，下不爲例。我實感遺憾，但我不願意讓配音員分心，不管是誰來都會擾亂他們，讓我無法掌控情況，這樣就完蛋了。我的朋友，錄製廣播劇正如同望彌撒啊。」

實際上，我看到的這次錄製比望彌撒還要莊嚴。在我記得的彌撒中（我已多年不進教堂了），從未看到過像錄製《艾貝托．金德羅斯的禍與福》第十七章那般眞切感人的場面。演出大概不超過三十分鐘——十分鐘排演、二十分鐘錄製，我竟覺得彷彿持續了幾小時。整個過程中，隔著一片玻璃望去，布滿灰塵的綠地毯，小錄音間裡籠罩著肅穆的氣氛，從一開始就給我留下了深刻的印象。這裡是中央電臺的「一號錄音室」，錄音室裡的觀眾只有我和小巴布利托，其餘都是錄音工作人員。彼得羅・卡瑪喬一進來就以他那軍人般的目光告訴我們必須像可笑的雕像似的呆著。劇本作者兼導演彷彿變了樣：魁梧、強勢，活像一位對著紀律嚴明的軍隊訓話的將軍。紀律嚴明？更確切地說，是著迷了、神魂顛倒的、十分狂熱的軍隊。荷塞菲娜・桑切斯掛著大鬍子，青筋暴露，好不容易我才認出她來。我曾多次看過她錄製臺詞，她以往總是嘴裡嚼著口香糖，手裡打著毛線，一副心不在焉的樣子，看起來像是不知道自己在講些什麼，而如今卻舉止嚴肅，不是猶如祈禱般研讀腳本，便是尊敬而溫順地注視著藝術家，像小孩子在第一次接聖餐那天看著祭壇一樣微微顫抖。盧西亞諾・潘多和另外三個演員（兩個女的和一個很年輕的小伙子）也是如此。他們互不交談，目不斜視，眼睛像被磁鐵吸引似的，從腳本轉向彼得羅・卡瑪喬，再轉向音效技師奧喬亞。奧喬亞在玻璃的另一側，他原本是個輕浮的人，這下子也全神貫注，嚴肅地監看著控制系統，按按鈕，開燈光，緊皺著眉頭，注意著錄音室裡的一切動靜。

五名配音員在彼得羅・卡瑪喬周圍站著一圈。彼得羅・卡瑪喬總是穿著黑西裝，打著領結，蓬鬆著頭髮。他正在講解將要開始錄製的那一場戲。他給的並不是什麼指示，至少不是平鋪直述地具體交代該怎麼配音，例如穩重或誇張、慢或快，而是一如他一貫的風格，冠冕堂皇地講述著美學和哲理。「藝術」和「藝術的」這兩個字眼自然成爲這番熱烈演說中頻繁出現的詞彙，如同神奇的軍中口令一般什麼都能解決，什麼都能解釋。但是，比這位玻利維亞文人的話更爲罕見的是他說話的那種熱情——也許他的話所產生的效果更爲罕見。他講話時打著手勢，不時踮起腳尖，語調慷慨激昂，像是掌握了某個迫在眉睫的眞相，必須宣傳它，與人分享，讓人接受。他完全達到了目的：五個演員聽得如痴如醉，兩眼發直，一個字也不肯放過，像是爲了滴水不漏地吸收卡瑪喬對他們的工作（依照劇本作者兼導演的說法，不是「工作」，是「使命」）的訓誡。我感到遺憾的是胡莉亞姨媽不在場，因爲當我告訴她在那漫長的半個鐘頭裡，我看到在彼得羅‧卡瑪喬激昂的演說鼓舞下，從事利馬最卑賤職業的那夥配音員如何改頭換面，昇華到另一個境界，精神振奮地排演時，她是不會相信的。我和小巴布利托坐在錄音室一角的地板上，面前就是剛從勝利電臺叛逃而來的那個人，他的周圍放滿從該電臺帶來的奇特器材，這是中央電臺的最新收穫。他也一樣如痴如醉地聽著藝術家高談闊論。錄音一開始，我覺得他就變成了那個場面的中心人物。

他是個身強力壯、古銅色皮膚的小個子，頭髮豎起，穿著簡直像乞丐：破舊的黃褲子，綴滿補丁的襯衫，一雙沒有鞋帶的鞋。（後來我得知其他人都以「縮絨機」這神祕的綽號稱呼他。）他的音效工具包括：一塊木板、一扇門、一個盛滿水的洗臉盆、一個哨子、一張錫箔紙、一臺電扇和其他一些不起眼的日用品。奧喬亞技藝超凡地演起單人秀，他會腹語、口技，一人分飾多角，想像得到的音效他都做得出來。導演一發出預先定好的信號，在充滿對話、哎喲聲及嘆息聲的空中權威地一揮食指，奧喬亞便在木板上煞有介事地邁著慢步，發出人物走動由遠而近或由近到遠的腳步聲；看到另一個信號時，他讓電扇去吹錫箔紙，發出淅瀝雨聲或颳風的呼嘯聲；再一個信號，他把三根手指放進嘴裡吹起口哨來，錄音室裡迴盪著鳥鳴聲，那是在某個春曉時分喚醒鄉間別墅女主人的鳥鳴聲。製造大道上一片嘈雜聲時，他的表現尤其漂亮。其中有一幕，兩個人物邊交談邊穿過中央廣場。藉由預先錄好的錄音帶，奧喬亞製造出引擎聲和喇叭聲，但是其他音效都是他不靠機器，透過咂舌頭、咯咯叫、高呼、呢喃（他像是同時做著這些事情）自己弄出來的。在中央電臺這間小小的錄音室裡，只要閉上眼睛就能聽到各種聲音、輕鬆愉快的談話、笑聲、感嘆，如同正在穿越一條繁華的街道般。但是，彷彿這還不夠，奧喬亞在發出十幾種人的聲音的同時，還在木板上走動、跳躍，發出行人在人行道上的腳步聲以及身體互相擦過的聲音。他同時用腳和手「走路」（手是套上鞋子的），蹲下身子，像猴子一樣垂著雙臂，以手腕和前臂拍打大腿。演完中央廣場中午的嘈雜場面後，要他重現利馬某個貴婦人在豪宅裡請朋友喝茶的情況就是小事一樁了——兩小段鐵條相互碰撞，刮玻璃；爲了模仿在鬆軟的地毯上拉動椅子或人走過的聲音，他用幾塊木板磨蹭臀部；以各種叫聲使人彷彿親臨巴蘭科動物園也沒什麼困難的，獸吼、鳥啼、蟲鳴之外，他還增加了許多動物。錄音完成後，他就像剛剛跑完奧林匹克馬拉松般，喘個不停，兩眼發黑，汗流浹背。

彼得羅・卡瑪喬猶如置身於葬禮的嚴肅態度感染了他的團隊。這是一個巨大的變化。古巴ＣＭＱ電臺的廣播劇常常是在笑鬧中錄製的。演員一邊表演一邊相互扮鬼臉或做著下流的動作，嘲弄自己和自己說的話。現在卻是如果有誰開個玩笑，旁人就向他撲過去，把他當作褻瀆神明的傢伙嚴懲。當時我想那也許是出於對上司的恭順裝出來的，免得淪落到像阿根廷人那樣被趕走，實際上他們並不像上司那樣，期許自己成爲「藝術的傳道人」。但是，我錯了。返回泛美電臺時，我和荷塞菲娜・桑切斯一起在伯利恆街散了會兒步。荷塞菲娜・桑切斯在兩場廣播劇之間的空檔要回去家裡好好喝杯茶。我問她玻利維亞文人是否每次錄音之前都要發表那種慷慨激昂的演說，抑或這次只是例外。她是那樣輕蔑地看了看我，以致肥胖的下巴都顫抖了。

「今天他講得不多，因爲他沒有靈感。有時想到他那些思想不能保留下來傳給後代，眞是令人難過。」

我問她，「以她那麼經驗豐富、見多識廣」，是否眞的認爲彼得羅・卡瑪喬是個才華出眾的人。她遲疑了幾秒鐘才找到恰當的話表達自己的想法：「那個人讓表演藝術成爲神聖的志業。」

6

夏日一個明朗的早晨，佩德羅・巴雷達・依薩爾迪瓦博士如往常那樣衣著整潔地準時走進他那利馬最高法院第一庭預審法官辦公室。五十多歲的他正值年富力強的時候；外表一副正直善良的相貌：飽滿的天庭、鷹勾鼻、深邃的目光，行爲舉止反映出他高尚的道德情操，令人肅然起敬。他衣著樸素，因爲他是個收入微薄的法官，根據憲法，他是不能受賄的。但是，由於他品行端正、彬彬有禮，竟然給人一種高雅脫俗的印象。這時，司法部大樓從昏睡中甦醒過來，熙熙攘攘的人群蜂擁而至，其中有律師、訟棍、法警、原告、公證人、遺囑執行者、法學院學生、好奇的觀眾。在這個蜂窩的中心，巴雷達・依薩爾迪瓦博士打開皮包，拿出兩份卷宗，在書桌前坐下，準備開始辦公。幾分鐘後，他的書記員像顆劃過太空的流星般，急促而又無聲地降落在巴雷達的辦公室。書記員塞拉亞博士身材矮小、戴著眼鏡、留著兩撇小鬍子，說起話來鬍子有節奏地跟著動。

「早安，法官大人。」他問候道，深深地彎腰致意。

「早安，塞拉亞。」巴雷達・依薩爾迪瓦博士和藹可親地笑著說。「這天上午我們要做些什麼呢？」

「一件造成身心嚴重受創的女童性侵案。」書記員說著把厚厚一袋公文放在書桌上。「被告是維多利亞區的居民，他否認犯罪。主要的證人都在外面走道上等著呢。」

「在聽取證詞之前，我要把警方的報告和原告的起訴書再看一下。」法官提醒書記員說。

「一切必要的材料馬上就備齊。」書記員說罷便離開了辦公室。

在巴雷達．依薩爾迪瓦博士那堅固的法官盔甲裡，有著詩人般的心靈。他只要剝去那些法律條款以及充斥著拉丁詞語的華麗外殼，便能輕而易舉地從那些冰冷的公文裡想像出事實眞相。他就是這樣批閱著維多利亞區警方提交的報告，還原導致被告遭到告發的事件，鮮明的細節在他的腦海浮現。他看到梅塞德斯．卡維略．德．卡沃內拉公立小學的學生、十三歲女孩薩麗達．萬卡．薩拉維利亞，在上週一走進龍蛇雜處、光怪陸離的維多利亞區的警察局。她哭哭啼啼地走進來，臉上和四肢都帶有瘀痕，陪同她前來的是父親凱西米羅．萬卡．帕德隆先生和母親卡塔利娜．薩拉維利亞．梅爾加女士。這個女孩在前一天晚上遭到性侵，地點在魯納．皮薩羅大道十二號出租公寓的H室，嫌犯是個叫作古梅辛多．得尤的傢伙，也是這棟出租公寓的房客（住在J室）。薩麗達克制著慌亂，聲音顫抖地向社會秩序的維護者揭露：這次強姦事件是那個罪犯長期蓄意糾纏的悲慘結果。該罪犯八個月來——也就是說自從他像隻不祥的怪鳥搬到十二號出租公寓那天起，就在她的父母或鄰居看不到的地方騷擾她，說些下流話（諸如「我很想擠一擠你那果園裡的檸檬」或「過幾天我幫你擠擠奶吧」）或做出大膽的舉動。後來，古梅辛多．得尤果眞從預謀轉爲行動了，他曾經在這個女孩放學回家或者外出辦事的時候，等在十二號出租公寓的院子裡或附近的街道上，企圖撫摸和親吻她。出於少女的羞怯，被害人沒把上述遭人騷擾的情形告訴父母。

星期日夜晚，薩麗達．萬卡的父母去大都會電影院看電影，他們走後十多分鐘，這個女孩正在做作業，忽然聽到有人輕輕敲門。她上前開了門，看見是古梅辛多．得尤站在外面。她有禮貌地問道：「您有什麼事嗎？」那個嫌犯裝出世界上最無害的樣子，藉口說煤油爐沒有燃料了，想去買，天又太晚了，希望能借一點煤油好做飯（他保證次日歸還）。萬卡．薩拉維利亞這女孩既慷慨又天眞，讓那傢伙進了屋，並且告訴他，煤油桶就放在爐灶和充當馬桶用的木桶中間。

（巴雷達．依薩爾迪瓦博士看到那個受理此案的警員的疏忽，露出一絲微笑：那份報告無意中暴露了萬卡．薩拉維利亞家的布宜諾斯艾利斯人的習慣——在進餐和起居的房間裡用木桶大小便。）

被告以上述手段混進Ｈ室以後，立刻閂上門，隨後就雙膝跪下，兩手合攏，向薩麗達．萬卡．薩拉維利亞傾訴愛慕之情。到了這時，小女孩才爲自己的處境驚慌起來。古梅辛多．得尤運用那少女稱之爲浪漫的語言，勸少女答應他的要求。他要求些什麼呢？他要少女脫光衣裳讓他撫摸。薩麗達．萬卡極力鎮定，斷然拒絕，並厲聲斥責他，聲稱要喊街坊四鄰。被告見此情形，一反哀求的態度，立刻從身上抽出一把匕首，威脅女孩說不許聲張，否則亂刀捅死。他從地上站起來，步步向她逼近，一面說道：「得了，得了，寶貝兒，快脫衣服吧！」由於她無論如何不肯依從，嫌犯便拳打腳踢，直到把她打得躺在地上。據受害人稱，因爲恐懼，她牙齒頻頻打戰，嫌犯撕開了她的衣服，又解開了自己的鈕釦，猛撲到她身上，就在地板上姦汙了她。由於少女一再反抗掙扎，那個強姦犯又是一頓毆打，所以身上又增加了瘀青和腫塊。獸欲得到滿足之後，古梅辛多．得尤就離開了Ｈ室，臨走之前他又警告薩麗達．萬卡．薩拉維利亞，如果她還想活下去，就一個字也別說（他邊說邊晃動匕首，表明他是認眞的）。父母從電影院回到家中，見到女兒哭得泣不成聲並且遍體鱗傷。處理過她的傷痕之後，就一再追問發生了什麼事情，但是她因爲羞愧交加不肯開口。這一夜就這樣過去了。次日清晨，少女從失去童貞的沉重打擊下稍微平復過來，向父母講出了全部經過，於是他們立刻前往維多利亞區警察局提出控告。

巴雷達·依薩爾迪瓦博士閉目沉思了片刻。他爲女孩的遭遇感到痛心（雖然他終日接觸犯罪案件，卻不能習以爲常），他思量著：乍看之下，這是眞相昭然若揭的典型刑事案，是一宗預謀犯案、兼具言語與肢體暴力、造成心靈嚴重創傷的女童性侵案。

法官接著又批閱了警方逮捕古梅辛多·得尤的報告。

艾貝托·庫西甘基·阿佩斯特吉與瓦西·蒂托·帕里納高卡兩名警察，奉隊長恩里克·索托的指示，手持拘票前往魯納·皮薩羅大道十二號出租公寓，但是嫌犯不在家中。鄰居報告說，他的職業是汽車修理工，在「印第」摩托氣焊維修站工作。這家維修站位於維多利亞區的另一側，鄰近松樹嶺的山坡上。兩名警察立即動身前往，到達維修站以後，他們吃了一驚，原來古梅辛多·得尤剛剛離開。維修站的老闆卡洛斯·普林西佩先生還告訴他們，古梅辛多·得尤藉口參加受洗儀式向他請了假。警察詢問其他工人他可能到哪個教堂去時，工人都詭祕地相視而笑。卡洛斯·普林西佩先生解釋說，古梅辛多·得尤不是天主教徒，而是「耶和華見證人」，這個教派不在教堂裡由神父施洗，而是露天鑽到河水中去。

庫西甘基·阿佩斯特吉和蒂托·帕里納高卡懷疑這是一種性變態組織（因爲發生過類似情況），便要求老闆帶他倆前往被告所在之處。反覆思量後，「印第」的老闆決定親自帶領警察前往得尤可能在的地方，因爲好久以前，得尤曾經對老闆和維修站同事宣講過教義，並邀請他們去觀看受洗的儀式（老闆去觀禮後完全沒有受到感動）。

普林西佩先生開著自家車帶著治安當局的代表來到瑪依納斯大道與瑪蒂乃堤公園交界處，那裡是片空地，周圍的居民經常在此焚燒垃圾穢物，里瑪克河的支流從這兒經過。「耶和華見證人」果然正在這裡聚會。庫西甘基．阿佩斯特吉和蒂托．帕里納高卡看見十幾個不同年齡和性別的人站在齊腰深的泥水中。他們沒穿游泳衣，而是衣冠整齊，有些男人還繫著領帶，其中一個甚至戴著禮帽。他們全然不理睬從附近跑來看熱鬧的居民的嘲笑、諷刺、投擲果皮或其他一些惡作劇，繼續嚴肅認眞地進行儀式。兩名警察最初一看，認爲那是意圖把人溺死的謀殺。他們看見那些「耶和華見證人」以十分篤信的聲調唱出一些奇怪的讚美詩，同時抬起一個身披斗篷穿寬褲的老年人，把他按進那骯髒的河水中。難道他們要用他來祭祀上帝？可是，當警察手持左輪槍、兩腳踏進汙泥，命令那些人停止他們的罪惡行徑時，首先抗議的就是那個老人，他要求警察馬上離開，罵他們是「羅馬人」、「天主教徒」。這兩名治安的維持者無可奈何，只好耐心等待洗禮結束，以便逮捕古梅辛多．得尤。在普林西佩先生的指點下，他們認出了那個嫌犯。洗禮又持續了一會兒，見證人時而祈禱，時而又把受洗人按入水中，那老人臉朝下，大口吞下髒水，直到被水嗆到，聚會者才把他抬到岸邊，祝賀他從此獲得了新生命。

就在這時，兩名警察上前逮捕了古梅辛多．得尤。這個汽車修理工未做任何反抗，也不企圖逃跑，更不因被捕而驚慌；戴上手銬時，他只是對旁人說：「弟兄們，我永遠不會忘記諸位。」見證人立刻放聲唱起讚美詩來，還舉頭望著天翻白眼，就這樣送古梅辛多．得尤和警察坐上普林西佩先生的汽車。老闆將他們三人載到維多利亞區分局。局裡的人向老闆道謝後，老闆便告辭而去。

在分局裡，隊長恩里克．索托詢問被告要不要把鞋子和長褲放在院子裡晒乾。對此，古梅辛多．得尤回答說，由於近來利馬城內改變信仰的人日益增多，他已經習慣穿著濕衣濕鞋走路。索托隊長立即審訊，被告對此表現了積極合作的態度。問他身家資料，他說姓名是古梅辛多．得尤；母親是古梅辛達．得尤女士，莫蓋瓜省人，已故，父親情況不詳。他本人大約也出生於莫蓋瓜省，現年二十五歲，或者二十八歲。關於年齡不準確的問題，他解釋說，他出生後不久，母親便把他送進省城裡由天主教開辦的孤兒院。他說，他接受的是天主教的愚昧教育，幸運的是到了十五歲或十八歲的時候，便擺脫了他們的愚蠢言行。他解釋說，十五或十八歲時，孤兒院因一場大火燒得一乾二淨，全部檔案也付之一炬，他的準確年齡從此不可考。他聲稱這場災難是命中注定的，因為就在這時，他認識了從智利徒步到利馬的一對智者夫婦，他們一路上宣講使盲人看見光明、使聾子聽見聲音的眞理。他再三強調自己是隨同這對智者來到利馬的。至於這對夫妻的名字，他婉言拒絕說出，他說只要知道有這麼兩個人存在於世也就足矣，何必要貼什麼標籤；他還說，從那時起，他一直住到現在，一部分時間從事修車工作（他在孤兒院學了這門手藝），另一部分時間宣傳眞理。他說，他曾在波雷尼亞、畢達爾德、「高地區」居住過，直到八個月前在「印第」摩托氣焊維修站找到了工作才搬到維多利亞區，因為先前住的地方離維修站太遠。

被告承認從那時起他就定居在魯納．皮薩羅大道十二號出租公寓，並且也坦承認識萬卡．薩拉維利亞一家；他說他曾經幾番對這家人進行過啓發性談話，朗讀過一些有益的作品，但是毫無成效，因為像其他房客一樣，他們受羅馬的異端邪說毒害太深。提到那個據認為是受害者的少女薩麗達．萬卡．薩拉維利亞，他說他記得這個名字，並且暗示道，儘管少女尚且處於童蒙階段，他卻不失望，總有一天要把少女引導到正路上去。古梅辛多．得尤聽到對他的有關控告時，他顯得極為驚訝，當即否認，隨後放聲大笑（故作姿態以利將來辯護？），並且十分高興地說，這是上帝給他的考驗，從而檢查他的信仰和犧牲精神。他還補充說，現在他才明白爲什麼徵兵時他沒有中籤，其實這正中他的下懷，是他求之不得的，因爲他想以此爲例宣講他如何拒絕入伍、拒絕向國旗宣誓效忠——因爲那是魔鬼的象徵。索托隊長追問他這些話是否有意反叛祕魯，被告回答絕非如此，他所涉及的只是宗教問題。接著他便熱烈地向索托隊長和其他員警傳教。他說耶穌並不是神，而是神的見證人；並且還說，天主教宣稱耶穌被釘在十字架上是捏造的，是在撒謊，因爲據《聖經》記載，他是被釘在一棵樹上。關於這個問題，他奉勸他們去閱讀《覺醒》半月刊，花上兩個索爾就能解決這類及其他一些疑難並提供健康的娛樂方式。索托隊長打斷了他的話，警告說在警察局裡不許進行商業宣傳，一定要他供出前一天晚上待在何地、做些什麼，因爲薩麗達·萬卡·薩拉維利亞毫不含糊地聲稱是前一天晚上被古梅辛多毆打和玷汙的。得尤明確地回答說，那天晚上和每天夜裡一樣，他獨自一人待在自己的房間裡，思考著耶穌被釘上去的那棵樹，思審爲什麼某些人說的在最後審判日人人都能復活是錯誤的，因爲有許多人永遠也不會復活，這說明靈魂終有一天是會泯滅的。再次要他回到正題上來的時候，被告表示道歉，他說他這樣做並非故意，而是無法避免，因爲他總想時時刻刻發出光和熱去照亮別人，看眾人生活在黑暗之中，他感到萬分焦慮。具體地說，他不記得那天黃昏或是黑夜見過薩麗達·萬卡·薩拉維利亞；他請求當局把下文所述記錄在案：他雖然身遭誣陷，卻不懷恨那個少女，甚至還要感謝她，因爲他猜想這是上帝經由這少女來考驗他的信仰是否堅定。鑒於無法從古梅辛多·得尤口中確定別人對他的指控，恩里克·索托隊長便結束了審問，將被告轉交給司法部監獄收押，以便讓法官進一步審理此案。

巴雷達·依薩爾迪瓦博士闔上卷宗。在這個令人憂傷的早晨，法院裡充滿了嘈雜聲，他沉思起來。耶和華見證人？他見過這個教派的人。前幾年，有個男人騎著自行車四處活動，有一天也跑來敲他家大門，遞給他一份《覺醒》，他一時心軟收下了雜誌。於是從那時起，「見證人」就像星辰一樣守時，不分白天黑夜地踏進他的家門，堅持要他接受上帝的啓示，送來大量不同風格和題材的小冊子、書籍、報刊，直到用勸告、哀求、說教種種文明禮貌的方法已經不能把「見證人」請出家門，只好訴諸警方的武力。而眼前的強姦犯居然是那種滿腔熱情地勸說大眾皈依正宗的人。巴雷達·依薩爾迪瓦博士心想，這個案件一定很有意思。

這時上午剛過一半，法官漫不經心地把玩著書桌上那把鋒利的拆信刀，刀柄上鑲有蒂瓦納庫城遺跡的圖樣——這是他的上司、同事和下屬對他表示敬意的禮物（在他邁入法律界第二十五個年頭送的）。他喚來書記員，指示要證人出庭。

首先進來的是員警庫西甘基·阿佩斯特吉和蒂托·帕里納高卡，他倆以尊敬的口氣證實了拘捕古梅辛多·得尤時的現場情況，並且還證明該犯除去否認指控外，雖然他的宗教狂有點令人討厭，卻表現得樂意合作。書記員塞拉亞博士在鼻梁上架著搖搖欲墜的眼鏡，逐一記錄警察的話。

隨後進來的是女孩的父母，這對年事已高的夫婦使法官爲之一驚：這樣一對老朽怎麼在十三年前還能生兒育女？女孩的父親伊薩亞斯·萬卡先生牙齒全無，雙眼被眼屎糊住一半，在警方有關他的報告上匆匆簽了字便急於知道薩麗達是否能與得尤先生結婚。這個問題剛一提出，薩拉維利亞·德·萬卡太太，一個身材矮小滿臉皺紋的女人，立刻走到法官面前，一邊吻他的手，一邊哀求法官行行好，強迫得尤先生娶薩麗達爲妻。巴雷達·依薩爾迪瓦先生費了好大工夫才向這兩個老人解釋清楚，在他的職權範圍內並沒有強制結婚這項條款。看來，這對老夫妻更關心的是讓女孩成婚，而不是懲罰強姦犯，因爲他們幾乎沒有談到事件本身，只在催問他們的時候才說上幾句；可是他們卻花去很多時間列舉薩麗達的美德，彷彿正在拍賣物品。

法官不禁暗暗發笑，他想這些可憐的農夫（毫無疑問他們是從安地斯山裡來的鄉下人）把他當成了一個不肯批准兒子婚事的刻薄老爹。他再三要他們認眞考慮：怎麼能讓一個強姦女童的男人做女婿呢？他們急忙插嘴說薩麗達一定是個模範妻子，她這麼小小的年紀已經對燒飯、縫衣家務事樣樣精通了。他們已經年邁，不願意丟下她當孤兒；得尤先生除了那一夜對薩麗達有些越軌外，看來爲人嚴肅、踏實，從來沒有看見他喝醉過，實在令人尊敬。他總是一大早就手提工具箱和一捆挨戶推銷的小冊子上班去了，這樣一個爲生活奮鬥的小伙子對薩麗達而言難道不是個好對象嗎？兩個老人向法官伸出雙手懇求：「法官先生，發發慈悲吧，幫幫我們！」

一個念頭像是一朵即將降下大雨的烏雲般飄過巴雷達．依薩爾迪瓦博士的腦海：所有這一切會不會是這對老夫妻爲嫁出女兒而設下的圈套呢？但是，醫生的報告是無可爭辯的：女孩的確被強姦了。他頗費唇舌地送走了這對證人。隨即傳訊受害人。

薩麗達．萬卡．薩拉維利亞一進來，便使法官辦公室裡的苦澀氣氛變了樣。法官是個見多識廣的人，無數的加害者和受害人在他眼前表演過種種千奇百怪的事情，但是，這一次他心想，眼前這一位卻是個例外。薩麗達．萬卡．薩拉維利亞是個女孩嗎？從年齡上判斷，這是毋庸置疑的，從她那隱約初顯女性特徵的幼小身材、梳成長辮的髮式、學生式衣裙的穿著看來，都是毫無疑問的。可是，看看她那靈活的動作、站立的姿勢，時而分開的雙腿，時而扭動的腰身，時而聳動的肩膀，時而扠在腰間的雙手，特別是她那兩隻深沉世故的眼睛看人的方式，以及用老鼠般的小白牙咬住下唇的神態，似乎在在說明薩麗達．萬卡．薩拉維利亞是個飽經風霜、洞悉世事的人。

巴雷達．依薩爾迪瓦博士在審問未成年人時一向極其謹愼。他善於贏得孩子的信任，懂得用迂迴的辦法來避免傷害他們的感情，以溫和耐心的態度輕而易舉地誘導他們說出那些棘手的話題。但是，這一次他的經驗不靈了。

他委婉地問那個女孩：古梅辛多．得尤是不是長期以來就說些沒有教養的話來騷擾她？薩麗達．萬卡立刻打開了話匣子。她說：是的，自從他搬到維多利亞區以後，時時刻刻、不論地點，都在糾纏她。有時去公車站等她，有時送她回家，還老是說些諸如「我眞想從你身上吸一口蜜」、「你是兩顆圓滾滾的橙，我是一條黃蕉」或是「我愛你愛到滿出來了」之類猥褻的話語。但是，使法官的面頰燒得通紅、使塞拉亞中斷了打字的，還不是這些女孩不便於說出口的隱喻，而是薩麗達描繪她被追逐時的一連串動作。那個修車工總想摸摸這個地方——她說著舉起雙手往自己柔軟的胸脯上親熱地撫摸起來；他還摸這個地方——她說著兩手又落到膝蓋上，然後逐漸向上、向上滑去，弄皺了裙子，一直摸到大腿內側（不久前還是情竇未開的）。巴雷達．依薩爾迪瓦博士眨眨眼睛，咳了一聲，跟書記員飛快地交換了一下眼色，以長輩的口氣向那女孩解釋說只要談談大概的情況即可，不必那樣具體。薩麗達打斷法官的話，說嫌犯還捏這個地方——說著轉過身去，向法官撅起臀部，彷彿有個脹大的氣球突然出現在他眼前。法官覺得他的辦公室隨時可能變成脫衣舞場。

法官極力克制著心頭的緊張，以平靜的聲調引導少女忘掉那段開場白，集中敘述她被玷汙的經過。法官解釋說，雖然她應當客觀地講出事件經過，細微末節卻無須贅述；至於那些有礙廉恥的部分，就更不必多講了（巴雷達．依薩爾迪瓦博士爲難地乾咳了一聲）。法官一方面想縮短這次傳訊的時間，另一方面也想使這一次傳訊進行得規矩些。他心裡猜想，那女孩說到色情淫穢的地方自然會慌亂不安，小心謹愼，輕描淡寫地帶過。

可是，薩麗達．萬卡．薩拉維利亞一聽完法官的提示，就像嗅到血腥味的鬥雞，激動萬分脫口說出一篇淫穢的獨白，搭配上模仿精子活動的表演，使得巴雷達．依薩爾迪瓦博士屏住了呼吸，坐立難安（甚至是心癢難耐？）。修車工這樣敲門，她這樣開門，他這樣盯著她，這樣說話，這樣跪下，這樣拍著胸口，這樣向她表白發誓說愛她。法官和書記慌亂又恍惚地注視著這個小婦人，望著她好像飛鳥般地撲搧著翅膀，彷彿跳舞般地踮起腳，彎腰，起立，微笑，發怒；聽著她變換聲調，提高嗓門，時而模仿自己，時而模仿古梅辛多．得尤；最後，表演他跪在地上向她求愛。巴雷達．依薩爾迪瓦博士伸出一隻手，含含糊糊地制止：好了，不要講下去了。但是，那個饒舌的受害者繼續解釋：修車工用匕首這樣威脅她，這樣撲向她，把她這樣推倒在地，這樣趴到她身上，這樣掀起她的裙子……聽到此處，法官早已臉色蒼白，神情莊重而又威嚴，好似《聖經》裡憤怒的先知，在座位上挺直身體，怒吼道：「行了，行了，夠了！」這是他有生以來第一次高聲怒喝。

薩麗達．萬卡．薩拉維利亞平躺在地面上，就要生動具體地描述到令人神魂顚倒的階段了，這時她驚恐地望著那個似乎要向她開火的食指。

「我不需要再聽下去了。」法官較爲緩和地重複說。「站起來！整理好裙子，回到你父母那裡去。」

受害人點點頭，站立起來，那戲劇性的表情及不知羞恥的神色已經從那張小臉上消失，她又恢復成一個少女，並且明顯地露出愧色。她卑微地低頭鞠躬，退向門口，然後就離開了。法官這時轉身望著書記員，以平穩而毫無諷刺意味的口氣提醒他別再打字了，因爲，難道他沒發覺打字紙早已滑到地上，他是在空滾筒上敲打嗎？塞拉亞博士滿臉通紅，結結巴巴地回答說剛才發生的事把他弄得神經錯亂了。巴雷達．依薩爾迪瓦博士微笑著對他說：「我們看了一齣非同尋常的演出。」法官提出一個很玄的看法：「這個女孩的血液裡有個魔鬼在搗亂，糟糕的是她自己可能還不知道呢。」

「博士，這就是老美所謂的羅莉塔，對嗎？」書記員企圖增長些見識。

「毫無疑問，是個典型的羅莉塔。」法官肯定地說。他故作鎮靜，彷彿倔強的海豹，雖遇颶風卻依然樂觀地吸取經驗，又補充說：「至少令人欣慰的是，並非只有北方巨人才有這項專利。我們這位本地女孩足以與任何一個外國的羅莉塔決一雌雄。」

書記員推論道：「我覺得是她誘惑了那個工人。聽完她的描述，看完她的表演，大眾會說是她姦汙了工人。」

「行了，別說了！我禁止這類推論。」法官責備書記員，後者臉色變得蒼白。「別搞這種多疑的猜測了。傳古梅辛多．得尤到庭！」

十分鐘後，巴雷達．依薩爾迪瓦先生看到古梅辛多被兩名警察押著走進辦公室，他立刻明白這人不像書記員草率判定的那樣。他不是個典型的罪犯，而是從某種意義上來說更危險的人：一個教徒。一看到古梅辛多．得尤那張面孔，一股寒戰使法官腦後的頭髮陡然聳立起來，他立刻記起那個騎自行車散發《覺醒》雜誌的人，特別是那不動聲色的眼神；他曾經在噩夢中夢見過此人，夢見過那平靜而又固執的目光，那目光表明他是那種看透一切、心中不惑，已經解決了全部疑難的人。無疑的，這是個未滿三十歲的小伙子，他那瘦骨嶙峋、體弱多病的模樣彷彿在昭告天下他對肉體滿足與物質世界不屑一顧；他的頭髮短得幾乎成了光頭，膚色黝黑，身材矮小；身上穿著煙灰色西裝，既不是個貴公子的行頭，也不是個乞丐的模樣，而是不好不壞介於兩者之間。此時衣服已經乾了，但是由於曾經下水而皺得厲害；上身穿件白襯衫，腳下穿著有鞋釘的短靴。具有人類學家般敏銳觀察力的法官只需看上一眼，就知道這人的性格特徵是：謹慎，儉樸，信仰誠篤，沉著冷靜，天資聰慧，而且顯然是個彬彬有禮的人，剛一進門便親切文雅地向法官和書記員道了日安。

巴雷達・依薩爾迪瓦博士命令警察解開他的手銬、然後離開辦公室。自從巴雷達登上法官的寶座之後，便養成了一個習慣：即使對最放肆的嫌犯也要單獨審問，不用強制手段，而用慈父般的口氣。就在這一對一的面談中，嫌犯常常像懺悔的人面對神父那樣向他敞開心扉。他從來不爲自己這種帶有冒險性質的試驗後悔。古梅辛多・得尤揉揉手腕，對這個表示信任的舉動連聲道謝。法官指給他一個座位，修車工在椅子邊上坐下來，彷彿一想到舒適就渾身不自在似的坐得直挺挺的。法官心裡推測著約束這位「見證人」的生活信條：睡眼惺忪就起床，尚未吃飽就離開餐桌，（如果去看電影）不等影片結束就退場。他試圖想像這個修車工如何受到維多利亞區那個小蕩婦的撩撥和刺激；但是，基於尊重被告的權利，他立刻打消了這種念頭。這時，古梅辛多・得尤已經說了起來。

「我們的確不宣示服從政府、政黨、軍隊或是任何顯赫的政治團體，因爲他們都是魔鬼的產物。」他平靜地說道。「我們也的確不擁護任何花花綠綠的衣裳，我們拒絕穿制服，因爲我們無法認同庸俗的外在裝飾；我們也不贊成移植皮膚或輸血，因爲科學無法抹滅上帝的作爲。但是，這些看法並不意謂我們不去履行自己的義務。法官先生，我完全聽候您的發落並對您表示尊敬，雖然我有理由不這麼做。」

他從容不迫地慢慢說著，似乎有意給書記員的工作一個方便，書記員以音樂般的打字聲爲他那冗長的演說伴奏。法官對他的好言好語表示感謝，並且告訴他法庭尊重各種思想和信仰，特別是宗教信仰；然後進而提醒他，他並非由於信仰問題而被捕，而是因爲有人控告他侵犯了一名女童。

一抹超然的微笑從這個莫蓋瓜省人的面孔上閃過。

「見證人就是出面作證的人，就是能夠證明他人行爲的人，就是能夠證實某個事件的人。」他注視著法官，表現他如何精通詞義學。「我是見證人。「見證人就是知道上帝存在而把它講述出來的人，就是認識了眞理並把它公布於眾的人。我是見證人，你們二位只要有點決心也能成爲見證人。」

「謝謝，改日再談這個吧。」法官打斷他的話，拿起那厚厚的卷宗，在修車工面前一放，彷彿那是一盤食物。「現在時間緊迫，眼前這件事才重要。我們還是直截了當地說吧。開始之前，我有一言相勸：實話實說，老老實實地把眞相說出來，這對您是有好處的。」

被告似乎被藏在內心裡的某個回憶所觸動，深深地嘆息一聲。

「眞相，眞相。」他憂傷地嘟囔道。「法官先生，何謂眞相？莫非就是汙衊、揑造，或者梵蒂岡利用民眾的天眞所施的伎倆？那難道是眞理？不客氣地說，我認爲我已經找到了眞理，但是，我斗膽地問您一句：您找到眞理了嗎？」

「我正打算找到它。」法官拍拍卷宗狡黠地說。

「是關於子虛烏有的十字架的眞相？彼得和石頭的玩笑的眞相？主教冠冕的眞相？教宗的靈魂是否眞能永生的眞相？」古梅辛多．得尤以諷刺的口吻問道。

「是關於您是否姦汙了少女薩麗達．萬卡．薩拉維利亞的眞相。」法官反擊了。「是關於你蹂躪一個十三歲少女的眞相；是關於您如何毆打她，威脅她，恐嚇她，強姦她，凌辱她，也許已經使她懷孕的眞相。」

法官愈說愈高亢，口氣裡充滿了責備和威嚴。古梅辛多·得尤嚴肅地望著法官，就像他坐的那把椅子一樣死板，臉上毫無慌亂和悔恨的表情。終於，他像頭溫馴的乳牛般搖搖頭，語氣肯定地說：「我準備迎接耶和華對我的任何考驗。」

「這與上帝無關，而是與您自己有關，與您的欲望、淫亂、好色有關。」法官把他從天上拉回到塵世。

「法官先生，這總是與上帝有關的。」古梅辛多·得尤固執地說。「這與您，與我，與任何人都是無關的；只與上帝有關。」

法官勸告他：「你得自己承擔責任。據實以告吧！如果認罪，法庭也許可以從輕發落。既然您極力要我相信您是有信仰的，那麼就按照您的信仰辦事吧。」

「我對自己的種種罪過、無數的罪過，是悔恨的。」古梅辛多·得尤悲哀地說道。「法官先生，我清楚知道我是個有罪孽的人。」

「很好，講具體事實吧。」巴雷達·依薩爾迪瓦博士催促道。「要講得確切，不要拐彎抹角。說吧，你是怎麼強姦她的？」

可是這個爲上帝做見證的人卻雙手蒙面，抽抽搭搭地哭起來。法官沒被打動，他早已習慣了被告人突然間的喜怒變化，並且善於利用這種變化來追查事實。看見古梅辛多·得尤那樣垂頭喪氣，看見他那顫抖的身體和沾滿淚水的雙手，巴雷達·依薩爾迪瓦博士由於這套戰術奏效而產生出對自身專業的自豪。他想：被告的內心萬分掙扎，鑒於無法再僞裝下去，他勢必急切而滔滔不絕地講出眞相。

「眞相，眞相！」他強調。「事實經過、在什麼地點、說過什麼話、做過什麼動作？好了，拿出勇氣來！」

「法官先生，問題是我不會撒謊。」古梅辛多．得尤抽抽噎噎、含含糊糊地說。「我吃什麼苦都行，挨罵、坐牢、羞辱，都可以。但是，我不會撒謊。我從來也沒學過，我做不到！」

「很好，很好，不會撒謊値得讚揚。」法官臉上露出鼓勵的表情，同時高聲說道：「可是要證明給我看，說吧，你是怎麼把她強姦的？」

「問題就出在這裡。」上帝的見證人咽下口水滿面絕望地說。「因爲我根本就沒有強姦她！」

「得尤先生，我要對您說……」法官一字一頓，宛如一隻狡猾、傲慢的蛇般，威逼利誘地說：「您是耶和華的假見證人！是個騙子！」

「我沒有碰過她，從來沒有跟她單獨說過話，我昨天甚至沒看過她。」古梅辛多．得尤說道，好似一頭咩咩叫的羔羊。

「你是個無恥之徒，一個慣於裝腔作勢的人，一個言而無信的傢伙！」法官斬釘截鐵地斥責道。「如果說你不在乎法律和道德，那麼至少要尊重你整天掛在嘴上的上帝吧。你想想吧，上帝眼下就在注視著你。你想想吧，上帝若是聽見你撒謊，將感到多麼痛心。」

「無論是我的眼睛還是我的心靈，都從沒有傷害過那個少女。」古梅辛多．得尤再次重複道，聲音令人心碎。

「你威脅她，毆打她，強姦了她！」法官發火了。「得尤先生，就是因爲你那下流的性欲！」

「因為——我那——下流的——性欲？」上帝的見證人重複道，彷彿頭上挨了重重的一擊。

「是的，先生，因為你那下流的性欲。」法官重申道；演戲般稍停片刻，他又補上一句：「就是因為你那個造孽的玩意兒！」

「因為——我那——造孽的——玩意兒？」被告結結巴巴地說道，聲音悽楚，表情驚愕，「您說——我那——造孽的玩意兒？」

他激動地往四下裡張望，瘋狂的眼神從書記員身上移到法官身上，又從地面到天花板，再從椅子到書桌，然後在桌子上停住，掃視著紙張、卷宗、吸墨器……突然，他的眼神一亮，目光定在那把有著蒂瓦納庫城遺跡圖樣、猶如藝術品般的古董拆信刀上。古梅辛多．得尤一伸手，把刀子搶在手中，動作快得法官和書記員根本來不及阻止。古梅辛多沒有任何威脅他人的意思，反而好似母親保護嬰兒般把寒光閃閃的刀子貼在胸前，並向那兩個驚得目瞪口呆的人投去平靜、安詳而又淒然的一瞥。

「要是以為我會傷害你們，那就是對我的侮辱了。」他以悔罪的聲調說。

「蠢貨，你是絕對逃不出去的。」法官這時漸漸恢復了鎮定，警告說：「司法大樓裡到處是警察，他們會殺死你的！」

「我要逃跑？」修車工嘲諷地反問。「法官先生，您太不了解我了！」

「你看看，你現在不是不打自招了嗎？」法官堅定地說。「把拆信刀還給我！」

「為了證明我是清白的，我需要借用一下。」古梅辛多．得尤平靜地說。

法官和書記員互相對視了一下，這時被告人已經站起身來，臉上的表情好像耶穌準備受難一樣，右手上的刀子發出不祥的寒光，左手則不慌不忙地伸向褲子拉鍊，一面痛苦地說：「法官先生，我至今還是個童身，從來沒有碰過女人。這個別人用來造孽的傢伙，在我身上只能用來小便……」

「等一等！」巴雷達．依薩爾迪瓦博士頓時有所警覺，驚恐地打斷他說：「你想幹什麼？」

「把它割下來，扔到垃圾桶裡，以便證明它對我是無關緊要的。」被告邊回答邊以下巴指指字紙簍。

他毫無一絲狂妄，平靜而又果決地說完話，法官和書記員張口結舌地望著，還沒能發出一聲喊叫，他的左手已經抓住那個造孽的傢伙，右手舉起拆信刀，彷彿劊子手揮刀前那樣測量著死刑犯的頭顱，以便手起刀落，從而結束那不可思議的考驗。

他下手沒有？他會一刀下去讓自己淪爲一個不完整的男人嗎？他爲了表現倫理道德，肯犧牲自己的身體、青春和名譽嗎？古梅辛多．得尤將把利馬最受尊敬的法庭變成祭壇嗎？這齣法庭悲劇究竟怎樣收場呢？

7

儘管我和胡莉亞姨媽的戀情一帆風順，事情還是逐漸變得複雜起來，因爲保守祕密是不容易的。我們約定好，爲了不讓家人起疑，我大大減少了到路裘舅舅家去拜訪的次數，只是每星期四還繼續準時去吃飯。晚上爲了去看電影，我們耍各種花招。胡莉亞姨媽先走，她告訴奧爾嘉舅媽說是要去跟姊妹淘吃飯，然而卻是到某個約好的地點去等我。不過，這樣做也有其不便，胡莉亞姨媽必須在外面等很久，直到我下班爲止，而且她常常要餓肚子。有時候，我乘計程車去找她，人不下車；她留心看著，一見汽車停下就飛快跑來。不過，這是個冒險的計策：一旦給人撞見，他們馬上就知道我和胡莉亞姨媽之間有點什麼。無論如何，這個埋伏在汽車裡的神祕邀請人終將引起他人的好奇、懷疑、猜測……

因此，我們寧可夜裡少見面，利用白天電臺工作的空檔多見面。胡莉亞姨媽搭公車到市中心，上午十一點或下午五點左右在卡馬納大道的咖啡店或聯合大道一家叫作「豐盛」的冷飲店裡等我，待我改完幾篇新聞稿之後一起度過兩個鐘頭。我們已不再去科美納大道的布蘭薩咖啡館，因爲泛美電臺和中央電臺的人都到那兒去。有時（更確切地說是在發薪的日子）我請胡莉亞姨媽吃午飯，一起消磨三個鐘頭。可是，我那點微薄的工資支付不起這種過度的花費。在這以前，有天上午，我曾趁小赫納羅爲彼得羅．卡瑪喬的成功而笑逐顏開的時候，有技巧地與他商談，讓他給我增加了工資，我的收入提高到五千索爾。我把兩千索爾交給外祖父母貼補家用，其餘的三千索爾，雖說不算寬裕，但對我的惡習（吸菸、看電影、買書）還是足夠的。可是，自從我和胡莉亞姨媽戀愛以來，花錢像流水一般，手頭總是拮据，常常借錢，甚至求助於中央廣場的國家當鋪。另外，由於在男女交往上，我有著根深柢固的西班牙人的觀念，一次帳也不讓胡莉亞姨媽付，因而經濟狀況急遽惡化。爲了緩和這種狀況，我開始做一點哈威爾嚴厲斥之爲「糟蹋文筆」的事，亦即爲利馬的期刊雜誌寫書評和文章。爲了減少發表這些拙劣作品所感到的羞愧，我用的是筆名，每月因而增加的二、三百索爾卻是一大幫助。

在利馬市中心咖啡館的這些約會並不放肆，無非是羅曼蒂克的長談、拉拉小手、眉來眼去而已；倘若環境允許，則貼著腿坐，只在誰也看不到的時候我們才接吻——這種情況是很少的，因爲在那個時間，咖啡館裡總是擠滿一般上班族。我們談著談著，自然談到了被家裡某個人發現的危險、談到了避免的方法，巨細靡遺地互相訴說自上次見面（也就是前幾個鐘頭或前一天的見面）之後所做的一切。但是，我們從不計畫未來。「未來」這件事在我們的交談中被心照不宣地抹掉了，無疑這是由於我和她都確信我們的關係是沒有任何前景的。雖說如此，我覺得這種遊戲似的愛情卻在利馬市中心煙霧繚繞的咖啡館裡、在這些純潔的相會中，逐漸變得嚴肅起來。正是在那裡，我們愈愛愈深。

我們也聊了很多文學的話題，或者說得更準確一點，是胡莉亞姨媽聽、我對她說。說到要住在巴黎的閣樓（那是我發揮長才時不可缺的條件）以及我成爲作家後將要寫的各種小說、劇本、雜文。哈威爾在聯合大道的豐盛冷飲店發現我們的那天下午，我正在讀我的一篇關於多羅特奧．

馬蒂的故事給胡莉亞姨媽聽。這篇故事的題目富有中世紀的味道：〈十字架的屈辱〉，共有五頁。這是第一篇我讀給她聽的故事。我讀得很慢，爲的是掩飾我對她可能有的評判的不安。這次經驗爲我這個多愁善感的未來作家帶來災難般的影響。我一邊讀著，胡莉亞姨媽一邊不斷插話：「可是，不是這樣吧，你把事情都弄顛倒了。」她驚訝地對我說，甚至發火。「事情不是像你說的那樣，可是……」

我難過極了，停下來告訴她，她所聽到的並非她跟我講的那件事情的眞實寫照，而是一個故事、一個故事！所有增加或刪掉的東西都是爲了獲得某種效果。「也就是喜劇效果。」我特別強調喜劇二字，但願她能聽懂；而且，即使出於憐憫，她露出笑容也好呀。

「適得其反呀。」胡莉亞姨媽大膽而無情地反駁道。「由於你改變了那些情節，故事一點樂趣也沒有了。誰會相信十字架從開始搖晃到倒下要耗上那麼長的時間？這樣笑點在哪？」

儘管我內心受到傷害，暗暗決定把這個關於多羅特奧．馬蒂的故事扔到字紙簍裡去，但我還是竭力爲文學構思應可違背現實的權利熱烈而艱難地辯護著。正當這時，有人拍拍我的肩膀。

「我要打擾一下。是他們告訴我二位在這裡的。我本來要走了，因爲我討厭被人撂在一邊不理不睬。」哈威爾說著，拉過一張椅子坐下，並且向侍者要了一杯咖啡。他向胡莉亞姨媽笑了笑：「很高興認識您，我叫哈威爾，是這位大作家最好的朋友。老兄，你把她藏得也太隱密了。」

「這是小胡莉亞，我奧爾嘉舅媽的妹妹。」我向他介紹。

「怎麼？就是那個大名鼎鼎的玻利維亞女人？」哈威爾有點失了興頭。他看到我們時，我們正拉著手，一直沒有鬆開。現在他盯著我們交扣的十指，已經沒了幾秒鐘前那副神氣。「好樣的你，巴爾加斯。」

「我是大名鼎鼎的玻利維亞女人？」胡莉亞姨媽問。「爲什麼大名鼎鼎？」

「因爲你剛來的時候很令人反感，因爲你那些惡毒的笑話。」我插嘴解釋。「哈威爾只知道事情的第一部分。」

「你這個不會說故事的人、不夠義氣的朋友！最精采的部分都被你藏起來了。」哈威爾恢復了談吐自如的神氣，指著我們拉著的手說：「說吧，你們兩個，全部從實招來。」

他確實興致很好，沒完沒了地嘮叨，開著各種玩笑，胡莉亞姨媽很高興見到他。他撞見了我們，使我喜上心頭。我本來不打算告訴他，懶得講這些感情上的祕密（特別是在如此複雜的情況下），但是既然這個偶然的機會讓他知道了，我也就願意跟他談談這段戀情的來龍去脈。那天上午告別的時候，他吻了胡莉亞姨媽的面頰，並且行禮致意：「我是第一流的皮條客，有什麼事儘管交給我。」

「你怎麼不說你會爲我們鋪床？」那天下午，他一出現在泛美電臺的破木屋裡，貪婪地打聽細節的時候，我跟他吵了起來。

「她算是你的姨媽，對吧？」他拍拍我的背。「很好，眞讓我刮目相看。一個富有的、離了婚的老情婦。好極了！」

「她不是我的姨媽，只是我舅舅的妻子的妹妹。」我翻看著《新聞報》上一則關於朝鮮戰爭的消息，邊對他解釋他已經知道的事情。「她不是我的情婦。她不老，也沒有財產，只有離婚這件事是眞的。」

「我說的老，是指她比你大；我說她富有並非批評，而是祝賀，我是主張跟富婆結婚的。」

哈威爾笑了。「這麼說，她不是你的老情婦？那她是什麼人？是你的小女友？」

「介乎兩者之間。」我對他說，故意惹他生氣。

「啊，我懂了，你想保住這個齷齪的祕密。哼哼，去死吧，你這渾蛋，我把我和南西的事全部告訴了你，你卻對我保密到家。」

我只好從頭說起：我們約會相見是何等麻煩，他明白了爲什麼最近幾個星期內我向他借了幾次錢。他很感興趣，一個勁兒地問這問那，最後向我發誓說他要成人之美，做我的皮條客。但是，告別的時候，他變得嚴肅起來：「我認爲這是一場遊戲。」他開導我說，以慈父般的眼神打量著我。「別忘了，不管怎麼說，我和你還是兩個乳臭未乾的孩子。」

「如果我懷孕了，我發誓會去墮胎。」我向哈威爾保證道。

哈威爾一走，帕斯夸爾正在向小巴布利托描述一場德國的連環車禍時（一個粗心大意的比利時遊客爲了救一隻小狗，在高速公路上緊急刹車，二十幾輛車撞成一團），我想著哈威爾的話。胡莉亞姨媽和我之間眞的是一場遊戲嗎？對，完全正確。這只是一段不尋常的經歷，比我過去的經歷更成熟一點，更大膽一點。不過，爲了留下美好的回憶，不該持續太久。我正思索時，小赫納羅進來邀請我去吃午飯。他把我帶到馬格達萊娜大道一家有戶外露臺的餐廳，堅持要我點鴨肉飯和蜂蜜淋炸馬鈴薯圈，然後在喝咖啡的時候把帳單交給了我，自顧自地說：「你是他唯一的朋友，你去和他談談。他害我們惹上了大麻煩。我什麼都不敢說，他說我無知，昨天還罵我父親是中產階級政治主義者。我不想和他吵。如果再這樣，我就不得不辭退他，這對我們公司是一場災難。」

問題的癥結是阿根廷大使寄給中央電臺的一封信，措詞惡毒，抗議廣播劇（外交官稱它們爲一段段的煽情故事）的字裡行間充斥著對薩米恩托和聖馬丁的祖國的誹謗、敵視，一派胡言亂語。大使列舉了幾個例子，他說這些例子並非特意蒐集來的，而是使館人員在這類廣播節目中偶然聽到的。某齣劇中說布宜諾斯艾利斯人眾所周知的品行端正只不過是一種神話，因爲幾乎人人都搞同性戀（特別是被動的同性戀）。某齣劇中顯示，布宜諾斯艾利斯的家庭（以多人同住的特色聞名）讓無用的成員（老人和病號）活活餓死以減輕負擔，簡直已經成爲一種習俗。某齣劇則是說阿根廷的肉牛專供出口之用，因爲他們覺得品質好的是馬肉。還有一齣劇是說時下流行、群眾普遍參與的足球活動損害了全國的基因，尤其是頭頂球的動作，使得混濁的拉普拉他河岸產生了愈來愈多痴呆症、末端肥大症以及侏儒症等諸如此類的病患；還說在布宜諾斯艾利斯的家庭（「那裡居住著世界各國的人」，大使的信指出），就在吃飯和睡覺的同一個地方，朝一個簡陋的桶子裡大小便，也是司空見慣……

「你笑了。我們也覺得好笑。」小赫納羅邊說邊啃著指甲。「可是今天來了個律師，我們再也笑不出來了。如果大使館向政府抗議，他們可能要撤掉我們的廣播劇，罰款，關閉電臺。請你去求求情，嚇嚇他，還是怎樣都行，只要他別寫阿根廷人的事。」

我答應盡力而爲，但是希望不大，因爲那位文人是個非常自信、不容動搖的人。我自認和他稱得上是朋友，除了他引起我對昆蟲學的興趣之外，我發自內心地尊敬他。但是，他對我也是這樣的嗎？彼得羅．卡瑪喬看來是不會爲友誼或任何其他脫離「他的藝術」的事浪費時間精力的，藝術是他的工作，他的癖好，他對藝術至高無上的渴求讓他廢寢忘餐，也讓他置俗人俗務於不顧。他確實對我比對別人寬宏大量。我們在一起喝咖啡（他喝檸檬馬鞭草薄荷茶），我常到他的房間去，利用休息時間和他閒聊片刻。我聚精會神地聽他講，這大概讓他挺開心的吧。也許他把我看作是一個弟子，或者乾脆說，我對於他就彷彿是老處女的小哈巴狗或退休後玩的填字遊戲，亦即爲他填補空虛的人或者一件什麼東西。

彼得羅·卡瑪喬有三件事吸引著我：他說的話、他爲自己的熱忱完全奉獻的嚴格生活，以及他的工作能力。最後一點尤其令人感佩。德國知名傳記作家埃米爾·路德維希所寫的傳記裡，我曾讀到過拿破崙的頑強：他的祕書都倒下了，他還繼續發號施令。我常想像那位法國皇帝有著彼得羅·卡瑪喬的大鼻子。有一段時間，我和哈威爾稱這個作家爲「高原的拿破崙」（或「祕魯的巴爾札克」）。出於好奇，我甚至計算過他每天的工時，儘管計算結果已多次獲得證實，但我總還是難以相信。

起初他每天寫四齣廣播劇，但由於大獲成功，逐漸增加到十齣。這些劇本從星期一至星期六在電臺播出，每次爲時半個鐘頭（實際上是二十三分鐘，因爲廣告占去七分鐘）。他既是導演又是演員，所以每天要在錄音室裡待七小時左右，估計每齣劇排演和錄音需要四十分鐘（有十至十五分鐘花在他的演說和重點提示上）。廣播劇一邊播出，他一邊在寫。我注意到他每寫一個劇本所花費的時間只不過是演出時間的兩倍，即一小時。不管怎樣，這就是說他每天要有十小時左右坐在打字機前。由於有星期日的緣故（這是他的休息日），每天實際工作時間要少一些。星期日他自然是在自己的斗室裡度過的，他會提前作下一週的工作。換言之，從星期一到星期六，他每天工作十五、六個鐘頭，星期天八至十個鐘頭，這些時間都是成果豐碩的，產生了令人驚歎的大量藝術作品。

他早上八點到中央電臺，將近半夜才離開。唯一上街走走的時候都是和我同行，到布蘭薩咖啡館去清醒清醒頭腦。他在斗室裡吃午飯，吃的是一份三明治和一杯清涼飲料，那是赫蘇西托、小巴布利托或者他的某個工作伙伴熱心爲他買來的。他從不接受邀請，從未聽他說去看了什麼電影、戲劇、足球賽，或者參加什麼娛樂活動。除了記事本和那些作爲他研究工具的地圖外，從未見他讀過一本書、一本雜誌或一份報紙。不，我錯了，後來有一天我發現他有一本國家俱樂部會員名冊。

「我用幾個銅板買通了門房。」當我問起那本無用的書時，他對我解釋。「不然我怎麼幫我筆下的貴族人物取對名字？一般人物的名字，平常耳朵聽聽就行了，小老百姓從大街上就可找到。」

他創作廣播劇，輕而易舉就能寫出一個劇本來，我一直很難相信。我多次看他編寫劇本。和錄音不同——他竭力保守錄音的祕密，讓別人看他寫是沒有關係的。當他在他的（我的）雷明頓打字機前工作時，他的演員、聽差或者音效技師不斷進來打擾他。他抬起眼來，解決問題，給予獨特的指示，皮笑肉不笑地（一種我從沒看過的笑法）送走來訪者，便又繼續創作。我常常藉口說需要地方念書而跑到他斗室去，我說頂樓的「雞窩」太吵，太多人了（我正在準備法律系的期末考，每每一考完試，我就把所學忘個精光。我從來沒當掉任何一科，若要說我是個好學生，不如說我念的是所爛學校）。彼得羅．卡瑪喬不但不反對，甚至還表現出他絲毫不在意我跑去觀摩他創作。

我坐在窗臺上，埋首讀著一條又一條法規條文。實際上，我窺視著他。他用兩根手指打字，打得很快。我看得清清楚楚，卻不敢相信。他從不停下來尋思某個詞或者考慮一下，在他的狂熱的、凸出來的小眼睛裡從未出現過猶疑的影子。看起來他像是在默寫一篇背熟的課文，在聽著別人的口授而打字。他的小手指如此迅速地落在鍵盤上，一天工作九至十個鐘頭，創作出好幾個故事的情節、片段、對話，簡直不可思議。然而他確實做到了，劇本從他頑強的腦袋裡和不知疲倦的雙手下一個接一個以恰如其分的方式產生出來，有如機器製造出的串串香腸。一個劇本寫完之後，他既不修改也不校閱，直接交給祕書列印，毫不停頓地著手創作下一個。有一次我對他說，看他工作讓我想起法國超寫實主義者自動書寫的理論，那種書寫直接來自無意識而不受理智的檢查。

他給我一個相當具有國族優越感的回答：「我們拉丁美洲裔的頭腦可以創造出比那些法國佬更好的東西。不需要有任何自卑情結，我的朋友。」

爲什麼他不把在玻利維亞寫的故事作爲他在利馬寫的故事的基礎？我向他問起這件事，他的回答很抽象，沒給出什麼具體的解釋。送到大眾手裡的故事應該是新鮮的，如同水果和花草，因爲藝術不容製成罐頭貯存，更別說轉製已經過期腐敗的食物。此外，故事需要的是「當地的故事」。既然聽眾是利馬人，他們怎麼會對發生在拉巴斯的故事感興趣？不過，他提出這些理由是爲了建立一套理論。正如他對寫作的需求一般，他必須把一切化爲普遍的眞理和永恆的公理，而不只是他個人的信念而已。毫無疑問，他之所以不利用自己以前的廣播劇，眞正的理由很簡單，就是他對省事的作法毫無興趣。對他來說，生活即寫作。他根本不在乎自己的作品能否歷久不衰。一旦播出，他就拋諸腦後。他告訴我他連一份劇本都沒有保留。他寫完這些劇本時，心中總是默默地想著：一旦它們被大眾所吸收，就應該煙消雲散了。有一次我問他是否從未想過出版。

「我的劇作保存在一個比書籍更難以磨滅的地方。」他當即教訓我說。「它們保存在電臺聽眾的腦子裡。」

與小赫納羅共進午餐的那天，我和彼得羅．卡瑪喬談起阿根廷抗議的事情。六點鐘左右，我來到他的斗室，邀他去布蘭薩咖啡館。由於擔心他的反應，這消息我是一點點地透露給他的。我說有的人非常敏感，經不起諷刺；另一方面，在祕魯，誹謗罪的法條是極為嚴厲的，一個電臺可以因為一個無足輕重的原因遭到勒令停業。阿根廷大使館顯然是缺乏遠見卓識，為幾句暗示的話就覺得受了傷害，以致向外交部提出了正式抗議……

「玻利維亞還更嚴重呢，竟然威脅要斷絕外交關係。」他打斷我說。「一家小報甚至繪聲繪影地說他們在邊界集結了軍隊。」

他的語氣很無奈，彷彿在想：太陽的義務就是發光，如果陽光要引起火災，那有什麼辦法！

「赫納羅父子請求您儘量不要在廣播劇裡再講阿根廷人的壞話。」我終於鼓起勇氣直接對他說，還想到了一個我認為能說動他的理由。「最好是根本不去講他們。仔細想想，難道他們值得你浪費筆墨嗎？」

「值得，因為是他們給我靈感的。」他如此解釋。這件事就此結束。

返回電臺的路上，他以惡作劇般的頑皮語氣告訴我，他在拉巴斯之所以掀起國際衝突，是由一個關於高楚人的殘忍習俗的劇本引起的。回到泛美電臺之後，我告訴小赫納羅，要他別指望我做個成功的調停人。

數日後，我得知了彼得羅．卡瑪喬住在何處。胡莉亞姨媽在我編完最後一份新聞稿的時候來找我，她想看梅特羅電影院放映的片子，主角是一對赫赫有名的浪漫派演員：葛麗亞．嘉遜和華特．皮金。半夜時分，我們穿過聖馬丁廣場去搭公車，這時我看到彼得羅．卡瑪喬從中央電臺走出來。我把他指給胡莉亞姨媽看，她就要我幫她介紹。我們向彼得羅．卡瑪喬走過去。一聽說胡莉亞姨媽是他的同胞，他顯得非常熱絡。

「我非常崇拜您。」胡莉亞姨媽對他說。爲了討好他，她撒謊道：「在玻利維亞我就不曾錯過您的廣播劇。」

我們和他一塊兒走著，幾乎是不知不覺地走向基爾卡路。路上，彼得羅・卡瑪喬和胡莉亞姨媽談到了他們的祖國，冷落我在一旁。他們倆沒完沒了地講著波多西的礦山、塔基尼亞牌啤酒、一種叫作「拉瓜」的玉米粥、跟鮮乾酪一起吃的小烤魚、科恰彭巴的氣候、聖克魯斯的美景，以及玻利維亞其他值得驕傲之處。談到他故土的奇蹟，這位文人像是非常高興。走到一幢有陽臺和百葉窗的房子門口時，他停住了，但是並不向我們告別。

「上來坐坐吧！」他提議道。「儘管我的晚餐簡單，我們還是可以一起享用。」

塔帕達公寓屬利馬市中心那些破舊的兩層樓房之列。這些房子是上個世紀建造的，以前還算得上寬敞舒適，甚至可謂豪華。但是後來，隨著富裕人家逐漸離開市中心，搬到溫泉療養地去，利馬舊城區慢慢失去了它的光彩，變得支離破碎，人口又愈來愈稠密。屋宇分割成一個個名副其實的蜂房，以一道道薄牆隔開，房間兩倍四倍地增加，在前廳、屋頂，甚至在露臺和樓梯上都加蓋了五花八門的居住空間。塔帕達公寓一副要垮了的樣子。我們上樓時，通向彼得羅・卡瑪喬房間的階梯在腳下搖晃，塵土飛揚，嗆得胡莉亞姨媽直打噴嚏。牆上、地上，到處覆蓋著一層厚厚的塵土。顯然，這所房子從來沒掃過擦過。彼得羅・卡瑪喬的房間彷彿是間牢房，非常小，幾乎空空如也：一張沒有床頭板的帆布床，上面鋪著褪了色的床單，放著一個沒有套子的枕頭；一張鋪著油布的小桌子和一把鋪著稻草墊的椅子；一個手提箱和一條從這面牆搭到那面牆的繩子，繩子上掛著短褲和襪子。文人自己洗衣服我並不驚訝，但是他自己做飯卻出乎我意料之外。窗臺上擺著一個煤氣爐、一個煤油瓶、幾個盤子、一套白鐵餐具、幾個杯子。

他讓胡莉亞姨媽坐在椅子上，讓我坐在床上，鄭重其事地說：「請坐。寒舍雖簡陋，但我的心意是眞摯的。」

不出兩分鐘，他已做好了晚餐。食材就裝在塑膠袋裡，放在窗戶通風處。今晚的菜色是炒蛋、水煮香腸、麵包夾奶油或起司，以及蜂蜜優格。我們看著他熟練地做著晚餐，像是一個天天做慣了的人，我肯定這應該是他一貫的食譜。

我們吃飯時，他很健談，而且顯得很客氣。他配合地談著如何製作布丁（這是胡莉亞姨媽問他的）以及用什麼肥皂洗白色的衣服最經濟之類的話題。他沒把食物吃光，在推開盤子時指著剩下的食物自我打趣道：「我的朋友們，對於藝術家來說，吃飯是一種惡習。」

我看到他興致很好，便大膽地問起了關於他工作的情況。我對他說，我欽佩他的頑強精神，儘管他的日程表安排得像苦役犯一般，可是看來從不疲倦。

「我自有辦法讓生活過得有趣。」他坦率地對我說。

彷彿是爲了不讓想像中的敵手發現他的祕密，他壓低了聲音，對我們說他從來不用超過六十分鐘的時間去寫同一個劇本，而是從一個題目轉換到另一個題目，讓自己保持新鮮感，這樣一來，每小時都覺得像是剛剛開始工作。

「兩位朋友，變化爲樂趣之母。」他再度強調，眼裡閃著興奮的神采，露出賊頭賊腦的表情。

也就是說，寫故事時，重點不在於持之以恆，而在於形成對比，完全轉換成不同的一組環境、地點、情節、人物即能讓人覺得更爲新鮮。另外，檸檬馬鞭草薄荷茶有其妙用，可讓思路順暢，讓想像力豐富。每過一段時間就離開打字機到錄音室去，從寫作轉換到導演和演出，這同樣是休息，是一種調劑，一種過渡。然而，除了這一切，最關鍵的是，在多年的工作歷程中，他有個重大的發現，這個重大的發現在無知和麻木不仁的人看來也許很幼稚。但是，只要能爲他帶來靈感，那又何妨？

我們看到他猶豫不決，沉默不語，漫畫人物般的臉上一片愁雲。

「不幸的是，在這兒我不能把它付諸實踐。」他憂傷地說。「只有星期天我一個人獨處時才行。其他的日子，看熱鬧的人太多，他們不能理解這件事。」

什麼時候這個鄙視凡人的人也有所顧忌了？胡莉亞姨媽和我一樣迫不及待。「您別賣關子，讓我們懸在這裡。」她向彼得羅·卡瑪喬懇求。「這個祕密是什麼？卡瑪喬先生？」

他望著我們，一言不發，像是一個爲自己吸引了信眾的全副注意力而暗自得意的巫師。然後，他像神職人員般慢條斯理地站起來（他坐在窗臺上的煤氣爐旁），走近手提箱，打開，像一個從高頂禮帽裡取出鴿子或者旗子的魔術師般從裡面拿出一件件出人意料的珍藏品：一頂英國法官的假髮、各種長度的假鬍鬚、消防隊員的頭盔、軍人的徽章、胖女人或老頭或傻孩子的假面具、交通警察的指揮棒、老水手的帽子和菸斗、醫生的白袍、假鼻子、假耳朵、棉花做的鬍子……不知是爲了讓我們看得更清楚，還是爲了滿足他自己的表現欲，他像個電動機器人似的親身展示那些道具，一件件戴上又脫下，放好這件又取出那件，動作是如此敏捷，說明這已是他長期的習慣，他經常這樣操作練習。就這樣，我和胡莉亞姨媽迷惑不解地望著他。彼得羅·卡瑪喬在我們面前變裝成醫生、海員、法官、老婦、乞丐、教徒、主教……他變裝時也興致勃勃地講解道：「爲了跟我創作的人物交融在一起，爲什麼我不能打扮成他們的樣子呢？在我描寫他們的時候，誰能禁止我有他們的鼻子、頭髮、大衣？」他邊說邊把紅衣主教的帽子換成一隻菸斗，菸斗換成雞毛撢子，雞毛撢子換成一根枴杖。「我用幾件破道具和破衣爲自己的想像力充電，關別人甚麼事？各位女士，各位先生，什麼叫寫實主義？世人如此津津樂道的寫實主義究竟是什麼東西？除了透過物品具體地和現實結合在一起外，還有什麼更好的方式從事寫實主義的藝術？這樣不就使得工作日更容易度過、更愉快、更動人嗎？」

可是，自然而然地，他的語氣一開始是氣憤，而後就變得悲傷，人的無知及愚蠢曲解了一切。如果給人看見他在中央電臺喬裝起來寫作，肯定對他說三道四，說他有變裝癖，他的辦公室將變成吸引三姑六婆的一塊磁鐵。最後，他把假面具和其他物品放好，蓋上手提箱又回到窗戶那兒去。此刻，他神情憂傷，嘟嘟囔囔地說著，在玻利維亞，他一向在工作時扮成他筆下的人物，「幾件破道具和破衣服」向來不是什麼問題。相反地，在這兒，只有星期日才能按照他的習慣寫作。

「這些裝扮是根據人物創造的呢，還是先有裝扮而後創造人物？」爲了說一點什麼，我這樣問他，仍然處在驚訝之中。

他看我的眼神就像我是個什麼都不懂的小毛頭。「顯然您還很年輕。」他溫和地責備道。「難道您不懂得首要的總是詞彙嗎？」

當我們熱情地謝過他的款待回到街上，我對胡莉亞姨媽說，彼得羅．卡瑪喬對我們顯得格外熱絡，把他的祕密都透露給我們，我非常感動。胡莉亞姨媽也很高興，她從來沒有想過知識分子會是那麼逗趣的人。

「好了，並不是所有的知識分子都這樣。」我笑了出來。「若要說彼得羅．卡瑪喬是個知識分子，那可得給『知識分子』四字加上引號。你沒看到他的房間裡連一本書也沒有嗎？他告訴我他不讀書，爲的是不讓自己的風格受到影響。」

我們手拉著手，沿著市中心夜深人靜的街道向公車站走去。我對胡莉亞姨媽說，我要找個星期天到中央電臺去，看看這位劇作家扮成他筆下人物的模樣。

「他過得像乞丐一樣，眞是不公平。」胡莉亞姨媽反對說。「他的廣播劇那麼有名，我原以爲他會睡在金山銀山上呢。」

她不禁要想到，在塔帕達公寓，她既沒看見浴缸，也沒看見蓮蓬頭，只看到馬桶和已經長出青苔的洗手臺。彼得羅·卡瑪喬是否從不洗澡？我告訴她，他壓根兒不在乎這些瑣事。她說她看到公寓那個髒勁兒，噁心得想嘔吐，費了九牛二虎之力才嚥下了香腸和雞蛋。我們上了公車，這輛破車在亞雷基帕大道的每一個街角都要停下來。當我慢慢地吻著胡莉亞姨媽的耳朵和脖子，她驚恐地說：「難道作家都是餓死鬼？那麼你一輩子都要窮愁潦倒了，小巴爾加斯。」

自從聽到哈威爾這樣叫之後，她也稱呼我小巴爾加斯了。

8

費德里科．特列斯．溫薩特吉先生看看手表，發現確實已經十二點鐘了，便對「滅鼠有限公司」的六名職員說可以去吃午飯了。他不必提醒員工得在下午三點鐘準時回來上班、不得遲到，因爲這家企業的職員都十分明白遲到是罪不可赦的，不是扣工資就是立刻掃地出門。待他們走後，費德里科先生照例親自給辦公室加上兩道鎖，然後戴上灰鼠皮帽，穿過行人擁擠的萬卡維利加路，向停車場走去——他的「道奇」牌轎車停在那裡。

他是個令人誠惶誠恐、望而生畏的人，光是在街上與他擦身而過便覺得此人非比尋常。他今年五十多歲，年富力強；他的相貌出眾：天庭飽滿，鼻梁筆直，目光炯炯有神，給人剛直的印象。假若他對女色有興趣，完全有條件成爲情聖唐璜。可是費德里科．特列斯．溫薩特吉先生早已把全部精力投入聖戰之中了。除去吃飯、睡眠、陪伴家人等非做不可的事情以外，他不容任何事、任何人讓他分心。這場聖戰已經打了四十年之久，目標是殲滅地球上的所有鼠輩。

他的親朋好友、甚至他的妻子和四個兒女，對他爲什麼有如此幻想，毫無所知。費德里科．特列斯．溫薩特吉先生一向避而不談，但是他絕沒有忘記，那段回憶日夜盤踞在他的腦海裡，好似連續不斷的噩夢。他從中吸取仇恨的力量，從而能夠堅持這場聖戰。有些人認爲這荒唐絕倫，另一些人認為狂妄不羈，更多人認為是由於商機所在。此時此刻，當他步入停車場，以兀鷹般的目光掃視了一下，見到轎車已經沖洗乾淨。他發動引擎，看著手表，熱車熱了兩分鐘；這時他的思緒像飛蛾撲火一樣穿過時間和空間，回到了童年那座森林小鎮，想起命運之神為他安排的那件可怕的遭遇。

事情發生在本世紀的第一個十年裡。那時廷戈．馬利亞在地圖上僅僅是個無名小鎮，不過是幾間熱帶叢林包圍的茅草屋。間或有些冒險家放棄首都的舒適生活，懷著征服原始森林的理想，歷盡千辛萬苦來到這裡。工程師依爾布蘭多．特列斯就是其中一個，和他一起來的還有他年輕的妻子（她姓溫薩特吉，名叫瑪依黛，有著巴斯克人的高貴血統）和幼子費德里科。這個工程師心裡有張宏偉的藍圖：一方面砍伐樹木，出口珍貴的木材供建造豪宅、製造高級家具之用；一方面種植鳳梨、鱷梨、西瓜、釋迦、蛋黃果，以滿足世人酷嗜異國風味的味蕾，隨後再創辦一家亞馬遜河輪船公司。但是，天災人禍把他的理想化成了灰燼：天災——暴雨、蟲害、洪水氾濫；人禍——缺乏勞力、資金不足、人的惰性和愚昧。這位拓荒先鋒的理想逐漸破滅了。到廷戈．馬利亞之後又過了兩年，他仍舊僅能依靠彭旦西亞河上游的一小塊紅薯地勉強餬口度日。在這個地方，一間用樹幹和棕櫚葉搭成的茅屋裡，一群老鼠在炎熱的夜晚鑽進沒有蚊帳的搖籃裡，把剛出生的瑪麗亞．特列斯．溫薩特吉活活咬死了。

悲劇發生的過程很簡單，也很驚悚。一天，有人邀請工程師夫婦以教父教母的身分去參加受洗典禮，那天晚上要在河對岸過夜。農場工頭帶著兩個雇工看守家園，不過，他們住的草棚離東家的小屋較遠。留在家裡的費德里科和妹妹本來應該睡在小屋內，但天氣炎熱的時候，費德里科往往把稻草墊移到彭旦西亞河邊，聽著潺潺的河水進入夢鄉。那天夜裡他也這麼做（後來他為此悔恨終生）。他首先在月光下跳進河裡泡了一會兒，隨後便躺在稻草墊上睡著了。矇矓中，他彷彿聽到嬰兒的哭聲，但是並不十分眞切，或許哭的時間不長，終究沒能把他吵醒。黎明時分，他覺得有尖銳的小牙在啃咬他的腳趾，睜開眼睛一看，他還以爲自己死定了，或者已經死了在地獄受罪：十幾隻老鼠圍住他，爭先恐後推來擠去，啃咬所有到了嘴邊的東西。他霍地從稻草墊上跳下來，撿起一根木棒，聲嘶力竭地喊叫，把工頭和雇工喚醒。大家舉著火把，揮舞大棒，一陣拳打腳踢，終於趕跑了那群老鼠。當他們衝進茅屋，被那群餓鬼當成一頓大餐吃掉的女孩已經只剩一把骨頭。

兩分鐘過去了。費德里科·特列斯·溫薩特吉先生發動轎車。他加入了汽車組成的長蛇陣，沿著塔克納大道拐向威爾遜和亞雷基帕大道，朝巴蘭科區開去，他要到那裡吃午餐。每當他在紅燈前停車，就闔上眼睛，像往常憶起那個可怕的黎明時一樣，心裡一陣陣地翻騰。正如那句至理名言所說，「福無雙至，禍不單行」，他的母親，那年輕的巴斯克女人，由於女兒慘死而發了怪病。她總是不停打嗝，甚至打嗝打到痙攣，以致無法進食，也讓她受到他人的嘲笑。她漸漸地不會說話了，只能發出呱呱怪叫或呼嚕嚕的怪聲。她就這樣眼裡充滿驚恐、不停打著嗝，慢慢消瘦了下去，沒過幾個月就憔悴而死。從此，父親自暴自棄，雄心壯志喪失殆盡，連澡都不洗了。後來，由於疏於照料，只好變賣了土地，靠著在瓦牙卡河擺渡，運送過客、貨物、牲畜來維持生活。但是，某天洪水氾濫，把渡船衝撞到樹上撞得粉碎；他也無心再造一隻，於是爬到那座人稱「睡美人」的山上（因爲這座山的形狀很像乳峰和臀部），用樹葉和枝條搭了個棚子，留起了長髮和鬍鬚，以野菜爲食，抽著令人頭暈的大麻，度過了幾年。費德里科長到少年時期就離開了森林。而那個前工程師，這時被廷戈·馬利亞鎮的人當作巫師，住在火雞洞附近，與瓦南蓋納部族的三個印第安女人同居，生了一群挺著圓滾肚皮的混血小兒。

只有費德里科正視那場悲劇的影響。就在那個由於丟下妹妹一人在茅屋受罪而遭到鞭打懲罰的早晨，當時還是小孩子的他（在短短幾小時內已經變成大人）跪在妹妹瑪麗亞的墳堆旁，發誓殲滅那群吃人動物，直至此生嚥下最後一口氣，不達目的誓不甘休。爲了明志，他把鞭子抽打出的鮮血灑在妹妹的墳上。

四十年過去了。今天，費德里科・特列斯・溫薩特吉先生駕駛著轎車去吃那每日菲薄的午餐，暗自思量：他那愚公移山般的堅韌精神完全證明自己不愧是個言而有信的人，因爲這些年來，他親手抑或以藥物殺死的老鼠恐怕比祕魯的出生人口還要多。這項艱難困苦且無獎賞的工作使他成了一個古板的人，一個沒有朋友的人、一個不正常的人。一開始，他還只是個少年，困難的是要克服對那些老鼠的厭惡情緒。起初，捕鼠技術很原始，只能用陷阱。後來，他拿零用錢從萊蒙地大道的「美夢」雜貨店買來一個捕鼠器以便仿製。他砍好木棍，剪好鐵絲，盤繞成夾子，在自己家裡一天放置兩次。有時他看到被夾住的小老鼠還沒死，便心情激動地把牠們放在火上慢慢烤死，要麼一刀一刀刺死，要麼砍去四肢或挖掉眼睛。

儘管年紀輕輕，他卻聰明地懂得若是沉迷於這種把戲，理想就會落空，因爲他的目標是提高捕殺的數量，而不是追求品質。不過，這並不是說不讓那些單個的敵人受罪，而是要在較短的時間內盡可能地大量殲敵。他以出眾的智慧和驚人的毅力把慈悲憐憫之情全部拋棄，終日冷若冰霜，統計著捕殺的數目，把科學方法運用到這項滅絕齧齒動物的任務中去。他千方百計從加拿大修女辦的學校裡擠出時間，廢寢忘食（自從妹妹死後，他再也不玩耍了），不斷改進捕鼠器。他在捕鼠器上裝置了一把刀子，用以切斷獵物的身體，凡是被夾住的沒有一個能存活（這樣做並非爲了減輕牠們的痛苦，而是不必浪費時間再補一刀）。後來，他又製成大型捕鼠器，裡面安裝了一把尖端勾起的叉子，能夠同時把鼠爹、鼠娘和四個鼠崽子一叉兩斷。這一發明很快在當地居民之間傳開。不知不覺，他從報私仇的行動晉級爲公眾服務了，並因而獲得一些酬勞（不管是多麼菲薄）。從此以後，遠村近鄰只要發現老鼠入侵的跡象，便紛紛前來報告。他呢，像螞蟻一樣勤奮，總是盡可能在最短時間內把敵人掃蕩乾淨。廷戈·馬利亞鎮上的茅屋、住宅、辦公室也開始有人向他求援了。當國民警衛隊的隊長懇請他收復遭老鼠占領的部隊駐地，這個孩子備感榮耀。他把全部收入都花在製造新捕鼠器上，以便大力發展一些無知的人認爲是他的賺錢工具或變態嗜好的專門技術。當他的父親、那個前工程師，鑽進「睡美人」那淫蕩的密林中時，費德里科這時已經離開了學校，正在進一步完善他的器械。他使用了另一件殺傷力更強的武器：毒藥。

他能夠自食其力了，而身旁的同齡少年還在玩打陀螺呢。不過，從事這種職業也讓他成爲一個不受歡迎的人，人家找他來，只是要他消滅老鼠，從來不請他小坐片刻，甚至連句好話也沒有。倘若這讓他心裡難過，他也不曾表現出來，相反地，他人的厭惡似乎還正合他意。他是個性格孤僻的少年，寡言少語，誰也不敢吹牛說能逗他笑或見過他的笑臉，看來他唯一的熱情就是滅絕那些丑類。他只收取微薄酬勞，有時還義務幫忙；一旦獲悉鼠敵在某個窮人家裡安營紮寨，便立即提起裝有捕鼠器和毒藥粉的袋子應聲而至。由於這個小伙子不倦地改進技術，那些灰色的動物紛紛斃命，要處理的屍體急劇增加。家庭主婦或者女僕是討厭幹這種活的。費德里科於是擴大了服務範圍。他訓練了一個白痴，一個住在聖約瑟修道院裡的斜眼駝背。他給白痴一些食物作爲代價，叫他把死老鼠裝入麻袋，扛到修道院後面火化，或者扔給廷戈·馬利亞鎮上的貓、狗、豬、鷹去飽餐一頓。

那已經是多久之前的事了啊！停在哈威爾‧布拉多大道的紅燈前面，費德里科‧特列斯‧溫薩特吉先生暗自在想：少年時期，他終日奔走在廷戈‧馬利亞鎮的泥濘路上，身後跟著那個白痴，兩人徒手與殺害妹妹瑪麗亞的劊子手決戰到底。毋庸置疑，時至如今，他已成就斐然。當時他只有身上那套衣服和一名助手，而三十五年後的今天，他統率著一支訓練有素的商業大軍，他的手伸到祕魯各大城市，擁有十五部卡車，指揮著七十八個熏鼠洞、配毒藥、設置捕網的專門技師。這些人在前線（街道、住宅、農田）從事偵察、包圍、殲敵等任務，以他爲首的司令部（由方才去吃午飯的那六名專家組成）負責發布命令、指示以及後勤工作。除去上述陣容，還有兩個實驗室也參加了聖戰。費德里科先生分別與他們簽有合約（實際上由他資助），目的在於加緊實驗，不斷更新毒劑，因爲敵人有著驚人的抗藥能力，各種毒藥用過兩三場戰役就失效了，反而成爲鼠敵的蜜糖。此外，費德里科先生還設立了獎學金（這時綠燈已亮，他打到D檔繼續向海濱區駛去），由「滅鼠有限公司」每年送一名剛畢業的大學生去巴頓‧胡日大學進修。

正是這個「讓科學爲他的熱忱服務」的想法在二十年前促使費德里科‧特列斯‧溫薩特吉先生結了婚。他終究是個凡夫俗子。一天，他腦海裡開始孕育這樣一個念頭：要籌建一支由他親骨肉組成的捕鼠大軍，從哺乳期開始就向他們灌輸仇鼠思想、讓他們接受高等教育，好在祖國的疆界之外承繼他的志業。六、七個姓特列斯的博士，身居最高學府，將秉承他的志願使之不朽。這動人的前景推動他這個缺乏性欲的人去婚姻介紹所登門求教。付過一筆可觀的手續費之後，介紹所幫他辦成了婚事。女方二十五歲，沒有什麼特別出眾的姿色，如同拉普拉他河流域的大多數女人一樣，她牙齒不全，膀大，腰圓，腿粗——不過卻具備他所要求的三個條件：身體健康得無可挑剔，處女膜完好無損，有旺盛的生殖能力。

索依拉．薩拉維亞．杜蘭是瓦南蓋納部族人，她的家族幾經變遷，從鄉村貴族敗落爲城市半無產階級。她本人曾就讀於天主教慈幼會修女開辦的（出於良心還是出於宣傳？）公費學校，就在教會設立的付費學校的隔壁。如同其他同學一般，她在成長過程中備受阿根廷情結之苦，因此成爲一個順從、寡言、貪食的人。她整天爲學校看守教室，以此賺取收入。天主教慈幼會修女抑或含糊其詞的校規都沒有給她一個明確的職稱：是女僕、女工或職員？這份工作迫使她像綿羊一樣，對各種事情只是點頭或搖頭。失去雙親的時候，她已經二十四歲，經過一番猶豫徘徊，方敢光顧婚姻介紹所，才得以與這位即將成爲她丈夫的人牽上了線。由於雙方缺乏經驗，致使房事過程異常緩慢、恐懼、不協調，事情就在瞄不準、早洩、姿勢錯誤當中一敗塗地。反覆來回之下，情緒益發高張，而處女依然是處女。矛盾的是，他倆明明是如此貞潔的一對夫妻，仍是完璧之身的索依拉率先失去童貞的部位竟是肛門（並非由於惡癖，而是出於盲目的嘗試和新手的生澀）。

除去這樁偶然發生的憾事，這對夫妻的生活是循規蹈矩的。索依拉作爲妻子，勤勞、儉樸，一絲不苟地遵照丈夫的原則（有人說這些原則是怪癖）行事，她從未逾越費德里科先生限定的禁區，比如：不准用熱水洗澡（據丈夫說，那會削弱鬥志，引起傷風）。即使二十年之後的今天，她走進浴室時依舊渾身發抖。她從來沒有違犯過任何一條家法（雖然沒有明文規定，她卻銘記在心），比如：任何人每晚不得睡五個鐘頭以上，免得懶惰成性。因此，每天黎明時分，五點鐘鬧鐘一響，她那鱷魚般的呵欠聲便震得屋窗作響。爲防止道德墮落，她順從地同意從家庭娛樂中取消電影、舞蹈、戲劇、廣播等活動；出於撙節，不再上餐館或是去外地旅行，並且放棄了服飾打扮以及點綴住屋的奢望。她唯一可稱爲罪過的是貪食，這一點她是不能聽命於一家之主的。她的食譜上經常出現魚、肉、奶油、點心。費德里科．特列斯．溫薩特吉先生原想執行嚴格的素食主義，但這終究成為他唯一不能把自己的意志強加於這份婚姻生活的部分。

至少，索依拉從來不會背著丈夫獨自沉浸在貪食的罪惡中。這時她的男人正駕著「道奇」駛回他們居住的可愛的米拉佛拉瑞斯區。一路上，他心裡一直在想，索依拉真誠坦白的態度雖然不能將其罪過抵消，卻可減輕不少。當強烈的食欲壓倒服從的心理時，她不顧那惡狠狠的目光，大口吞嚥洋蔥煎牛排，或者紅燒海魚，或是奶油蘋果派；她滿面通紅，心甘情願受到懲罰。她從未對制裁表示過抗議，比如費德里科先生因為她多吃一塊烤肉或巧克力糖而罰她三天不許說話，她就戴上口罩，免得在睡夢中違反規定；假如處分是鞭打臀部，她便立刻寬衣解帶，並且準備好山金車藥膏。

費德里科先生在米拉佛拉瑞斯區的海岸大堤上，漫不經心地朝著灰色的（他所厭惡的顏色）太平洋海水望去，暗自思量：對，無論如何，索依拉沒有辜負他的期望。他這一生中最大的失敗是在子女身上。他夢寐以求的是勇猛善戰的王子，而上帝藉由這個貪食的女人強加給他的是四個不爭氣的兒女，這之間有著何等懸殊的差別呀！

只有頭兩胎是男孩。這真是意外沉重的打擊。他從未想到索依拉會生女孩。第一個丫頭就夠讓他失望了，不過他仍然把這事看作是偶然。但是當第四胎也是個女孩時，費德里科先生驚慌起來，擔心繼續生出這樣的女孩來，於是當機立斷打消了傳宗接代的念頭（為此他把雙人床換成了兩張單人床）。他並不厭惡女性，只不過他不是個色情狂、也不是個老饕，因此那些具有洩欲功能與烹調才幹的女孩對他又有什麼用處呢？他認為，之所以要生兒育女，就是為了讓討伐鼠類的事業後繼有人，而特萊莎和蘿拉的出世已使這個希望化為泡影。費德里科先生不是那種趕時髦的人物——他們宣揚女人除了女性特徵外也有頭腦、能夠跟男子一樣從事同等的工作。再說他還十分擔心弄得不好會名聲掃地。不是有許多統計數字確鑿地證明，百分之九十五的女人過去和現在是、將來可能也是娼妓嗎？為了讓自己的女兒能在那百分之五的貞女中占有一席，費德里科先生嚴格地安排她們的生活：不許穿低胸的衣裳，冬夏都穿深色長襪和長袖罩衫；絕對不許搽指甲油、抹唇膏、描眉毛、塗脂粉，或者把頭髮梳成劉海、長辮、馬尾以及任何吸引男性的風騷打扮；絕對不准從事任何可能接觸男人的體育或休閒活動，例如去海灘或參加生日派對之類。若是違反規定，便處以體罰。

但不只是生出女兒一事令他沮喪，糟糕的是，里卡多和小費德里科這兩個男孩也沒繼承父親的稟性。他們懦弱、懶惰，喜愛無聊的活動（如嚼口香糖和踢足球）；費德里科先生對他們講述遠景規畫時，他們毫無熱情。假期一到，為了訓練兩個兒子，他強迫兩人與滅鼠前線的戰士一道作戰，可他們卻顯得無精打采，帶著十分厭惡的神情赴戰場。有一次，他發現兄弟二人暗地裡咒罵他畢生從事的事業，說實在為父親的職業感到難為情。當然嘍，他馬上把兩個兒子像囚犯似的剃光頭髮，卻仍舊無法平撫他內心受到背叛的感覺。如今，費德里科先生再也不抱任何幻想了。他明白，他一旦死去或年老殘廢，里卡多和小費德里科就會偏離他既定的道路，轉行選擇其他生財之道；而他那有如交響樂作品那般偉大的事業將半途而廢。

恰恰這個時候，費德里科．特列斯．溫薩特吉先生十分不幸地看到一個報童從汽車車窗遞進來一份五顏六色的雜誌；中午的太陽一照，雜誌封面反射出邪惡的光芒。他立刻露出不快的神色，因為他發現封面上有兩個身穿游泳衣的女孩，那樣式只有妓女才敢於嘗試。而當他認出那兩個半裸著身子、輕浮地笑著的女孩是何許人時，禁不住像野狼吠月一樣，張開嘴巴發出撕裂心肝的狂吼。他毛骨悚然，只有那天黎明在彭旦西亞河畔看到群鼠圍攻妹妹的遺骨才可與此刻心情相比。紅燈變成綠色，後面的汽車在按喇叭。他手指顫抖地掏出錢包，付了那份下流刊物的錢，發動汽車，但他警覺到自己在這種狀態下恐怕要出車禍（雙手握不牢方向盤，車身劇烈晃動），於是踩了剎車，停到路旁。

他坐在車裡，氣得發抖，兩眼呆滯地注視著那張可怕的罪證。一點不錯，那是他的女兒。大概是某個下流攝影師躲在游泳的人群中偷拍的，兩個女孩沒有面對鏡頭，躺在「甜水灘」或是「鐵鎖灘」的沙地上，好像在談天。費德里科先生逐漸恢復了正常的呼吸。儘管深受打擊，他仍能想像出這件事發生的一連串過程：某個自由攝影記者碰巧把特萊莎和蘿拉攝入了鏡頭，某個下流刊物登了照片，給墮落的世人大飽眼福，結果碰巧被他發現……就在這一切的偶然之下，可怕的眞相刺眼地呈現在他面前。啊，原來他女兒佯裝順從，待他一轉身，就與兩個哥哥搞陰謀詭計、同母親密謀叛亂。費德里科先生感到心上彷彿中了一箭：他們沆瀣一氣，嘲弄他的清規戒律。啊，她們竟敢在海灘上赤身露體。想到此處，他老淚縱橫。他仔細審視著那些游泳衣，衣服是那樣短小，除使人想入非非之外，絲毫不能遮蓋任何部位。特萊莎和蘿拉全身上下——大腿、雙臂、腹部、前胸、頸項，一覽無遺。想到連他自己都未親眼看見過這些如今展現在光天化日之下的四肢和軀體，他有一股難言之痛。

擦乾淚水，他重新發動車子，表面上已平靜下來，內心裡卻像烈火一樣，燃燒得劈啪作響。他駕駛著「道奇」，向彼得羅·德·奧斯瑪大道的小小住宅緩緩前進。一路上，他心中暗想，既然她們能赤身裸體地跑到海灘上去，那麼趁他不在家中，當然更會參加舞會、身穿小短褲、勾引男人，甚至出賣肉體了。莫非她們竟敢在家裡接客？也許索依拉負責定價和收費？難道里卡多和小費德里科會擔任招徠顧客的骯髒任務？費德里科·特列斯·溫薩特吉先生感到呼吸困難，彷彿看到這樣一張令人心驚的分工表：女兒——妓女；兒子——皮條客；老婆——鴇母。

慣於運用暴力（他畢竟殺死了成千上萬隻生物呀）使費德里科先生變成一個不能輕易被激怒的人。有一次，某個農業技師爲解決國家食物多樣化的問題，在費德里科先生面前冒然提出：鑒於祕魯畜牧業不發達，有必要大力繁殖天竺鼠。起初，費德里科·特列斯·溫薩特吉先生頗有禮貌地提醒那個膽大包天的人「天竺鼠是老鼠的堂兄弟」，可是那技師固執己見，引經據典大談天竺鼠的營養價値和鮮美的味道。費德里科先生立刻揚手給了他一個耳光。技師摀著面頰應聲摔倒在地，費德里科先生大罵他厚顏無恥，竟敢爲殺人犯宣傳。

他走下轎車，鎖好車門，緊鎖眉頭，臉色蒼白，邁著沉重的腳步不慌不忙地向家門走去。這個廷戈·馬利亞鎭來的男子漢像那天怒斥農業技師一樣感到內心深處有團熔岩在沸騰。他右手緊握著那本罪惡的雜誌，彷彿那是一根燒紅的鐵條，眼睛裡冒出陣陣怒火。

他心緒紛亂到想不出什麼辦法足以懲處這種罪過。他氣得頭腦一片空白，不能有條有理地思考，這更加劇了他的痛苦。因爲費德里科先生一向是靠理智來行動的人，他看不起那些原始民族像動物一樣僅憑本能和預感行事。但是，這一次，他掏著鑰匙，憤怒得顫抖著手指笨拙地開門，思忖自己恐怕無法冷靜處理；盛怒之下，只好任憑心血來潮了。他關好家門，深深地吸了一口氣，努力壓抑。如果讓這些敗家子看出他是那麼惱怒，他會感到難堪。

他的住家一樓有玄關、小客廳、餐廳、廚房，臥房全部在樓上。費德里科先生從客廳入口看見了他女人。她正站在碗櫃旁邊，嘴裡津津有味地咀嚼著甜食（費德里科先生心想一定又是糖果、巧克力、蜜餞之類），手中拿著還沒有吃下的部分。一看見他走進門，女人膽怯地一笑，溫柔地指指口中的食物。

費德里科先生不慌不忙走上前去，翻開雜誌，讓妻子看那罪證的全貌。他一言不發，把雜誌湊到她的鼻子底下，悻悻然注視著她那陡然蒼白的面孔以及目瞪口呆的神情——掛著糖果黏液的一條口水正滾滾落下來。這個來自廷戈·馬利亞鎮的男子漢使出全身力氣，舉起右手，給了那個嚇呆的女人一記耳光。一聲慘叫之後，她踉踉蹌蹌地跪倒在地，繼續帶著不可思議的目光兩眼發直地望著那張照片。費德里科先生巍然而立，森嚴地怒視著腳下的女人。接著，他冷冷地傳訊兩名主犯：「蘿拉！特萊莎！」

聽到腳步聲，他轉身望去，兩個女兒已經走到樓梯底層。他不知道她們是什麼時候下來的。大女兒特萊莎身穿罩衫，好像在打掃房間；小女兒蘿拉穿著學校制服。兩個女孩驚慌失措地望望跪在地上的母親，又望望慢慢走近的父親，他活像個前去尋找聖壇而等著他的是刀劍與火神的修士；她們的目光最後落到那本雜誌上。費德里科先生這時已走到她們身邊，審判官似的把雜誌遞到她們面前。但是，女兒的反應卻出乎他的意料。她們臉色沒有發紫，更沒有下跪求饒；這兩個早熟的女孩略帶羞意，迅速地交換了一下狼狽爲奸的眼神。費德里科先生悲憤已極，心想今天這杯苦水原來還沒有喝完：特萊莎和蘿拉竟然知道她們被人拍照的事，知道照片是要登出來的，她們也許覺得這是件值得高興的事，不然，她們眼裡閃爍的光彩又作何解釋呢？在這個他認爲正統的家園裡，不僅盛行市面上流行的海灘裸體熱，而且竟敢在雜誌上展出！（不是女人強烈的性欲作怪，又是什麼？）如今，真相大白，他渾身癱軟，嘴裡好像吃了石灰。這一切迫使他仔細思考當今世道。上述種種念頭自然都是幾秒鐘內一閃而過的事情。此外，他在考慮解決之道：是否唯一恰當的懲罰就是處死？一想到成千上萬的人已經品嘗過他女兒的青春肉體（僅僅用眼睛嗎？），他就不覺得殺掉親生女兒的念頭那樣痛苦了。

霎時間，他開始行動。爲了方便雙手活動，他放下了雜誌，左手抓住蘿拉的制服外套，把她拉近一些，右手舉得高高的，以使打擊的力量達到最大效果。接著，他便將滿腔怒火傾洩到這一擊上。這時，第二件出乎尋常的怪事發生了——啊，這是多麼奇特的一天呀！而這比起那張淫穢的照片更加令人頭昏眼花。原來他竟然沒有打中蘿拉細嫩的臉蛋，而是撲了個空，身子向前顛躓一下，那姿勢眞是滑稽可笑。更糟糕的事還在後面。因爲那小丫頭不僅僅躲過耳光（費德里科先生苦澀地回想起家裡從來沒人敢對他這樣），而且在撤退之後，那十四歲少女的面龐由於仇恨而扭得歪斜了，接著便向他——不錯，就是向著他——猛撲過來，拳打腳踢，又咬又抓。

他驚愕得連血液也彷彿停止流動了；一瞬間，好似宇宙大亂，星球離開了軌道，萬物互相碰撞，爆炸，濺向四面八方。他還沒反應過來，只是步步後退，眼睛瞪得老大。那少女則步步進逼，愈戰愈勇，怒不可遏。她一邊猛打，一邊不停叫喊：「暴君！魔王！我恨你。去死！去死！去死！」當他發覺特萊莎從後面跑過來，非但不去拉住妹妹，反而也幫忙打起來的時候——這一切發生得如此迅速，他還沒有明白過來，形勢已經大變了——他簡直要發狂了。現在大女兒也向他進攻，嘴裡噴出惡劣的咒罵：「吝嗇鬼，智障，瘋子，禽獸，暴君，神經病，只會殺老鼠！」在兩個憤怒少女夾擊下，他被迫退到牆角；他終於從驚愕中反應過來，開始自衛，用雙手保護面頰。突然，他感到後背上一陣劇痛，回身一看，原來索依拉也加入了戰鬥，狠狠地咬了他一口。

看到自己的妻子變得比女兒還厲害，判若兩人，他驚異不止。難道這是索依拉嗎？是那個一向任勞任怨從不高聲說話的女人嗎？現在居然圓睜著不肯屈服的眼睛，狂怒地舉起雙手對他猛捶、猛抓，嘴巴不停地吐口水，手指撕扯著他的衣裳，發瘋似的叫喊著：「我們打死他！報仇雪恨！把他眼睛挖出來！讓他和他的怪癖一起去死吧！」三個女人在咆哮。費德里科先生覺得那吼聲要刺破他的耳膜了。他拿出全身力量自衛，竭力躲開對方的打擊，但是沒有效果。因爲她們採用了二人抱住他的雙臂、第三個人上前廝打的輪番作戰法。難道她們事先祕密練習過？他感覺頭昏腦脹，渾身疼痛，眼冒金星。忽然，他看見對方手上染有紅漬，方才知道自己流血了。

當他看到里卡多和小費德里科的身影在樓梯口出現時，心中再也不抱幻想了。幾秒鐘的時間，他已認清事實。他知道那對兄弟必定加入戰鬥，對他拳打腳踢。他驚恐萬狀，不顧禮義廉恥，一心想衝到門口，逃到街上去。但是，談何容易！他剛剛向外竄出二三步就被人伸腳一絆，轟然跌倒在地。他縮成一團，好護住下身的寶貝，望著他的事業接班人是怎樣凶狠地對他又踢又踹。與此同時，他的妻子和女兒手持掃帚、雞毛撣子、火鉗繼續圍攻他。他心裡不明白這究竟怎麼回事，只曉得世道已經變得荒唐之極。接著，他聽見兒子邊踢邊罵：「瘋子，吝嗇鬼，下流胚子，殺老鼠的禽獸！」然後，便陷入一片黑暗之中。這時，在餐廳的牆角底下，一隻老鼠從一個小小的洞口露出頭來，以嘲諷的目光注視著那個躺倒在地的人……

這位祕魯鼠輩的屠夫，威風凜凜的費德里科．特列斯．溫薩特吉先生，是死是活？這場兒女弒父、妻子殺夫的事件是否到此結束？或許那個當父親和丈夫的人，躺在混亂不堪的房間裡，在餐桌下面昏迷過去了？而這時他家人卻急速收拾行囊，欣喜若狂地棄家而去？這場地獄般的災難究竟如何收場？

9

關於多羅特奧·馬蒂的那篇故事失敗後，我一連好幾天無精打采。但是一天上午，聽到帕斯夸爾向小巴布利托談他在飛機場的發現後，我感到我的才智又恢復了，於是開始構思一篇新的故事。帕斯夸爾見到幾個遊手好閒的小伙子在玩一種危險而刺激的把戲。天黑時，他們躺在利馬坦博機場跑道的一端，帕斯夸爾發誓說：飛機起飛時，躺著的小伙子借助噴氣的力量能騰起地面幾公分，並由於氣壓的緣故就這樣停在空中幾秒鐘，活像魔術表演；待氣壓的作用消失，小伙子又突然跌回地面。那些天，我看了一部讓我很振奮的墨西哥電影，片名叫《被遺忘的人》（幾年之後我才知道那是布紐爾的作品以及布紐爾是何許人）。我決定以同樣的題材編個故事：一些被市郊艱苦的生活條件磨煉得像小狼一樣的小伙子，亦即一群少年的故事。哈威爾持懷疑態度，斷言那段軼事肯定是虛構的，飛機起飛產生的壓力連一個新生嬰兒也吹不起來。我們爭論了一番，最後我對他說，在我的故事裡，人物都要飛騰而起——儘管如此，仍將是個寫實主義的故事（「不，是奇幻故事！」他叫道）。最後，我們說定找一晚跟帕斯夸爾一起到科爾派克荒野去證實一下，看看這些危險的遊戲（這是我給故事選好的題目）哪些是真的、哪些是假的。

那一天，我沒見到胡莉亞姨媽，但是我希望第二天（即星期四）能在路裘舅舅那裡看到她。

然而，那天中午我去阿曼達利茨大道舅舅家裡吃例行午餐時，卻沒看到她。奧爾嘉舅媽對我說，「一個匹配的意中人」吉列爾莫．奧索雷斯醫生邀請她去吃午飯。這位醫生跟我家多少有些來往，是個道貌岸然、五十開外的人，有點資產，剛剛喪偶不久。

「很匹配呀。」奧爾嘉舅媽向我擠眉弄眼地重複說。「他有錢，有責任感，是個美男子，只有兩個孩子，已經大了。這不正是我妹妹所需要的丈夫嗎？」

「最近幾個星期，她老是百無聊賴地打發時間，不願跟任何人外出，過著老處女的生活，但是內分泌醫生卻把她迷住了。」路裘舅舅也很滿意地說。

我嫉妒得很，胃口頓失，心情苦澀地坐在那兒。由於我神情慌亂，我覺得舅父母就要察覺到事有蹊蹺了。我不需向他們探聽胡莉亞姨媽和奧索雷斯醫生之間的更多細節，因爲他們不會談得更多。大概十天前，胡莉亞姨媽在玻利維亞使館舉行的雞尾酒會上認識了奧索雷斯醫生，而醫生知道她的住址後就來登門拜訪，送鮮花，打電話，邀她到玻利瓦喝茶、如今則是邀她到聯盟俱樂部吃午飯。內分泌醫生向路裘舅舅開玩笑說：「魯伊斯，你的小姨子是極品。她不正是我一直夢寐以求並可爲之再次犧牲一切的女人嗎？」

我想裝出不感興趣的樣子，卻弄巧成拙。過了一會兒，只剩下我和路裘舅舅在一起時，他問我發生了什麼事：是否我扯上了什麼麻煩，惹得一身腥？幸虧奧爾嘉舅媽談起了廣播劇，這才讓我鬆了口氣。她說，有時彼得羅．卡瑪喬也有敗筆，那個爲了在法官面前證明自己沒有強姦女孩而用拆信刀「傷害了」自己的虔誠信徒的故事，她的姊妹淘都覺得未免太誇張了。她說這些話的時候，我一聲不吭，只是從憤怒轉向失望，又從失望轉向憤怒。關於醫生的事，胡莉亞姨媽爲什麼對我隻字未提呢？最近十天，我們見過幾次，她卻不曾提起。奧爾嘉舅媽說她終於動心了，這是眞的嗎？

坐公車回泛美電臺途中，我內心受辱的感覺忽然轉爲滿滿的自信。我們已相愛很久，說不定哪天東窗事發，惹來家人的嘲笑和憤怒。此外，我何必把時間浪費在這樣的老太婆身上？正如她自己所說，她幾乎可當我的母親了。作爲一種人生體驗，這已經夠了。奧索雷斯的出現是老天爺的安排，他讓我得以解脫，用不著我自己出面甩了這個玻利維亞女人。我感到坐立不安、少有的衝動，彷彿要大醉一場，恨不得要打誰一頓。在電臺，我和帕斯夸爾吵了一架。他本性難改，費了下午三點鐘新聞稿將近一半的篇幅來報導漢堡的一場大火。在這場大火災中，有十多個土耳其僑民被燒死。我對他說，以後不經我過目，不准播送任何有關死人的消息。我凶巴巴地對待聖馬可大學的同學，他打電話來提醒我法律系依舊存在，第二天有刑法考試在等我。電話剛放下，馬上又響了起來，這次是胡莉亞姨媽打來的。「爲了一位內分泌醫生，我把你丟下了，小巴爾加斯，你一定很想我。」她恬不知恥地對我說。「你沒有生我的氣吧？」

「爲什麼要生氣？你不是愛做什麼就做什麼嗎？」

「哎，這麼說你是生氣了。」她的語氣變得比較嚴肅了。「別那麼傻，我要向你解釋解釋，我們什麼時候見面？」

我冷淡地回答：「今天不行，改天我再打給你。」

我掛上了電話，與其說是生她的氣，還不如說是生我自己的氣。我覺得自己很可笑。帕斯夸爾和小巴布利托開心地望著我，那個熱中於天災人禍的傢伙得意洋洋，藉機報了仇。「啊呀，我們的馬里奧先生對女人可眞有一手。」

「就應該這樣對待她們。」小巴布利托支持說。「這些女人最愛的就是讓人治得死死的。」

我把我的兩個編輯趕走，自己編定了下午四時要播音的新聞稿，然後去看彼得羅·卡瑪喬。他正在錄製劇本，我在他的房間裡等他。我對他扮演的腳色感到好奇，但是我不懂他在讀什麼，因為我一直在心裡自問，這次和胡莉亞姨媽在電話裡的交談是否意謂著我們關係的決裂。幾秒鐘的爭吵竟使我對她恨之入骨，下定決心不再理睬她。

「陪我去買毒藥吧。」彼得羅·卡瑪喬在門口甩動著他那獅鬃般的頭髮，愁眉不展地對我說。「我們會有時間喝飲料的。」

在我們走遍聯合大道的條條小巷尋找毒藥的時候，藝術家告訴我，塔帕達公寓裡的老鼠已經鬧到令人不能容忍的地步。

「如果這些老鼠只是在我床底下跑跑，我也就算了。牠們不是小孩子，對動物我是不怕的。」他邊解釋，邊以鷹勾鼻吸著一些黃色粉末。據店老闆說，這些粉末能殺死一頭牛。「但是那些長鬍子的傢伙卻吃我的口糧，每天晚上咬我放在窗臺上的食物。沒有什麼可說的，我要消滅牠們。」

他用各種理由討價還價，把老闆弄得懵懵懂懂；付過款，讓店裡為他把毒藥包好，我們便到科美納咖啡館去坐。他要了杯檸檬馬鞭草薄荷茶，我要了杯咖啡。

「朋友，我在為愛情苦惱。」我開門見山地向他坦白道，對這種廣播劇式的表述法，連我自己都感到驚訝。但是我覺得這樣對他說便可擺脫我自己的事情，達到一吐為快的目的。「我愛的女人欺騙我，她另有所愛。」

他神祕莫測地觀察我，那雙又小又突出的眼睛閃爍著空前冷酷憤然的光芒。他身上的黑色西裝已經洗熨過那麼多次，穿用那麼許久，以致變得像片洋蔥似的閃閃發光。

「在這些道德淪喪的粗俗國家裡，決鬥是要坐牢的。」他像判決似的說，神情十分嚴肅，雙手顫抖地打著手勢。「至於自殺，那已爲人所不齒。一個人自殺，換來的不是良心的譴責、不寒而慄或欽佩，而是恥笑。我的朋友，最好還是採用實際可行的辦法。」

對彼得羅・卡瑪喬說出了心裡話，我感到很痛快。我知道，對他來說，除了他自己，不存在第二個人，我的問題對他而言微不足道，只是個誘發他發表高論的引子，而聽他講話比出門買醉更能讓我得到安慰（而且後遺症也較少）。

彼得羅・卡瑪喬微微一笑，然後詳細地開了藥方給我：「寫一封措詞強硬的信，要刺痛那個淫婦，像石頭一樣打在她身上。」他比手畫腳地對我說。「這封信要讓她覺得自己像是草叢裡一條悲慘的蛇，像一條邪惡的土狼。讓她知道您不是傻瓜，您知道她背叛了您。這封信要充滿輕蔑，要讓她明白她是個淫婦。」他沉默了，考慮了一會兒，稍微變換了聲調，隨即對我作了個極爲友好的表示，簡直出乎我的預料。「如果您願意，我替您寫這封信。」

我連聲道謝不迭。但是我對他說，我了解他那苦役般的工作時間表，絕不願再用我的私事去增加他的負擔（後來我後悔不該有這些顧慮，我因此錯失了一篇這位劇作家的親筆文章）。

「至於那個姦夫……」彼得羅・卡瑪喬眼睛裡閃過一道凶狠的光芒，接著說道：「最好是寫封匿名信，罵他個狗血淋頭。既然他們把您當成王八，受害者豈能無動於衷？豈能允許他們舒舒服服地私通？一定要破壞他們的愛情，擊中他們的痛處，在他們之間製造猜疑，讓他們產生不信任，互相敵視，互相仇恨。這樣來報復不是其樂無窮嗎？」

我向他暗示，也許匿名信不是正人君子所爲，但是他立即寬慰我說：「跟正人君子打交道就應當像個正人君子，跟無賴打交道就應該像個無賴，這是理所當然自不待言的，此外說什麼都沒道理。」

「寫信給女方，再寫匿名信給男方，讓那對狗男女得到應有的懲罰。但是，我的問題還是沒有解決呀！誰來解除我的怨恨、挫折和心碎哪？」

「所有這一切只需吃吃瀉藥就解決了。」他回答說，但我難過到笑也笑不出來。「我知道，您會覺得這是一種誇大了的唯物主義。但是，您聽我的，我閱歷豐富，事情總是這樣的：所謂心靈受到創傷之類均屬消化不良所致，是難消化的硬菜豆、放過時的魚和便祕作祟。一帖好的瀉藥馬上就把愛情的瘋癲治癒。」

毫無疑問，這次他成了狡猾的幽默作家，就像取笑他的聽眾那般取笑我。他說的話他自己一句也不相信，他只是藉由取笑我們這些無可救藥的傻瓜來獲得消遣。

「您談過多次戀愛、有非常豐富的感情生活嗎？」我問他。

「是的，非常豐富。」他把檸檬馬鞭草薄荷茶端到嘴邊，越過茶杯上方盯著我承認道。「但是，我從來沒有愛過有血有肉的女人。」

他戲劇性地停了一下，彷彿在衡量我有多天眞或愚蠢。

「您想想，如果我的精力被女人占去，我能做現在我做的事情嗎？」他教訓我了，聲音裡帶著厭惡。「您認爲養兒育女和創作能並行不悖嗎？一個人在遭受著梅毒威脅的時候，還能有創作的靈感和想像力嗎？我的朋友，女人和藝術是相互排斥的。每個女人的肉體裡都埋葬著一位藝術家。生育，有什麼意思？狗、蜘蛛、貓，不都是會生育的嗎？人應該有獨創之處。」

他沒有繼續說下去，突然跳起來提醒我五點鐘廣播劇時間到了。我感到失望，我是多麼想整個下午都聽他說話呀，我覺得無意中踩到了他的痛處。

胡莉亞姨媽正在我泛美電臺的辦公室等我。她像皇后一般坐在我的辦公桌上，接受帕斯夸爾和小巴布利托對她的恭維。他們十分殷勤，一個勁兒給她看新聞稿，向她介紹新聞部的工作情況。她面帶笑容，一副無憂無慮的模樣。我一進去，她立刻變得嚴肅起來，臉色有些蒼白。

「啊哈，眞是想不到。」爲了找個話頭，我這樣說。

但是胡莉亞姨媽不想拐彎抹角。

「我是來告訴你，沒有人能掛我電話。」她斬釘截鐵地對我說。「更不用說是你這樣一個小毛頭，你願意好心告訴我你是怎麼了嗎？」

帕斯夸爾和小巴布利托愣住了，他們把眼光從她身上移到我身上，又從我身上移回她身上。他們對這場戲的序幕非常感興趣。當我要求他們出去一會兒，他們立刻面帶慍色，不過沒敢違抗。兩個人不懷好意地掃了胡莉亞姨媽幾眼就走開了。

「我掛斷了電話，實際上我更想掐斷你的脖子。」只剩下我們兩個人時，我對她說。

「我不明白你爲什麼這樣衝動。」她看著我的眼睛說。「能讓我知道發生了什麼事嗎？」

「你很清楚，用不著裝傻。」

「是因爲我和奧索雷斯醫生出去吃午飯，你吃醋了嗎？」她有點嘲弄地問我。「顯然你是個乳臭未乾的孩子，馬里多。」

「我已經說過，不許你叫我馬里多。」我提醒她。我感到怒不可遏，聲音顫抖，已經不知道自己在對她說些什麼。「現在我不許你叫我乳臭未乾的孩子。」

我在辦公室的角落坐了下來，由於正在鬥嘴，胡莉亞姨媽站起身來向窗口走了幾步。她雙手交叉在胸前，望著灰濛濛、濕漉漉、充滿深沉虛幻氣氛的暮色出神。但是她沒有看到什麼，而是尋找話題想和我說點什麼。她穿了一身藍色衣服和一雙雪白的皮鞋，我突然想吻她。

「我們還是開誠布公地談一談。」最後她對我說，一直背對著我。「你什麼都不能禁止我，即使開玩笑也不能這樣。理由很簡單，你不是我的什麼人。你不是我的丈夫，不是我的未婚夫，不是我的情人。我們這種互相拉拉手、在電影院裡接接吻的小遊戲，不是認眞的。尤其是，這並未賦予你如此對待我的權利。你必須把這一點牢牢記在腦子裡，孩子。」

「你講起話來眞像是我的媽媽。」我對她說。

「這是因爲我有可能成爲你的媽媽。」胡莉亞姨媽說，臉上現出悲傷的樣子，似乎狂怒已消，取而代之的是一種哀怨，一種深深的懊喪。她回過身來，向辦公室走了幾步，在離我很近的地方站住了。她痛苦地望著我：「小巴爾加斯，你讓我覺得自己老了，儘管我並不老。我不喜歡你這樣做，我們之間沒必要繼續下去了，想到將來更是如此。」

我摟住她的腰，她不由自主地向我靠近。但是，當我非常深情地吻著她的面頰、頸項、耳朵的時候（她溫暖的飢膚在我的嘴唇下顫抖著，我感到她血管裡有一種神祕的生命力，使我產生了莫大的愉快），她以同樣的聲調接著說。

「最近我想了很多，我不喜歡我們這樣了。小巴爾加斯，你不覺得這很荒唐嗎？我已經三十二歲，還是個離過婚的女人，幹麼要跟一個十八歲的不懂事的小伙子在一起呢？你說是嗎？那是五十開外的女人做的荒唐事，我還沒有到那個年紀。」

我邊吻她的頸項、雙手，邊輕輕咬她的耳朵，嘴唇擦過她的鼻子、眼睛，手指插進她頭髮裡。我如此激動多情，有時竟聽不清她在對我說些什麼。她的聲音忽高忽低，有時微弱得簡直像是耳語。

「一開始很有趣，怕別人知道、總是躲躲閃閃的，讓我覺得自己又變成了一個少女。」她說著，讓我吻她，但沒有露出任何要吻我的表示。

「到底怎樣呢？」我在她耳邊喃喃地說。「我讓你覺得你是個傷風敗俗的年過五十的老太婆呢，還是一個少女？」

「跟一個熱情如火的小伙子在一起，只要拉拉手，看看電影，溫柔地接接吻，這就足以使我回到十五歲的時候去了。」胡莉亞姨媽繼續說。「當然，和一個靦腆的小伙子談情說愛是美妙的。他尊敬你，不來撫摸你，不敢和你睡覺，他對你像個初次相遇的少女。但是，這是一種危險的遊戲，小巴爾加斯，它建立在謊言的基礎上……」

「恰巧我要告訴你，我正在寫個題目叫『危險的遊戲』的故事。」我對她輕輕地說道。「內容是幾個調皮的小伙子靠飛機起飛時噴氣的壓力在機場上飛起來的事。」

我覺得她笑了。過了一會兒，她伸長雙臂圈住了我的脖子，臉貼在我的臉上。

「好了，我不再生氣了。我到這兒來，決心讓你認識認識我。哎，看你敢不敢再掛我電話。」

「哎，看你敢不趕再陪內分泌醫生出去。」我吻著她的嘴說。「請答應我，再也不要和他出去了。」

她往後退，看著我，眼睛裡閃爍出要吵架翻臉的凶光。

「你不要忘了，我是來利馬找老公的。」她半開玩笑地說。「我相信這次我找到了合意的人。他長得帥，有教養，有地位，兩鬢已白。」

「你敢肯定那個完美無缺的人會娶你嗎？」我對她說，又一次感到悻悻然和妒嫉。

她雙手扠腰，擺出一副挑戰的姿勢回答說：「我有辦法讓他娶我。」

但是，她看到我的臉時就笑了，她又把雙臂掛到我的脖子上。我們正在熱烈接吻時，聽到了哈威爾的聲音：「你們幹這種傷風敗俗、下流透頂的醜事，該坐牢了！」他顯得很高興，一邊擁抱我們倆，一邊告訴我們：「小南西接受我的邀請去看鬥牛了，應該慶祝慶祝這件事。」

「我們剛剛第一次大吵了一架，你來正巧碰上我們和好。」我對他說。

「看來你還不太了解我。」胡莉亞姨媽警告說。「我摔盤子、抓傷人、殺人的時候才叫大吵大鬧。」

「打是情罵是愛嘛！」哈威爾說，他在這方面是個行家。「可是，眞倒楣，小南西接受了我的邀請，我高高興興地來，你們卻給我潑冷水，這算朋友嗎？我們吃頓午飯來慶祝慶祝。」

他們等我編完兩份新聞稿，便一起到伯利恆街的小咖啡館去了。哈威爾非常喜歡這家咖啡館。雖然窄小骯髒，卻有利馬最美味的烤肉。在泛美電臺門口，我看見帕斯夸爾和小巴布利托正在調戲過路的女人，我吩咐他們回編輯部去。大白天，又是在鬧市，我們家親戚朋友多，他們都可能看到我們。但是我和胡莉亞姨媽還是手挽手走著，我一直在吻她。她臉上浮現出山村女孩的紅暈，看來很興奮。

「你們閃夠了沒，自私鬼，也不替我著想一下。」哈威爾抗議說。「我們來談談小南西吧。」

南西是我的表姊，她長得美麗、妖嬈。自從懂事以來，哈威爾就愛上了她，像條獵狗似的處處跟著她。她從來沒有認眞理睬過哈威爾，但總是讓他以爲他也許能把她弄到手，一時不行，便再等待些時候。這段生澀的戀情在我們讀中學時就開始了。我作爲哈威爾的知音、密友和穿針引線的人，對他們的事情知道得一清二楚。南西曾讓他吃了無數次閉門羹，不知多少個星期天的日場，她讓哈威爾等在萊烏羅電影院門口，自己卻跑去科利納或梅特羅電影院。不知有多少次，在星期六的舞會上，她帶著別的追求者出現在哈威爾的面前。我第一次喝得酩酊大醉就是陪著哈威爾借酒澆愁。那是在蘇吉悠小酒吧間，那天，他聽說南西答應嫁給農學系的學生埃杜阿爾多·蒂拉萬第（這人在米拉佛拉瑞斯區是受人歡迎的，因爲他善於把點著的紙菸放到嘴裡，然後再拿出來接著吸下去，像沒事似的）。哈威爾泣不成聲，而我除了安慰他之外，還要在他哭得昏過去時把他送回公寓去睡覺。（「我要喝個爛醉！」他模仿墨西哥名歌手豪爾赫·內格雷特的樣子預先告訴我。）但是，首先垮臺的卻是我，我哇啦哇啦大吐一陣，醉得不省人事——這是哈威爾卑鄙的解釋，還爬到櫃檯上大聲疾呼，對著「勝利」酒吧的客人，一群酒鬼、夜貓子、無恥之徒等發表演說：「把你們的褲子脫掉！統統有！現在在你們面前的可是一位詩人！」

哈威爾一直責備我在這樣一個悲傷的夜晚，我非但沒有照料他、安慰他，反而逼得他不得不沿著米拉佛拉瑞斯的街道把我拖到奧恰蘭別墅去。看到我爛醉如泥、酒後失態的那一副狼狽相，哈威爾在把我交給我那驚呆了的外祖母時惶恐不安地說：「卡門太太，我看小巴爾加斯要死了。」

從那時起，小南西先後交往和拒絕了五六個米拉佛拉瑞斯區的男人。哈威爾也有過不少情人，但這些情人非但沒有讓他放下對我表姊的愛意，反而更加愛她，跟我表姊繼續來往，拜訪她，邀請她，對她的拒絕、怠慢、蔑視和閉門羹毫不介意。哈威爾是這樣一個人，他能把愛情置於面子之上，所有米拉佛拉瑞斯朋友的嘲笑他壓根兒不放在心上，他對我表姊的追求在這些朋友中間引起的笑話應有盡有。（此區某位青年發誓說，有個星期日，他看見哈威爾在小南西作完十一點鐘的彌撒出來時走近她，對她說：「喂，小南西，今天上午多美啊，我們去喝點什麼吧？一杯可口可樂或一杯香檳？」）小南西有幾次和他一起出去，通常是在她暫時沒有男友的空檔，去看電影或者參加舞會。那時哈威爾便心懷極大的希望，高興得眉飛色舞。現在我們在伯利恆街這家帕梅洛咖啡館裡喝著牛奶咖啡，吃著烤肉三明治，哈威爾又這樣手舞足蹈地講著。我和胡莉亞姨媽在桌下腿挨著腿，十指交扣；在桌上則是互相凝視，聽著哈威爾談小南西，他滔滔不絕的說話聲彷彿我們的背景音樂。

「我這次的邀請讓她刮目相看了。」哈威爾對我們說。「你說說，米拉佛拉瑞斯區有哪個窮光蛋請得起一個女孩去看鬥牛啊？」

「那你怎麼請得起？」我問他。「中樂透了嗎？」

「我賣掉了公寓的收音機。」他對我們說，沒有一點內疚的樣子。「他們以為是廚娘幹的，把她當賊辭退了。」

哈威爾向我解釋，他有個萬無一失的計畫。當鬥牛進行到一半時，他要用一塊西班牙披巾征服小南西的心。哈威爾是祖國的超級崇拜者，連帶也極為崇拜一切和祖國有關的東西：鬥牛、佛朗明哥舞、名藝人莎麗達·蒙狄兒。他渴望到西班牙去，正像我渴望到法國去一樣，披巾的事是他在報上看了一則廣告時想到的。這塊披巾花去他存在儲蓄銀行的一個月薪水，不過，他確信這種投資必能回收。他滔滔闡述他打算怎樣進行：他會把披巾仔細地包好，帶到鬥牛場去，等到全場沸騰的某個時刻，便打開小包，拿出那件珍貴的禮品披在我表姊柔嫩的肩膀上。哈威爾問我們覺得如何，南西會有怎樣的反應？我勸他要計畫得更周到些，另外再加一把塞維亞梳子和幾塊響板，跳方丹戈舞給她看。但是胡莉亞姨媽熱情支持他，稱讚他的計畫眞是妙極了，只要南西不是鐵石心腸，一定爲之神魂顚倒。而她本人，倘若某個小伙子對她這樣，她將會被征服。

「就像我一直跟你說的，你不懂嗎？」她對我說，彷彿在罵我。「哈威爾眞的很浪漫，他懂得怎樣討心愛的人歡心。」

哈威爾很高興，他建議下週隨便哪一天，我們四個人一起去看電影、喝茶跳舞。

「如果看到我和胡莉亞姨媽一塊出去，我的小表姊南西會怎麼說？」我想阻止他。

但是他給我澆了一瓢冷水：「你別傻了，她什麼都知道，她覺得很好，我已經把你們的事告訴她了。」看到我大吃一驚，他帶著輕浮的表情補充道：「說實話，對你表姊，我不存在什麼祕密。無論如何，她終歸要跟我結婚的。」

得悉哈威爾把我和胡莉亞姨媽的事告訴了南西，我不免擔心起來。我和南西關係很好，她肯定不會告我們的密，但是她可能不小心走漏風聲，那麼，事情就會像大火似的在家族之林蔓延開來。胡莉亞姨媽本來沉默不語，但現在她藏住自己的驚訝，只是鼓勵哈威爾去完成他在鬥牛場的動人計畫。我們在泛美電臺大樓門口告別，我和胡莉亞姨媽約定那天晚上以去看電影爲藉口再見面。吻她時，我對她耳語道：「感謝內分泌醫生，我發現我愛上了你。」她表示同意地說：「我看是這樣，小巴爾加斯。」

我看著她離開，和哈威爾一起向公車站走去。這時我才注意到中央電臺門口聚集了不少人。其中儘管也有男人，但最多的還是年輕女性。他們排成兩排，接著，人愈來愈多，大家互相推擠，隊伍亂了起來。我好奇地走過去，因爲我想那肯定是彼得羅·卡瑪喬引起的。果然，是那些來要親筆簽名的人。我從他那間房間的窗戶望進去，看到文人在赫蘇西托和老赫納羅的護衛下，正在振筆疾書，以花稍的筆法在練習本、筆記本、紙片、報紙上簽著字，以不可一世的神氣打發走他的崇拜者。這些崇拜者喜出望外地看著他，羞澀地向他走過去，嘴裡嘟噥著嘖嘖讚揚的話。

「他讓我們頭痛，但是，毫無疑問，他是全祕魯的電臺之王。」小赫納羅一隻手搭在我肩膀上，指著人群對我說：「你認爲怎麼樣？」

我問他簽名的事情是從什麼時候開始的。

「有一個星期了，每天半個鐘頭，從六點到六點半。你這個人不太注意觀察啊。」開明企業家對我說：「你不看我們發行的廣告嗎？你不聽你在那兒工作的電臺的廣播嗎？我原來對這件事持懷疑態度，但是你看我大錯特錯了。我以爲只需兩天就能把人打發完，現在看來得持續一個月。」

小赫納羅邀我去玻利瓦酒吧喝一杯。我要了一杯可口可樂，但是他堅持要我陪他喝威士忌。他向我解釋：「你懂得這些長蛇陣意謂著什麼嗎？這是彼得羅的廣播劇深入人心的公開表現。」

我告訴他我相信這一點。由於我「愛好文學」，他要我以那個玻利維亞人爲榜樣，學習他的辦法去爭取廣大聽眾。「你不要把自己關在象牙塔裡。」他勸告我說。他已吩咐印製五千張彼得羅·卡瑪喬的照片，從星期一開始，那些讓彼得羅·卡瑪喬簽名的人就可得到一張照片作爲禮物了。我問他文人是否減弱了對阿根廷人的攻擊。

「這已沒有關係，現在他可以罵任何人。」他語帶神祕。「你不知道那個大新聞嗎？將軍也收聽彼得羅的廣播劇，一齣也不放過。」

爲了讓我相信，他詳述了這件事。由於忙於政府事務，將軍白天沒有時間聽廣播，於是便請人錄音，每天晚上睡覺之前一個又一個地聽。這是總統夫人親口對許多利馬的夫人講的。

「儘管眾說紛紜，看來將軍還是個有感情的人。」小赫納羅最後說。「所以，如果首腦支持我們，彼得羅大可罵阿根廷人罵個過癮！難道他們不是罪有應得嗎？」

和小赫納羅的談話、與胡莉亞姨媽的和解都給了我很大的鼓舞。我一回到電臺頂樓，就激動地寫起我的飛人故事來，帕斯夸爾則處理著新聞稿。我的故事已經寫到結尾部分：在一次這樣的遊戲中，一個小伙子比別人飛得都高，他狠狠地摔了下來，頸背折斷而死。最後一個句子，我要描寫他的伙伴驚恐的神色，在飛機的轟鳴中，他們凝望著死者。這將是一個斯巴達故事，像精密時鐘那樣準確，具有海明威的風格。

幾天之後，我去看表姊南西，想了解她是怎樣知道了胡莉亞姨媽的事。我見到她時，她對披巾的事仍然餘怒未消。

「你知道那個白痴害我出了怎樣的洋相嗎？」她邊說邊在家裡到處跑著找拉斯基。「突然間，在阿喬鬥牛場上，當著那麼多人的面，他打開一個包，拿出一件鬥牛士斗篷披在我肩上。觀眾全看著我，連公牛都笑得要死。整場鬥牛賽他都要我披著，還要我披著上街。你想想，我一輩子沒有丟過這樣的臉！」

我們在管家床下找到了拉斯基。牠是隻毛很蓬、長得很醜的狗，老是想來咬我。我們把牠關到籠子裡，南西把我拖到她的寢室裡去看那件萬惡的斗篷。那是出自時尚藝術家手筆的作品，看到它使人想起異國情調的花園，想起吉普賽人的帳篷，想起豪華的妓院，你想像得出的各式各樣的紅色都有，從血紅色到玫瑰紅樣樣俱全。斗篷上綴著長而多結的黑色流蘇、寶石、金箔，光彩奪目，令人暈眩。我表姊模仿著鬥牛士的動作，把自己裹在斗篷裡哈哈大笑。我對她說，不許她開我朋友的玩笑，並且問她是否終究會對他產生感情。

「我正在考慮這件事。」她像往常那樣回答我。「但是，作爲朋友，我很喜歡他。」

我說她是個無情無義的風騷女人，哈威爾爲了送她這件禮物不得不去行竊。

「那你又怎麼樣？」她邊把披巾疊好收進衣櫃裡，邊對我說。「你和胡莉亞姨媽的事是眞的嗎？和奧爾嘉舅媽的妹妹談戀愛，你不害臊嗎？」

我說確有其事，我不害臊，但這麼說時我感到臉上像火燒一般。她也有點慌亂，然而她那米拉佛拉瑞斯人的獵奇心很強烈，她瞄準靶子開了槍。

「如果你和她結婚，二十年後你還年輕，她卻成了個小老太婆了。」她挽起我的胳臂，拖著我下樓到大廳去。「來，我們去聽音樂，在那兒把你戀愛的事從頭到尾說給我聽。」

她選了一大堆唱片：納京高、哈利貝拉方提、法蘭克辛納屈、艾克斯維爾庫蓋特，一邊坦白地告訴我，自從哈威爾透露我和胡莉亞姨媽的事以後，她一直提心弔膽，想著如果家人知道了後果將會如何。難道我們的親戚會像看到胡莉亞和別的小伙子出去時那樣看待這件事，而不由舅父母和表姊妹出面，把我媽媽叫來、向她告狀嗎？我愛上了胡莉亞姨媽！這是多大一樁醜事呀，馬里多！南西提醒我，家人對我是抱有期待的，認爲我是家族的希望。這是眞的，我那些該死的親屬希望我有朝一日成爲百萬富翁，或者至少當上共和國總統。（我始終不明白爲什麼他們寄這麼大希望於我，這絕不是由於我在學校的分數高，因爲我的成績並不優異。也許因爲從小我就寫詩給所有的舅媽，或者因爲，從表面看來，我是個對所有事都發表看法的早熟孩子。）我要求南西一定要守口如瓶。她急切地想知道我們戀情的細節。「你只是喜歡胡莉亞，還是深深地愛上了她？」

我曾經對她說過心裡話，如今既然她已經知道，我也就不加隱瞞。事情是像兒戲般開始的，但是突然一下子，恰恰就在我對內分泌醫生感到嫉妒那天，我發現自己的確愛上了她。然而，我愈是與她形影不離，便愈感到我們的戀情是個難題。不僅僅是由於年齡的差別，還因爲我尚需三年才能修完律師學業。我想我永遠不會從事這項職業，因爲我唯一喜好的是寫作。但是，作家常常要忍飢挨餓。現在我的收入只夠買點菸、買些書、去看看電影。如果我有可能經濟自立，胡莉亞姨媽又能不能等到那一天呢？我表姊南西眞是好極了，她非但不反對我，反而認爲我言之有理。她以踏實理性的態度對我說：「當然，且不說到那時也許你已經不喜歡胡莉亞，早甩了她。可憐的胡莉亞到那時候也可悲地年華老去。不過，你告訴我，她是眞心愛你，還是逢場作戲？」

我說胡莉亞姨媽絕不像她那樣捉摸不定、是個隨時轉向的風向球（我這樣形容委實讓她高興）。但是，這個問題，我自己也曾多次自問。幾天之後，我也問了胡莉亞姨媽。我們面對大海，坐在一個叫不出名字的小花園裡（也許是叫多莫多索拉，或者差不多是這樣的名字），擁抱著，不停接吻，第一次談到了未來。

「我對未來看得清清楚楚，我是在水晶球上看到的。」胡莉亞姨媽對我說，沒有一絲痛苦的樣子。「我們的事情至多維持三年，或許是四年，也就是說，到你找到一個將成爲你孩子的媽媽的年輕小姐時爲止。到那一天，你將拋棄我，我不得不去引誘另外的男人。那時我們便會說：事情到此爲止吧！」

我邊吻她的手邊說聽廣播劇對她沒有益處。

「看來你是從不聽廣播劇的。」她糾正我。「彼得羅．卡瑪喬的廣播劇很少談到愛情或類似的事情。舉例說吧，我和奧爾嘉都非常喜歡下午三點的劇碼。那一齣是關於一個年輕人的悲劇，他無法入睡，因爲每次一閉上眼睛就回想起他是怎麼輾過一個可憐的小女孩，把人家給撞死了。」

我又回到原來的話題上，告訴她，對於我們的未來，我比她樂觀。爲了說服她，同時也爲了說服我自己，我慷慨激昂地向她保證，不管年齡有無差別，純粹建立在肉體關係上的愛情是不會長久的。等到新鮮感一過，一切習以爲常，性的吸引力減弱，最後就完全沒有了（尤其在男人方面）。到那時，維持夫妻關係就只能靠別的吸引力：精神上的、智力上的、道德上的。對於這樣的愛情，年齡是無關緊要的。

「說得多麼好啊，果眞如此，那就適合我了。」胡莉亞姨媽說，把總是冰涼的鼻子貼在我的面頰上磨蹭著。「不過這是徹頭徹尾的謊言。肉體是次要的嗎？它對維持兩個人的關係是最要緊的，小巴爾加斯。」

「您又和內分泌醫生出去了嗎？」

「他找過我好幾次。」她對我說。我焦急地期待著她說下去。然後她吻著我，把那個謎揭開了。「我告訴他，我再也不和他出去了。」

在這幸福到極點的時刻，我把我那個飛人故事說給她聽。故事寫了十頁，進展很順利，我想把它登在《商報》副刊上，並且加上隱晦的獻詞：「獻給陰性的胡利歐。」（陰性的胡利歐即胡莉亞）

10

路裘·阿夫里爾·馬羅金是個年輕的藥廠業務員，本來一切都預告著他的前程燦爛，然而他的悲劇卻在一個晴朗夏日的早晨從天而降。事情發生在歷史名城皮斯科市郊。他十年前就開始從事這項東奔西跑的職業，來往於祕魯的各個城鎮之間，拜訪診所和藥店，贈送拜耳製藥廠的樣品和說明書。此刻，他剛剛結束旅程，正準備返回利馬。拜訪皮斯科城的醫生和化學家大概花了他三個鐘頭的時間。儘管他有個同學正在聖安德列第九機組當機長，來皮斯科時常常在同學家吃午飯，但他決定直接回首都去。他已經結婚，妻子是個白皮膚的法國女孩，他那年輕人的熱情的心促使他急著盡早投入妻子的懷抱。

中午剛過不久。他三個月前結婚時分期付款買的嶄新的福斯轎車停在廣場一棵茂盛的桉樹下等候。路裘·阿夫里爾·馬羅金放好裝著樣品和說明書的手提箱，解下領帶，脫掉西裝外套（根據製藥廠裡瑞士人的規定，爲了給人嚴肅的印象，業務員必須穿西裝打領帶），決定不去拜訪他在民航局的朋友，不去用正規的午餐，而只是吃些點心，免得吃太飽而在接下來寂寞的三小時路程中想睡覺。

他穿過廣場，進了皮亞維冷飲店，叫義大利人店主送來一瓶可口可樂和一份水蜜桃冰淇淋。

他吃著簡單的午餐，心想的不是這個南方海港的歷史，不是聖馬丁這個可疑英雄和他的解放大軍旌旗招展的登陸，而是像所有感情豐富的男人一樣，自私而多情地想到他那溫柔的嬌妻——她簡直還是個小少女：雪白的皮膚，藍眼睛，捲捲的金髮；想著在浪漫的黑夜裡，她如何善於將他帶到狂熱的高潮，貼著他的耳朵，用極爲多情的語言（法文愈難懂，聽來愈是刺激），像頭不高興的小貓發出抱怨那樣，爲他唱一支名爲〈枯葉〉的歌曲。他發現這些夫妻間情意綿綿的追憶開始讓他有反應了，趕緊拋開這些思緒，付了款，走出冷飲店。

路裘在附近的加油站給汽車加了油、添了水，然後便上路了。儘管那時正是烈日當空，皮斯科大道上空曠無人，他還是非常小心，汽車開得很慢；他不是考慮行人的安全，而是爲他的黃色福斯汽車著想。除了他的法國金髮女郎外，這汽車就是他的掌上明珠。他驅車前進，回憶著自己的一生。他今年二十八歲，中學畢業後因爲沒耐心去念大學，決定直接投入職場。通過考試，他進了製藥廠。這十年間，薪水提高了，職位晉升了。他的工作並不枯燥。他喜歡往外跑，不喜歡坐辦公桌，只是現在他不宜整天在外奔波，把那朵秀麗的法國鮮花丟在利馬。眾所周知，這座城裡到處都是時刻等著獵捕美人魚的大鯊魚。路裘．阿夫里爾．馬羅金和他的上司談過這件事，他們很重視，不過還是鼓勵他：繼續在外跑幾個月吧，來年初再幫他在省裡安排個職位。精悍的瑞士人舒法卜博士明白表示：「新的職位將意謂著晉升。」路裘．阿夫里爾．馬羅金情不自禁地想到：也許是讓他當特魯希略、亞雷基帕或齊克拉約分廠的經理。這樣的話，他還有什麼可說的呢？

他慢慢地離開了皮斯科，上了公路。這條路他來回走過那麼多次——坐公車或自己駕車，閉著眼睛也不會走錯。黑色的柏油路伸向遠方，消失在沙丘和光禿禿的山嶺之間，沒有銀色光芒閃爍，這說明路上沒有其他汽車。他前面只有一輛舊卡車搖晃著。他正要超過去，遠遠望見了前方的橋梁和交岔路口；在那兒有條公路向南分出去，離開了那條爬上山坡、向卡斯楚維雷伊納鐵礦山駛去的主幹線。路裘這個人很謹慎，他珍愛自己的汽車，也不敢違規，於是決定開過岔路口之後再超車。卡車只以五十公里的時速前進，路裘不得不減速，和卡車保持十米的距離。向前行駛一會兒，他看見了橋梁、岔路、搖搖晃晃的建築物——飲料店、香菸攤、收費站，以及因逆光而分辨不清的在建築物間走來走去的人影。

路裘剛開過橋，突然發現前面有個小女孩，彷彿是從卡車底下鑽出來的。他永遠不會忘記那個小女孩是如何猝不及防地站在他和公路之間：女孩面色驚恐，高舉著雙手，像一塊飛來的石頭似的擋在福斯汽車前面。事情是那樣突如其來，災難（災難的起點）發生之前他既來不及剎車也來不及轉向。他驚愕不已，驟然感到有點什麼東西、彷彿是一團肉，軟綿綿地撞在汽車的保險桿上，飛上半空，畫了一道拋物線，落在八到十米遠的地方。

路裘緊急一剎車，方向盤撞上胸膛。他面色刷白，腦袋嗡嗡作響，趕忙跳下車，一邊想「我是阿根廷人，撞死了孩子」，一邊跌跌撞撞地跑到小女孩身邊，把她抱起來。孩子大約五、六歲，光著腳，衣衫襤褸，臉、手、腿上結著一層乾硬了的泥垢，身上不見任何部位流血，但是雙目緊閉，好像停止了呼吸。路裘就像個醉漢似的，搖搖晃晃地在那兒打轉，左顧右盼，面對沙洲、清風和遠方的海浪高喊著：「救護車！醫生！」猶如夢境一般，他聽見山上的岔路開來了一輛卡車，也許他也注意到以即將到達交岔路口來說，那輛卡車開得太快了。然而，就算他注意到好了，看到一個憲兵從建築物出來跑到他跟前時，他的注意力立刻轉移了過去。憲兵氣喘吁吁，汗流滿面，一副秩序維護者的架勢，看著小女孩問路裘：「昏過去了，還是死了？」

此後的餘生，路裘．阿夫里爾．馬羅金都將不斷自問：女孩只是受了重傷，還是已經死去了？路裘來不及回答氣喘吁吁的憲兵，因爲憲兵剛一問完，臉色就變得嚇人，路裘正好回過頭去，看見那輛從山上下來的卡車鳴著喇叭發瘋似的向他們衝來。他閉上眼睛，轟隆一聲，卡車把女孩從他懷裡奪走了，眼前一片漆黑，金星四射。路裘彷彿置身一團迷霧當中，耳裡聽著可怕的吵鬧音、尖叫聲、哭喊聲。

過了一會兒，他才知道自己被撞倒了，這並非什麼所謂的現世報，像諺語說的那樣「以牙還牙，以眼還眼」，而是因爲礦山卡車的剎車失靈了。也許他還知道，憲兵從後頸被壓過去，當場斃命；那個可憐的女孩——眞正的悲劇之女，在第二次車禍中（倘若第一次有幸沒被壓死）不僅是死了，而且死得很慘，卡車的兩組後輪把她壓扁輾平，這可樂壞了撒旦。

但是，幾年之後，當路裘．阿夫里爾．馬羅金想到那天早晨的慘痛教訓時，他認爲最難以忘懷的既不是第一次車禍，也不是第二次車禍，而是車禍的後續。說也奇怪，雖然被撞成重傷（他不得不在勞工醫院住了幾個星期，因爲有多處骨折、脫臼和撕裂傷，需要修修補補一番），這名藥廠業務員沒失去知覺，或者只昏厥了幾秒鐘。當他睜開眼睛，他知道一切都剛剛發生，因爲從他前面的建築裡，大約有十一、二個甚至十五個男女一直背著光向他跑過來。他不能動，可是並不感覺疼痛，只感到一種輕鬆和安寧。他想，不必懷疑，一定是救護車來了，醫生來了，熱情的護士來了。是他們，他們來了，他想對那些俯身的面孔笑一笑，但是，這時他感到有人在他身上又摸、又拉、又捅，於是他明白了，剛剛來的那些人不是在救他，而是在奪他的手表，掏他的腰包，七手八腳地搶他的皮包。他脖子上的耶穌像一下子被他們拽走，那是他自從第一次出席聖餐儀式就一直戴著的。面對這些人的舉止，他感嘆不已，這時他眞的絕望了。

由於渾身疼痛，那一夜過得如同一年。起初，災難的後果好像只是肉體上有所感覺。當路裘恢復知覺時已經在利馬了。他躺在醫院一間小病房裡，從頭到腳包紮著，床兩側，讓激動的路裘恢復平靜的守護神、他那跟法國女歌唱家茱麗葉．葛瑞科同國籍的金髮妻子以及製藥廠的舒法卜博士不安地看著他。麻醉劑讓他昏昏沉沉的。感到妻子隔著紗布吻他的前額時，他開心得流下淚來。

骨頭接好，肌肉和筋腱復位，傷口癒合結疤，傷痕累累的身體花了幾個星期復原，幸好過程還不算太難熬，因爲醫生的醫術高明，護士照顧得十分周到，妻子殷勤服侍，製藥廠多方幫助；從感情和金錢的支柱來說，都是無可挑剔的。在勞工醫院裡，路裘．阿夫里爾．馬羅金在恢復期間得知了令人雀躍的消息：他的法國妻子已有身孕，七個月之後就是他孩子的媽媽了。

後來，他出了院，回到聖彌格爾大道的住宅，並且重回工作崗位，這時車禍在他精神上留下的複雜創傷的隱痛開始發作了。失眠是落在他頭上的最輕的不幸。他徹夜不能成眠，在住宅裡摸黑踱步，不停抽菸，始終處於亢奮狀態，斷斷續續地講著話，他妻子很驚訝地注意到他不斷提到「希律王」。以安眠藥這種化學方法克服了失眠的時候，後果更糟糕：路裘一睡著便噩夢連連，看到他尚未出世的女兒被剁成肉塊。他的怪叫驚嚇到妻子，最後終於流了產，從胚胎來看那可能是個女孩。「我的夢應驗了，我殺害了自己的親生女兒，我要到布宜諾斯艾利斯去住。」夢中殺女的路裘悽慘地晝夜不停地叨念著。

但是，這還不是最慘的。在完全不能成眠或噩夢不斷的夜晚之後，隨即而來的是可怕的白晝。自從車禍以後，路裘染上了根深柢固的恐懼症，凡是有輪子的東西他都害怕。只要是汽車，無論是作爲司機，還是作爲乘客，都不能上去，一上去就頭暈、嘔吐、盜汗、慘叫。所有克服這種障礙的嘗試均告失敗，因而在堂堂的二十世紀，他卻不得不像在印加帝國時代（沒有車的社會）那樣生活著。如果路程只限於他家和拜耳藥廠之間的五公里，事情還不那麼嚴重，因爲對於精神受創的人來說，早晨和傍晚各走上兩個鐘頭也許能發揮鎮靜劑的作用。不過，對於一個藥廠業務員，他的活動範圍是祕魯的廣闊國土，患上車輛恐懼症卻是悲劇。由於根本不可能恢復信差跑步送信的時代，路裘的前程可說岌岌可危。製藥廠同意幫他在利馬配藥房裡安插一個安定的職位；雖然薪水沒有減少，但從思想上和心理上來講，這種變化（現在他負責管理樣品）意謂著降級。更糟糕的是，他那媲美「奧爾良的女孩」（德國劇作家席勒的同名作品中的人物。劇本描寫法國女英雄貞德〔奧爾良的女孩〕反抗外敵的故事）的法國妻子，曾毫無抱怨地勇敢忍受丈夫神經錯亂的後果，如今也變得歇斯底里，尤其是流產之後更糟。他倆只好暫時分居直至情況有所好轉。他那面色如同黎明的魚肚白和南極的白夜似的妻子啓程回法國到娘家去尋求安慰了。

車禍以後的一年，路裘·阿夫里爾·馬羅金就這麼度過：妻子走了，失眠，不安，恐懼車輛，天天必須步行上班，伴隨他的只有焦慮和痛苦。（黃色的福斯汽車在爲金髮妻子籌回法國的路費而賣掉時，車身上滿是雜草和蜘蛛網。）同事和朋友已在議論路裘的可憐去向只能是瘋人院或者乾脆自殺。這時，這個年輕人卻如同久餓得食、久旱逢雨一樣，聽說有這麼一個人，她既不是修女，也不是巫婆，卻能醫治靈魂。她是路希婭·阿賽密拉醫生。

阿賽密拉醫生是個高尚的女人，心思純正，五十歲，正是科學上稱之爲黃金時代的年齡。她前額寬廣，鷹勾鼻子，目光銳利，爲人正直善良，和她的姓氏阿賽密拉（西班牙文爲蠢驢之意）正好相反。她爲自己的姓感到驕傲，像英雄事蹟一樣印在名片或診所的牌子上，供人欣賞。智慧是她的象徵，是她的病人（她喜歡稱病人是「朋友」）看得到、聽得見、聞得著的東西。在這世上的知識中心（德國的柏林、冷漠的倫敦、罪惡的巴黎），她以優異的成績獲得了許多證書和獎狀；不過，讓她學得大量有關人世維艱和解脫辦法的主要大學還是（當然是）生活本身。像那些在平庸之輩間獨闢蹊徑的人一樣，這位醫生引起她那些無能創造奇蹟的同事、精神病專家和心理學家（與她不同）的議論、批評、百般嘲弄。阿賽密拉醫生對於被人稱爲巫師、撒旦同夥、腐化墮落分子的教唆犯、精神錯亂者和其他齷齪的稱呼全然不放在心上。要了解她這樣做是有道理的，只要看看她的「朋友」的感激之情就行了。她的「朋友」（精神分裂症患者、殺近親之人、妄想症患者、縱火犯、憂鬱症病人、手淫者、瘋子、罪犯、假教徒、口吃的人）一經過她的手，得到她的治療（她喜歡說經過她的「勸導」），便重新恢復了正常的生活，父母變得慈藹，兒女變得聽話，妻子變得賢慧，從業人員變得誠實認真，口吃的人變得說話滔滔不絕，人民變得奉公守法。

舒法卜博士親自勸路裘·阿夫里爾·馬羅金去找阿賽密拉醫生看病，並且親自以瑞士表那樣準確的作風迅速爲他預約掛號。失眠的馬羅金二話不說，順從地按時到了路希婭·阿賽密拉的診所（聖殿、懺悔室、精神修煉院）。診所坐落在聖斐理伯住宅區，院牆是玫瑰色的，周圍是種滿了曼陀羅的花園。一名文雅的護士記下了一些他的情況，請他進入診間。那是屋頂挑高的房間，書架上擺滿了皮革封面的精裝書，書桌是桃花心木做的，地上鋪著鬆軟的地毯，室內還有一張湖綠色的絲絨大沙發。

「您要把帶來的偏見去掉，同時要脫掉西裝外套，解下領帶。」路希婭·阿賽密拉醫生以智者令人卸下防備的直率迎接他，同時指指大沙發。「躺在那兒，臉朝上朝下都行，這不是什麼佛洛伊德式的裝腔作勢，而是我想讓你躺得舒服。不要告訴我你的夢境，也不要向我坦白說你愛上了自己的媽媽，而是要盡可能準確地告訴我，您的胃怎麼樣？」

藥廠業務員羞澀地躺在彈簧沙發上，他想醫生是搞錯了人，於是鼓起勇氣喃喃地說，他到這個診所來不是因爲內臟有病，而是因爲精神有病。

「這兩者是密不可分的。」阿賽密拉醫生反駁說。「一個人的胃代謝良好，其頭腦也必然清醒，靈魂必然健康。反之，胃貪食，不消化，負擔重，必然產生雜念，性情暴躁，心裡鬱結，性欲出軌，創造犯罪的條件，把大便不暢的痛苦發洩在別人身上。」

聽了這番訓示，路裘·阿夫里爾·馬羅金坦白說他有時消化不良、便祕，除了大便的形狀不一外，甚至連顏色和量也是變來變去，當然硬度和溫度也是變化多端的，不過他不記得最近幾個星期是否觸摸過。醫生微笑著點點頭，並且喃喃地說：「我早就知道。」她要路裘每天早晨空腹食用六顆梅子，直到下一個療程。

「這個首要問題解決了，我們談別的問題吧。」女哲學家又說道。「告訴我你遇到了什麼麻煩。不過，要知道我不是幫你解決難題，而是要教你怎樣珍愛它，怎樣爲此而感到自豪，就像塞萬提斯爲自己失去一隻胳膊、貝多芬爲自己耳聾感到自豪一樣，請說吧。」

路裘·阿夫里爾·馬羅金跟醫生及藥劑師打了十年的交道，他言詞流利，一五一十地把他的遭遇毫不隱瞞地簡述了一遍，從皮斯科不幸的車禍到夜裡的噩夢以及那場悲劇在他家裡造成的可怖後果。他痛惜自己，說到最後不禁失聲痛哭起來，以一聲驚呼結束了敘述；那聲驚呼除了路希婭·阿賽密拉之外，誰聽了都要膽裂心碎的。「醫生，幫幫我吧！」

「你的故事並不令我難過，反倒還讓我覺得無聊，因爲它太平淡、太愚蠢了。」女靈魂工程師親切地安慰他說。「把鼻涕擦擦。你應該知道，你這種精神領域的疾病，如果是在肉體上，就相當於趾甲內生症。現在你注意聽我說。」

她以經常出入上層社會交際場合的女性所特有的儀態對路裘解釋：讓人想法變得偏頗的是對事實眞相的恐懼以及自相矛盾的性格。關於前一點，她開導眼前這名失眠症患者：所謂車禍意外的不幸並不存在，而是人爲了掩蓋自己的歹毒所臆造的託詞。

「說到底，你是想殺害那個女孩，並且眞的殺死了。」醫生戲劇化地下了如此結論。「後來，你對自己的行爲感到害怕了，怕進警察局或下地獄，於是便想讓卡車把自己壓死，算是對自己的懲罰，或者爲自己的殺人行徑找到解脫的辦法。」

「可是，可是……」藥廠業務員結結巴巴地說著，眼睛瞪得圓鼓鼓，前額冒出了汗珠，露出一副絕望的樣子。「那麼憲兵呢？難道他也是我殺的嗎？」

「誰的一生中沒有殺死過憲兵呢？」女科學家思索著說。「也許是你，也許是卡車司機，也許是自殺。可是，這不是一齣買張票就可容許兩個人入場的表演，我們還是只說你的事吧。」

醫生又對路裘解釋，人在天性的衝動受挫時，心理上便不自覺地產生憤怒懊惱的情緒，而人的內心便以製造噩夢、恐懼症、心結、焦慮、憂鬱來加以報復。

「人不能和自己作對，因爲在這種鬥爭中，只有一個輸家。」上帝的女使者擺出一副權威的架勢說。「不要對發生的事情感到羞愧；每個人都是殘忍的。要成爲好人，簡單地說就是要善於掩飾，應該用這樣的想法求得安慰。你對著鏡子看看，跟自己說：『我是殺孩子的罪犯，開快車的惡魔。』用不著拐彎抹角，不要對我說車禍呀、恐車症候群呀什麼的。」

醫生又舉了例子，她說當骨瘦如柴的手淫者來診所跪著求她治療時，她送給他們情色雜誌；吸毒病人來求她時，這些人渣敗類揪著自己的頭髮在地上爬著抱怨命運不濟，她送給他們大麻和大把大把的古柯葉。

「那麼您給我開的藥方是繼續殺害兒童嗎？」藥廠業務員怒吼道，這頭羔羊變成了猛虎。

「如果您願意的話，爲什麼不呢？」女心理學家冷冷地說。接著又提出警告：「不要對我提高嗓門，我可不是那種認爲顧客總是有理的商人。」

路裘·阿夫里爾·馬羅金憂慮地哭泣起來。路希婭·阿賽密拉醫生無動於衷，只是花了十分鐘時間寫了好幾張紙，大標題是「練習眞實地生活」。寫好之後交給了路裘，並約他八個星期後再來。送別時，醫生緊緊握住他的手，提醒他不要忘記早晨吃梅子。

像阿賽密拉醫生的大多數患者一樣，路裘·阿夫里爾·馬羅金離開診所時，感到自己成了一次心理埋伏戰的犧牲品，斷定自己落進了一個神經極度錯亂的女人的羅網。如果胡亂地遵照那個醫生的囑咐去做，他的病情必定加重。路裘打定主意要把醫生開的「練習」藥方扔到馬桶裡沖走，看也不看一眼。但是，就在那天夜裡，他本已減弱的失眠又變得嚴重起來，於是他讀了那個藥方。他覺得內容荒謬絕倫，害他笑得打起嗝來（按照媽媽的教導，路裘喝了一杯水防止再打嗝）；後來，他又感到很好奇。爲了消遣，爲了熬過不眠之夜，儘管不相信有療效，他還是決定試試看。

路裘在西爾斯百貨玩具部很容易地買到了他所需要的小轎車、一號卡車和二號卡車，以及代表女孩、憲兵、強盜和他自己的塑像。按照醫囑，路裘憑著記憶把汽車塗上了原來的顏色，塑像也畫上衣服（路裘有畫畫的天分，憲兵的制服、女孩的破衣裳和身上的汙垢都畫得惟妙惟肖）。爲了畫好皮斯科的沙丘，路裘用了一整張包裝紙；爲求逼眞還畫上了太平洋：一抹鑲著一圈泡沫的藍色海水。第一天，他跪在飯廳的地板上，用了近一個鐘頭重演那次車禍。接近尾聲時，也就是當強盜撲到他身上搶劫時，他幾乎像事發那天一樣感到害怕和痛苦。路裘仰面躺在地板上，渾身出冷汗，抽泣著。但是，往後幾天，他精神上的緊張漸漸減輕了。這個練習彷彿變成一種帶他回到童年時期的活動，讓他在不知如何是好的時間裡有了消遣，因爲現在妻子不在身邊，而他從來不去圖書館，也不愛聽音樂。這個練習就像是在堆積木、玩拼圖、塡字謎。有時，在拜耳製藥廠的倉庫裡，他一面給業務員分發樣品，一面在腦子裡反覆回憶著那次車禍的某個細節、當時的情況和原因，以便在當天夜裡練習時加點新花樣，並且能表演得久一些。來打掃的清潔婦見到飯廳裡滿是塑像和玩具塑膠汽車，就問路裘是不是想過繼一個孩子，但又提醒他，如果他那樣做了，她將要收取更多的工錢。路裘按「藥方」所列的練習表，每天夜裡對車禍的「重建」進行十六次小型演習。

「練習眞實地生活」那份藥方中有關兒童的部分，在路裘看來甚至比塑像的部分荒唐，但他（出於劣根性還是好奇心？）也老老實實地照辦了。這部分又分成兩點：「理論訓練」和「實踐訓練」。阿賽密拉醫生指出，前者必須先於後者，因爲，難道人不是一種有理性的動物嗎？人的思想不是先於行動嗎？理論部分的基礎是路裘的觀察和深思。那處方上只是寫著：「每天都要想想孩子給人類造成的災難」，不論在何時何地都要堅持這樣做。

天眞無邪的幼童給人類造成什麼災難呢？他們不是給人類帶來美好的希望、純潔、歡樂和生命嗎？在做理論訓練的頭一天早上，路裘走在前往辦公室的五公里路程，一邊自問。但是，儘管他心裡將信將疑，還是照著「藥方」的暗示，承認孩子有時候很吵。的確，孩子愛哭，隨便爲一點小事就不分時地哭將起來。由於他們還不懂事，不可能知道這種習性所產生的害處，也不可能被說服去欣賞安靜的美德。路裘憶起了某個工人的案例：他在礦坑裡忙了一天，筋疲力盡，回到家後，只聽見新生嬰兒不停啼哭，他不能入眠，最後竟把孩子殺了。世界上大概有上百萬類似的情況吧？有多少工人、農民、商人、職員由於生活費高，薪資低，沒個像樣的地方住，只得住在狹小的公寓裡，與子子孫孫擠在一起？他們不可能有睡得舒服的時候，因爲孩子不時哭叫，而且那哭叫是要大便還是想吃奶，孩子也說不清楚。

那天傍晚，在回家的五公里路程中，路裘·阿夫里爾·馬羅金也一直在想：許許多多的不幸也可歸罪於孩子。與其他任何動物都不同，孩子要很久才學得會自理。這種缺點造成多少災難呀？他們什麼都破壞，從古董到花瓶，扯下主婦費盡心血縫製的窗簾，沾滿屎尿的雙手毫無顧忌地抹著漿好的桌布或花許多錢買來的心愛的蕾絲頭紗上。且不要說他們還常常把手指伸進電源插座引起短路或者白白地電死，這就意謂家裡要買一口小小的白木棺材，找墓穴，守靈，在《商報》上登訃聞，穿喪服，舉行葬禮。

路裘在製藥廠和聖彌格爾大道之間的往返路程上養成了做這種「練習」的習慣。爲了不重複，每次都先把上次想到的罪過很快地總結一下，然後再思索新的。這樣，項目一個接一個，很容易地浮現在腦際，他從未空閒過。

再如，經濟方面的罪行也足夠路裘走三十公里路程思考了。育兒所耗費的家庭預算，不也是很令人苦惱嗎？他們把父親吃垮，不僅僅因爲他們一味貪吃、腸胃脆弱而需要特殊食品，還因爲他們需要一連串開支：接生婆、托兒所、安親班、幼稚園、保母、馬戲團、兒童票、玩具、少年法庭、感化院，更別提在兒童相關領域的專業人員有如不斷繁衍的寄生蟲一樣，擴及醫學、心理學、牙科和其他科學。總之，這是一支需要可憐的父親供他們吃穿的討債軍團。

一天，路裘·阿夫里爾·馬羅金差一點哭起來，他想到了那些年輕母親：謹守三從四德的她們一心照顧孩子而不顧自己的身體，放棄娛樂活動，不看電影，不去旅行，到頭來被丈夫拋棄。

她們的丈夫常常隻身在外，最後必然要出軌。孩子們如何報答母親的那些不眠之夜和千辛萬苦呀？他們漸漸地長大了，另外組織了家庭，把無依無靠年邁的母親丟在一旁。

就這樣，路裘不知不覺地把孩童的天眞無邪和忠厚善良的神話打破了。難道憑著「不懂事」這個眾所周知的託詞，他們就可以拔蝴蝶的翅膀、把活生生的小雞扔進火爐、把烏龜弄得四腳朝天置於死地、打瞎松鼠的眼睛？打鳥的彈弓難道是成人的武器嗎？對較為弱勢的孩子，他們手下留過情嗎？再說，到了他們那個年齡，如果是小貓的話，也早已自食其力了，可是他們還仍然步履不穩，常常撞到牆壁，沒事就這裡青一塊、那裡紫一塊。

路裘．阿夫里爾．馬羅金有敏銳的美感，這樣的美感讓他在往返於家裡與公司的路途上常有題材可想。他但願所有女人一直到更年期都保持青春的風姿和健美。一想到分娩給婦女所帶來的痛苦就心如刀割。本來一隻手也能挽過來的楊柳細腰，一下子堆滿了脂肪，鼓脹起來，前胸後臀也霎時臃腫了。那腹部呢？原來光滑得猶如肌肉鑄成的鐵塊一般，嘴都咬不動，如今卻變得軟呼呼，腫大下垂，有了折皺。某些婦人由於在艱難的生產過程中費力收縮，之後走起路來像鴨子一樣。路裘．阿夫里爾．馬羅金回想起他法國妻子的標準身材，很高興她生的不是一個圓滾滾的、有損於她的美貌的嬰兒，而簡直只是一塊肉。有一天，他感到心情平靜，因為梅子把他的胃洗瀉一空；如今他想到殘殺嬰兒的希律王時，不再嚇得顫抖了。一天早上，連他自己也吃驚的是，他竟然狠狠地敲了一個小乞丐的腦袋。

路裘於是知道了，像日月星辰升起和落下那麼自然，他已不知不覺地轉而進入到「實踐訓練」。阿賽密拉醫生把這些訓練稱之為「直接行動」。路裘重溫這些醫囑時，則猶如聽到了醫生那帶有科學權威的聲音。這些醫囑與理論指導不同，非常確切。一旦懂得了孩子造成的災難，就要自己動手進行一些小小的報復。不過應該謹慎行事，注意諸如「孩子是手無縛雞之力的弱者」、「絕對不打孩子，即使不是用掃帚而是用鮮花」以及「體罰會造成陰影」之類蠱惑人心的專橫言論。

確實，起初可是費了很大力氣。跟某個孩子在大街上擦身而過時，這個孩子和路裘本人都不知道放在小腦袋上的那隻手是要懲罰他還是笨拙地撫摸他。但是，實踐加強了他的信心，他漸漸克服了膽怯心理以及祖輩遺傳下來的拘謹性格，膽子大了起來，主動出擊，屢創佳績。幾個星期之後，正像「藥方」當中預告的那樣，路裘發現，在街角打孩子的腦袋、掐得他們青紫腫脹、踢得他們號哭不止，這些在他眼裡已不是出於道德和理論應該做的事情，而是一種樂趣。路裘很喜歡看到那些前來向他兜售彩券卻冷不防挨了一記耳光的孩子的哭號。當帶著一個盲女的小乞丐向他走近，乞討用的盤子從手中被踹飛，滾在地上叮噹作響，孩子也跌坐在地搓著疼痛的腿，路裘便猶如身在鬥牛場那樣興奮。「實踐訓練」是有危險的，但對我們這位自認無所恐懼的藥廠業務員來說，這一點非但不能阻止他，反而鼓勵了他。甚至有一天他弄壞了一只皮球，一群孩子手持棍棒和石頭追趕他時，他也沒有放棄。

就這樣，在治療的幾個星期裡，路裘幹了不少這樣的事情。人由於思想懶惰，變得痴呆了，常常把這些稱之爲卑劣行徑。在公園裡，路裘拔掉保母哄孩子用的洋娃娃的腦袋，把孩子們剛剛放在嘴邊的奶瓶、牛奶糖和糖球奪過來，踩在腳下，或者扔給狗吃。他還竄到孩童去的馬戲場、兒童電影院、木偶戲院，偷偷摸摸地幹壞事，扯孩子的小辮子和耳朵，擰他們的小胳膊、大腿和小腿，手指都累得麻木了。當然嘍，他還粗俗地對他們伸舌頭，做鬼臉，甚至變著聲調，啞著嗓子講鬼怪、惡狼、警察、骷髏、巫婆、吸血鬼和其他大人想出來嚇唬孩子的故事。

但是，雪球愈滾愈大，最後成了雪崩。一天，路裘．阿夫里爾．馬羅金是那樣的害怕，為了盡快趕到診所去見阿賽密拉醫生，急忙坐上計程車。路裘渾身冒著冷汗，剛一走進威嚴的診間就顫抖地喊道：「我眼看就要把一個小女孩推到開往聖彌格爾大道的有軌電車輪子下了，在最後一刻我控制住自己，因為我看見了警察。」他像孩子一樣哭哭啼啼地喊道：「醫生，我差點犯了罪！」

「你、已、經、犯、過、罪、了，健忘的年輕人。」女心理學家一字一頓地提醒他說。隨後又從上到下把他打量了一番，高興地斷言：「你已經好了。」

路裘．阿夫里爾．馬羅金彷彿在黑夜裡看到火光，像在海上看到滿天星斗，這時他記起了自己是坐計程車來的。他正要跪下去，就被博學的女醫生阻止了。「除了我的狗以外，誰也不能舔我的雙手。不要過分激動！你可以走了，我還有新的朋友等著看病，你很快就會收到帳單的。」

「真的，我的病好了。」藥廠業務員滿面春風地重複說。最近一週，他每天睡七個鐘頭，不作噩夢了，反倒作了些甜蜜的夢，夢見他躺在奇異的海灘上，任憑烈日暴晒，觀賞著烏龜在枝葉繁盛的棕櫚樹間慢吞吞地爬行，海豚在藍色的波濤中追逐嬉戲。這次，他擺出一副久經磨煉者的足智多謀、胸有成竹的神氣，又坐上計程車到製藥廠去。路上，他哭了起來，因為他發現「行駛」在人生道路上所產生的唯一後果已不是陰森森的恐怖、巨大的焦慮，而只有一點輕微的頭暈。他跑過去親吻費德里科．特列斯．溫薩特吉先生的白嫩的手，稱他是「拯救我生命的好參謀，再生之父」；對於路裘的這種表示和言語，他的上司像所有受敬重的主人對待奴僕一樣，鄭重地接受了。上司像是個虔誠的喀爾文教徒，毫無表情地告訴路裘，不管病是否治好、殺人念頭除掉與否，都必須按時到「滅鼠有限公司」上班，不然就要扣錢。

路裘·阿夫里爾·馬羅金就這樣擺脫了自從皮斯科那場車禍以來一直生活的洞穴，一切逐漸恢復正常。那個甜美的法國小姐有了親人的照顧，已從痛苦中解脫出來，經由卡門貝爾乳酪和黏乎乎的蝸牛這種諾曼第人食物的調養，身體也強壯了，她又滿載情意、精神抖擻地返回印加大地。夫妻團圓，猶如重度蜜月，他們瘋狂地接吻，緊緊地摟抱，拚命抒發內心的激情，直到這對恩愛夫妻筋疲力竭為止。藥廠業務員猶如一條剛剛換皮的巨蛇，精力倍增，又很快地在製藥廠嶄露頭角。根據路裘本人的要求（希望證明他仍然是以前的路裘），舒法卜博士又重新對他委以重任，任憑他搭飛機、坐火車、乘輪船，跑遍祕魯的村鎮和城市，向醫生和藥劑師推銷拜耳製藥廠的產品。由於妻子勤儉持家，夫妻倆很快還清了家庭危難期間欠下的全部債款，並且又以分期付款的方式買了一輛新的福斯汽車，當然還是黃色的。

表面看來（難道在這種情況下不該仔細想一想「不要只看表面」這句話嗎？），阿夫里爾·馬羅金一家的生活沒有變壞。業務員很少想起那次車禍；就算想起，非但不感到難受，反而頗為自豪，但作為遵從社會規範的好國民，路裘是不會大肆張揚這一點的。可是，在愛巢，在甜蜜的家庭裡，在響著韋瓦第小提琴曲的熊熊爐火旁，還殘存著阿賽密拉醫生治療的痕跡，正如太陽下山之後，光輝依然照映在空中，人死去之後頭髮和指甲還在生長一樣。路裘·阿夫里爾·馬羅金變得喜歡玩玩具：木頭塑像、汽車模型、玩具火車、小錫兵，以他的年齡來說這確實有些過分。路裘家裡的玩具漸漸堆滿了，鄰居和傭人大為不解。融洽的夫妻關係中出現了第一道裂縫。一天，法國女人開始抱怨丈夫星期天和假日在浴盆中玩小紙船或在房頂上放風箏。但是，比這個愛好更為嚴重的是，自開始「實踐訓練」以來，路裘腦袋裡的兒童恐懼症已根深柢固，妻子對此十分反感。路裘在大道上、公園裡等公共場合從來不接近孩子，除非為了給他們一般人認為很殘忍的懲處。在和妻子的交談中，路裘常常輕蔑地稱他們是「小雜碎」、「小惡魔」。當金髮妻子再次有了身孕，這種反感變成了焦慮不安。夫妻恐慌地飛奔去見阿賽密拉醫生，求她幫忙解決。醫生聽過他們描述後，沒有一絲驚訝。

「您得了幼稚症，同時，也是潛在的殺嬰症復發。」醫生簡潔有力地診斷道。「這種荒唐病沒有什麼了不起，用不著大驚小怪。不費吹灰之力，我便能幫你治好。不必擔心，不等胚胎長出眼睛，你就會好的。」

醫生能治好他嗎？她能使路裘．阿夫里爾．馬羅金擺脫那些幽靈嗎？能像上次除掉他的車輛恐懼症和犯罪偏執症那樣，治癒他的恐嬰幼稚病和希律王症候群嗎？聖彌格爾大道的這場心理劇將如何收場呢？

11

系裡期中考試已經來臨。自從和胡莉亞姨媽相愛以來，我上課少了，寫故事（見效甚微）占去很多時間，這次考試我準備得很不充分。有個同學救了我，他叫吉列莫．貝蘭多，是卡馬納人，住在市中心「五月二日」廣場附近的供膳宿舍裡。他是模範學生，從不缺課，甚至把老師的呼吸也記下來。像我背詩一樣，他把法律條文背得滾瓜爛熟。他總是說起他的故鄉，他的未婚妻在那裡。他盼望得到律師學位，一旦成功便離開這個可恨的城市利馬，回卡馬納去。在那裡，他將為家鄉的進步奮鬥。他把筆記借給我，考試時向我打暗號。考試臨頭的時候，我就到他的宿舍去，請他精闢扼要地為我講解授課內容。

這個星期天，我從吉列莫那裡回來。我在他房間裡度過三個鐘頭，滿腦子的法律術語在打架，一大堆必須死記硬背的拉丁文把我嚇得暈頭轉向。當我來到聖馬丁廣場，遠遠地望見中央電臺鉛灰色的正面牆上，彼得羅．卡瑪喬房間的小窗戶敞著。我當然要去問候他。隨著我到他房間裡去的次數愈多——儘管我們的關係仍然限於在咖啡桌上交談三言兩語，他的品行、外貌、口才對我的吸引力愈來愈大。我穿過廣場向卡瑪喬的辦公室走去，他那鋼鐵般的意志再次浮現在我的腦海裡。這意志賦予工作才幹給這個禁欲主義小個子；他憑著這種才幹，上午和下午、下午和晚上，連續不斷地創作暴風驟雨般的故事。白天，不管什麼時候想起他，我便覺得「他一定在振筆疾書」。而且，像我無數次見過的那樣，果眞看到他的兩根小指頭飛快地在雷明頓打字機鍵盤上敲打著，他那迷幻的眼神望著滾筒。於是，一種既憐憫又羨慕的奇特感覺便從我心中油然而生。

房間的窗戶虛掩著，傳來打字機有節奏的聲響。我推開窗戶向他致意：「早安，勤奮不懈的先生。」但是，我頓時覺得似乎弄錯了地方、認錯了人，過了幾秒鐘才認出那個穿戴白色醫師袍手術帽、蓄著猶太拉比大黑鬍子的，正是我們那位玻利維亞文人。他不動聲色，也不看我，輕輕俯身在書桌上繼續打字。過了一會兒，像是在兩種念頭之間遲疑了一下，但沒回過頭來看我。我聽見他以銀鈴般悅耳的聲音說道：「婦科醫生艾貝托・金德羅斯給侄女接生三胞胎，有一個胎兒胎位不正。您能等我五分鐘嗎？我要給這個女孩動剖腹產手術，然後我們再去喝一杯檸檬馬鞭草薄荷茶。」

我抽著菸，坐在窗臺上等著，一直等到他把胎位不正的三胞胎生下來。手術果然只用了幾分鐘。然後，他脫去醫師袍，仔細疊好，連同猶太拉比的假鬍子一起放進塑膠袋裡。我對他說：「生三胞胎動剖腹產手術，總共只需五分鐘，眞是太厲害了。我寫一篇描寫三個小伙子利用飛機噴氣的力量飛起來的故事卻花了三個星期。」

前往布蘭薩咖啡館的路上，我告訴他，在多次失敗之後，我覺得這個飛人的故事是不壞的。我誠惶誠恐地把稿子送到《商報》星期日副刊，社長當著我的面讀完，並給了我一個令人難以捉摸的回答：「留下吧，看看再說。」從那時起，一連兩個星期天，我都一大早急匆匆地去買報紙，但直到現在仍未見刊出。可是，彼得羅・卡瑪喬不想在別人的事情上浪費時間。

「我們別喝了，走吧。」當我正要坐下去，他拉住我的手臂說著，把我拖向科美納大道。

「我覺得腿上發癢，快抽筋了。都是因爲老是坐著不動的緣故，我需要活動活動。」

我以爲我猜得到他怎麼回應，便提議說他應該像雨果或海明威那樣站著寫作。

可是，這次他出乎我意料之外。「在塔帕達公寓發生了一些有趣的事。」他說，根本沒有回應我，只顧拖著我幾乎小跑步起來，繞著聖馬丁紀念碑兜圈子。「有個年輕人每逢月夜就哭泣。」

星期日我很少來市中心，我很訝異看到平時來這裡的人跟現在來這裡的人大爲不同。現在來這裡的不是中產階級上班族，而是輪休的女僕，或是臉蛋紅撲撲、足登大靴子、山裡來的男孩，也有紮著辮子的赤腳小女孩、自由攝影師以及賣酒食的女販，他們熙熙攘攘擠滿了廣場。在混雜的人群中，我拉著文人在紀念碑正中央那個穿長衣的貴夫人前停下來。這位夫人象徵著祖國。爲了看看能否逗他笑，我告訴他爲什麼這位夫人頭上戴著一個荒唐可笑的駝馬似的東西，原來是在利馬鑄造銅像時，工匠誤解了雕塑師的話，誤把許願的「火焰」以爲是動物「駝馬」（在西班牙語中，「火焰」和「駝馬」是同一個字）。當然，他沒笑。他重新拉起我的手臂，拖著我一路擦撞行人向前走，又開始了他的獨白，把我晾在一邊、對周圍的一切事物都無動於衷。「沒看見他的臉，但是有理由相信他是某種怪物。是房東的私生子嗎？因爲他身體的缺陷，駝背、矮小又有兩隻角，阿塔娜西雅太太白天把他藏起來，免得嚇到人，晚上才放他出來透透氣。」

他語調平淡，就像是架錄音機。爲了套他的話，我反駁說這個人物的設定未免太脫離現實，他就不能單純是一個爲愛情而悲慟的年輕人嗎？

「如果是個感情受創的年輕人，他會彈吉他，拉小提琴，或者唱歌。」他帶著一點同情、不以爲然地對我說。「可是這人只是哭。」

我試圖要他把整個來龍去脈告訴我，但是，他的話比平常更加隱晦，沉溺在自己的世界中。我只弄清楚有個人在公寓的角落裡已經哭了幾晚，塔帕達公寓的房客怨聲載道。房東阿塔娜西雅太太說她什麼也不知道，而照文人的看法，她是以「本人不在現場」因而與事無關的手法來為自己開脫。

「也有可能他是為犯了罪而痛哭流涕。」彼得羅．卡瑪喬搜索枯腸，以會計師喃喃念著數據的平板語調對我說。他扯著我的胳膊，在紀念碑周圍轉了好一陣後，才拉我去中央電臺。「是家族血案嗎？是令人毛骨悚然、痛悔欲絕的弒父殺母之罪嗎？這年輕人是個卑鄙下流的東西嗎？」

他一點也不激動，但是我發覺他比往常更不著邊際，不聽別人說話，不與別人交談，不記得旁邊還有人。我敢說他眼中根本沒有我。我打算讓他繼續獨白下去，因為似乎他真真切切地看到了他幻想的一切。可是，就像突然講起那個看不見的哭泣者一樣，他乍地又沉默了。我見他重新鑽進房間裡，脫去黑色西裝外套，解下領結，用髮網攏住凌亂的頭髮，從另一個塑膠袋裡拿出女人紮了頭髻的假髮，戴到頭上去。我忍俊不禁，哈哈大笑起來。

「這位我有榮幸陪伴的女士又是誰？」我問他，依然笑著。

「我要開導開導那個親法派的化驗員，他殺了自己的兒子。」他以譏諷的語氣向我解釋。這一次他沒有往臉上貼起猶太拉比的鬍鬚，而是塗上了美人痣，戴上了彩色耳環。「再見，朋友。」

我剛轉身要走，下定決心、毫不動搖、非如此不可、永永遠遠地回到真實生活中，便聽到雷明頓打字機的響聲。前往米拉佛拉瑞斯區的公車上，我一直想著彼得羅．卡瑪喬的生活。是什麼社會環境、什麼人的結合，什麼關係、問題、偶然、事件，創生了這種文學才華？（是文學才華嗎？如果不是，又是什麼呢？）這文學才華在一部作品中得以實現，有了表現的舞臺，並且獲得了讚賞。他是如此滑稽突梯的作家，但基於他貢獻出的時間和作品，他在祕魯又是唯一不愧為作家稱號的人。這怎麼可能？那些冠上詩人、小說家、劇作家稱號的政治家、律師、教育家，他們在從事非文學活動的一生中，只是在短暫時期內以五分之四的時間創作，難道他們一旦寫出幾首華而不實的詩篇或者一本難產的故事集就稱他們是作家嗎？為什麼這些把文學作為點綴或者遁詞的人，要比彼得羅·卡瑪喬更稱得上是作家呢？彼得羅·卡瑪喬是畢生致力於寫作的呀！就因為他們讀過（或者他們至少應該讀過）普魯斯特、福克納、喬伊思，而彼得羅·卡瑪喬簡直什麼也沒讀過？尋思及此，我感到悲傷痛惜。我看得愈來愈清楚，這一生中我唯一想當的就是作家，我也愈來愈相信，為了成為作家，只能把全部精力傾注於文學。我絕不願意成為半瓶醋或曇花一現的作家，而要成為一個眞正的作家。那麼，應該以誰為表率呢？離我最近、我能師事的，全心沉迷其中、對其他一切無動於衷的作家，就是這位玻利維亞的廣播劇作家。他是那樣地令我神往。

在外祖父家裡，沉浸在幸福之中的哈威爾正在等我，他帶來了令人精神抖擻的週日玩樂計畫。他收到雙親從畢屋拉給他寄來的當月生活費，還有額外的國定假日零用金，他決定我們四個人共同使用這筆橫財。

「為了向你致敬，我計畫了一整套文藝活動。」他說著熱情地拍拍我的肩膀。「內容包括弗蘭西斯科·佩特羅內的阿根廷劇團，林孔·托尼餐廳的德國菜，最後到內格羅·內格羅為一天的玩樂畫下法國式的句點——在黑暗裡跳波麗露舞。」

眞的，在我短促的生涯中，彼得羅·卡瑪喬是我見過的最有希望成為作家的人。在我的熟人中，哈威爾由於他的慷慨和活力，最像文藝復興時期的王子。此外，他做事極有效率。他說胡莉亞姨媽和南西已經知道今晚我們要做什麼、戲票已經放在他口袋裡了。他計畫的活動再引人入勝不過了，一下子把我關於才華以及對祕魯文學乞丐般的命運的憂傷思慮趕得一乾二淨。哈威爾也顯得很高興，這一個月以來，他經常和南西出去，那種風雨無阻的勁頭頗有正式戀愛的味道。我對表姊坦白了我和胡莉亞姨媽的戀情，這對哈威爾是很有用的，因爲他可以藉口爲我們穿針引線和提供外出的方便，設法一週見南西幾次。我表姊和胡莉亞姨媽現在形影不離。她們一起去買東西，一起去看電影，互相傾訴心事。我表姊成了我們愛情的熱情保護神。一天下午，她的話令我勇氣倍增：「表弟，胡莉亞有一種特質，讓她能跨越年齡的差距。」

那個星期日的玩樂計畫（我相信這一天可說是決定了我大半生的命運）是在最好的徵兆下開始的。五〇年代在利馬很少有機會看到優秀的戲劇，而弗蘭西斯科·佩特羅內的阿根廷劇團帶來了一批在祕魯未曾上演的現代劇。南西到奧爾嘉舅媽那裡去接胡莉亞姨媽，兩人一塊兒坐計程車到市中心。我和哈威爾在西固拉劇院門口等她們。哈威爾喜歡搞排場，他訂了一個包廂。這是唯一有人預約的包廂，因此我們成了眾矢之的，幾乎像在舞臺上一樣成了眾人注意的焦點——我心裡有鬼，懷疑著一些親戚或熟人撞見我們，從而說三道四。但是，演出一開始，這些顧慮便消失了。劇碼是亞瑟·米勒的《業務員之死》，那是我所看到的第一個打破時間和空間的常規、不落俗套的劇碼。我是那樣興奮又激動，竟在中場休息時嘮嘮叨叨地講了起來，熱情讚頌這部作品，評論它的人物、技巧、思想。後來，我們在科美納大道的林孔·托尼餐廳吃香腸喝黑啤酒的時候，我還自顧自陶醉地繼續評論，使得哈威爾教訓我說：「你簡直就像隻吃了興奮劑的鸚鵡。」我表姊一向認爲我的文學狂熱荒唐可笑，就像埃杜亞多舅舅一樣胡鬧。埃杜亞多舅舅是個與外祖父親如手足的退休老人，致力於那很少見的收集蜘蛛網的消遣活動。她聽完我對戲劇的高談闊論之後，疑心我的志趣讓我落得不好的下場。「小鬼，你會變成一個瘋子。」

內格羅．內格羅是哈威爾選來結束今晚活動的地方，因爲那兒是個帶有知識分子波希米亞氛圍的場所：每週四演出一些小節目，諸如獨幕劇、獨角戲、詩歌朗誦；畫家、音樂家、作家經常聚集在那裡。但是，也因爲它是利馬最陰暗的公共場所，是聖馬丁廣場拱廊下的地下室，裡面只有二十張桌子，它的裝潢我們認爲是「存在主義」的。那是個夜間娛樂的地點，我去過幾次，感覺彷彿置身於聖傑曼德佩的洞窟裡。我們坐在舞池旁一張小桌子邊，哈威爾空前慷慨，要了四瓶威士忌。他和南西立刻站起來去跳舞。我在這座又窄又擠的多面堡裡繼續和胡莉亞談著戲劇和亞瑟．米勒。我們緊緊挨在一起，互相拉著手，她耐著性子聽我講，我告訴她在那天晚上我懂得了戲劇藝術，它可以像小說一樣複雜深刻；爲了眞切生動，有血有肉，還搭配了其他藝術，如繪畫、音樂等；戲劇也許是最高級的藝術。

「我決定要改變創作形式，不再寫故事，而要寫劇本了。」我十分激動地對她說。「你看怎麼樣？」

「你沒理由不能這麼做。」胡莉亞姨媽回答我，說著站起身來。「但是現在，小巴爾加斯，你先請我跳舞，在我耳邊說點什麼吧。在中場休息期間，如果你願意，我再讓你談談文學。」

我完全聽命於她。我們緊緊地抱著跳舞、接吻。我對她說我愛上了她，她也說她愛上了我。在親密、刺激而令人動情的氣氛以及威士忌的催化下，我毫不掩飾被她撩起的欲望。我們一邊跳舞，我一邊把雙唇慢慢貼到她的頸項上，舌頭伸進她的嘴裡吮吻著。爲了緊貼她的胸部、腹部、大腿，我緊緊摟著她；後來坐回桌邊時，在陰影的掩護下，我撫摸著她的雙腿和胸部。我們就這樣處在神魂顚倒之中，感到十分幸福。這時在兩支波麗露舞曲間歇期間，表姊南西的話嚇了我一大跳。

「天主啊，你們看看誰在那兒，是豪爾赫舅父。」

我們本來應當考慮到這種危險。豪爾赫舅父是所有舅父中最年輕的，他過著放蕩不羈的生活，大膽地把各種生意投資與充滿吃喝嫖賭的夜生活結合在一起。關於他，有個令人哭笑不得的傳說，即他有另一個娛樂場所：大使館。演出方方開始，歌女就唱不下去了，因爲一個醉漢坐在桌子上，連珠砲地罵著髒話。在擁擠的人群面前，豪爾赫舅父站了起來，像唐吉訶德那樣大吼道：「別鬧了，混蛋，讓我來教一教你該怎樣尊重女性！」他擺出拳擊手的架勢，向那個討厭的傢伙走去；一秒鐘之後，他才知自己鬧了笑話。歌女的表演被那觀眾無禮地打斷原來是演出的一部分。他確實在那兒，和我們只隔兩張桌子，一副英勇的樣子，面孔模糊地被抽菸的人手上的火柴以及侍者的手電筒照亮。在他旁邊，我認出是他妻子嘉碧舅媽。雖然他們離我們只不過二、三米，且竭力克制不往我們這邊看，很顯然，他們看到我吻胡莉亞姨媽了。他們什麼都看得一清二楚，只是基於社交禮儀而佯裝不見。哈威爾付了錢，我們幾乎立刻離開內格羅．內格羅。甚至當我們與他們擦身而過時，豪爾赫舅父和嘉碧舅媽也沒有看我們。搭計程車到米拉佛拉瑞斯去時，我們四人沉默不語，拉長了臉。南西最後說出了我們有志一同的念頭：「別了，美好的週日計畫，悲劇發生了。」

但是，就像一部停演的好電影一樣，在往後數日內，什麼事情也沒有。沒有任何跡象顯示消息已在家族間傳開。路裘舅舅和奧爾嘉舅媽沒有向胡莉亞姨媽諷示過一句使她覺得他們已經知情的話。那個星期四，當我鼓起勇氣到他們家用午餐時，他們對我是如此自然親切，如同往常。南西表姊也沒有受到蘿拉阿姨和胡安姨丈任何巧妙的盤問。在我家裡，外祖父和外祖母似乎心不在焉，仍然以天使般的神態問我是否總是陪「影迷」小胡莉亞去看電影。那幾天我和胡莉亞姨媽惶惶不安，儘量小心行事，決定一週之內，兩人暫時不私下見面，只打打電話。每一天，胡莉亞姨媽至少到街角的酒店打三次電話給我，交流各自觀察到的令人憂心的家族裡的反應，胡亂揣測。豪爾赫舅父是否能保密？我知道，根據家族的習慣，那是十分反常的。那麼，這是怎麼回事呢？哈威爾早已說過，嘉碧舅媽和豪爾赫舅父當時喝多了威士忌，沒有看清楚，他們腦子裡只有一點模糊的猜疑，不願對沒有絕對把握的事大肆聲張。一方面出於好奇，另一方面出於自虐，那個星期我到各個親戚家裡轉了一圈，好決定該如何行動。除了格外少了點什麼之外，我沒有發現任何異常現象。那「格外少了點什麼」卻引爆了我的胡思亂想。奧爾騰西亞姨媽請我喝茶吃餅乾，在兩小時的交談中完全沒提到胡莉亞姨媽的名字。「他們什麼都知道了，而且正在打算下一步。」我對哈威爾肯定地說。他已不想再聽我成天只談這件事，打發我說：「實際上你巴不得這件事張揚出去，以便有東西可寫。」

那個星期發生了很多事情，我猝不及防地扯進一次街頭械鬥，扮演起彼得羅・卡瑪喬的保鑣。某天，我去聖馬可大學看了刑法考試的分數之後，心裡很是內疚。我的分數比我的朋友貝蘭多高，但他才是認眞讀書的那個人。穿過大學公園時，我遇到了泛美電臺和中央電臺產業的大老闆老赫納羅。我們交談著一起走到伯利恆街。他總是穿著深色衣服，一向是個很嚴肅的老爺。玻利維亞文人有時談起他時稱他爲「奴隸主」，其中的緣故是很容易想像得到的。

「您的天才劇作家朋友老是讓我頭痛。我實在是受夠了。要不是他能寫，我早把他踢到大街上去了。」

「阿根廷大使館又抗議了？」我問他。

「我不知道他在搞什麼名堂。」他埋怨道。「他耍人嘛。把這齣廣播劇的人物搬到另一齣廣播劇裡去，改名換姓，弄得聽眾摸不著頭腦。我的妻子已經提醒過我，現在還有聽眾打電話來，甚至寫來了兩封信。門多薩區的神父被稱爲耶和華見證人，而這個見證人卻被稱爲另一個神父。我很忙，沒有時間聽廣播劇。您聽過嗎？」

我們沿科美納大道向聖馬丁廣場走去。身邊駛過開往各省的公車，街旁有許多中國小咖啡館。我想起幾天前談到彼得羅．卡瑪喬時，胡莉亞姨媽把我逗笑了。她證實我關於這個作者是個喬裝的幽默作家的猜想是對的。「古怪得很：某個年輕太太生了孩子，但分娩時孩子就死了，並且按照禮法埋葬了，結果今天下午那段劇碼裡，戲裡的腳色又在大教堂裡爲他施洗。這怎麼解釋呢？」

我對老赫納羅說我也沒有時間聽廣播劇，也許這些變化和錯亂正是他說故事的獨特技巧。

「我們雇他可不是爲了讓他玩弄獨特的技巧，而是要他爲我們拉聽眾。」老赫納羅說，顯然他不是個想法先進的老闆，而是傳統保守的。「他開這些玩笑會失去聽眾，業主會撤掉廣告。您是他的朋友，請告訴他，讓他放棄這些現代主義的玩意兒，否則要冒失業的危險。」

我建議他自己去跟彼得羅．卡瑪喬講，因爲他是老闆，威脅就會顯得更有分量。可是，老赫納羅搖搖頭，悲傷地（他兒子把這種表情也繼承了下來）說：「他甚至不允許我和他說話。高收聽率使他驕傲得很。我想找他談談時，他根本不理我。」

他極盡禮貌地到彼得羅．卡瑪喬的小房間告知他聽眾來電的事，並且把抗議信給他看。彼得羅．卡瑪喬一句話也沒回答，拿過那兩封信，也沒拆開就撕得粉碎，扔進了廢紙簍，旁若無人地打起字來。老赫納羅氣得差點中風。離開那個充滿敵意的洞穴前，還聽到彼得羅．卡瑪喬自言自語地說：「各得其所吧。」

「我不能再忍受這種粗暴態度，也許我不得不辭掉他，但那樣做也沒好處。」他最後說道，滿臉厭惡。「但是您沒有什麼可損失的，他不會侮辱您，您也是半個藝術家，不是嗎？幫我們一下吧，爲我們企業做這件事，去跟他談談。」

我答應了。眞的，在泛美電臺播完十二點鐘的節目之後，我（算我倒楣）邀請彼得羅．卡瑪喬去喝檸檬馬鞭草薄荷茶。我們正走出中央電臺，兩個彪形大漢擋住了去路。我立即認出他們是阿根廷烤肉鋪的大鬍子廚師兄弟。這間烤肉鋪和中央電臺在同一條街，位於伯利恆修女學校對面。在烤肉鋪裡，他們繫著白圍裙，戴著廚師的高帽子，親自準備鮮肉和牛腸。兄弟倆殺氣騰騰地圍住了玻利維亞文人，那個又胖又老的哥哥厲聲罵道：「卑鄙的卡瑪喬，要是按照你的廣播劇，那我們就是殺小孩的人了，是不是？你這個無賴，你覺得在這個國家裡沒人會教你尊重人嗎？」

他愈說愈激動，臉脹得通紅，嗓音都變了。弟弟同意哥哥那樣做，在發火的哥哥停下來時，也插嘴罵道：「蝨子？這麼說來，布宜諾斯艾利斯人所謂的美食是從他們兒子頭髮裡取出來的小蟲子了？你這婊子養的。你侮辱我媽，你以爲我會袖手旁觀嗎？」

玻利維亞文人絲毫不退卻，他聽著兩兄弟責罵，金魚眼睛在他們倆身上掃來掃去，擺出權威的姿態。突然，他像個司儀般淺淺地一鞠躬，以莊嚴的聲調向他們提出再禮貌不過的問題：「你們是不是阿根廷人？」

那個胖烤肉廚師唾沫已經濺到鬍子上，臉離彼得羅．卡瑪喬只有幾吋，爲此他不得不使勁彎下腰去。他懷著愛國主義的感情咆哮道：「我是！你這個婊子養的，而且我很自豪！」

得到了這樣的證實（其實完全不需要證實，只需聽他們講兩個字就知道他們是阿根廷人），玻利維亞文人彷彿心裡有一點什麼爆炸了，臉色蒼白，眼裡噴射著火焰，以一種威脅的表情在空中揮著食指打斷了烤肉廚師的話。「我嗅出來了。那麼好吧，你們給我離開這裡，去唱探戈舞曲吧！」

這命令沒有要表示幽默的意思，他的語氣相當嚴肅認眞。兩個烤肉廚師站在那裡一時不知說什麼好。顯然，文人不是開玩笑。他是個倔強的矮個兒，雖然毫無自衛能力，但一直凶狠鄙視著他們。

「你說什麼？」胖烤肉廚師一字字地說，狼狽不堪，怒氣沖沖。「你說什麼？再說一次！」

「我說要你們去唱探戈舞曲，去洗洗耳朵！」彼得羅．卡瑪喬以無懈可擊的發音把命令說得更加清楚。接著，稍微停頓了一下，他就以令人不寒而慄的平靜道出了挖空心思找來的膽大妄爲的話，這話害我們倒楣了。「如果你們不想被揍的話。」

我比烤肉廚師更爲驚訝。這個矮個兒，身材像個小學四年級的孩子，竟然揚言要把兩個體重上百公斤的大力士揍一頓，除了自取滅亡之外，這簡直是夢囈。但是烤肉廚師已經動手了。大胖子抓住文人的脖子，在圍觀眾人的笑聲中把他像根雞毛似的舉了起來，同時大吼道：「還想教訓我？現在我讓你知道，矮子……」

看到年長的烤肉廚師企圖用右手狠狠地把卡瑪喬摔在地上，我不能不干預了。我抓住他的手臂，想把劇作家奪過來。卡瑪喬臉色鐵青，懸在空中，像隻蜘蛛般兩腳亂踢。我終於說出了諸如此類的話：「喂，別欺負人，放開他。」年輕的烤肉廚師二話不說向我撲來，一拳頭把我打得往地上一蹲。我暈頭轉向，掙扎著從地上站起來。我準備實踐我外祖父的哲學。他是個老派的戰士，曾告訴我「眞正的亞雷基帕人」絕不輕看打架的挑釁（特別是直接打臉的）。我看年長的烤肉廚師雨點般地打藝術家耳光——他寧可打耳光而不動拳頭，因爲他可憐對手身材矮小，像小人國的人。隨後我便和小烤肉廚師你推我撞地打起來（我以爲這是在「捍衛藝術」），再也看不到那熱鬧的場面。拳擊沒持續很久，但是，中央電臺的人把我們從那兩個壯漢手中解救出來時，我頭上已有幾個大包，文人臉上腫得老赫納羅不得不把他送到公共急救站。我冒著生命危險挺身而出保衛他，小赫納羅不但不表示感謝，那天下午反而爲帕斯夸爾渾水摸魚連續在兩篇新聞稿中插進一條消息罵了我。這條消息開頭（有點誇張）是這樣說的：「佩雷特河的匪徒今天罪惡地毒打了我們的新聞部主任、著名記者……」云云。

那天下午，哈威爾來到我泛美電臺的頂樓時，聽了拳擊賽的故事便哈哈大笑起來。他陪我去問候文人，了解情況。文人的右眼上包著一條厚厚的繃帶，脖子和鼻子也上了藥。我們問他感覺怎樣，他露出一副鄙視的神氣，根本不把那件事情放在心上。我爲了支援他而捲入了這場鬥毆，他卻並不感激我。他唯一的結論樂壞了哈威爾。「圍觀的人把我們拉開，是救了那兩個傢伙。假設再持續幾分鐘，圍觀群眾認出我來，他們可要倒楣了，不被圍毆才怪。」

我們到布蘭薩咖啡館去。在那裡，彼得羅．卡瑪喬告訴我們，有一次在玻利維亞，「那個國家」某個足球員聽了他的節目之後，手持左輪槍來到電臺，幸虧守衛及時發現。

哈威爾提醒他：「您可要注意，現在利馬到處是阿根廷人。」

「說到底，不管是你們還是我，蟲子早晚總要把我們吃掉的。」彼得羅．卡瑪喬思索道。

於是他跟我們談起了輪迴轉世，這是他深信不疑的。他告訴我們一個祕密：如果可以選擇，他在來世願意變成一種沉靜長壽的海生動物，比如烏龜或者鯨魚。我趁他心情愉快，便來履行在他和赫納羅父子之間搭橋的光榮職責，這項職責我承擔下來已經有一段時間了。我向他轉達了老赫納羅的意思：電臺接到了電話和信件，有些人弄不懂廣播劇的一些情節；老赫納羅懇求他別把情節弄得太複雜，要照顧到水準不高的聽眾。我想當他的戰友（實際上我也是站在他那邊的），把消息傳達得緩和一點，以便他能聽得進去。我說，這個要求是荒謬的，一個人應該是愛寫什麼就寫什麼，我只是告訴他赫納羅父子要我轉達的話。

他聽我講話時一言不發，毫無表情，我感到很不舒服。我說完了，他仍然沉默不語。他把最後一口薄荷茶喝乾，站了起來，自言自語地說他該回工作間去了，連「再見」也沒說一聲就離開了。是因爲我在陌生人面前提電話的事惹他生氣了嗎？哈威爾認爲是這樣，勸我請求卡瑪喬原諒。我決定永遠不再爲赫納羅父子說項。

沒見到胡莉亞姨媽的那一週，有幾個夜晚我又和米拉佛拉瑞斯區的朋友一起出去。自從我偷偷戀愛以來就沒再找過他們了。他們有的是我的同學，有的是我的鄰居。這些年輕小伙子，有的學工程，比如內格羅·薩拉斯；有的學醫學，比如科洛拉奧·莫爾菲諾；或者已經工作，像克科·拉尼亞斯。我和他們從小就玩在一起：踢足球，逛薩拉薩爾公園，在特拉薩斯和米拉佛拉瑞斯的波濤中游泳，參加週末舞會，追求女孩、看電影。但是，由於幾個月來很少拜訪他們，在這幾次外出中，我發現我們的友誼失去了一點什麼。大家已不像過去有那麼多共同的東西。這個星期的每天夜晚，我們做了過去經常做的英雄事蹟，去蘇爾科古老的小墓地，借著月光，在因地震而位移的墳墓間爭先恐後地尋覓著，企圖搶到一個骷髏；赤條條地在鄰近安貢的聖羅莎溫泉那未完工的大泳池裡游泳；逛遍格羅大道所有陰暗的妓院。這些朋友依舊是原來的樣子，開著同樣的玩笑，談論著同樣的女孩，但是我卻不能和他們談我認爲重要的事情：文學和胡莉亞姨媽。如果我告訴了他們我在寫故事、渴望成爲作家，毫無疑問，像南西一樣，他們會認爲我有哪根筋不對勁。如果我告訴他們——就像他們把自己弄到手的女人告訴我一樣，我跟一個離了婚的婦人在一起，她不是我的情人，而是我的戀愛對象（這是地道的米拉佛拉瑞斯人的說法），他們會說我是「cojudo a la vela」——這是個充滿詩意且隱晦的流行語，意指「渾身來勁的蠢蛋」。我絲毫不鄙視他們，因爲他們不讀文學作品，我也不認爲自己跟一個成熟的女人相愛而高他們一等。但是，有一點是眞的：在這些夜晚裡，當我們在蘇爾科公墓桉樹和胡椒木間的墳墓上趴著的時候，或者星光下在聖羅莎溫泉的大游泳池裡游水嬉戲的時候，或者喝著啤酒與納內特的妓女討價還價的時候，我都感到乏味。我想著那篇〈危險的遊戲〉（這週，《商報》又沒有把它登出來），想著胡莉亞姨媽，沒在聽這些朋友對我說了什麼。

當我對哈威爾講起我和我鄰居那些朋友令人失望的重逢時，他挺起胸脯回答說：「那是因爲他們仍然是些乳臭未乾的孩子，而我們已經是大人了，小巴爾加斯。」

12

在塵土飛揚的市中心，伊卡街區中央，有一棟設了陽臺及百葉窗的破舊房屋。即使年久失修又覆滿路人的塗鴉（多情的人刻上弓箭、心臟和女人的名字，下流的人則刻上性器官和齷齪的髒話），從遠處仍看得出來牆上留有淡淡的靛藍色，那是殖民時期妝點貴族宅第的顏料的殘跡。這座建築物（昔日的侯爵府？）如今已是搖搖欲墜、千修百補，能保存至今實在稱得上是奇蹟。且不說它經不住地震，就連利馬的微風和細雨薄霧也難抵擋，從上到下全是蛀洞，到處是老鼠和小爬蟲的巢穴。爲了容納更多房客，這座房舍隔了一間又一間，院子和房間都變成了蜂房。窮人住在（可能被壓死在下面）紙一樣的薄板牆和塌陷的天花板之間。二樓有五六個房間裡擺滿了殘破的家具和器皿。這些房間也許算不上乾淨雅緻，卻也沒什麼不潔。「殖民公寓」就在這裡營業。

公寓的主人和管家是貝瓜一家，這個三口之家是三十多年前從宗教山城阿亞庫喬搬來利馬的。噢，這些有生命的幽靈，生理上、經濟上、社會地位上，甚至連精神上都每況愈下。毫無疑問，他們將在這座國王之城獻出自己的靈魂，轉生爲魚蝦、飛鳥、爬蟲。

如今，「殖民公寓」沒落之際，房客全是些下等人或是付不起房租的窮光蛋。最高級的也莫過是些來首都拜會大主教的省城神父，最貧賤的算是臉色發青、羊駝眼睛、把僅有的一點點零錢包在粉紅色手帕裡、以克丘亞語祈禱的農婦。當然，公寓裡沒有雇女傭，所有雜事，包括鋪床、收拾、打掃、採購、做飯，全落在瑪加麗塔·貝瓜太太和她女兒身上。她的女兒是個四十歲的老處女，有著一個散發芳香氣味的玫瑰般的名字：羅莎。瑪加麗塔·貝瓜太太矮小瘦弱，臉皮皺得賽過葡萄乾，不知爲什麼，看起來像隻小貓（雖然公寓裡沒貓）。她從早忙到晚。當她在那兒忙裡忙外時，她的動作是很引人注目的，因爲她的一條腿比另一條腿要短二十公分，只得穿著一隻高蹺似的鞋，鞋底像擦皮鞋匠的箱子。這鞋是幾年前阿亞庫喬一位巧手的祭壇裝飾家爲她做的。當她拖著腿走路，地板便震動起來。她一貫很節儉，但久而久之，這個美德就成了怪癖。毫無疑問，「吝嗇」這個辛辣的形容詞對她是再合適不過。例如，她只許房客在每月第一個星期五洗澡，並且把阿根廷人的習慣（在那個國家裡，每家都如此）強加在房客身上，大便後不沖馬桶，而是每天只沖一次（這個差事她在臨睡前親自動手），因此公寓裡散發著刺鼻的臭味，那些剛剛住進來的人往往熏得頭暈腦脹（而這個想像力豐富的女人對任何事都能編出個緣由來，硬說多虧這股味道，房客才睡得香甜）。

羅莎小姐具有（更確切地說是過去具有，因爲從那樁夜間大悲劇之後，情況變了）藝術家的心靈和手指。從童年起，在阿亞庫喬，她家還處在鼎盛時期時（有三座青石大房、土地和綿羊），羅莎就開始學彈鋼琴，而且學得很出色，竟然在城裡的劇院舉行了獨奏會。市長和官員親臨欣賞，她的父母聽著眾人的喝采和掌聲，激動得流下了眼淚。貝瓜一家在這個光榮晚會的激勵下（當晚也有印加公主跳舞），決定賣掉全部家產搬到利馬去住，好栽培女兒成爲鋼琴家。爲此，他們買下了這棟房子（後來又一間間地賣掉或租出去），買了一架鋼琴，把這個具有音樂天賦的女孩送進了國立音樂學院。但這個淫亂的大城市很快就戳破了他們愚蠢的幻想。貝瓜一家立刻發現他們過去連想都沒有想過的事：利馬這座陰暗齷齪之城有數不盡的犯罪分子，這些罪犯毫無例外地都想染指有藝術才華的阿亞庫喬女孩。羅莎這個梳著光滑髮辮的女孩總覺得有人盯著她，整日生活在驚恐之中，從早到晚不斷控訴著：聲樂老師氣喘吁吁地撲向她，企圖在一堆樂譜上做那檔事兒；音樂學院的警衛曾猥褻地問她：「你願意當我的小妾嗎？」；兩個男同學曾要她到廁所看他們撒尿；某次她向街角的警察問路，警察將她誤認成別人，想摸她的乳房；在公車上，司機在收票時捏了她的乳頭……為了保護女孩的處女膜完整無損（依照山裡人的道德觀念，處女膜要保持得如同大理石一般潔白無瑕，年輕的女鋼琴家只能把它獻給未來的主人和丈夫），貝瓜夫婦決定讓女兒從音樂學院退了學，改聘女家庭教師。他們把羅莎打扮得像個修女，除非有二老陪伴，不許她上街。從那時起，二十五年過去了。處女膜的確依然完好，但是到了這種年紀也沒有多大價值了。因為它失去了魅力——另外，現在的青年人根本不把這事放在眼裡。昔日的女鋼琴家（從那悲劇以後，鋼琴課取消了，為了付醫藥費賣了鋼琴）除此之外沒有別的東西好奉獻，她變得麻木不仁，背駝了，人矮了，整個人裹在使人性欲全無的長衫和兜帽斗篷裡，哪像個女人，簡直是個行走的包裹。她硬說男人摸她，居心不良地嚇唬她，試圖侵犯她。但是，到了這步田地，連她父母也暗暗自問，她那些幻想是否曾有其事呢？

但是，「殖民公寓」裡真正動人的人物是監護人塞巴斯蒂安·貝瓜先生。這個老人家有寬寬的前額，鷹勾鼻，目光敏銳，耿直忠厚。他的祖先貝瓜兄弟是昆卡高原人，這些西班牙征服者跟隨皮薩羅來到了祕魯。塞巴斯蒂安·貝瓜先生可說是頑固守舊，不僅從祖輩身上繼承了那種無情棍打千萬個印加人（每個人都挨打）以及使不少庫斯科處女懷孕的本領，而且保留了純潔的天主教精神，厚顏無恥地相信古代名門紳士能靠租金和掠奪而不是靠汗水來生活。他從小就天天望彌撒，每星期五去領聖餐，向主耶穌致敬；他一向十分虔誠，每月至少有三天鞭打自己或穿苦行衣。他對只適合阿根廷人的基層勞動工作向來深惡痛絕，甚至連自己賴以維生的房租都不願挨家挨戶去徵收。在利馬定居之後，他沒有一次到銀行取過投資股票的紅利。這類家務瑣事，實際上都該是女人管的，因而都落到勤懇的瑪加麗塔肩上。女兒長大之後，便由這位前鋼琴家接手照管。

直到那場殘酷地加速貝瓜家族衰落的悲劇之前——天降厄運使得這個家族的姓氏將遭世人遺忘，塞巴斯蒂安先生一直在首都過著十足的基督教紳士生活。他經常起得很晚，不是由於懶惰，而是爲了不要和房客一起用早餐（他並非看不起下等人，而是覺得應該存在社會差別，特別是種族差別），稍微吃些點心便去望彌撒。他好奇心旺盛，對歷史有著追根究柢的精神，經常到聖奧古斯丁、聖伯得祿、聖法蘭西斯、聖多明尼哥這些教堂去，爲的是在上帝面前盡到責任並欣賞享受殖民宗教的傑作。更有甚者，那些昔日石砌的紀念物帶他回到過去，神遊征服時期和殖民時期——那是多麼輝煌的年代呀，如今卻變得昏暗無光了，他眞願回到那個時代去生活，當個冒險犯難的船長抑或宗教偶像的破壞者。塞巴斯蒂安先生裝著滿腦子懷古的幻想，沿著繁華的市中心大道回「殖民公寓」去。（他穿著一身乾淨的黑色西裝，光潔的領口與袖口漿得硬挺，腳踩上世紀末的漆皮軟底鞋，昂首挺胸，文質彬彬。）回到公寓之後，面對裝了百葉窗的陽臺，他舒舒服服地坐在搖椅上，恰似有妓女守在身旁那樣舒服，嘟嘟囔囔地念著報紙（包括廣告），了解世界上發生的事情，度過上午剩餘的時間。他忠於自己的身分，午餐（午餐只好和房客一起吃，不過，在他們面前顯得很有教養）之後，要按照西班牙的習慣睡午覺。隨後，又重新穿上那套黑色西裝、漿過的襯衫、灰色的禮帽，邁著方步到「坦博—阿亞庫喬俱樂部」去。俱樂部在凱悠瑪街區，來自他鍾愛的家鄉安地斯的許多舊雨新知經常聚集在那兒打牌、遊戲娛樂、談談政治，有時候（這是人之常情）也談些小姐們不適宜的話題。就這樣，從下午一直玩到晚上，直到天黑了，塞巴斯蒂安先生才悠然自得地回公寓去，在房裡獨自喝一鍋牛肉蔬菜煲湯，聽聽無線電廣播，而後便心滿意足、無憂無慮地進入夢鄉。

但那是過去的事情了。現在塞巴斯蒂安先生足不出戶，也不換衣服——無論白天還是夜晚總是那一身暗紅色睡衣、藍色浴袍、毛襪和毛呢拖鞋。從那場悲劇之後，他一句話也沒說過，他不再望彌撒，也不讀報了。當他身體好的時候，年老的房客（自從發現世界上的男人都是好色之徒後，「殖民公寓」的主人便只收女房客，或是因病及年邁、性欲已然衰退的男房客）偶爾看到他像個幽靈似的在黑暗破舊的住房裡來回走動，目光茫然，滿臉鬍鬚，頭髮骯髒蓬亂；或者看見他坐在搖椅上輕輕地搖著，幾個鐘頭一聲不吭，兩眼發呆。他既不陪房客吃早餐，也不陪房客吃午餐了，有如淪落到貧民收容所的貴族那樣可笑。塞巴斯蒂安先生已無能自己把飯送到口中，而是由他的太太和女兒餵他。他身體欠佳的時候，房客就看不到他了：這位高貴的先生臥床不起，反鎖房門，但是能聽到他低吼、呻吟、埋怨或厲聲慘叫，叫得玻璃都震動起來。新到「殖民公寓」的人會被嚇到。在這樣的時刻，儘管這位病入膏肓的征服者的後裔在號叫著，可是瑪加麗塔太太和羅莎小姐依然如往常般掃地、收拾房間、做飯、招待客人或是聊天，好像什麼事也沒發生。房客認爲她們無情無義，鐵石心腸，對丈夫和父親的痛苦無動於衷。有些不懂事的人竟指著緊閉的房門問：「塞巴斯蒂安病好了嗎？」瑪加麗塔太太滿臉不高興地回答：「沒什麼，他想起一件可怕的事情，一會兒就會好的。」果然，二三天後風波就過去了，塞巴斯蒂安先生又出現在「拜耳公寓」的走廊和房間裡，在結滿各處的蜘蛛網中間，顯得蒼白瘦削，樣子十分可怕。

那麼，是什麼樣的悲劇呢？發生在何時、何地，經過又是如何呢？

那是二十年前，一個目光悲哀、身著修士服的年輕人來到「殖民公寓」。事情就是從這裡開始了。他是個四處奔波的業務員，家住亞雷基帕，患有便祕，他的姓氏以西結·德爾芬（德爾芬即海豚之意）是預言家的名和海中生物的姓相結合的產物。儘管他很年輕，「殖民公寓」還是收留了他，因爲他的外表（乾癟削瘦，一把骨頭，面色蒼白）以及顯而易見的虔誠信仰（除了深紫色的領帶、塞在上衣口袋的手帕和臂章外，他的行囊中還藏著一本《聖經》，衣服間露出教士用的披肩），像是在在保證著他不會玷汙青春少女。

確實，一開始，貝瓜一家人對以西結·德爾芬這小伙子什麼都滿意。他吃得少，有教養，按時付款。他和藹可親，令人敬佩，不時地送些紫羅蘭給瑪加麗塔太太，往塞巴斯蒂安先生的鈕釦上別朵石竹花，在羅莎生日時送樂譜和節拍器。他很羞怯，如果不是人家先跟他說話，他從不主動開口，說話時也總是輕聲細語，眼睛盯著地面，從不敢正視談話者的臉。他莊重的舉止言談獲得了貝瓜一家人的歡心，很快就愛上了這位客人。也許在他們的心靈深處想到了塞翁失馬的哲理，隨著時間的推移要把他招爲女婿。

塞巴斯蒂安先生更是喜歡他。勤懇的、跛腳的女主人沒有給他生兒子，他把這個瘦弱的業務員當成自己的兒子來寵愛。十二月的一個下午，他帶業務員去散步，一直漫步到利馬的聖羅莎教堂，在那兒看著他把一個金幣扔到井裡偷偷地祈求寬恕。某個盛夏的星期天，他在聖馬丁廣場請業務員喝冰鎮檸檬水。塞巴斯蒂安先生看到這個小伙子緘默和憂鬱，覺得他文雅高尚。他心靈上有什麼神祕的痛苦或者病魔在折磨他的身體嗎？或者愛情給他留下了難以治癒的創傷？以西結·德爾芬守口如瓶，有如一座墳墓。有時，貝瓜一家小心翼翼地安慰他，叫他把憂愁傾訴出來；

問他那麼年輕，爲什麼總是一個人，爲什麼從不光顧任何娛樂場所、從不看電影，爲什麼不笑，總是無精打采、唉聲嘆氣，他只是羞紅了臉，結結巴巴地辯白幾句，然後就到廁所去，在那兒有時一待就是幾個鐘頭，說是便祕。在去工作和回來的路上，他木頭人似的不說一句話。貝瓜一家從不知他從事什麼行業、賣什麼東西。而在這兒，在利馬，當他不工作時，便關在自己房間裡，不知是讀他的《聖經》還是默默祈禱？瑪加麗塔太太和塞巴斯蒂安先生對他深表同情，並有意撮合，鼓勵他去看羅莎彈鋼琴打發時間。他服從了，待在大廳的角落裡一動不動，專心致志地聽著。最後，他總是很有禮貌地鼓掌。他經常陪塞巴斯蒂安去望彌撒，那一年的聖週，他和貝瓜一家跑遍各個地方朝聖，宛若家庭的一員。

正因如此，在以西結剛從北方旅行回來那天，他吃午飯時突然嗚咽起來，驚動了其他房客——一位安卡什的治安法官、一位卡哈坦沃的神父、兩個念護校的瓦努科女孩。他同時還把一小盤菜豆打翻在桌子上。貝瓜一家十分擔憂，全家三口人把他送回房間，塞巴斯蒂安先生將自己的手帕借給他，瑪加麗塔太太煮了馬鞭草薄荷茶給他喝，羅莎用毯子把他的腳蓋好。過了幾分鐘，以西結·德爾芬安靜下來，請求大家原諒他感情脆弱，並解釋說最近他精神非常緊張，不知爲什麼隨時隨地都會發作，眼淚不由自主地流出來。他很害羞，以幾乎聽不到的聲音向貝瓜一家傾訴：一到晚上，他害怕得很，蜷縮著身子徹夜不眠，渾身出冷汗，總是想到鬼怪，孤孤單單一個人熬到天亮。聽了他這番話，羅莎灑下了眼淚，跛腳女人畫了十字。塞巴斯蒂安先生自告奮勇和他睡在一個房間，以便給他壯膽，使他輕鬆入眠。以西結·德爾芬吻了他的手以示感激。

瑪加麗塔太太和女兒另外搬一張床到那間房裡，很快地鋪好床。塞巴斯蒂安先生那時五十歲，正年富力強，睡覺之前習慣做四五十下伏地挺身（在睡覺之前做，而不是在早上醒來時做，以別於平民），但是那天晚上，爲了不打擾以西結，他沒有做。晚餐時，那個神經質的人喝過香噴噴的肉湯後早早地躺下了，說有塞巴斯蒂安先生陪著，他早已安定下來，肯定能睡得像冬眠似的。

那天晚上的詳情細節永遠不會從這位阿亞庫喬紳士的記憶中抹掉，在失眠和睡夢中，那些情景將時刻展現在他的眼前，直到他死去爲止，天曉得在來世還會不會繼續纏繞著他。那天晚上，塞巴斯蒂安先生早早地熄了燈，他聽到旁邊床上那個多愁善感的年輕人正平靜地呼吸，他很滿意，放心地想著：他睡著了。他自己也愈來愈睏。他聽到了教堂的鐘聲以及遠遠傳來的醉漢的哈哈大笑聲，後來就入睡了。他作了一個令他十分欣慰的美夢：在一座牆上掛著盾牌、貴族系譜、印有家紋的羊皮紙的尖塔城堡裡，他一代代追溯著他的祖先，直至阿亞庫喬之王亞當（正是他本人！）。他在這裡接受一群滿身跳蚤的印第安人獻上豐富的貢品、狂熱的崇拜。這些印第安人塡滿了他的金庫，也滿足了他的虛榮心。

猛然間，也許是過了十五分鐘或三個鐘頭？彷彿一點什麼動靜，一種預感，或是有人絆了一下，使得塞巴斯蒂安先生醒了過來。在黑暗中，借著從窗戶裡透進來的微弱的光亮，他隱隱約約地看到一個人影從旁邊床上爬起來，悄悄地溜到門口。朦朧中，他猜想到也許是那個便祕的小伙子要去廁所或又感到不適，因此小聲問道：「以西結，身體怎麼樣？」沒有回答，只是清楚聽到房門插銷的響聲（插銷生了鏽，聲音刺耳）。他不知道發生了什麼事，從床上微微欠起了身子。他有點害怕，又問：「以西結，你怎麼了，我幫得上忙嗎？」這時他感到小伙子動作像貓一樣敏捷，已經回來了，站在他的床邊，擋住了射進窗內的微光。「我說，你回答我呀，以西結，你怎麼了？」他咕噥著，摸索著尋找電燈的開關。此刻他挨了第一刀，砍得又深又狠，正砍在他那黃油般的肚子上，一直劃到鎖骨。他肯定當時他喊叫了，呼喚救命，同時還想自衛，想從纏在他腳上的被單中逃脫出來。說也奇怪，無論是他的妻子還是女兒，或是房客，一個也沒趕來。實際上，誰也沒聽到什麼。後來當警察和法官重建案發過程時，大家都十分愕然：他是那麼健壯，怎麼就沒能搶下罪犯以西結這個體弱多病的人的武器呢。眞想不到，在鮮血四濺的黑暗中，那個業務員彷彿有一種超乎尋常的力量，以爲自己在高聲呼喊但其實沒有喊出聲來的塞巴斯蒂安先生猜想著第二刀會從哪裡來，以便伸手去阻擋。

他一共挨了十四、五刀（醫生認爲右臀上那道大口子可能是兩刀砍在同一個地方，這種罕見的巧合使人一夜之間就蒼老了，並且使他更加信了天主）。那些傷口上下左右均衡分布，唯獨臉上沒有受傷，連一道抓痕都沒有——瑪加麗塔太太認爲是耶穌或利馬的聖女羅莎（因爲和他們女兒同名的緣故？）顯了靈。事後發現，那把鋒利的十五公分長刀原來是貝瓜家的，一週前莫名其妙地從廚房失蹤了。正是這把刀子在這個阿亞庫喬人身上留下了比好鬥的擊劍手更多的傷疤。

他爲什麼沒有死呢？那是出於偶然，是由於天主的大慈大悲，（尤其是）幾乎可說是由於一場更大的悲劇。塞巴斯蒂安先生身上挨了十四刀（十五刀），終於失去了知覺，在黑暗中流血不止，誰也沒聽到動靜。那個一時衝動的人本來可以跳到街上逃之夭夭，永遠銷聲匿跡的。可是，就像歷史上許許多多著名人士一樣，一個古怪的念頭葬送了他。當受害者不再抵抗，以西結·德爾芬放下了刀子。他沒有穿衣服，而是脫個精光，就像剛來到這個世界上時那樣赤條條的。他開了門，穿過走廊，闖進了瑪加麗塔·貝瓜太太的房間，二話不說，撲到床上去毫不猶豫地企圖姦汙她。他爲什麼要這樣做呢？他爲什麼企圖強姦一個婦人？這婦人出身名門倒是眞的，可是她已年過半百，長短腳，身材瘦小，死氣沉沉，總之，從任何美學觀點看，沒有比她更醜的人了。他爲什麼不去摘那個風韻猶存的女鋼琴家的禁果呢？她是處女，青春正盛，頭髮烏黑，皮膚又白又嫩。他爲什麼不去找偷偷賣淫的那些瓦努科的女護士？她們全是些二十上下的女孩，肯定細膩滑潤而富有彈性。基於這些令人難堪的情況，法庭採納了辯方律師的主張，這個年輕人沒被關進監獄，而是以神經錯亂爲由把他遣送到拉爾科．埃雷拉。

當瑪加麗塔．貝瓜太太受到這小伙子突如其來熱情如火的拜訪時，她明白發生了十分嚴重的事情。她是個務實的女人，對自己的魅力不抱幻想。「別人就是作夢也不會想到強姦我。他渾身一絲不掛，我馬上明白了那不是發瘋就是要犯罪。」她在法庭上作證時說。她像頭凶猛的母獅一樣自衛。她在證詞中向聖母發誓，說那個性急的小伙子連吻都沒有吻到她。此外，她非但保住了貞節，還救了丈夫的命。她又抓又咬，又推又打，使那個墮落的人無法得手。她大聲喊叫（她真的喊了），把女兒和房客喊醒了。羅莎、安卡什的法官、卡哈坦沃的神父和瓦努科的女護士最後抓住了那個赤身裸體的傢伙，把他綁起來，隨後又一起跑去找塞巴斯蒂安先生：他還活著嗎？

費了將近一個鐘頭的時間才叫來一輛救護車，把塞巴斯蒂安先生送到阿索比斯波．洛依薩醫院。警察三小時後才趕來，從年輕女鋼琴家手中救出路裘．阿夫里爾．馬羅金。她發瘋了。是因爲她父親挨了刀子？是因爲她母親被侮辱？又或許是因爲人類那骯髒的妒嫉心在作怪：女孩對自己被冷落一旁大爲惱火？。她想挖他的眼睛，喝他的血。那個年輕的業務員在警察局又恢復了他本來的溫順表情與柔和聲音，說話時羞紅了臉，看起來正直而靦腆。他拒不承認別人的證詞，說那是貝瓜一家和房客對他的誣衊：他從沒侵犯過任何人，從沒企圖強姦過任何女人，更沒想過去強姦一個像瑪加麗塔．貝瓜那樣身殘的女人。這位心地如此善良、關心他人的女士，在這個世界上是他最敬愛的人（當然，除了他的妻子之外。他的妻子來自愛與歌的國度，有著義大利人的眼睛及能歌善舞的身軀）。他鎮定自若，彬彬有禮，溫和聽話，他的上司及拜耳製藥廠的同事對他讚美有加，再加上警察在搜查中一無所獲，這一切使得執法者猶豫不決起來。這當中是否有詐？是否這一切都是受害者的妻女以及房客爲陷害那個病弱的小伙子而杜撰出來的？國家的第四權力覺得這一看法有道理，便如此報導了這則消息。

受害人塞巴斯蒂安·貝瓜先生躺在阿方索·烏加特大道的大眾醫院裡，生死未卜，無法出面澄清疑團，事情變得很棘手，只好成了懸案。他輸了大量的血，這幾乎使許多「坦博—阿亞庫喬俱樂部」的同鄉置身於感染肺結核的風險。他們一獲悉那樁悲慘事件，馬上趕來供血。經過輸血、縫合、消毒、包紮、護士輪流在床頭照料、外科醫生接骨，塞巴斯蒂安先生的器官恢復了運作，精神也平靜下來。不過，幾個星期之內，家中那已經減少的租金也分文不剩了。通貨膨脹，物價飛漲，他們不得不拋售股票，把房子隔間再隔間租出去，一家子則只好擠在二樓，像如今這樣無所事事地勉強度日。

塞巴斯蒂安得救了，這是眞的；但一開始，他的康復似乎並不足以消除警方的疑慮。由於挨了那麼多刀，受了驚嚇，妻子的清譽受損，他成了啞巴（鄰人甚至議論說他成了傻子）。他不會說話，像烏龜那樣遲緩而毫無表情地看著一切，看著所有的人。他的手指也不聽使喚，甚至不能（他想那樣做嗎？）寫出字來回答在瘋狂凶殺案的審判中對他的提問。

審判的聲勢很大。開庭期間，這座國王的城市一片沸騰。在利馬、祕魯（整個拉丁美洲？），群情激動地注視著法庭辯論、專家的答辯和反答辯、檢察官和辯護律師的針鋒相對。辯護律師是個從大理石之城羅馬來的著名法學家，他特地來爲路裘·阿夫里爾·馬羅金辯護，因爲路裘是一名義大利女子的丈夫，而那女子不但是律師的同鄉，還是他的女兒。

國內分成兩派。一派認爲業務員是無辜的——每家報社都堅持這種意見。他們認爲塞巴斯蒂安先生險些被妻女夥同安卡什法官、卡哈坦沃的神父和瓦努科的女護士害死，毫無疑問，是爲了遺產和保險金。羅馬法學家威嚴地支持這種見解。他斷言由於路裘．阿夫里爾．馬羅金患有輕微的瘋狂傾向，塞巴斯蒂安一家和房客便合謀栽贓於他（也許是誘使他犯罪？）。新聞刊物把積累起來的材料大肆宣傳、讚揚，並且作爲證據拋了出來：頭腦清醒的人能夠相信一個人肯老老實實地挨十四、也許十五刀嗎？而按常理，塞巴斯蒂安．貝瓜先生如果痛得大聲喊叫了，頭腦清醒的人能相信他的妻子、女兒、法官、神父、女護士全都沒聽見嗎？其實「殖民公寓」的隔牆只是一層抹了黃泥的蘆葦，連蒼蠅嗡嗡叫、蠍子爬都聽得到。瓦努科的房客，那些護士學校的高材生，竟然沒有想到爲受傷者急救，而是看著紳士大出血卻無動於衷，苦等救護車。怎麼可能呢？六個成年人看到救護車遲遲不來，就沒有一個人想到（即使先天智力發育不全的人也會想到的）要叫一輛計程車，而且計程車招呼站就在「殖民公寓」那個街角上，這又怎麼可能呢？這一切不都是非常奇怪、非常矛盾，而又說明了一切嗎？

卡哈坦沃的神父原本到首都來只是爲了用四天的時間爲他鎮上的教堂籌買一個新的耶穌受難像，因爲原來的那個被一幫沒有教養的傢伙用彈弓射掉了腦袋。他在利馬被扣留了三個月之後，想到有可能被判謀殺罪，要在監牢裡度過餘生，嚇得坐臥不寧，終因心臟病而猝然死去。他的死更加激發了公眾輿論，不利於辯護。如今，報界不再爲那個外國律師說話了，而是罵他是詭辯家、說得比唱得好聽、殖民主義者、來歷不明的人；正是因爲他反基督的影射，善良神父才死於非命。法官像牆頭草似的隨著新聞界的風搖動，以辯護律師是外國人爲由，除去了他的資格，剝奪了他在法庭上的辯護權。在一項報界以民族主義者的聲音大肆稱讚的宣判之後，那位法學家敗興返回了義大利。

卡哈坦沃神父的死救了母親，救了女兒，也救了其他房客，他們本來有可能被判共謀殺人的。隨著報界和公眾輿論，檢察官也轉而同情貝瓜一家，接受了對事情的最初解釋。路裘．阿夫里爾．馬羅金的新任律師，一個當地的法學家，徹底改變了策略。他承認他爲之辯護的人犯了罪，但他卻論證說罪犯完全沒有責任，因爲那是由於他心靈上的創傷和佝僂病發展成了精神分裂和其他精神病理學範疇的病症，這是優秀的精神病專家充分證明過的。作爲路裘精神失常的最重要證據——新任律師還辯稱：「殖民公寓」裡有四個女人，被告卻選了一個年歲最大的、唯一的跛足女人。在檢察官最後的證詞中，出現了使演員神格化、使觀眾不寒而慄的高潮：始終一語不發、眼神呆滯地坐在椅子上、彷彿審判與己無關的塞巴斯蒂安先生，這時慢慢舉起了手。由於吃力、憤怒或者不堪受辱而雙眼通紅，直勾勾地指著路裘．阿夫里爾．馬羅金足有一分鐘——這是一名記者以碼表確切計算出來的。他的姿態宛如西蒙．玻利瓦爾騎在戰馬上的塑像眞的馳騁了起來似的……法庭接受了檢察官的全部論證，路裘．阿夫里爾．馬羅金被關進了瘋人院。

貝瓜一家從此一蹶不振，精神上和物質上逐漸崩潰。醫生和律師的費用害他們破了產，他們不得不放棄了鋼琴課（因此也就放棄了把羅莎培養成世界著名藝術家的希望），並且降低了生活水準，甚至不得不節食、養成不講衛生的壞習慣。老房子更加破落了，到處蓋著一層厚厚的塵土，掛滿蜘蛛網，蛀洞比比皆是。房客少了，變成了下等公寓，甚至連女僕和搬運工都能入住。有一天，事情眞是到了極點，一個乞丐跑來咚咚地敲著門，盛氣凌人地問道：「這裡是殖民廉價公寓嗎？」

就這樣，一天天過去了，一個月一個月過去了，整整過了三十年。

貝瓜一家似乎已經適應了平庸的生活。這時突然發生了一件事。一天清晨，原子彈夷平了日本城市，這使貝瓜家裡立刻沸騰起來。家裡的收音機已經多年不用了，因爲沒有錢，報紙也多年不訂了。世界上的新聞傳不到貝瓜家裡，只是偶爾從沒有教養的房客的評論和閒聊中聽到一點。

但是，那天下午，眞是太湊巧了，一個卡斯楚維雷伊納的卡車司機吐了一口黏痰之後，粗野地哈哈大笑起來，同時喃喃自語道：「這瘋子眞是夠了！」接著就把一張剛剛讀過的《最新時刻報》扔到大廳裡滿是刀痕的小桌子上。我們的前鋼琴家拿起來翻閱了。突然，她的臉色變得煞白，似乎被吸血鬼吻了一般，邊喊叫著媽媽邊往房裡跑去。母女倆一起把那張弄皺了的報紙讀了一遍又一遍，隨後又扯著嗓子輪流讀給塞巴斯蒂安先生聽。他顯然聽懂了她們讀給他聽的消息，立刻劇烈打嗝、盜汗、痛哭，著魔似的在地上打滾。

是什麼樣的消息使得這個敗落的家庭如此驚恐萬狀呢？

前一天的黎明，在馬格達萊娜·德馬爾區滿是病人的拉爾科·艾雷拉瘋人院裡，一個病癒的住院者用手術刀殺死了一個男看護，勒死了一個睡在他旁邊床上的瘋傻老人，然後像體操運動員似的跳過醫院的圍牆逃到市內。他的行爲令人驚訝，因爲他一向十分平和，從未發過脾氣，也不高聲說話。三十年間他唯一做的事情就是爲耶穌舉行假想的彌撒，以及爲並不存在的領聖餐者分發隱形的聖餅。逃出醫院之前，路袞·阿夫里爾·馬羅金（他剛到壯年，五十歲）寫了一封有禮貌的訣別書：「我很遺憾，但是我不能不離開這兒。利馬一所舊房子裡的大火在等著我。那裡有個跛足女人正像火炬一般地燃燒著，她和她全家極其嚴重地冒犯了上帝，我是受委託前去滅火的。」

他將這樣做嗎？他要把火熄滅嗎？這個在多年之後又重新活過來的人會再次把貝瓜一家置於恐怖之中嗎？嚇得膽戰心驚的貝瓜一家將會落個怎樣的下場？

13

那是個難忘的一週，在這週的第一天就發生了一段趣味橫生的插曲（誠然，先前遇到烤肉廚師的那種粗暴場面沒在這段插曲中重現）。我在這段插曲中，既是目擊者，又是半個主角。小赫納羅一心致力於節目革新。某天，爲了使新聞節目輕鬆愉快，他決定叫我們穿插一些訪問內容，要我和帕斯夸爾立即執行。從那時起，我們每天都在泛美電臺的晚間節目裡播出以當前某個事件爲題材的採訪。這意謂新聞部工作量增加了（但是薪水沒增加）。不過我沒怨言，因爲這項工作很有趣。在伯利恆街的錄音室或者站在錄音機前，向夜總會歌舞表演者或國會議員、足球員或天才兒童提問時，我都毫無例外地爲創作小說蒐集題材。在那個動人的插曲之前，我採訪過最有趣的人是個委內瑞拉鬥牛士。那段時間，阿喬鬥牛場獲得了空前的成功。這名鬥牛士在第一個下午得到了幾隻牛耳朵的獎賞；第二個下午，經過一番神奇的周旋，又得到了一隻牛蹄子的獎賞；群眾把他扛在肩上，一直從里瑪克抬到聖馬丁廣場他下榻的飯店。但是，第三個下午，也就是最後一個下午，當觀眾爭相看他表演、入場券因而轉手高價賣出，他卻未獲成功。他嚇得像條鹿似的，整個下午逃開鬥牛，連一次出色的俯衝也沒表演出來。他一次次地失敗，始終無法擊中鬥牛的要害，在第二次下場時，竟然受了四次鳴笛警告。鬥牛場前幾排看臺上的人大聲哄叫，恨不得把阿喬鬥牛場燒掉並且私刑拷打這名委內瑞拉鬥牛士。鬥牛士迎著一片噓聲和雨點般飛來的坐墊，由憲兵一路護送回飯店。第二天上午，他上飛機前幾小時，我在玻利瓦爾飯店一間小會客廳裡訪問了他。發現他還不如他所鬥的牛聰明，以及幾乎像牛一樣不能把話講清楚時，我眞大惑不解。他無法組成一個連貫的句子，無法正確使用動詞時態。他的思想方式使人想到一個個的腫瘤，想到失語症，想到類人猿。而他說話的內容就跟他表達的方式一樣離奇，簡直慘不忍睹：腦袋不時放空，說話當中這裡掉個字、那裡漏個詞，像動物似的哼哼啊啊不成個句子。

相反地，在那個值得懷念的星期的第一天，我所採訪的墨西哥人卻是一個頭腦清楚、語帶機鋒的人。他是個雜誌主編，寫過關於墨西哥革命的書，眼下正率領一個經濟學家代表團住在玻利瓦爾飯店。他答應到電臺來，我親自去接他。這位先生個子高高，站得直挺挺的，衣著考究，頭髮全白，看起來有六十歲。他的夫人陪著他。那女人長著一雙明亮的小眼睛，戴著一頂花編小帽。從飯店去電臺的路上，我們事先演練了一番，到了正式採訪時只花了十五分鐘錄音。訪談內容讓小赫納羅心情大壞，因爲那位經濟學家兼歷史學家在回答某一個問題時毫不留情地鞭撻了軍事獨裁（當時的祕魯正遭逢以奧德里亞爲首的軍事獨裁）。

事情就發生在我陪這對夫婦回玻利瓦爾飯店的路上。時值中午，伯利恆街和聖馬丁廣場上擠得水洩不通。夫人走在人行道上，先生走在大道中央，我跟在他們旁邊，剛剛穿過中央電臺門前。爲了找點話說，我再次對那個重要人物說這次採訪非常成功。這時，那位墨西哥貴婦的細嗓子突然打斷了我：「天啊，天啊，我要昏倒了……」

我看了她一眼，發覺她形容憔悴，眼睛一眨一眨，嘴唇怪異地翕動著。但是，令人驚訝的是那位經濟學家兼歷史學家的反應。他聽到妻子的提醒，飛快地向她掃了一眼，又迅速地掃了我一眼，神情十分慌張，當即看看前方，非但沒有停下來，反而加快了腳步。墨西哥夫人停在我身旁，臉色很難看。眼看她要跌倒，我伸手攙住她。幸好，由於她的瘦弱，我還能扶得住。那個重要人物三步併作兩步逃走了，我不得不擔負起拖著他的女人前進的艱鉅任務。行人讓路給我們，停下來看我們。就這樣，當我們到達哥倫布電影院時，瘦弱的墨西哥夫人不僅露出怪相，而且開始流口水、淌鼻涕、流眼淚。我聽到賣香菸的小販說：「她還尿了自己一身呢！」果眞，經濟學家兼歷史學家（他已經穿過科美納大道消失在玻利瓦爾酒吧門口擁擠的人群中）的妻子在我們身後留下了一道黃色的水痕。到了街角，我不得不把她扛起來，走完剩下的五十公尺。那情景眞是既英勇又引人注目。汽車司機頻頻對我們按喇叭，警察吹哨子，行人指著我們議論紛紛。瘦弱的墨西哥夫人在我臂彎裡不停扭來扭去，臉色依然難看，我的雙手和鼻子告訴我，那女人恐怕正在做比小便更嚴重的事情。她的喉嚨裡不停地發出微弱的聲響。一進玻利瓦爾飯店，就聽到有人嚴厲地命令我說：「送到三〇一號房。」原來是那位重要人物，他半邊身子隱藏在帷幕後，一下達完命令就又逃走了，一溜煙奔向電梯。我們搭電梯上樓時，他既不看我也不看他的配偶，彷彿想顯示出不願對我們無禮的樣子。電梯小弟幫我把夫人送到房間。但是，我們剛把她安置在床上，那個重要人物就毫不客氣地一下子把我們推出房門。沒有道謝，也沒說聲再見，「匡啷」一聲把門關上，把我們趕了出來。他臉上那副表情簡直難以描述。

後來彼得羅．卡瑪喬對我解釋說：「他不是個不體貼的丈夫，只是非常敏感又害怕出醜。」

那天下午，我讀一篇剛剛寫完的短篇小說〈艾麗雅娜姨媽〉給胡莉亞姨媽和哈威爾聽。《商報》一直沒有刊登那篇飛人故事，於是我寫了另一篇故事聊以自娛。這篇故事以發生在我家裡的事爲素材。小時候，艾麗雅娜是到我家來的許多姨媽中的一個。在那些姨媽中，我最喜歡她，因爲她帶巧克力給我，有時還帶我去「豐盛冷飲店」喝茶。她喜歡甜食，這件事在全家人聚會時常常受到嘲笑。大家說她把做祕書的全部薪水都拿去買牛奶餅、牛角麵包、鬆糕和布蘭嘉瑞士餐館的濃巧克力了。她胖乎乎的，待人親切，是個愛說愛笑的女孩。當家人在背後議論她一輩子也難以出閣時，我總是站出來爲她辯護。有一天，艾麗雅娜姨媽沒到我家來，從那以後我再也沒有見過她，事情十分神祕。家人也不再提起她。那時我大概六、七歲，向家人問起艾麗雅娜姨媽時，他們總說「去旅行了」、「生病了」、「過些日子說不定哪一天會來」。對這些回答我是懷疑的。五年之後，全家人突然戴起孝來。那天晚上，我在外祖父家裡知道他們參加了艾麗雅娜姨媽的葬禮，她剛剛死於癌症。就這樣，那件神祕的事情便眞相大白了。當艾麗雅娜姨媽看來注定要做老處女的時候，她出乎意料地跟華人結了婚。這個華人是耶穌．馬利亞區一家雜貨店的老闆。從她的父母到全家族的人都爲這件醜事大爲震驚——那時我認爲這婚事之所以被看作醜事，只是因爲她嫁給了華人，但是現在我推想，根本的原因在於這個華人是個賣雜貨的。因爲這樁婚事，全家族在她還活著的時候就宣布她已經死了，從來不去看她，也不許她走進家門。但是當她死了的時候，家人饒恕了她——我們畢竟是些有感情的人；去爲她守靈，參加她的葬禮，爲她灑下許多眼淚。

我的小說採用一個孩子獨白的形式。這孩子躺在床上，思索著想弄清姨媽神祕失蹤的內幕。結尾寫的是爲女主角守靈。這是一篇「社會」小說，充滿了對懷有偏見的親屬的憤恨。我寫了兩個星期，一再向胡莉亞姨媽和哈威爾提起這個故事，他們終於被打動了，要我念給他們聽。但是星期一下午我在念我的小說之前，先講了墨西哥瘦削的夫人和那位重要人物的故事。我這樣做未免失算了，讓我付出了高昂的代價，因爲他們覺得這件奇聞比我的小說有趣得多。

胡莉亞姨媽到泛美電臺來已經成了習慣。我們發現這個地方最可靠，因爲帕斯夸爾和小巴布利托是完全支持我們的。胡莉亞姨媽總在下午五點鐘以後來，這是最安靜的時候。赫納羅父子已經離去，幾乎不會有人突然闖進頂樓。我的同事很有默契地請假去喝咖啡，好讓我和胡莉亞姨媽接吻或單獨交談。有時我寫作，她找本雜誌來讀或者跟哈威爾聊天。每到七點鐘左右，哈威爾一定來找我們。我們已經成了難分難捨的一體，我和胡莉亞姨媽的戀情在這間牆壁薄薄的頂樓木屋裡完全不受拘束，可以手拉手，可以接吻，誰也不注意我們。我們感到很幸福。上了頂樓這裡，我們是自由的，愛做什麼就做什麼。可以相愛，可以談有關我們的任何事情，感到完全受到理解。出了頂樓木屋，人人都敵視我們，我們不得不撒謊又躲躲閃閃。

「可以說這兒是我們的愛巢嗎？」胡莉亞姨媽問我。「還是不可以？」

「當然不可以，這是不應被允許的。」我回答她。「不過我們可以把這兒稱作聖心大教堂。」

我們玩起腳色扮演：我當教授，她當女學生。我告訴她什麼是不可以的，什麼話、什麼事是不應被允許的。我審查起她閱讀的書籍來，從美國黑人作家弗蘭克．耶比到西班牙言情小說天后柯琳．帖雅朵，她喜歡的作家都被我歸到「不允許」的清單上。我們玩得很瘋，有時哈威爾也加入我們，慷慨激昂地雄辯。

讀〈艾麗雅娜姨媽〉的時候，帕斯夸爾和小巴布利托也一起聽，因爲他們碰巧來了，我不敢攆走他們。眞幸運，他們是唯一誇獎我小說寫得動人的，儘管他們是我的下屬，那稱讚頗值得懷疑。哈威爾覺得故事構思不眞實，誰都不會相信一家人會因爲一個女孩和華人結婚而把她逐出家門；他斬釘截鐵地說，假若那丈夫是個黑人或者印第安人還說得過去。胡莉亞姨媽給了我當頭一棒，她說情節聽起來過分虛假，而且有些用詞，像顫抖呀、嗚咽呀，她認爲正是「不應被允許的」。我正要爲〈艾麗雅娜姨媽〉辯護，南西的身影在頂樓門口出現了。一看到她，我就知道她是爲何而來。

「事情曝光了，家裡打起來了！」南西衝口說道。

帕斯夸爾和小巴布利托嗅到了八卦消息，豎直了耳朵聽。我趕緊阻止表姊，要帕斯夸爾去準備九點鐘的新聞稿，然後拉南西跟我們一塊去喝咖啡。在布蘭薩咖啡館裡，南西把詳細的原委告訴了我們。她在洗頭的時候聽到母親（也就是我的蘿拉姨媽）和赫蘇斯姨媽在電話中的交談。當她發現她們所講的「那一對」指的就是我們倆時，嚇得手腳冰涼。她沒有完全聽清楚，但聽得出家人對我們戀愛所聞已久，因爲有一次蘿拉姨媽說：「你看，甚至連卡蒙奇塔都在聖伊希特羅大道見到他們在大庭廣眾之下不要臉地手拉手！」（幾個月前的某個下午，我們確實做了這樣的事——那是唯一的一次。）南西從盥洗室走了出來（「渾身打顫地走出來」，她說），跟母親碰了個滿懷。她想掩飾過去，說吹風機在她耳邊嗡嗡作響，什麼也聽不見。可是蘿拉姨媽叫她住嘴，罵了她，並且罵她是「那個墮落女人的共犯」。

「那個墮落的女人是指我吧？」胡莉亞姨媽問道，與其說是帶著憤怒，倒不如說是感到好奇。

「對，是指你。」我表姊解釋說，臉脹得通紅。「她們認爲你是罪魁禍首。」

「確實，我年齡還小，本來過著平靜的生活，攻讀法律學位，直到……」我說，但是沒有人理我。

「如果她們知道我把事情告訴你們，她們會宰了我的。你們一句話也不能說，你們要對天發誓。」

南西的父母正式警告過她，假如她有半點不忠，就把她禁足一年，連望彌撒也不准去。他們對她如此嚴厲，以致她一度猶豫是否要告訴我們。家人對我們的事從一開始便瞭若指掌。但他們覺得這是一樁蠢事，是一個想在自己的筆記本上記下一筆奇異的戰績（征服一個少年）的輕狂女人對男子的玩弄，所以始終按兵不動。不過，由於胡莉亞姨媽對於跟一個毛頭小伙子一起逛街或是出入鬥牛場毫無顧忌，以致愈來愈多親戚朋友察覺了這段戀情——外祖父母也從塞利亞舅媽那兒聽到了。這是件丟人的事，並且肯定對毛頭小子（就是我）造成危害：自從那個離婚的女人把那些亂七八糟的東西塞滿他腦子之後，大概他已打不起精神讀書了。於是，家人決定出手干預。

「那麼，他們打算怎樣挽救我呢？」我問道，並不十分恐懼。

「寫信給你爸爸媽媽。」南西回答說。「他們已經這樣做了。是兩個年長的舅舅寫的，就是豪爾赫舅舅和路裘舅舅。」

我的父母住在美國。父親是個嚴峻的人，我很怕他。我是遠離他跟著母親在外祖母家裡長大的。在我父母和好之後，我跟父親一起生活，卻一向處得不好。他爲人保守、專斷、冷酷、暴躁。如果他們眞的寫了信給父親，那消息會像炸彈似的爆炸開來，他的反應肯定很激烈。胡莉亞姨媽從桌下拉起我的手說：「你的臉都白了，小巴爾加斯。現在你可有寫篇好小說的題材了。」

「應該保持冷靜。鎮定。」哈威爾給我打氣。「你別怕，我們想個好計策對付那個笨蛋。」

「他們對你也很生氣。」南西提醒哈威爾。「把你說得也很難聽。」

「拉皮條是嗎？」胡莉亞姨媽笑了。她向我轉過身來，滿臉愁容。「對我來說，最要緊的是他們要把我們分開，我再也見不著你啦。」

「這才是『不應被允許的』，事情怎能這樣處理呢。」我說。

胡莉亞姨媽說：「他們太會裝了。不管是我姊姊、姊夫，還是你任何一個親屬，沒人讓我懷疑過他們知道了這一切並且憎惡著我。這些僞君子對我總是那麼熱絡。」

「總之你們不應該再見面了。」哈威爾說。「你們來個瞞天過海，胡莉亞帶情郎上街，你約另外的女孩，讓家人認爲你們吵翻了。」

我和胡莉亞姨媽都很氣餒，覺得也只能走這條路了。但是，當南西離去（我們向她發誓永遠不背叛她），哈威爾也隨後走了，胡莉亞姨媽陪我去了泛美電臺。不消說，兩個人垂頭喪氣地手拉手走在濛濛細雨浸濕了的伯利恆街時，心中也明白這個計策有可能弄假成眞。如果我們互不見面，各奔東西，我們的戀情早晚告吹。我們商量好每天在約定的時間打電話，然後接了個長吻分手了。

我乘坐顫顫悠悠的電梯上我的頂樓時，和往常一樣，產生了一股莫名其妙的要把自己的不幸告訴彼得羅·卡瑪喬的衝動。似乎是一個先兆，玻利維亞文人的主要合作者盧西亞諾·潘多、荷塞菲娜·桑切斯和那音效師正在辦公室等我。他們跟小巴布利托談得正熱烈，帕斯夸爾則在往新聞稿裡塞天災人禍的內容（當然，他從沒尊重過我禁止他塞進死人場面的意見）。他們恭順地等我幫帕斯夸爾處理完最後九條新聞，在帕斯夸爾和小巴布利托向我們道過晚安後離去、頂樓上只剩下我們四個人的時候，他們在開口講話之前互相難爲情地看了一眼。

無疑，是關於藝術家的事情。

「您是他最好的朋友，因此我們來找您了。」盧西亞諾·潘多喃喃地說。這人長得矮小又駝背，已有六十多歲，生著一對斜眼，無論冬天還是夏天、白天還是晚上，脖子上總是圍條油漬漬的圍巾。他每次都穿著那身咖啡色藍條紋西裝，由於多次洗燙，已破舊不堪。他右腳上的鞋子開了口，襪子露了出來。「有一件非常難辦的事，您應當想得到是……」

「說眞的，盧西亞諾先生，我沒想到。」我對他說。「是關於彼得羅．卡瑪喬的事嗎？那好，我們是朋友。是的，您也知道，他是個十分難以捉摸的人。他出了什麼事嗎？」

盧西亞諾．潘多點了點頭，但是沒有說話，只是看著自己的鞋子，彷彿他要講的事壓得他透不過氣來。他向他的女伴和音效師投去詢問的目光。那兩個人神情嚴肅，一動不動。

「我們這樣做是出於愛護和感激。」荷塞菲娜．桑切斯那美麗柔和的嗓子發出顫抖的聲音。「小伙子，誰都不知道我們這些從事這種收入如此微薄職業的人欠了彼得羅．卡瑪喬多少情。」

「我們一向遭人鄙視，沒有人關心我們，我們生活得如此艱辛，簡直覺得自己像廢物。」音效師說，他十分激動，搞得我不禁覺得彼得羅．卡瑪喬出了什麼意外。「多虧了他，我們才發現自己從事的是藝術工作。」

「可是，看你們講話的樣子彷彿他已經死了。」我對他們說。

「因爲，群眾沒有我們將怎麼辦？」荷塞菲娜．桑切斯不管我說了什麼，只顧引述她最崇拜的至理名言。「誰提供幻想和激情讓他們活下去？」

上蒼之所以賜給這女人一副優美的嗓子，爲的是補償她身體上的種種缺陷。儘管她肯定活了半個多世紀，但是要猜出她確切的年齡是不可能的。她的頭髮本來是深色的，但經她漂染過後，如今像黃色的稻草般從暗紅色頭巾下鑽出來蓋過了耳朵——可惜無法整個蓋住，因爲她有一對招風耳，像碟型衛星天線那樣從腦袋兩側凸出來，接收世上所有的喧囂。不過，她身上最引人注目的還是雙下巴，那團鬆垮垮的肉直垂到她那花花綠綠的罩衫上。她嘴上長滿濃密的寒毛，看起來和鬍子毫無差別，並且她還養成了每逢說話便撫摸它的怪習慣。她有靜脈曲張，腿上裹著一雙足球隊員的彈性襪。其他任何時間，她的來訪都使我興味盎然，充滿好奇。但是那天晚上，我滿腦子只想著怎麼解決自己的難題。

我不耐煩地說：「當然，我知道你們都欠彼得羅．卡瑪喬的情。這跟他的廣播劇在全國大受歡迎有關。」

我看見他們交換了一下眼神，互相鼓舞。

「完全正確。」盧西亞諾．潘多終於開了口，他顯得焦急而痛苦。「起初我們沒放在心上。我們覺得不管是什麼人都可能疏忽、犯錯的，尤其是個夜以繼日工作的人，這種小錯更是難免。」

「可是，彼得羅．卡瑪喬到底出了什麼事？」我打斷他。「盧西亞諾先生，我不懂您到底在說什麼。」

「他說的是廣播劇，小伙子。」荷塞菲娜．桑切斯低聲說，彷彿害怕褻瀆神明似的。「劇碼愈來愈荒誕了。」

「我們這些配音員和技術人員輪流回答中央電臺打來的電話，充當聽眾抗議的擋箭牌。」音效師接口說。他的頭髮又直又亮，好似豪豬的鬃毛，看來是抹過油的。和往常一樣，他穿著一件搬運工的服裝，鞋子沒有鞋帶。他幾乎要哭出來了。「爲的是不讓赫納羅父子趕走他，先生。」

「您非常清楚，他和我們一樣孑然一身，過著朝不保夕的日子。」盧西亞諾．潘多補充說。「如果把他趕走，他怎麼辦？他會餓死的呀！」

「我們呢？」荷塞菲娜．桑切斯悻悻然了。「如果沒有他，我們又會落到什麼田地呢？」

他們爭先恐後七嘴八舌，把事情一五一十地告訴我。那些不連貫的劇情（那些「漏洞」，照盧西亞諾·潘多的說法）差不多兩個月前就出現了，但是，起初並不多，大概只有配音員注意到。他們沒有對彼得羅·卡瑪喬說一句話，因爲大家了解他的脾氣，誰也不敢這樣做。再說，很長一段時間裡，大家都懷疑那是不是彼得羅·卡瑪喬故意耍的花招。但是，最近三個星期以來，情況到了非常嚴重的地步。

「確實，那些廣播劇成了大雜燴，小伙子。」荷塞菲娜·桑切斯難過地說。「一些人物和另一些人物攪在一起，連我們自己也分不清楚。」

「伊波里多·利圖瑪原本是個警長，令卡亞俄罪犯聞風喪膽的人物，出現在晚上十點鐘的廣播劇裡。」盧西亞諾·潘多說，聲音都變了。「可是，三天前，卻成了下午四點鐘廣播劇中法官的名字。而法官原來是叫佩德羅·巴雷達的。這是一個例子。」

「現在的佩德羅·巴雷達呢，吵著要去捉老鼠，因爲老鼠吃了他的女兒。」荷塞菲娜·桑切斯眼裡湧出了淚水。「實際上，老鼠吃掉的是費德里科·特列斯·溫薩特吉先生的妹妹。」

「您應當想像得出我們在錄音時受的罪了。」音效師結結巴巴地說。「說一些莫名其妙的蠢話，做一些莫名其妙的蠢事。」

「這種混亂簡直無法收拾。」荷塞菲娜·桑切斯咕噥道。「因爲，您也看到了，卡瑪喬先生是怎樣控制著節目的。他連一個逗點都不許別人改。否則，他會大發雷霆，讓人很害怕。」

「都是因爲他太累了。」盧西亞諾·潘多憂慮地搖著腦袋說。「要一個人每天工作二十個鐘頭，腦子不可能不亂。他需要去度個假，休養一陣子。」

荷塞菲娜·桑切斯說：「您和赫納羅父子關係很好，不能跟他們談談嗎？您就說彼得羅·卡瑪喬累了，請他們給他三個星期的假，休息一下。」

「最困難的是說服卡瑪喬接受這些假期。」盧西亞諾．潘多說。「不過，再也不能這樣下去了，不然終有一天會把他辭退的。」

音效師說：「聽眾整天打電話到電臺來，一定要設法甩掉他們。有一天《時事報》也提到一點這件事。」

我沒有告訴他們老赫納羅已經知道這個情況，還託我跟彼得羅．卡瑪喬交涉一次。我們說好由我去試探小赫納羅，根據他的反應再決定他們是否以全體同事的名義爲文人說話。我感激他們的信任，並且想讓他們樂觀一點：小赫納羅比老赫納羅更開明、通情達理，大概能夠說服他讓卡瑪喬放假的。在我熄燈和關頂樓的門時，我們仍然繼續討論。來到伯利恆街，我們握手道別。我看到這些外貌醜陋卻心靈高尙的人在濛濛細雨中消失在空曠的大街上。

這天晚上，我徹夜未眠。像平常一樣，外祖父家裡爲我做好了晚餐，放在爐子裡保溫，但是我一口也沒有吃（爲了不讓外祖母擔心，我把牛排和米飯倒進垃圾桶，免得她發現我沒吃）。二老已經躺下，但還沒有入睡。我進屋吻他們時，像警察似的觀察他們，想看看他們臉上是否有爲我的不體面的戀愛而表現出的不安。沒有，一點跡象也沒有。他們待我既親切又關懷，外祖父只是問了一點關於填字謎的事。不過，他們告訴我一個好消息：我媽媽寫信來了，說她和爸爸要來利馬度假，很快就會通知我們何時抵達。外祖父母沒讓我看信，說是有個舅媽拿走了。無疑，這是告狀信的結果。我父親大概會說「我們到祕魯去處理這件事」，母親則會說「胡莉亞怎麼能做出這種事」吧（我們住在玻利維亞時，她和胡莉亞是朋友，那時我還是個小孩子）。

我睡在一個小房間裡，那裡堆滿了書籍和大大小小的箱子，箱子裡存放著外祖父母的紀念品，其中有許多昔日輝煌時期的照片，有他們在卡馬納擁有莊園時的照片，有外祖父在聖克魯斯拓荒時的照片，還有他在科恰班巴擔任領事以及在畢屋拉任省長時的照片。我仰面躺在床上，在一片黑暗中，非常想念胡莉亞姨媽；而且想到，毫無疑問，不管採取怎樣的方式，他們遲早會眞的把我們分開。我十分惱火，認爲那一切都是愚蠢卑鄙的。這時，彼得羅·卡瑪喬的形象突然閃現在我的腦海裡。我想到舅父舅母表兄弟姊妹爲了胡莉亞和我的事所打的那些電話；我又彷彿聽到了電臺聽眾的電話，他們對那些改了名字、從下午三點鐘的廣播劇跳進五點鐘的廣播劇的人物，以及那些攪得像原始森林般雜亂無章的故事困惑不解。我拚命想猜出卡瑪喬這位文人亂糟糟的腦袋裡發生了什麼事。但是，我並不覺得好笑，相反的，想到中央電臺的配音員和音效技術人員、祕書、警衛聯合起來設法擋掉電話，防止這位藝術家遭辭退，心中十分感動。想到盧西亞諾·潘多、荷塞菲娜·桑切斯和音效師竟認爲我這個無足輕重的人能夠影響赫納羅父子，心情也很激動。在他們眼裡，我居然成了重要人物，那麼他們該是把自己看得多麼渺小，他們的收入該是多麼微薄啊！我不時心生難以遏止的衝動，想馬上見到、撫摸、親吻胡莉亞姨媽。就這樣，晨曦射進我的房間，我聽到了黎明的犬吠聲。

我到泛美電臺頂樓的時間比平日早。帕斯夸爾和小巴布利托八點鐘來上班時，我已把全部新聞稿準備好，並且讀過了每份報紙，標出了選用的文章，用紅線畫好（便於抄錄）。我邊做這些事邊看著手表，胡莉亞姨媽分秒不差地在我們約好的時間打來了電話。

「我一夜沒闔眼。」她告訴我，聲音輕得難以聽見。「我非常愛你，小巴爾加斯。」

「我也非常愛你，一心一意地愛。」我輕輕對她說，看到帕斯夸爾和小巴布利托湊過來想聽清楚些，我非常生氣。「我也是一夜未闔眼，一直在想你。」

「你不知道我姊姊和姊夫對我顯得多麼親熱。我們甚至還一起打撲克牌！我真難相信他們已經知道了我們的事，並且正在搞陰謀。」

「可是他們確實知道了。我的父母已通知說要來利馬，就是為這件事。他們從來不在這個時候旅行。」

她停頓了一下。我猜想，在電話的另一端，她的神情會是多麼憂傷、憤怒、失望。我再一次對她說我愛她。

「照我們的約定，下午四點我再打電話給你。」她終於對我說。「我現在是在街角中國人的鋪子裡，後邊有一隊人等著打電話，再見了。」

我下樓去找小赫納羅，他不在。我留了話，說有急事。為了找點事做，為了設法填補感情上的空虛，我到學校去了。那時正在上刑法課。我一直覺得刑法課的教授像小說中的人物。他是淫魔和穢語狂的完美化身。他看女學生的時候，像是要把她們的衣服剝光。隨便什麼事他都能用來說成雙關語、講下流話。某個胸部平坦的女同學回答問題回答得很好，他就意有所指地說：「您非常地『切中要點』，小姐。」講解法律條文時，他又慷慨激昂地講起性病來。

我回到電臺時，小赫納羅正在辦公室等我。

「我想你不會是要求加薪吧。」我一進門，他就這樣說。「我們幾乎要破產了。」

「我想跟你談談彼得羅·卡瑪喬的事。」我要他放心。

「你知不知道他愈來愈無法無天了？」他對我說，彷彿覺得很好笑似的。「他把一個廣播劇的人物搬到另一個廣播劇中去，給他們改名字，把劇本的情節打亂。他正在把所有的故事變成一個。這還不是個『天才』嗎？」

「對，這事我聽到了。」我對他說，看到他滿腔熱忱，我有些惶恐。「正巧昨天晚上我和配音員談過了。他們很擔心。卡瑪喬工作時數太長，我們認爲過量的工作把他壓垮了。再這樣下去，你會失去這隻下金蛋的雞。何不讓他放個假休息休息呢？」

「讓卡瑪喬放假？」開明的企業老闆嚇壞了。「是他向你提出了這樣的要求嗎？」

我告訴他不是卡瑪喬要求的，而是他的合作者建議的。

「卡瑪喬那樣地要求他們，令他們對辛苦的工作感到厭煩了，想擺脫他幾天。」小赫納羅說。「現在讓他放假那簡直是瘋了。」他拿起幾張紙，帶著勝利的神情揮舞著。「這個月我們又創了高收聽率。也就是說，他把不同故事串在一起的想法是行得通的。我父親對那些存在主義感到不安，但是存在主義卻大有斬獲，民調結果就在這裡。」他又笑了。「總之，只要觀眾喜歡他，那就只好忍受他的怪誕言行。」

爲了不弄巧成拙，我不再堅持。誰能說小赫納羅的揣測沒有道理呢？爲什麼那些不連貫的劇情就不是玻利維亞文人精心設計的結果呢？我不想回家，於是決定去揮霍一下。我說服電臺會計預支了些錢給我，隨後便離開泛美電臺到彼得羅．卡瑪喬的斗室去，請他與我共進午餐。自然，他正在專心致志地打字，很不情願地接受了我的邀請，並且提醒我，他沒有很多時間。

我們去了昌卡伊街區，那裡，在聖母馬利亞教會學校後面有家當地人開的餐廳，他們的招牌特色是亞雷基帕傳統菜肴。我對卡瑪喬說這裡的餐點可能讓他想起著名的玻利維亞辣味菜。然而，藝術家忠於他節制食欲的準則，只點了雞蛋湯和紅豆泥，結果也沒怎麼吃。他沒有點餐後甜點。由於他要的檸檬馬鞭草薄荷茶泡得不好，他對著侍者破口大罵，侍者被罵得啞口無言。

「我最近很倒楣。」我們剛點完餐，我就這樣對他說。「我家裡的人發現了我和你的同鄉談戀愛，由於她年紀比我大，又是個離過婚的女人，他們很不高興，想要拆散我們，我很痛苦。」

「我的同鄉？」文人一下子怔住了。「您正在跟一個阿根廷女人戀愛？不，請原諒我，是跟玻利維亞女人戀愛？」

我提醒他，他是認識胡莉亞姨媽的，我們曾一塊兒去過他在塔帕達公寓的住所，並且在那兒和他一起吃了一餐；還有，我從前向他提過我在戀愛中遇到的麻煩，他要我用吃瀉藥和寫黑函的辦法解決。我是故意提醒他的，連細節都描述出來，同時觀察他有何反應。他非常認眞地聽，眼睛都不眨一下。

「碰到這些不順心的事沒什麼不好。」他邊喝湯邊說。「苦難是一位好老師。」

接著他便改變了話題，大談烹飪技術，以及爲了保持道德高尚而必須節制食欲的道理。他向我斷言，吃過多的脂肪、澱粉、糖會使人道德感遲鈍，引人犯罪並染上惡習。

「您可以在熟人中作個統計。」他建議我說。「那您會看到墮落的人多是胖子。相反，沒有哪個瘦子會染上壞習慣。」

儘管他盡可能掩飾，仍然顯得發窘。他講話不似往常那樣自然和充滿信心，顯然是在說些搪塞的話。實際上他心事重重，卻不想說出來。在他那雙突出的小眼睛裡流露出一絲焦慮、恐懼和羞慚的陰影，他不時地咬著嘴唇。他那頭長髮上滿是頭皮屑。他的脖子在襯衫中一下向前、一下向後，我因而發現他掛了一枚小紀念章，而且他不時摸著。他把紀念章拿給我看，解釋說：「這是一位非常靈驗的神，是耶穌。」他臉色發白，身上那件黑色西裝外套顯得鬆垮。我原本決定不提廣播劇的事，但看他把胡莉亞姨媽忘了，也把我們關於她的談話忘了，我興起一股想要窺探的好奇心。我們已喝完雞蛋湯，正喝著紫玉米汁，等侍者送來主餐。

「今天上午我跟小赫納羅談了您的事。」我對他說，儘量使語調隨意些。「我聽到一個好消息。根據廣告代理商的調查，您的廣播劇聽眾又增加了，甚至連石頭都在收聽。」

我注意到他神情嚴峻而死板，移開了目光，迅速地把餐巾捲起又打開，不停眨著眼睛。我躊躇了一下，不知要繼續講下去還是改變話題，但是強烈的好奇心占了上風。

「小赫納羅認爲，聽眾的增加應歸功於這種把一個廣播劇中的人物搬進另一個廣播劇、把許多故事串在一起的嶄新作法。」我說，他聞言立刻掉了餐巾，搜尋著我的目光，臉色煞白。「他覺得這招很高明。」我趕緊補充道。

由於他一語不發，只是看著我，我便繼續講下去，但舌頭已不聽使喚了。我談到前衛作家，談到實驗性作品，引證或者編造了一些作家的名字，並且對他保證這些人爲歐洲開啓了先例，而且他們的改革就類似他的作法：在故事發展過程中改變人物的身分，故意造成刺眼的不連貫，就這樣抓住讀者的心。紅豆泥端來了，我開始吃飯。謝天謝地，可以不必再說話了，我還低下眼睛不再繼續看著玻利維亞文人的狼狽相。我們沉默了好一會兒，我吃飯，他用叉子攪著豆泥和米飯。

「我遇到了一點麻煩事。」他終於低聲說道，彷彿自言自語。「我搞不清楚我寫的劇本，不知道自己在做什麼，故事就這樣變得一片混亂。」他惶恐不安地看了我一眼。「我知道您是個忠厚的青年，是個可信賴的朋友，您千萬什麼也不要透露給老闆知道！」

我裝出吃驚的樣子，一再親切地告訴他不必過慮。他已變成了另一個人：內心痛苦、缺乏自信、脆弱，泛青的前額上冒著汗珠，閃閃發光。他敲敲太陽穴。「當然，我的腦袋就像一座沸騰著靈感的火山。可是記憶不聽話了。我指的是關於名字的事。說句心裡話，朋友，我並不想把它們弄亂，卻還是弄亂了。待我發現，已經遲了。沒辦法，只好變著戲法讓它們回到應有的位置上，搬過來搬過去移花接木一番。我的指南針混淆了南北方向，情況很嚴重，非常嚴重。」

我說他累了，沒有一個人那樣工作而身體不垮的，他應該去休假。

「休假？那只能是進墳墓以後的事。」他回答說，滿臉威脅的神氣，彷彿我冒犯了他。

但是，過了一會兒，他卻恭順地告訴我，發覺自己變得健忘之後，他曾想過做卡片，只是不可能，因爲沒有時間，連查查節目表的時間也沒有，他必須把全部時間用在創作新劇本上。「如果我停止創作，天就會塌下來。」他喃喃自語道。爲什麼他的合作者不能幫助他？爲什麼出現疑難的時候，他不去求助這些人？

「我絕不求助。那將會使他們不再尊重我。他們只是原料，是我的兵，如果我幹這種蠢事，勢必給自己帶來麻煩。」

他陡然中斷了我們的對話，去訓斥侍者，因爲他發現送來的紫玉米汁淡而無味。而後我們不得不跑步到電臺去，因爲下午三點鐘的廣播劇在等他。告別的時候，我對他說，爲了幫助他，我願盡力效勞。

「我對您的唯一要求是保持沉默。」他對我說，臉上掛著一絲冷笑，接著又補充說：「您別擔心，兵來了將擋，水來了土掩，車到山前必有路。」

回到我的頂樓辦公室，我查閱了下午的報紙，標出選用的新聞，定好六點鐘採訪一位做歷史研究的神經外科醫生。這位醫生利用人類學博物館借給他的印加人醫療器械施行了腦顱環鋸術。下午三點半，我開始一會兒看看手表一會兒看看電話。四點整，胡莉亞姨媽打來了。那時帕斯夸爾和小巴布利托還沒有來。

「吃午飯的時候我姊姊跟我談了。」她對我說，聲音悽慘。「這件醜事鬧得太大了，你的父母要來跟我算帳。姊姊要我回玻利維亞。我有什麼辦法？只好走了。」

「你願意跟我結婚嗎？」我問她。

她笑了，但並不很愉快。

「我講眞的。」我堅持說。

「你眞的要我和你結婚嗎？」胡莉亞姨媽又笑了，這一次有些高興了。

「你答應不答應？」我追問。「快一點兒，帕斯夸爾和小巴布利托馬上就到了。」

「你向我提出這樣的要求，爲的是向你家人證明你已經是個大人了嗎？」胡莉亞姨媽對我說，語調親切。

「也有這種考慮。」我承認說。

14

與維多利亞足球區相毗鄰的門多薩垃圾區有個神父——可敬的塞費里諾·萬卡·萊瓦先生。他的故事要追溯到五十年前一個狂歡之夜。那天晚上，某個喜歡跟烏合之眾攪和的名門青年在奇里莫沃的街巷裡強姦了一個風流的洗衣婦，她叫內格拉·特蕾西塔。

這名洗衣婦已有八個孩子，沒有丈夫，而且也絕不會再有男人娶她為妻。所以，當她發現自己又有了身孕，便立刻去求助宗教法庭廣場上的安赫麗卡太太：她博學多聞，也幫人接生，然而她更為人所知的專長是把胎兒的靈魂直接送進天堂（簡單地說就是打胎婆）。但是，儘管安赫麗卡太太給內格拉·特蕾西塔服了有毒的湯藥（那是用老鼠泡在她的尿裡製成的），那個非婚所孕的胎兒卻頑強地附在母體的胎盤上拒不離開，這也預示了他未來的性格多麼倔強。他繼續待在母腹中，螺旋似的變換著胎位，發育成形。從那個狂歡節夜晚被姦汙算起已九個月，洗衣婦除了把他生下來之外，沒有別的選擇了。

為了取悅他的洗禮教父（議會的門房），這孩子取了與教父同樣的名字塞費里諾，然後加上母親的兩個姓。童年時，絲毫看不出他會成為一個神父，因為他所喜歡的不是宗教禮儀，而是打鬧和放風箏。不過，從他會說話以前就看得出他是性格剛毅的人。洗衣婦特蕾西塔奉行斯巴達式或達爾文式的教育哲學，也就是要讓孩子懂得如果想在這座叢林中生存下去，就必須學會咬和被咬；至於喝牛奶和吃飯，滿三歲以後便完全是他們自己的事了，因爲她每天要洗十個鐘頭的衣服，還要花八個鐘頭跑遍利馬送衣服。即使這樣，也僅能維持她本人和幾個尚不會走路的孩子的生活。

爲了活下來，這個私生子和他在娘胎時一樣頑強：他能夠靠垃圾桶中的各種髒東西餵飽自己，不惜和乞丐與狗爭奪。塞費里諾．萬卡．萊瓦同母異父的兄弟姊妹要麼患肺結核或食物中毒、像蒼蠅一般夭折而死，要麼成年之後身心有所缺陷，不能完全闖過一次次的考驗，而他卻健康、結實，智力也還可以。當洗衣婦（患了恐水症？）不能再繼續工作時，是塞費里諾扶養她。後來，他還在吉梅特教堂爲她舉行了第一流的葬禮，那也是奇里莫沃區有史以來最隆重的葬禮（當時他已是門多薩教區的神父了）。

這個早熟的孩子爲了賺幾分錢什麼也能做。他剛會說話，就懂得到阿班凱林蔭道上向路人行乞，他那副泥臉和小天使般的神情使得貴婦深感愛憐。後來，他擦過皮鞋，泊過汽車，賣過報紙、潤膚乳液、牛軋糖，當過體育場的帶位員，在二手服飾店做過學徒。當時，誰想得到這個髒手髒腳、滿頭蝨子、衣衫襤褸的孩子數年後會成爲祕魯最有名的神父呢？

沒人知道他是怎麼識字的，因爲他從來沒有上過學。在奇里莫沃，傳說他的教父、議會門房曾教他字母和拼音，其餘都是來自他的勤奮，正如大道上的小孩子只要埋頭苦讀也能成爲諾貝爾獎得主。塞費里諾．萬卡．萊瓦十二歲時，跑遍利馬城到各家搜羅不可穿用的舊衣服和破鞋子（然後拿到街上賣）。這時他認識了讓他後來成爲神父的人：名叫瑪依黛．溫薩特吉的巴斯克女莊園主。在她身上很難判斷是她的家產重要、還是對耶穌的虔誠信仰重要。這位莊園主從她奧蘭蒂亞區聖斐理伯大道摩爾人的住宅走出來，司機爲她打開了凱迪拉克轎車車門時，她發現了街中央的那個私生子正靠著手推車站著，車上裝滿了這天早晨收來的舊衣服。他的淒苦與貧困、他那雙慧黠的眼睛、他那小狼般不羈的神氣，讓她覺得很有意思。她告訴這個私生子，太陽下山之後會去看看他。

在奇里莫沃，當塞費里諾說傍晚將有一位夫人由身穿藍色制服的司機開豪華房車來看他的時候，四鄰都哄笑起來。但是，下午六點鐘，一輛凱迪拉克停在巷口，瑪依黛．溫薩特吉太太有如公爵夫人般衣著華麗、舉止文雅地來打聽特蕾西塔住在哪兒。這時大家才相信了（同時感到驚訝不已）。瑪依黛．溫薩特吉是那種連行動時間都算得出來的滿腦袋生意經的太太，這次卻直截了當地向洗衣婦提出了讓她歡欣鼓舞的建議。瑪依黛．溫薩特吉太太將負責支付塞費里諾．萬卡．萊瓦的教育費用，並給他的母親一萬索爾的補助，讓這個孩子成爲神父。

就這樣，這個私生子成了馬格達萊娜．德馬爾區聖托里比奧．德莫葛維霍神學院的住宿生。不同於那些先是覺得從事神職是天職而後選擇攻讀神學的學生，塞費里諾．萬卡．萊瓦是入學之後才領會自己生來就是做神父的。他是個虔誠而勤奮的學生，老師都寵愛他，內格拉．特蕾西塔和他的女保護人也都爲他感到光榮。他的拉丁文、神學、教義學的分數最高，在望彌撒、祈禱和自我懺悔等方面也表現得完美無缺；不過，從青春期起，在他身上就看得出一些日後的端倪，即後來在他的大膽行爲引起的論戰中，他的擁護者稱之爲「宗教熱情」而他的誹謗者稱之爲「專橫跋扈及奇里莫沃的不良影響」的跡象。比如，接受神職之前，他就向神學院的學生宣揚復興十字軍的理念。他主張與撒旦搏鬥時不僅要用溫和的祈禱與祭禮作武器，而且要用暴烈的（他斷言這種武器更有效）捶打和撞擊，必要時甚至舞刀弄槍。

神學院院長驚恐不已，紛紛出來反駁這些狂言邪說；但是，瑪依黛．溫薩特吉太太卻給以熱烈支持。作爲仁慈的莊園主，她支付神學院三分之一學生的費用，院長們也只好忍氣吞聲，對塞費里諾．萬卡．萊瓦的理論裝作視而不見、聽而不聞，任其自然了。他不僅僅是宣傳理論，還用實踐來證明。這個來自奇里莫沃的小伙子只要出門，每次傍晚回來時總是帶回武力說教的例子。一天，他在奇里莫沃熙熙攘攘的大道上看到一個醉漢棍打妻子，便出手干預，踢斷了這個傢伙的骨頭，並教訓他應該怎樣做一個好基督徒、好丈夫。另一天，他在五角區的公車上突然抓到一個想偷老太太錢的扒手，他用拳頭把扒手打倒了（後來，他又親自把扒手送到公共急救站去，把臉上的傷縫合好）。還有一天，他在瑪達穆拉森林撞見一對男女正在草叢裡放蕩取樂，便痛打了他們一頓，還威脅說他們如果不想再挨揍就要立刻結婚。但是，塞費里諾．萬卡．萊瓦這套「不打不成聖」的格言登峰造極的表現，是他在神學院的小教堂裡一拳揮向他的指導老師、湯瑪斯主義哲學教師、溫和的神父艾貝托．金德羅斯的下巴，因爲這位神父，或許是出於友愛，或許是出於關懷，企圖吻他的嘴。可敬的神父金德羅斯爲人端正誠實，寬宏大量（他曾是名利雙收的心理學家，最著名的事件是治癒了一名在皮斯科郊外開車輾死親生女兒的年輕醫生。直到晚年他才成爲神父），他被送到醫院縫合嘴上的傷口，裝了三顆假牙。從醫院回來後，他還反對把塞費里諾．萬卡．萊瓦趕出神學院（他是那種打了他的左臉還會把右臉奉獻給你、死後因而得以在教堂祭壇上擁有一席之地的人），更親自主持了那個私生子就任神父的彌撒。

但是，塞費里諾．萬卡．萊瓦還在神學院當學生時，就堅信教堂應該毫不留情剷除邪惡，這讓院長惴惴不安。然而，更讓他們如坐針氈的是他（大公無私地？）認爲任何方法、種類、形式的自慰都不應視爲道德之罪。儘管老師多次訓斥，引證《聖經》和教皇怒斥俄南之罪（俄南爲

《聖經》中的人物，「俄南之罪」指手淫）的無數訓諭，想把他從歧路上挽救回來，但是打胎婆安赫麗卡太太接生的孩子仍像在娘胎時那麼固執，夜裡偷偷地鼓動他的同學，說手淫是上帝專門想出來補償教士的貞潔誓願的，因而在任何情況下都是容許的。他說，罪孽在於享用女人或（更變態地）他人的肉體。可是，這種手指加幻想所能得到的卑微、孤獨、不會產生下一代的快感，幹麼要羞羞答答、偷偷摸摸、提心弔膽呢？在可敬的神父萊昂西奧·薩卡里亞斯的課堂上宣讀的一篇論文中，塞費里諾·萬卡·萊瓦在闡述新約全書一些詭詐片段時甚至說有理由提出這樣的假設：耶穌本人就曾經（也許在認識抹大拉的馬利亞之後？）藉由手淫抗拒做出不潔之舉的衝動。薩卡里亞斯神父聽了之後，當場昏倒在地，而受巴斯克鋼琴家保護的人則因爲褻瀆神明險些被神學院退學。

塞費里諾後悔了，他要求寬恕，被迫懺悔。有一段時間，他再也不散布那些惹老師生氣、使學生激動的胡言亂語了。但他本人卻繼續實踐自己的理念，因爲不久後告解神父就又聽到他往咯吱作響的懺悔室隔板前一跪，說道：「這個星期我愛上了示巴女王（古阿拉伯葉門示巴城女王，以富有著稱，曾去耶路撒冷拜訪以博學多才聞名的所羅門）、大利拉（《聖經》裡參孫的情婦，是她洩漏了參孫力大無比的祕密）和荷羅否南之妻。」正是這種迷戀，使得本來能讓他增廣見聞的海外之旅未能成行。塞費里諾·萬卡·萊瓦方被授予聖職；儘管他常發表種種異端邪說，但由於他一向勤奮好學，誰也不懷疑他是個才氣橫溢的人，所以院長決定派他到羅馬額我略大學去攻讀博士課程。這個新上任的神父馬上宣布他預計要做的論文研究（所謂研究，就是在梵蒂岡圖書館中查閱蒙塵的手稿來損害視力）題目是《論教士貞潔的堡壘——孤獨者的惡習》。他的想法激怒了院長，遭到斷然否絕。於是，他放棄了羅馬之行，埋沒在門多薩這座人間地獄裡，以後再也沒有離開。

當他知道利馬的神父都像害怕瘟疫那樣害怕門多薩時，他自己偏偏選擇了這個地方。此地所以令人聞之色變，不僅由於病菌滋生使得這個泥沙小路縱橫、五花八門的材料（紙板、鐵皮、草墊、木板、破布、報紙）搭成的破房子遍地皆是、外觀亂糟糟的地方變成了一座形形色色的傳染病和寄生蟲的大本營，更由於那兒暴力猖獗。那時的門多薩確實稱得上是一所「犯罪大學」，它的「無產階級專門學科」包括：闖空門、賣淫、械鬥、詐騙、販毒、拉皮條。

塞費里諾・萬卡・萊瓦神父花了兩天的時間親手蓋了一間簡陋的土坯房，沒有門，又從帕拉達轉手買來一張破床和草墊。他宣布每天七點鐘舉行露天彌撒；並且告訴居民：星期一至星期六，兩點鐘到六點鐘為女眾做懺悔、六點鐘至半夜為男眾做懺悔，以免男女混雜。他也昭告天下說他打算辦學堂，每天早晨八點到下午兩點上課，區裡的孩子可以在那兒學到拼字、算術和教義。但是，嚴酷的現實對他的熱情潑了一桶冷水。來聽晨間彌撒的只有幾個風燭殘年、結滿眼屎的老叟老婦。有時無意中他們就做出那種「某國家」（這個國家似乎是以肉牛和探戈聞名吧？）的人對神明不敬的事來：在神聖的時刻放屁，穿著衣服大小便。至於下午的懺悔和白天的學堂，連個偶爾來看看熱鬧的人都沒有。

這是怎麼回事？原來本區有個巫醫，名叫哈依麥・孔查，從前是個壯得像頭牛的國民警備隊警官，後來由於奉總部命令槍決了一個從東方某個港口乘船來到卡亞俄做密探的可憐黃種人，從此便離開警備隊，在平民百姓中行醫。他在這一行做得有聲有色，因此在門多薩頗得人心。他看到塞費里諾來到這裡，並有可能和他爭奪民心，恐怕威脅到他的地位，便組織教徒一同抵制。

塞費里諾・萬卡・萊瓦從某個告密者（原門多薩的女巫瑪依黛・溫薩特吉太太，一位潦倒的血統高貴的巴斯克女人，被哈依麥・孔查趕走的本區女王和貴婦）那兒得知此事後，喜形於色，樂不可支，覺得實踐「武力說教」的良機終於來到了。他像馬戲團的報幕員似的跑遍蒼蠅橫飛的條條陋巷，扯著嗓門告訴眾人：那個星期日上午十一點，他將和巫醫在足球場用拳頭決一雌雄。當健壯的哈依麥．孔查來到塞費里諾的土坯房，問他這是否意謂著一次挑戰時，那個奇里莫沃人只是冷冷地反問他是否喜歡用刀子交戰而不喜赤手空拳。這個前警官笑得前仰後合地走開了，他對居民說，他從前當憲兵時，只要在街上遇到惡狗，常常是伸指彈彈牠的腦袋，把牠彈死。

神父和巫醫的這次交手不僅在整個門多薩區、而且在維多利亞區、保爾貝尼爾區、塞羅．聖科斯梅區、奧古斯定區都引起騷動，居民紛紛前來觀戰。塞費里諾神父穿著褲子和襯衫出場，動手之前畫了十字祈禱。這場搏鬥的時間很短，但引人注目。奇里莫沃人在體力上處於劣勢，但他詭計多端。剛一開戰，他就把一包預先準備的辣椒粉撒向對手的眼睛（後來他自鳴得意地解釋說「在我的故鄉，決鬥時大可不擇手段」），勇士歌利亞被聰明的大衛用石頭擊垮了（典出《聖經》。勇士歌利亞被大衛用一塊大石頭擊中前額致死），兩眼無法睜開，身體搖搖晃晃。接著神父又連連狠踢哈依麥下體，他再也支援不住，彎身倒了下去。神父並不讓哈依麥喘息，緊接著瞄準臉部發動攻擊，左右開弓打耳光，直到把他打得爬不起來。在地上又是一頓毒打，踩他的前胸後背。哈依麥．孔查痛苦而羞愧地號叫著認了輸。在一片掌聲中，神父塞費里諾．萬卡．萊瓦跪下去，仰面朝天，雙手合十，虔誠地祈禱。

這起事件（甚至還見了報，大主教十分不悅）使塞費里諾神父贏得了那些尚未信服的教民的好感。從此，來聽晨間彌撒的人多了，甚至有些有罪過的人，特別是女人，前來要求懺悔；儘管來的人不多，占不了樂觀的神父（依據他所預估的門多薩區罪人數量）預定的時間的十分之一。另一件在區裡大受歡迎並且爲他爭取了新的信徒的事情，是他在哈依麥．孔查慘敗之後對待他的態度。他親自協助居民爲他塗藥水、藥膏，並且宣布不僅不把他趕出門多薩，還要以拿破崙式的慷慨，請剛剛敗在自己手下的將軍喝香檳、把女兒嫁給他，準備和他在教區合作，讓他做教堂司事。巫醫被准許繼續賣神水，賣給朋友或敵人、善人或惡人都可以，但是不能賣得太貴，神父親自定了價格。此外，巫醫不能涉及靈魂問題。他也被准許繼續為那些脫臼和受傷的居民接骨行醫，但是不能為那些應該送進醫院的人治病。

塞費里諾·萬卡·萊瓦神父利用種種不甚正當的手法，成功地讓孩子們像蒼蠅聞到了蜜、鰹鳥發現了魚一般受吸引到他那一度不景氣的學校來，同時也引來了宗教法庭的第一次嚴重警告。他宣布孩子們每來學校念書一星期就可得到一張彩色聖母圖。所謂的聖母圖實際上是女人的裸體照——否則這種釣餌是不能把那些衣衫襤褸的孩子吸引得迫不及待來上學的。那些裸體照顯然不是聖母像，有些孩子的母親對這種教學方法感到驚訝，神父鄭重地向他們保證：儘管看起來似乎難以置信，但那些「聖母像」確實能使他們的孩子遠離不潔的肉欲，從淘氣鬼變成溫順聽話的孩子。

而為了讓當地的少女也願意到學校來，他引述《聖經》裡視女性為最初的罪人之言論，請瑪依黛·溫薩特吉奉獻其人生智慧，把她在廷戈·馬利亞鎮經營妓院長達二十年的經驗傾囊相授。瑪依黛·溫薩特吉以各式各樣有趣的課程吸引當地少女前來，教導她們如何彰顯自己的魅力，好比：運用這些那些東西，就算不花錢買化妝品也有胭脂花粉之效；利用棉花、揉成團的舊報紙甚至針插，讓身體曲線顯得更為豐滿；教她們跳倫巴舞、瓜拉恰舞、波羅舞、曼波舞等時下流行的舞蹈。前來視察教區的神父眼見成群妙齡女子聽著瑪依黛·溫薩特吉的口令，輪番套上此地唯一一雙高跟鞋，學著款擺腰肢踩著妖嬈的腳步，不禁目瞪口呆，一句話也說不出來。好不容易回復了神色，他質問塞費里諾神父，難不成是在這兒開了家妓女學校。

內格拉．特蕾西塔的兒子直言不諱地回答：「可以這樣說：既然她們不得不幹這一行，那至少要幹得像個樣子。」

（正是因爲這件事，塞費里諾神父受到了教會法庭的第二次嚴重警告。）

但是，塞費里諾神父並非像他的誹謗者散布的那樣，是門多薩區的頭號皮條客。他只不過是個務實的人，深知生活的現實。這位神父並非提倡賣淫，而是要讓賣淫成爲正派的事。爲了不讓那些以賣淫爲業的女人（十二歲至六十歲的門多薩女人無一例外）染上淋病悲慘地死去，他展開了英勇的奮鬥，取締了本區二十多家妓館（有時候，取締後又重新設立起來），此一公共衛生和社會福利方面的英雄事蹟讓塞費里諾神父多次挨刀子，卻也受到了維多利亞區長的讚賀。在這件事上，他採取了他的武力說教哲學。他讓哈依麥．孔查走遍大道小巷、大呼小叫地向大眾宣傳，法律和宗教禁止人類剝削弱者，因此哪個男人敢剝削女人，那就要準備吃他的拳頭。於是，他打掉了格蘭．馬加里納．巴切克的下巴，把帕德里尤打成了獨眼龍，揍得彼德里托．卡洛特再也不舉，馬喬．桑彼德里成了傻瓜，科希諾巴．萬巴查諾鼻青臉腫。在這場唐吉訶德式的戰役中，某一晚，塞費里諾．萬卡．萊瓦神父遭到了伏擊，被戳了好幾刀。襲擊者以爲他死了，把他扔到爛泥裡去餵狗。但是這個達爾文主義的小伙子的生命力勝過了刺在他身上的又鏽又鈍的刀片，又活了下來，只是身上留有五、六處傷疤——淫蕩的女人常常覺得男人臉上和身上這些鐵的印記很性感。經過審訊，襲擊者的首領亞雷基帕人以西結．德爾芬（一個具有聖經典故的名字加上一個取之於海生動物的姓氏）被當作無藥可救的瘋子送進了瘋人院。

犧牲和努力獲得了神父所期望的成果，門多薩區令人驚奇地消除了妓院。塞費里諾神父成了本區女眾崇拜的人物，從此以後，她們成群結隊地去望彌撒，每個星期都祈禱。爲了使她們在賴以爲生的職業中少受其害，塞費里諾神父爲門多薩區請來了一位公教進行會的醫生，指導女性如何防止性病，教她們及時在顧客或自己身上發現淋病雙球菌的實際可行的方法。有時瑪依黛．溫薩特吉向女人灌輸的避孕措施未能奏效，塞費里諾神父便讓奇里莫沃的安赫麗卡太太的學徒住到門多薩來，請她及時把那些「販賣愛情」產生的胎兒打發到天堂去。當教會法庭得知神父主張採用保險套和子宮帽並且積極鼓勵墮胎時，便給了他第十三次警告。

塞費里諾神父受到第十四次警告是由於他大膽成立了那所「職業學校」。在這所學校裡，區裡那些有經驗的老手在輕鬆愉快的交談之下（在利馬烏雲覆蓋或者偶爾繁星密布的夜空下沒完沒了地講著奇聞軼事）教那些毫無閱歷的新手各式各樣掙錢糊口的方法。比如怎樣把手巧妙地、神不知鬼不覺地插進隨便什麼樣的口袋、手提包、皮夾或手提箱裡面，在各種不同的物品中找到自己所要獵獲的東西；比如隨便一段鐵絲都能當成萬能鑰匙，發動形形色色的車輛，如果剛巧這車不是自己的話；比如怎樣跑著、走著、騎著自行車同時搶首飾；怎樣無聲無息地翻牆、敲掉窗戶的玻璃，把任何不屬於自己的東西偷來；以及怎樣不經警察局長批准逃出利馬的各個監獄。就連製造匕首（出於嫉妒而生的流言？）或蒸餾毒品的方法在這裡都學得會。因此，這所學校讓塞費里諾神父贏得了門多薩男人的友誼和合作，可是另一方面，卻使他和維多利亞區警察局第一次發生了衝突。一天夜裡，他被帶到警察局，威脅要以異教首腦的罪名審判他，把他關進監獄。自然，還是他那位有影響力的女保護人救了他。

塞費里諾神父這時已經成了受歡迎的人物，報紙、雜誌、電臺都宣傳他的事蹟。他的創建引起廣泛的爭論。有人認爲他是非凡的聖神，是宗教革命的新一代神父的先驅。也有人確信他是擔任從內部破壞梵蒂岡的撒旦第五縱隊的成員。門多薩（是他的功績，還是他的過錯？）成了吸引遊人的地方。好奇的人、朝聖的人、新聞記者、勢利的人，都到這個昔日下層社會的樂園來看一看、摸一摸、拜見塞費里諾神父或向他要親筆簽名。神父的聲譽大振，這造成教會內部分歧，一些人認爲他對宗教事業有益，一些人則認爲有害。

某次在爲耶穌舉行的大巡行中（這是神父帶到門多薩來的儀式，它像野火燎原般盛行開來），塞費里諾神父以勝利者的姿態宣布在該教區沒有一個活著的孩子未嘗受洗，包括剛剛出生十小時的嬰兒，一種自豪感湧上了所有信徒的心。上司對他多次斥責，這一次終於說了幾句祝賀的話。

但是，在利馬聖母聖羅莎節那天卻相反，塞費里諾神父激怒了教區的人。在某次門多薩廣場上的露天講道中，他向群眾宣布，在他管轄的塵土飛揚的地區內，沒有一對夫婦不是在上帝和他的土坯房裡的祭壇前成婚的。祕魯教會的神職人員大爲震驚，因爲他們十分清楚，在這個前印加帝國裡，除了教會和軍隊之外，最堅固而又受尊敬的機構便是未婚同居的住所，所以便親自（不情願地？）來驗收他的英雄事蹟。他們在男女雜交的家戶間東打聽、西張望，看到的景象讓他們覺得很恐怖，並且在嘴裡留下一種嘲弄聖禮的回味。他們覺得塞費里諾神父的講解深奧難懂，而且充滿了方言俗語（奇里莫沃的小伙子在門多薩住了多年之後，把神學院的道地西班牙語忘記了，滿嘴門多薩吉普賽語的粗話和土話），只好由前巫醫和警長利圖瑪出面爲他們說明塞費里諾是如何廢除了男女雜居。他的辦法簡單到褻瀆的地步，亦即在福音書前讓所有交往中或即將交往的男男女女都成爲基督徒。這些男男女女便似乎由上帝安排一般，憑著一時的興致匆忙到他們愛戴的神父那兒舉行婚禮，而塞費里諾神父不會提任何不適宜的問題找他們的麻煩，立刻爲他們舉行聖禮。就這樣，許多人還未喪偶就又多次結婚，教區的夫婦閃電般地離婚、交換伴侶、重婚，而塞費里諾神父用懺悔的淨化來補救在這種罪惡中產生的災難。（他用一句成語來解釋這件事。這成語除了有點異端味道外，還很粗俗，叫作「以毒攻毒」。）塞費里諾被大主教剝奪了職權，遭到了訓斥，差一點就挨耳光了。但是，他卻把此次事件當成里程碑（收到第一百次嚴重警告），大肆慶祝一番。

就這樣，塞費里諾·萬卡·萊瓦神父這個被一些人愛戴卻被另一些人侮辱的爭議對象，在大膽的創見和公開的斥責之中迎接了五十歲的壯年。他前額寬闊，鷹勾鼻子，目光敏銳，爲人正直忠厚。從進神學院開始，他就堅信想像之愛不是罪孽，而是對貞潔的強有力的維護。在那個名叫瑪依黛·溫薩特吉的墮落女人來到門多薩區之前，他一直保持童貞。瑪依黛·溫薩特吉這條天堂的蛇，採取種種充滿女性誘惑力的淫蕩方式裝成社工，而實際上（她畢竟是個女人？）她是個妓女。

她說她曾在廷戈·馬利亞大森林裡無私地工作，爲當地居民從肚子裡抓寄生蟲出來。因爲一群食肉的老鼠吃了她的兒子，她才萬分悲痛地離開了那兒。她有巴斯克血統，所以是貴族。儘管瑪依黛·溫薩特吉腫脹的眼皮和果凍人兒般的走路姿勢應該要讓神父有所警覺，但是，正如巨石被深淵吸了進去一般，他還是不明智地接受了這個女人做他的助手，以爲（正如他說的）她的目的是拯救靈魂和剷除寄生蟲。事實上，她是要神父犯罪。她實行了自己的計畫，搬到神父的土坯房來住，與他的床鋪只隔著可笑的半透明薄簾子。晚上，在燈光下，這個誘人的女人藉口爲了睡得香甜和保持健康要做健身操。但是，巴斯克女人在臥室裡搖臀晃肩、揮臂踢腿的動作能稱之爲健身操嗎？像看皮影戲一般，在燈光的映照下，透過透明的幕簾，她看著神父氣喘吁吁。而後，門多薩的人進入了夢鄉，萬籟俱靜，瑪依黛·溫薩特吉聽到隔簾另一側的床上發出咯吱咯吱的響聲，便恬不知恥地用嗲聲嗲氣的聲音試探問道：「親愛的神父，您睡不著嗎？」

的確，爲了掩飾，這個美麗的妓女每天竟工作十二小時：打預防針，治療疥瘡，爲骯髒的房間消毒殺菌，照料老人晒太陽。而她做這一切的時候，只穿著短袖短褲，雙腿、肩膀、胳膊、腰部裸露著，她說是在森林中過慣了這樣的生活。塞費里諾神父繼續開拓他的富有創造性的事業，但是，他明顯地消瘦了，眼圈發黑，目光時刻追逐著瑪依黛．溫薩特吉，看到她走過，便張大嘴，流出一道情有可原的口水，浸濕了雙唇。這時候，他便養成了日夜雙手塞在口袋裡行走的習慣。他的教堂女司事、從前的打胎婆安赫麗卡太太預言說，他隨時都有得肺病吐血的可能。

神父將死在那名社工的毒手下，還是他那強效解毒劑能容許他生存下來呢？這些解毒劑將把他送進瘋人院，還是送進墳墓呢？門多薩的教民沒有把握地緊盯事情發展，他們針對各種可能的結果下注打賭：巴斯克女人會懷上神父的種、那個奇里莫沃人爲了消滅誘惑會殺死她，或者他會棄教還俗跟女人結婚。當然，生活用一張命裡注定的牌打垮了參加賭局的所有的人。

塞費里諾神父主張教會應回歸到以前的日子，也就是純潔樸素的基督教時代去——那時所有的信徒都住在一起，財富共享。他大張旗鼓在門多薩這座「基督教眞正的實驗室」掀起了重建原始公社生活的運動。夫妻都要分開生活，十五至二十人爲一個團體。在這些團體中，勞動、扶養、家庭義務都實行配給制度，成員同居在改建過的房子裡。改建過的房子能容納這些新的社會型態的組成分子，而這些新的組成分子將取代傳統的夫妻。塞費里諾神父身體力行，擴建了他的房子，屋裡除了那個女社工之外，還安置了兩個教堂執事：前警長利圖瑪和前產婆安赫麗卡太太。這個小小的公社在門多薩是第一個，以它爲榜樣，其餘的公社也要逐步成立。塞費里諾神父規定，在每個天主教公社中，同性別的成員享有最民主的平等，男人之間或女人之間以「你」相稱，但是，爲了不忘記上帝確立的生理構造、智慧和常識的不同，他勸告女人對男人稱「您」，並要儘量避免直視他們的眼睛以示尊敬。做飯、掃地、提水、殺蟑、滅鼠、洗衣和其他家務事輪流負責。不管以光明正大的方式還是以不體面的方式賺的錢，都要歸公社所有，公社在支出共同費用後，剩餘部分平均分配。爲了廢除保密的罪惡習俗，住房沒有牆，所有生活上的事，從大小便到房事，都要當著別人的面進行。

在警察和軍隊像電影裡那樣，帶著卡賓槍、防毒面具、火箭筒開進門多薩進行那次大逮捕之前（這次逮捕把該區的男男女女在兵營裡關了許多天，不是因爲他們曾經或現在是小偷、強盜或妓女，而是由於他們是反動分子和異端分子），塞費里諾神父被帶到了軍事法庭，被控爲在神職人員身分的僞裝下建立共產主義的橋頭堡（由於他的女保護人、百萬富翁瑪依黛·溫薩特吉的斡旋，他被赦免）。建立古代基督教公社的嘗試徹底垮臺了。

當然，塞費里諾神父遭到了宗教法庭的譴責（第二百三十三次嚴重警告），該法庭認爲他在理論上是可疑的，在實踐上是愚蠢的。事實證明庭上是有道理的，特別是門多薩的男男女女在集體主義之下的變態表現更加證明了這一點。第一個問題是性生活的混亂。在黑暗的掩蓋下，集體宿舍中，男女之間互相熱烈地撫摸、接觸、摩擦，或者直截了當地強姦、雞姦、懷孕，結果，由於爭風吃醋，犯罪成倍增加。第二個問題是竊盜，共同生活非但沒有消滅對財產的占有欲，反而刺激了它，使之達到瘋狂的程度。鄰人彼此互偷，甚至連空氣也能偷。同居非但沒有使門多薩的人建立兄弟般的情誼，反而使他們成了死敵。正是在這一混沌失序的時期，女社工（瑪依黛·溫薩特吉？）宣布自己懷孕了，而前警長利圖瑪則承認自己是這孩子的父親。這一結合是塞費里諾神父創建社會天主教的結果，他含著眼淚爲他們舉行了基督教婚禮。（據說從那以後他常常在夜裡哭泣，對著月亮唱哀歌。）

但是，隨後他又不得不馬上對付比失去那個從未弄到手的巴斯克女人更大的災難：門多薩來了一個勁敵——福音派牧師塞巴斯蒂安·貝瓜。這人年紀尚輕，肌肉發達，像個運動員。他剛一來到，馬上就聲明說要在六個月之內爲眞正的宗教（福音派）征服整個門多薩區，包括天主教神父和他的三個輔祭在內。塞巴斯蒂安先生（在做牧師之前曾經是家財萬貫的婦科醫生？）有辦法爭取民心。他付高額工錢請鄰近地區的人來幫他蓋了一幢磚房，，此外還開辦了所謂的「宗教早餐」，免費招待聽他講《聖經》和背唱聖歌的人用餐。門多薩人，要麼被他那雄辯的口才和男中音的嗓子所吸引，要麼被牛奶咖啡和三明治所誘惑，紛紛逃離天主教派的土坯房，投奔福音派的磚房。

當然，塞費里諾神父採用了武力說教。他又向塞巴斯蒂安挑戰，要用拳頭來證明究竟誰是上帝眞正的使臣。但是，由於過度實行使俄南抵住了魔鬼的挑逗那種修煉，這個奇里莫沃人身體虛弱得很，兩拳就被塞巴斯蒂安·貝瓜打倒在地。塞巴斯蒂安·貝瓜二十年來天天都練一小時的體操和拳擊（在聖伊希特羅的萊米吉歐健身房？）。令塞費里諾神父絕望的並不是被打掉了兩顆門牙和打塌了鼻梁，而是用他自己的武器被打敗的恥辱，以及看到每天都有教民離他而去，奔向對手的陣營。

不過，遇強則更強的塞費里諾神父秉持著重病下猛藥的精神，決心孤注一擲。一天，這個奇里莫沃人神祕地把一鐵筒液體帶回坯房，而且不讓好奇的人看見（但是，嗅覺靈敏的人都聞出了那是汽油）。晚上等鄰人入眠之後，由利圖瑪陪同，他用厚木板和粗釘子封住了磚房的門窗。塞巴斯蒂安·貝瓜先生睡得正香，夢到他一個四處行竊的侄子爲姦汙了自己的妹妹而悔恨，最後做了利馬某教區的天主教神父。是門多薩區嗎？這時他不可能聽到利圖瑪把福音派牧師的廟宇變成老鼠陷阱的錘擊聲，因爲前產婆安赫麗卡太太依照塞費里諾神父的吩咐給他灌了濃稠的麻醉藥。磚房一封好，奇里莫沃人就親自澆上汽油。然後，他一邊畫著十字，一邊點燃火柴準備扔上去。但是，有什麼讓他猶豫了。前警長利圖瑪、女社工、前打胎婆、門多薩的狗，看到他在星光下又瘦又長的身影，眼睛裡流露著痛苦的神情，火柴拿在手中，不敢下決心把他的敵人燒死。

塞費里諾．萬卡．萊瓦神父下得了手嗎？他會把火柴扔到房子上去嗎？他將把門多薩的夜晚變成劈啪作響的地獄嗎？他要毀掉自己致力於宗教和公共福祉的一生嗎？或者，還是把手上點燃的火柴踩滅，打開磚房的門向福音派牧師請求寬恕？門多薩區的這個寓言故事將怎麼結束呢？

15

向胡莉亞姨媽求婚的事，我首先告訴了表姊南西而不是哈威爾。我和胡莉亞姨媽通過電話之後，把南西叫了來，邀她一起去看電影。其實我們去了米拉佛拉瑞斯區聖馬丁大道上的「露臺咖啡館」，「月神樂園」的老闆馬克・阿吉萊帶到利馬來的拳擊手也常常在那裡聚會。咖啡館是一棟兩層樓的建築，設計來容納不願此處改爲酒吧的中產階級住戶。我們抵達時，裡面空無一人，這讓我們能靜靜聊天；當我喝下那天的第十杯咖啡時，南西在喝一杯可口可樂。

我們一坐下，我還思索著該如何把事情說得圓滑一些，她倒先開口告訴我一些消息。前一天晚上，在奧爾騰西亞姨媽家開了個會，去了十幾個親戚，專門議論了「那件事」。會上決定由路裘舅舅和奧爾嘉舅媽出面，叫胡莉亞姨媽返回玻利維亞。

「這都是爲了你。」南西對我解釋。「聽說你爸爸很生氣，寫了一封措詞嚴厲的信。」路裘和豪爾赫兩位舅舅很疼我，現在都爲我可能受到懲罰而感到不安和擔心。他們猜想，我爸爸來到利馬時，如果胡莉亞姨媽回玻利維亞去，或許他的怒氣會消一點，不至於過分嚴厲。

「說眞的，現在那些事無關緊要。」我對南西說，態度矜持。「因爲我已經向胡莉亞求婚了。」

她的反應很誇張，很戲劇化，簡直像電影裡的滑稽鏡頭：她正在喝可口可樂，一下子嗆到了，用力咳嗽了一陣，雙眼充滿淚水。

「別再出洋相了，你這白痴！」我生氣地數落她。「我要你幫忙。」

「我並不是因爲你的大新聞嗆到，而是飲料喝進了氣管。」我的表姊咕噥道。她擦著眼淚，不停乾咳，過了幾秒鐘才壓低聲音補充說：「可是，你還是個孩子呢，難道你有錢結婚？你爸爸呢？他會打死你的！」

不過，她立刻被極大的好奇心所征服，連珠砲似的向我問起了一些我尚未來得及考慮的細節：胡莉亞姨媽答應了嗎？我們要私奔嗎？誰做證婚人？我們不能到教堂結婚，因爲胡莉亞姨媽離過婚，是不是？我們要到哪兒去住？

「馬里多啊……」她提完那一大串問題之後又說，臉上顯出驚訝的表情。「你知道不知道，你才十八歲？」

她笑了出來，我也跟著笑了。我說她說的也許有道理，可是現在的問題是她應該幫助我實現計畫。我們一塊兒玩耍、一塊兒長大，感情深厚，我知道無論如何她會站在我這邊的。

「只要你開口，我當然幫你。儘管你徹底瘋了，儘管他們會把我們殺了。」她向我保證。

「還有，你想過沒有？假如你眞的結婚，家裡作何反應？」

一旦舅父母、姨父母、表姊妹、表兄弟聽到我的事情，他們會說什麼、做什麼，我們饒有興味地談論了一陣子。奧爾膝西亞姨媽會哭，赫蘇斯姨媽一定會去教堂，哈威爾舅舅會像往常一樣破口大罵（「不要臉的東西！」），我那個只有三歲，常常把S讀成C的最小的表弟哈伊彌朵會問媽媽什麼叫結婚。說完這些，我們放聲大笑起來。笑得有些神經質，侍者都過來問我們在說什麼笑話。我們安靜下來之後，南西說她答應爲我們臥底，把家裡的動靜和計謀全部轉告我們。我不知道我需要多少天打點、何時才能得知家裡在做什麼打算。另外，她要給胡莉亞姨媽通風報信，經常把她拉到街上去玩，以便我有機會看到她。

南西同意了。「好，好，我當你們的保護人。有一天如果我需要，希望你們也這樣。」當我們走上大街往家裡走去時，我的表姊拍拍腦袋說：「你眞走運！」她記起一件事。「我可以弄到你現在正急需的東西，帕爾塔街的公寓裡有一間套房，裡面附有小廚房和一間浴室。非常小巧。每月五百索爾就夠了。」

那間套房幾天前空了出來，現在是南西的某個女性朋友租用，南西願意找她商量。我對表姊的這種務實精神十分驚訝，她在我飄浮於愛情的雲端時還爲我想到地面上的住宅問題。再說，五百索爾我付得起，我現在多賺的那些錢全被我「揮霍」掉了（像外祖父說的那樣）。我沒再多想，就求南西告訴朋友說有別人要租那間套房了。

離開南西後，我跑到位於「七月二十八日大道」的哈威爾的寓所，可是房裡黑洞洞的，我沒敢驚動房東，她是個脾氣很壞的女人。我的希望落了空，因爲我很想把我的偉大計畫告訴我最好的朋友，並且聽聽他的意見。那天夜裡，我不斷地作噩夢。天亮時，我和總是黎明即起的外祖父一塊兒吃了早飯，然後跑到哈威爾的住處；我到達時，他正要出去。我們一起向拉爾科大道走去，在那裡搭公車到利馬。前天晚上，哈威爾生平第一次和房東以及其他房客聽完彼得羅・卡瑪喬的一整章廣播劇，並且印象很深刻。

哈威爾對我說：「你的伙伴卡瑪喬果眞有兩下子。你知道昨天晚上播送的是什麼嗎？利馬某棟破舊的公寓裡，有一戶從山區來的窮苦人家。他們邊吃午飯邊聊天，突然發生了地震。門窗震動的聲音和人群的喊叫聲都做得很像，我們立刻跟著站起來，格拉希婭太太甚至還逃到花園去了。」

我想像得出多才多藝的音效師是如何吼叫著模仿大地的深沉聲響；借助響鈴和玻璃珠在麥克風前的滾響再現利馬高樓和房屋的震動；以腳踏碎核桃或踢滾石頭，製造出頂棚吱吱作響、牆壁龜裂、樓梯塌陷的聲音。與此同時，荷塞菲娜、盧西亞諾及其他配音員在彼得羅・卡瑪喬的監視下，驚恐萬狀，禱告呼求，痛苦慘叫，高喊救命。

「不過，地震還是次要的。」我還沒向哈威爾描述完音效師的豐功偉績，他打斷了我的話。「最逼眞的是整棟公寓的倒塌，人人都給壓在底下。顯然一個也沒有得救，儘管在你看來這是不可能的。這樣一個把整部小說中的人物都安排在一次地震中死去的人，確實值得敬佩。」

我們已經到了公車站，我再也忍不住了，三言兩語地把昨晚的事情和我的重要決定告訴了他。他裝作毫不驚異的樣子。「那好，你也有兩下子。」他同情地點點頭說。過了一會兒又說：「你確定要結婚嗎？」

「我有生以來還沒有這麼確定過。」我對他宣誓似的說。

當時事情確實如此。前一晚，在我向胡莉亞姨媽求婚時，還像沒考慮清楚，只是一句空話、一句玩笑而已；但是現在，與南西談過之後，我更加堅定了自己的想法，就像我正在轉述一個不可動搖的經過深思熟慮的決定。

「你的這種瘋狂舉動最終會把我送進牢房。」在汽車上，哈威爾一臉無可奈何地做了這個結論。等汽車開過幾條街，到了哈威爾・布拉多大道，他又說：「你的時間很緊迫。如果你的舅父母、姨父母都要胡莉亞姨媽離開，她就待不下去。事情必須在老傢伙到來之前辦妥。你爸爸在這兒，事情就難辦了。」

我們沉默了一會兒。這時公車在亞雷基帕大道的拐彎處停下，讓乘客上下車。開過萊蒙地學校時，哈威爾又開了口，他一心在思考我的問題。「你需要錢，上哪兒去籌呢？」

「向電臺預支一些。把我的舊東西都賣掉，衣服呀，書呀。把打字機、手表當掉，所有能典當的東西都拿去典當，然後狂找其他工作兼差。」

「我也可以典當一些東西，收音機、原子筆、手表……」哈威爾說。他瞇著眼睛，掐著手指計算著。「我看我應該有幾千索爾可借你。」

我們在聖馬丁廣場道別，約定中午在泛美電臺我的頂樓辦公室再見。和哈威爾交談對我很有益處。我非常樂觀，精神飽滿地來到辦公室。我看了報紙，摘錄了新聞。帕斯夸爾和小巴布利托再次來時，我已準備好了第一批新聞稿。糟糕的是，胡莉亞姨媽來電時，他們兩個還沒走，打亂了我們的談話。我不敢在他們面前告訴胡莉亞姨媽我已和南西、哈威爾談過了。

「今天我必須見到你，幾分鐘也好。」我這樣要求她。「一切都在進行中。」

「我突然覺得像洩了氣的皮球。我一向善於對付不利形勢，然而現在卻毫無辦法。」胡莉亞姨媽說。

她有個很好的理由到利馬市中心來而又不引起別人懷疑：到玻利維亞洛德航空公司辦事處訂購飛往拉巴斯的機票。她三點左右經過電臺。我們倆都沒有提起結婚的事，她談起飛機的事讓我很不安。一掛上電話我就到利馬市政府去打聽結婚要辦理哪些手續。我有個朋友在那裡工作，他爲我詢問了一下，以爲是我的親戚要跟個離婚的外國女人結婚。手續繁複得令人震驚。胡莉亞姨媽要出示她的出生證明和玻利維亞及祕魯兩國外交部認可的離婚判決書；我要出示出生證明。可是，我還不到結婚的年齡，需要有我父母同意我結婚的許可證書，或者他們在青少年法官面前親自宣布我是「獨立未成年人」（擺脫家長的管教而獲得合法的權利）。這兩件事都不可能。

我離開市政府，心裡盤算著。即使胡莉亞姨媽的證書全在利馬，單單得到批准就需要幾個星期的時間。如果不在利馬，還要向玻利維亞的有關單位和法院申請，那就需要幾個月的時間。而我的出生證明怎麼辦？我生在亞雷基帕，寫信給那裡的親戚叫他給我寄來也要時間（還要冒風險）。困難一個個接踵而來，彷彿向我挑戰似的。但是，這些困難沒有壓倒我，反而讓我的決心更堅定（我從小就非常固執）。前往電臺的路上，走到《新聞報》辦公室時，我靈機一動，轉身向大學城跑去。到那裡時渾身是汗。在法律系辦公室裡，負責宣布學生分數的里奧弗利歐夫人像往常一樣以母親般的溫情接待我，慈祥地聽我敘述那件複雜的事情：「急需辦理法律手續以不錯過找到工作的唯一機會，這工作能幫我支付學費」。

「按規定是不能這樣做的。」她抱怨著，從滿是蛀洞的書桌前抬起她那巨大的柔軟身軀，帶著我向檔案櫃走去。「我心腸好，你們就總來找我。幫你們辦這種事情，說不定哪天會丟掉飯碗。到時誰也不會為我說情的。」

她翻找學生檔案，灰塵四起，嗆得我和她直打噴嚏。那時我對她說，如果哪天她丟掉飯碗，學生一定罷課。她終於找到了我的檔案，果然那裡面有我的出生證明。她提醒我說只借我用半小時。我只花十五分鐘就在阿桑加羅街的書店影印了兩份，把其中一份還給了里奧弗利歐夫人。我欣喜若狂地來到電臺，感到自己有能力戰勝迎面飛來的所有巨龍。

編完另外兩份新聞稿，為泛美電臺採訪卡烏喬．蓋萊羅（一個歸化祕魯籍的阿根廷長跑健將，他一生追求的就是在打破自己的紀錄。他會圍著廣場晝夜不停地跑，邊跑邊吃飯、刮鬍子、寫字和睡覺）之後，我坐在書桌前閱讀那份繁文縟節的官方文件，猜譯有關我出生的一些詳細記載——我出生在帕拉大道，爺爺和叔父阿萊杭特羅去鎮政府報告我出生了。這時，帕斯夸爾和小巴布利托走了進來，岔開了我的注意力。他們在談論一場大火。受害者都燒焦了，他們模仿著痛苦的呻吟聲，自己笑得要死。我想繼續閱讀那份深奧的證明書，可是我那兩位編輯評論起卡亞俄警察局的警察來，這又打斷了我的思路。警察局被一個瘋癲的縱火狂澆了汽油，警察全被燒死了，從警長到最下級的警察，乃至警察局的寶貝警犬都無一逃脫。

「報紙我都看過了，沒注意到有這條消息。你們在哪兒看到的？」我問他們。又對帕斯夸爾說：「小心，不要把今天的新聞稿都集中在這場火災上。」然後對著他們兩個：「眞是一對虐待狂。」

「不是新聞，而是十一點鐘的廣播劇。」小巴布利托向我解釋。「講的是警長利圖瑪的故事，卡亞俄下層社會的恐怖。」

帕斯夸爾接著說：「利圖瑪警長也被燒得黑炭一樣。本來他逃得掉的，他正要出去巡邏，可是他跑回去救他的隊長。善心使他倒了楣。」

「不是去救隊長，而是去救警犬『喬格利托』。」小巴布利托糾正說。

「這一點沒說清楚。」帕斯夸爾說。「監牢的鐵欄杆有一根砸在他的頭上。我眞希望你也親眼看到了彼得羅·卡瑪喬演出他被燒死的情形，演技眞好！」

「你還沒說那音效呢！」小巴布利托十分興奮。「如果以前有人說用兩根指頭就能演出一場火災，我是不會相信的。可是，馬里奧，我這雙眼睛眞的看到了！」

哈威爾的到來打斷了我們的談話。我和他去布蘭薩咖啡館喝咖啡，這已成了習慣。在那裡，我把我詢問的情況向他簡要說明，並且帶著勝利者的喜悅把我的出生證明展示給他。

「我一直在想，我必須告訴你，你結婚是件愚蠢的事。」他開門見山地對我說，我覺得很不是滋味。「這並不是因爲你還是個孩子，而更重要的是因爲缺錢。你將不得不拚死拚活地賣命才能餬口。」

「也就是說，你也跟我嘮叨那些我媽媽和爸爸對我說的事情。」我取笑他。「就因爲結婚，難道我就得從法律系輟學嗎？難道我永遠不會成爲一個偉大的法律學家嗎？」

「你要是結了婚，連看書的時間都不會有。」哈威爾回答。「你若結婚，將永遠不會成爲一個作家。」

「如果你繼續說下去，我們會打起來的。」我警告他。

「好，那我就把嘴巴封起來。」他笑了。「反正我的心意到了，我是爲你的前途著想。如果南西同意的話，事實上我今天也會結婚的。我們談談什麼？」

「要讓我父母同意我結婚或者取得他們的『獨立未成年人』聲明，是不可能的。需要的全部證明文件，胡莉亞又不可能一下子弄到，這樣一來，唯一的解救辦法是找到一位糊塗的市長。」

「你是說，一個能夠收買的市長。」他糾正我說。他把我看得透透的。「可是，你連飯錢都沒有，哪有錢賄賂誰呢？」

「找個比較糊塗的市長，可以輕易騙過去的。」我堅持說。

「好吧，我們就去找一個這樣的大傻瓜吧，他能違反現行的一切法律讓你成婚。」他又笑了起來。「遺憾的是胡莉亞離過婚，不然你早就可以到教堂結婚了。這樣更容易些，神父當中傻瓜多得很。」

哈威爾總是逗我開心，最後我們拿我的蜜月、我肩負的光榮任務（當然是幫助他擄獲南西的芳心）開起玩笑來，同時對我們不在畢屋拉而感到遺憾，因為在畢屋拉，男女私奔已成家常便飯，找到傻瓜是不成問題的。我們道別時，他答應我當天晚上就去找市長，把所有暫時不用的東西都典當掉，供我結婚之用。

胡莉亞姨媽理應三點鐘經過我這裡，可是三點半了，她還沒有來，我心裡惴惴不安。四點鐘，我的手打字就不聽使喚了，我一個勁地抽菸。四點半，小巴布利托問我是不是不舒服，因為我臉色煞白。五點鐘，我叫帕斯夸爾打電話到我路裘舅舅家，問問胡莉亞的情況。她還沒有回來。過了半小時仍然沒有回來。到了下午六點鐘、晚上七點鐘還是沒回來。處理完最後一份新聞稿，我上了公車，沒有在外祖父母家所在的車站下車，而是一直坐到阿曼達利茨大道，在我舅父母家周圍轉來轉去，不敢去敲門。透過窗戶我望見了奧爾嘉舅媽正為花瓶換水，過了一會兒又看見路裘舅舅關餐廳的電燈。我圍著街區轉了好幾圈，心情很矛盾：不安、氣憤、悲傷、想打胡莉亞姨媽一個耳光、又想親吻她。我帶著不安的心情又走完一圈的時候，看見她從一輛漂亮的小轎車上下來，那車掛著外交使團的車牌。我大步走過去，感到雙腿由於嫉妒和憤恨而顫抖著，恨不得把我的情敵拳打腳踢一頓。不管他是誰。原來是個頭髮斑白的紳士，汽車裡面還坐著一位夫人。胡莉亞姨媽把我介紹給他們，說我是她姊夫的孩子，她的外甥；介紹他們時，說是玻利維亞的大使和夫人。我感到很可笑，同時覺得如釋重負。汽車開走後，我拉起胡莉亞姨媽的手臂，幾乎把她拖過大道，向海岸大堤走去。

「老天，你眞耐不住性子。」我們走向大海時，我聽見她說。「你對可憐的古穆西奧博士擺出一副要掐死他的面孔。」

「我要掐死的是你。我從三點鐘一直等你，現在都夜裡十一點鐘了。你忘記我們有約會嗎？」

「沒有忘記。」她反駁說，語氣很堅定。「我是有意讓你等的。」

我們到了耶穌教士神學院前的那座小公園。那裡沒有遊人，雖然沒下雨，但濕氣使綠草、桂花、天竺葵閃閃發亮。薄霧在燈柱的黃色錐狀頂上蒙了幻覺般的陰影。

「好吧，我們把這場架放到以後去打。」我對她說，讓她坐在海堤上，腳下是懸崖，海浪單調深沉的聲響不時傳來。「現在時間少，要辦的事情多。你的出生證明和離婚判決書在這裡嗎？」

「我這裡有的是去拉巴斯的機票。」她說著去摸手提包。「我星期天走，上午十點鐘。我很高興。祕魯和祕魯人已讓我無法忍受了。」

「我爲你感到遺憾，因爲暫時我們不可能改變國籍。」我對她說；坐到她身邊，搭著她的肩。「不過，我向你保證，總有一天我們會到巴黎去的，住在一間小閣樓上。」

儘管她說的都是刺痛人心的話，可是直到那時她一直很平靜，稍有些戲弄人的樣子，不過她很自信。但是，她臉上突然浮出一絲苦笑，看也不看我一眼，以強硬的口氣說：「你不要讓我太爲難了，巴爾加斯。我之所以回玻利維亞，可說是你親屬的過錯；不過，也是因爲我們的事情是愚蠢的行爲。你知道得很清楚，我們不可能結婚。」

「完全可以。」我說著吻了她的面頰、脖頸，使勁地抱住她，用嘴尋找她的雙唇。「我們需要找個頭腦糊塗的市長。哈威爾正在幫我找。南西已爲我們找到一間套房，是在米拉佛拉瑞斯。我們沒有理由悲觀失望。」

她任我親吻撫摸，但還是顯得很冷淡，很嚴肅。我轉述我和表姊的談話、和哈威爾的談話、我去市政府詢問的情況、我怎樣弄到了我的出生證明；我告訴她，我眞心愛她，即使殺死一堆人我也要同她結婚。我的舌頭使勁地想分開她的牙齒，她卻緊緊咬住。可是，她突然張開了嘴，我才盡情地吻舔她的上顎、牙齦和口水。胡莉亞姨媽伸手摟住我的脖子，和我緊緊地貼在一起，抽泣起來，哭得胸脯一起一伏。我安慰她，可是我的聲音微弱，說不出完整的句子。我不停地吻她。

「你還是個小毛頭。」她在哭泣聲中喃喃地說道。這時，我有氣無力地對她說，我需要她，我愛她，說什麼也不放她回玻利維亞，如果她走我就了卻此生。她終於又開了口，可是聲音特別低，想開個玩笑：「和小毛頭睡覺，天天醒來一身尿。你聽過這個諺語嗎？」

「那是一句不當的諺語，『不應被允許』。」我邊回答，邊以雙唇、指尖爲她擦乾眼淚。

「你的那些證書在這裡嗎？你的大使朋友能不能讓這些證書具有法律效力？」

她好多了，不再哭泣，溫情地看著我。

「能維持多久，巴爾加斯？」她問我，聲音有些悲傷。「過多久你就會厭倦了？一年，兩年，還是三年？過兩三年你把我一腳踢開，我必須從頭開始，你覺得這樣合乎情理嗎？」

「大使能夠讓你的證書合法嗎？」我堅持說。「如果他能從玻利維亞那方幫你，祕魯方面的證書就容易辦了。部裡我會找到朋友幫忙的。」

她盯著我，顯得既憐憫又激動，臉上漸漸浮現出微微笑意。

「如果你保證和我生活五年，不與另外的女人相愛，只愛我一個人，我就心滿意足了。過五年幸福生活，我看這個瘋狂舉動值得。」

「你有證件吧？」我對她說著，伸手爲她梳理頭髮，親吻著。「大使能讓你的證件合法嗎？」

她的證件在手上，我們眞的讓玻利維亞大使館加蓋了好多官印和五顏六色的簽字，從而使那些證件具有了法律效力。辦這手續花不到半個鐘頭，因爲大使很輕易地相信了胡莉亞姨媽的說法：爲了把離婚時分到的財物從玻利維亞取出來，必須辦一些手續，當天下午就要備妥證明文件。沒有遇到困難，祕魯外交部就批准了那些玻利維亞證件。外交部顧問恰好是學校裡的教授，幫了我的忙，我對他胡謅了一段「廣播劇」：有個患癌症的婦人危在旦夕，要盡早與其同居多年的男人結婚，之後再永遠安息，去見上帝。

外交部所在的塔戈列大廈某間裝有殖民地時期古老木條門窗的辦公室裡，有不少穿著體面的年輕人。在那裡，當我等候著官員在那位教授的電話催促下爲胡莉亞姨媽的出生證明和離婚判決書蓋章加印、請有關人員簽字時，我又聽到一起慘案。原來是沉船事件，這事有些不可思議。一艘義大利輪船停靠在卡亞俄港的碼頭，船上滿是乘客和送行的人；突然，輪船失去了所有物理定律和理性控制，原地旋轉起來，接著又向左舷傾斜，很快沉進太平洋裡，船上的人全部喪生，有的被擠壓而死，有的窒息致死，還有的被可怕的鯊魚咬死。這是我身邊等著辦手續的兩位太太講的。她們並非在開玩笑，態度非常嚴肅。

「彼得羅．卡瑪喬的廣播劇，是不是？」我冒然插嘴說。

「四點鐘的廣播劇。」年長的婦人點頭說。這位太太瘦骨嶙峋，但精神奕奕，帶有很重的斯拉夫口音。「說的是心臟病科醫生艾貝托．金德羅斯的故事。」

「這個人上個月是婦科醫生。」一個正在打字的女孩笑著插嘴說。她敲了敲太陽穴，意思是說有人神經錯亂了。

「您沒有聽昨天的節目嗎？」陪伴那位外國太太的女人露出憐憫的表情，輕柔地說。這位夫人戴著眼鏡，不是利馬口音。「金德羅斯醫生和他的夫人、小女兒夏洛去智利度假。三個人都淹死了！」

「所有的人都淹死了。」那位外國太太說。「他的侄子理查、艾麗雅妮妲和她的丈夫紅髮傻子安圖涅斯以及亂倫的小兒子魯賓。他們是去送行的。」

「不過，最有趣的是哈依麥．孔查警官也遇難了。他是另一個廣播劇裡的人物，三天前在卡亞俄的火災中已經死去了。」那位女孩格格笑著，又插嘴說。她已不打字了。「這種廣播劇純粹是逗樂。你們說是不是？」

一個穿著體面的年輕人，帶著一副知識分子（專精「我國邊境」）的神氣對那女孩善意地一笑，並且向我們看了一眼，彼得羅．卡瑪喬若是看到那眼神，肯定說那是「阿根廷人的眼神」。「我不是跟你說過，這種把一個故事裡的人物搬到另一個故事裡去，是巴爾札克的發明嗎？」他抬頭挺胸一副學識淵博的樣子。但是，他說出的結論洩了他的底。「如果巴爾札克知道有人抄襲他，一定把那人送到監獄去。」

「我之所以說它有趣，並不在於人物被搬來搬去，而是人物復活了。」女孩辯稱。「孔查警官在看《唐老鴨》漫畫時被火燒死了，怎麼現在又淹死了呢？」

「他這個人多災多難。」那個穿著體面的年輕人一邊拿過證件，一邊提示說。

我像捧著香甜的聖餐那樣，拿著證明文件喜孜孜離開了那裡。兩個婦人、女祕書和外交官還在熱烈地談論那位玻利維亞博士。胡莉亞姨媽在咖啡館裡等我，她聽到那個故事放聲笑了起來。

她沒有聽她那位同胞的節目。

在那些證件上蓋章簽字使其生效，這一點辦得相當順利。但是，剩餘的其他手續，由我自己或者由哈威爾陪同，在利馬的各區政府奔走了一個星期，到處詢問，最後一無所獲，令人沮喪。除非要做泛美電臺的新聞播報，否則我是不進電臺大門的。我把新聞稿都交給了帕斯夸爾處理。他給電臺聽眾提供了許多有關車禍、犯罪、搶劫、綁架的新聞，「血染」泛美電臺，而我的朋友卡瑪喬在他的斗室裡同樣有計畫地殺害了一堆廣播劇中的人物。

每天一大早我便開始奔走。起初我去了最偏僻、離市中心最遠的鎮政府——里瑪克、保爾貝尼、維塔特、喬里略，對鎮長、副鎮長、主任、祕書、門房、檔案員一次又一次地說明我的問題（起初我有些害羞，後來也就放開了膽子），每次都遭到斷然拒絕。問題關鍵只有一個：如果沒有我父母同意的公證書，或他們不在法官面前宣布我是「獨立未成年人」，就不能結婚。後來，我又到利馬市的幾個中心區政府碰運氣（米拉佛拉瑞斯和聖伊希特羅兩個區我沒有去，那裡可能有我家的熟人），結果也是一樣。辦事人員看完我的證件，常常跟我開玩笑，弄得我心裡很不舒服：「怎麼，你要和你媽結婚？」、「別傻啦，小伙子，結婚幹什麼，同居就行了」。唯一有一線希望的地方是蘇爾科區政府。圓嘟嘟、緊鎖眉頭的祕書對我們說那事有一萬索爾就能解決，因爲要堵許多人的嘴。我再三討價還價，最後說給他五千索爾——這是我費了九牛二虎之力才湊來的。可是，猶如突然爲自己大膽的要價而感到害怕，他轉身走了，把我們趕出了區政府。

我每天都要打兩次電話給胡莉亞姨媽，騙她說一切都符合規定，叫她準備好行李箱，把必備的東西裝好，我隨時都可能對她說「辦妥了」。可是我愈來愈垂頭喪氣。星期五晚上，回到外祖父的家裡，我看到了我父母打來的電報：「星期一到，帕納格拉航空公司，五一六班機。」

那天夜裡，我思緒不寧，輾轉反側。我扭開床頭燈，在筆記本上寫了起來，按順序記上我要做的事情，打算拿來當小說的題材。第一件是和胡莉亞姨媽結婚，造成一個合法的既成事實，不管家裡長輩同意與否。由於時間不多，利馬各個區鎮政府的負責人態度是那麼頑固，以致這第一種打算變得愈來愈烏托邦了。第二種打算是跟胡莉亞姨媽一起逃往國外，但不是玻利維亞，因爲我討厭那裡。她在玻利維亞居住時，並不和我在一起，那裡有她許多熟人，包括她的前夫。我中意的國家是智利。她可以啓程去拉巴斯，以掩家人耳目，而我坐公車逃往塔克納。設法偷渡國界，到達阿里卡，然後陸路前往聖地牙哥。我和胡莉亞姨媽在那裡碰頭，或者她等候我。不帶護照旅行或是移居他國（辦理護照也需要父親批准），我認爲不是不可能的，而且我很高興這麼做，因爲這富有傳奇色彩。如果家裡派人找我（肯定會這樣的）並找到我，把我引渡回來，我要再次出逃，需要出逃多少次就出逃多少次，直到年滿盼望已久的、使我獲得解放的二十一歲。第三種選擇是自殺，寫一封富有文采的遺書留下，讓我的親戚去內疚吧。

第二天很早，我就跑到哈威爾的寓所。每天早晨，我們都是在他刮鬍子、洗澡的時候回顧前一天晚上的重要事件，制定當天的活動計畫。我坐在馬桶上看著他抹刮鬍膏，把筆記本上我總結出來的有關前途的幾種選擇讀給他聽——每一選擇都帶有評注。他漱口時，強烈要求我顛倒原來的順序，把自殺放在首位。「如果你自殺，世人對你寫的那些雜七雜八的東西肯定感興趣，病態的人一定想閱讀。彙集成書出版也會很容易。」他用力抹乾身子，一邊說服我。「儘管死了，你卻成了作家。」

「你會害我趕不上第一節的新聞播報。」我催他說。「你不要給我來坎丁弗拉斯（墨西哥喜劇電影演員）那一套啦，你的玩笑我已經受夠了。」

「如果你自殺，我也不必成天蹺班曠課了。」他邊穿衣服邊繼續說。「你最好今天，今天上午，現在就自殺。這樣我就不需要去典當我的東西啦。當然這些東西最終沒有多大用處，可是，難道你能還我錢嗎？」

一走到街上，我們就向公車跑去，可是他仍然像個傑出的喜劇演員似的說：「最後，如果你自殺，你就會聞名於世；而又會有人來採訪你最好的朋友、知心人、悲劇的目擊者，報上會登出他的照片。你想一想，你表姊南西看到登了那麼多東西，會不動心嗎？」

在中央廣場（名字取得很糟的）當鋪裡，我們典當了我的打字機和他的收音機、我的手表和他的原子筆，最後我說服他把他的手表也當了。雖然我們毫不讓步地討價還價，但只得到兩千索爾。前幾天，我在和平大道的舊衣店先後賣掉了幾套衣服、皮鞋、襯衫、領帶、毛衣，現在我只剩下身上穿的了。這一點我的外祖父母沒有發現。但是，當掉我的這些衣物只不過得到四百索爾。相反，我在開明的電臺老闆那裡倒碰到了好運氣，歷經半個鐘頭的表演，我說服他預支我四個月的工資，這筆錢在一年之內扣除。和他商量的結果是出人意料的。我向他保證，我外祖母要動疝氣手術，急需這筆錢。可是他無意借給我。但是，他突然說「好」並帶著友好的微笑，補充說：「你應該坦白地說是爲了籌錢讓個年輕女孩墮胎用的。」我垂下眼簾，請他爲我保密。

哈威爾看到我由於沒籌得多少錢而顯得很沮喪的樣子，便陪我到電臺去。我們商量好請事假，下午去瓦喬碰碰運氣，也許省級的政府要通情達理些。我進頂樓時正好電話鈴響，胡莉亞姨媽氣得要死。前天晚上，奧爾騰西亞姨媽和阿萊杭特羅叔父到路裘舅舅家拜訪，甚至連招呼也不肯對她打。

「他們極其輕蔑地看了我一眼，只差沒說我是婊……」她氣鼓鼓地對我說。「我咬緊牙關克制自己，才沒有把他們趕到你知道的地方去。我是爲我姊姊，當然也是爲我們倆才這樣做的，不能讓事情更複雜。進行得怎麼樣，巴爾加斯？」

「星期一，一大早。」我向她保證。「你對他們說，你要延後一天飛往拉巴斯。我這裡差不多一切就緒了。」

「你不必操心去找那種笨蛋區長、鎭長了。」胡莉亞姨媽對我說。「我怒不可遏，沒什麼了不起的。你找不到，我們照樣可以逃走。」

「馬里奧，你們爲什麼不去欽查結婚？」我一掛上電話，就聽見帕斯夸爾說。看見我驚恐的神情，他有些詫異。「我並不是愛管閒事，想多嘴多舌。但是，聽你們一說，我們就知道是怎麼回事了。我這是幫你。欽查市長是我的表哥，他很快會批准你們結婚的。有沒有證明文件、到不到結婚年齡，都沒有關係。」

當天，一切都魔術般地解決了。哈威爾和帕斯夸爾下午搭車出發去欽查，身上帶有證件，星期一必須一切準備就緒。他們走後，我和表姊南西去租米拉佛拉瑞斯區那戶套房，同時在電臺請了三天假（我和老赫納羅激烈地爭論，我冒險威脅他說不准假我就辭職），並且擬好了逃出利馬的計畫。星期六夜裡，哈威爾回來了，他帶來一些好消息。市長是個年輕人，很和藹；當他和帕斯夸爾告知詳情時，他咧嘴笑了起來，很欣賞這個私奔計畫。「太浪漫了。」那位市長對他們說。他把證件留下了，並且還保證朋友之間好商量，可以省去發結婚通告的手續。

星期天，我打電話給胡莉亞姨媽，告訴她已經找到了一個笨蛋市長，我們要在第二天上午八點出逃，而到中午我們就是夫妻了。

16

華金·伊諾斯特羅薩·貝爾蒙特後來之所以揚名體壇，既不是因爲射門，也不是因爲攔截罰球，而是由於擔任足球賽的裁判，此外還由於他足跡遍及利馬各酒吧，喝酒喝得一屁股債。這位人物出生於達官貴人於三十年前在拉貝爾拉興建的某座府邸裡，那時有錢人曾企圖把這片荒地變成利馬的科巴卡巴納（科巴卡巴納是玻利維亞的小鎮，以其聖母教堂聞名）。（此一計畫由於本地氣候潮濕而失敗，氣候的潮濕無異於是對硬要執行這種不可能的任務的懲罰，摧殘了祕魯貴族的咽喉和氣管。）

華金是獨生子，他的家庭除了財力雄厚之外，還是個掛滿了官銜和勳章的名門，他們與西班牙和法國的一些侯爵有著血緣關係。但是，這個未來的裁判兼酒鬼的父親，把貴族頭銜拋諸腦後，投注畢生精力在經商致富的大夢，從生產羊毛織品到把辣椒引進亞馬遜地區栽種，樣樣都來。他的母親蒼白孱弱，具有犧牲奉獻的精神，把丈夫賺來的錢都花在醫生和治療師身上了（因爲她患有上層社會常見的各種疾病）。夫妻倆喜獲華金這個獨子時，都已上了年紀，而且又是多年乞求上帝賜給他們後代的結果，這對父母來說眞是難得的喜事。他們面對著搖籃，已在爲兒子設想著光明的前途：工業大王、農業大王、外交大臣或是政界的大人物。

這個孩子一反命運爲他安排的有錢有勢的坦途，竟然當了足球裁判，這是因爲他不受教，還是有什麼心理缺陷？不，都不是，純粹出於天賦才能。當然，從吸奶嘴的階段一直到長出第一根鬍鬚，始終有各種領域的家庭教師來教導他，甚至不惜從法國、英國外聘過來。爲了教他算數和拼字，還從利馬最好的私立學校請來老師。但是，老師一一放棄了優渥的酬金，憤然辭職，因爲這個孩子對任何知識都無動於衷。八歲時，還學不會加法；費去九牛二虎之力，方才記住字母表中的幾個母音，只會發幾個單音節。他很安靜，也不是個壞孩子，只是終日在拉貝爾拉的住宅裡遊蕩，在爲了逗他開心而從世界各地買來的無數玩具中廝混——有德國的模型組、日本的火車、中國的七巧板、奧地利的錫兵、美國的三輪車，但他還是一副很無聊的樣子。唯一能夠把他從懶散中喚醒片刻的似乎是南海牌巧克力上的足球員商標，他把這些商標一一貼在精緻的貼紙簿上，興味盎然地端詳，一看就是幾個鐘頭。

父母二人很驚恐，自認因爲彼此的貴族近親血統生下了一個有血友病的低能兒，注定要成爲世人的笑柄，因此便求助於科學。各家名醫紛紛踏足拉貝爾拉的府邸。

艾貝托．金德羅斯博士是全利馬第一流的小兒專科醫生，他這般明白無誤地開導，爲這對苦惱的父母點亮一盞明燈，看清楚問題的癥結：「這孩子害的是我所謂說的『溫室病』。鮮花植物如果不生長在花園裡，而是長在昆蟲與野花之間，就會凋謝，香氣就會變成臭味。鍍金的監獄把孩子變得痴呆了。女保母和教師都要辭退，孩子應該去上學，讓他和同齡兒童相處。一年之後，要是他打架打得鼻青臉腫，那就正常了！」

這對高傲的夫妻爲了不要兒子繼續低能下去，準備做出任何犧牲，同意小華金去外面見見平民百姓的世界。當然嘍，還是爲他挑選了利馬最昂貴的學校：聖馬利亞的神父學校。爲了保留一點階級界線，他們按學校規定的顏色給孩子做了校服，但是用的是絲絨料子。

那位名醫的處方效果顯著。不錯，華金的成績差得離奇；父母二人汲汲營營地要讓他通過考試，不得不捐贈了許多物資給校方（建造小禮拜堂用的彩色玻璃、給信徒穿的羊毛呢白袍、窮人學校用的堅固課桌等等）；但無論如何這孩子確實懂得交朋友了，而且從那以後，還時常露出笑臉來。這個時候，他開始嶄露他的天賦，對足球產生了興趣。（對此，父親不理解，直說這是一種毛病。）得知小華金一穿上足球鞋就從只會發單音節的麻木不仁的狀態變成一個活潑健談的人，二老大爲高興。他們立刻在拉貝爾拉宅邸附近購置了一塊土地，興建了一座頗具規模的足球場，以便讓小華金在那裡玩個痛快。

於是，從那時起，常常看到有二十四個學生（經常換人，但數目不變）每天下課以後搭乘從聖馬利亞來的公車在拉貝爾拉的棕櫚大道下車到伊諾斯特羅薩·貝爾蒙特家的體育場來玩球。比賽結束後，貝爾蒙特家請運動員喝下午茶，吃巧克力、果凍、蛋白酥、冰淇淋。多金的貝爾蒙特夫婦每天下午心滿意足地看著他們的兒子小華金興高采烈地氣喘吁吁。

只是過了幾週之後，那位率先把辣椒引進祕魯的先生注意到事情有些奇怪。他多次發現小華金在充當裁判。那孩子嘴裡咬著哨子，頭戴遮陽帽，跟在球員後面跑，時而鳴笛警告，時而處理犯規。雖然這孩子自己並不因爲扮演這種腳色而感到低人一等，可是百萬富翁卻大爲惱火。難道請這幫傢伙來他家，用點心餵肥了，是讓他們跟自己的兒子平起平坐，並居然敢這樣厚顏無恥地打發華金去扮演裁判這種小腳色嗎？他幾乎要打開德國狼犬的籠子，狠狠地嚇唬一下這幫不要臉的東西。但是，他只不過責備了他們一番。對這意外的責備，這群孩子紛紛爭辯說他們沒有錯，並且發誓說華金之所以當裁判，是因爲他自己喜歡，那位當事人以上帝和自己母親的名義承認的確如此。數月後，父親查閱了自己的記事本，並且聽取了球場看門人的報告，他不得不面對如下的結果：在他家球場上舉行的一百三十二場比賽中，華金·伊諾斯特羅薩·貝爾蒙特沒有任何一場擔任球員，而是每場都當裁判。父母二人交換一下眼色，懊喪地想，一定出了什麼毛病，否則這怎麼可能是正常的呢？於是他們再度求助於科學。

全城最出色的占星師盧西奧·阿塞米拉教授能夠根據星宿來推算性格、修補顧客（他則稱爲「朋友」）的靈魂；經過一番占卜，解讀過各個天體透露的訊息，配合月亮做過冥想之後，做出如下的推斷（就算不是最準確的，至少是能博得那對父母歡心的）：「這孩子的每個細胞都是貴族的，他不愧爲有高貴的血統，不能容忍和別人平起平坐。」教授摘下眼鏡（是爲了讓人更清楚地看見他瞳孔裡的智慧之光嗎？）解釋道：「他寧可做裁判而不當球員，是因爲在比賽中，指揮一切的是裁判。你們以爲在這塊長方形的草地上，小華金是在踢球玩樂嗎？錯了，錯了！他是在體驗祖先統治的欲望，出人頭地的欲望和高人一等的欲望！毫無疑問，他血液裡流動著這種欲望。」

做父親的高興得流出眼淚，不斷地親吻兒子，說是天賜萬福，又在那已經相當優厚（依照阿塞米拉教授開出的條件）的酬金支票上加了一個「零」，因爲他確信兒子爲同學當足球裁判的怪癖確實是奴役和征服他人的強大動力，而且將來兒子定能成爲世界的主宰（退一萬步講，也是祕魯的主人），所以這位工業家多次在下午離開那間多種用途辦公室，來到拉貝爾拉的自家運動場，就像雄獅溫情地看見幼獅第一次撕裂綿羊那樣，望著華金身著自個兒親自買的華麗的裁判服，跟在那群橫衝直撞的小兔崽子（是運動員嗎？）後面吹哨子，他享受著當父親的快樂。

十年後，這一對糊塗的父母又開始想，占星師所下的結論也許是過於樂觀了。華金·伊諾斯特羅薩．貝爾蒙特已經年滿十八，借助家裡的捐贈才升到中學最後一年級，但是比同班同學已經落後數年之久。盧西奧．阿塞米拉說，世界征服者的基因潛隱在當足球裁判的怪癖之中，但是卻毫無表現；相反，這個紈褲子弟是無可救藥的傻瓜，這一點已經變得極其明顯了，因爲除去處罰任意球，他一無所長。從他的言談來判斷，按照達爾文主義的標準，他的智力介於先天性智力不全和猿猴之間；他既無才智，又無雄心，對與裁判活動無關的事都沒有熱情，是個枯燥平庸的人。

當然，關於他的第一嗜好（第二嗜好是酗酒），這孩子的確表現出某些可稱之爲才能的東西。他那一絲不苟的公平態度（在球場那神聖的空間和比賽的著魔時間裡？）讓作爲裁判的他在聖馬利亞學校的師生中贏得了威信，他還獲得了「老鷹」的稱號，因爲他從雲端就能發現角豆樹下的老鼠——那將是一頓美餐，他的目光準確無誤地在任何距離和從任何角度看見後衛是否在狡猾地踢中鋒的後腿，或者是前鋒陰險地伸出臂肘撞擊躍起接球的守門員。他對比賽規則的精通和以閃電般的決心處理突發狀況所表現的直覺能力，都是頗不尋常的。這位拉貝爾拉的貴族的名聲已越過聖馬利亞的校牆，他已開始爲校際間的比賽做裁判，爲區裡的冠軍賽做裁判；據說（在波達奧體育場？）有一天在某次乙級聯賽中，一名裁判被換下來，換上了他。

畢業後，在那對束手無策的父母面前擺著一個難題，亦即華金的前途。上大學的想法令人遺憾地排除在外了，這是爲了不讓兒子遭受羞辱和歧視，並避免家裡的錢財由於捐贈而白白花掉。他們想讓孩子學外語，但這打算的結果是一場慘敗。他在美國和法國各逗留了一年，可是一句英語和法語也沒學會，反而把他本來知道的區區幾句西班牙語也染上了語病。他返回利馬之後，那位羊毛織品製造商只好忍氣吞聲地目睹兒子拿不出任何文憑的事實。父親失望之極，便把兒子送到自家的企業裡工作。其結果是可預見的，那就是導致了一場災難。兩年間，由於他的經管，或者說由於他的疏忽，兩家紗廠倒閉，生意最興隆的築路公司虧損連連，原始林中的辣椒種植園遭蟲啃蝕、被雪崩夷平，又被洪水淹沒。這一切證實了小華金還是個掃把星。面對兒子的一無是處，父親茫然不知所措，自尊心受到傷害，並且一蹶不振，變成了虛無主義者，不再精心管理他的生意。不久，貪婪的代理人就把資本掏空，而工業家則染上一種臉部抽筋的毛病，總是伸出舌頭（愚蠢地？）要去舔耳朵。精神緊張再加上失眠，讓他步上妻子的後塵，也去尋求精神病醫生和精神分析學專家的幫助（是找艾貝托・金德羅斯？還是盧西奧・阿塞米拉？），這些醫生很快就把他剩下的一點神智和金錢給消耗掉了。

父母經濟上的破產和精神上的失常沒把華金・伊諾斯特羅薩・貝爾蒙特推到自殺的路上。他一直住在拉貝爾拉那棟逐漸衰敗的豪宅裡。那兒變得令人毛骨悚然，處處腐爛發黴，花園和足球場已經賣掉（爲了償還債務），不止骯髒不堪，還爬滿了蜘蛛。華金爲流浪漢的球賽當裁判，並以此度日。比賽在貝亞畢斯塔與拉貝爾拉之間的空地進行。在這群亂哄哄的野人角逐的某次比賽（場地位於交通要道上，兩堆石頭加電線桿就成了球門）中，華金這位身穿晚禮服準備去原始森林出席晚宴的花花太歲做裁判，彷彿那是一場冠軍爭奪賽，正是在這時他認識了那位即將把他變成肝病變患者和明星的人物（是薩麗達・萬卡・薩拉維利亞？）。

從前，他在一般比賽中看她踢過球，甚至因她野蠻衝撞對方的行徑多次處罰。大家都叫她「男人婆」。但是，華金無論如何沒有想到，這個臉色青黃，腳穿舊鞋，身穿牛仔褲和破球衫的少年竟然是個女人。他發現這個祕密的過程很有一點色情味道。某天，他用一個不容爭辯的點球來處罰「男人婆」（她連球帶守門員一起踢到球門裡去了），但是對方竟然罵髒話回敬他。

「你說什麼？」貴族之子立刻怒火沖天，心想這時他母親肯定正在吞藥丸，喝藥水，或者打針？「如果你是個男子漢，有種就再說一次。」

「我不是男子漢，可是很有種！」「男人婆」回答說。她還重申，她就像斯巴達勇士那樣，即便下火海也絕不猶豫，嘴裡還不乾不淨地夾雜著許多罵人的話。

華金打算給她一拳，可是拳頭落了空，「男人婆」一頭把他撞倒在地上，並且立刻撲到他身上，手、腳、膝蓋、臂肘劈頭蓋腦打了上來。兩人就在地上扭成一團，彷彿親熱地擁抱一樣；這時他驚訝而又淫欲地發現對方竟然是個女人。他雖然被揍得渾身青紫，但搏鬥中的肉體摩擦讓他極爲激動，甚至改變了他後來的人生道路。那次打架和好後，他才知道對方的本名叫薩麗達・萬卡・薩拉維利亞，並且邀請她去看泰山的電影。又過了一個星期，他便開口求婚了。薩麗達拒絕做他的妻子，甚至不肯讓他親一下，弄得華金像老掉牙的劇情裡的人物那樣，踏上了去酒館的路。在很短的時間裡，他從一個借酒澆愁的浪漫主義者變成了嗜酒如命的酒鬼，甚至用煤油稍解酒癮。

是什麼喚起了華金對薩麗達・萬卡・薩拉維利亞的迷戀？她年輕、苗條，由於風吹日晒，皮膚黝黑，留著芭蕾舞者的劉海。作爲足球員，她身手不差。她的衣著打扮、言行舉止以及經常往來的人物，以女性而言實在太稀罕了。所有這些奇特之處，難道就是吸引華金這位貴族少爺的魅力？他第一次把「男人婆」帶到拉貝爾拉那座破落的府邸時，他的父母待兩人走後，不勝厭惡地互相對視一眼。這位前富翁把心中的痛苦歸結爲一句話：「我們家這小子不僅僅是個蠢貨，還是性變態。」

可是，就在薩麗達・萬卡・薩拉維利亞害得華金嗜酒成癮的同時，她也爲華金的高昇搭好了階梯，讓他從街頭球賽裁判一躍成為國家體育場全國冠軍賽裁判。

「男人婆」並不滿足於拒絕這位小貴族的愛情，而是設法使他吃苦，以便從中取樂。她應邀去看電影，跟著他去看足球，看鬥牛，上餐館；也同意接受他的厚禮（那位戀人在揮霍祖上的財產吧！），可是她不讓華金和她談情說愛。這個即使誇獎一朵鮮花都臉紅的膽怯小伙子，剛要結結巴巴地說自己是多麼愛她，薩麗達．萬卡．薩拉維利亞立刻惱怒地拍案而起，用下層社會的髒話痛罵他一頓，命令他滾開。華金就是在這種情況下開始酗酒的，他從一家酒館走到另一家酒館，為了讓酒勁快些發作，他把多種酒混在一起飲下。時間長了，他父母也就習慣了這樣的場面：當貓頭鷹出來活動的時候，他們的兒子才回到家中，只見他踉踉蹌蹌地走過幾個房間，身後留下一片嘔吐物。當他酗酒酗到要垮掉的時候，薩麗達的一聲呼喚便使他重返人間。他又滿懷著新的期望，開始了又一次的惡性循環。臉部抽筋的父親和憂鬱症的母親由於痛苦的煎熬相繼謝世，埋葬在長老會的公墓裡。拉貝爾拉那座破落的宅院連同其他殘存的財產被債主拍賣或充公，華金．伊諾斯特羅薩．貝爾蒙特只得自謀生路。

以他的資質而言（他的經歷顯示他要麼應該窮死，要麼應該去當乞丐），他混得居然還算不錯。他選擇了什麼職業？足球裁判！飢餓所迫，加上他打算繼續追求那個對他不屑一顧的薩麗達，便開始向找他做裁判的流浪漢收費；看到這些球員是按人頭分攤款項時，就二二得四、二三得六地計算起來，接著就提高了價碼，結果日子過得愈來愈好。鑒於他在球賽上的本事已得到公認，他就在青年隊聯賽中被聘為主裁。一天，他鼓起勇氣來到足球裁判與教練聯合會，提出入會申請。他以出色的成績通過了考試，這成績使那些即將成為他同事的人目瞪口呆。

華金．伊諾斯特羅薩．貝爾蒙特現身何塞．迪亞斯國家體育場（身穿黑白相間的制服，頭戴綠色鴨舌帽，嘴上咬著銀白色的哨子），成爲我國足球界值得大書特書的事件。一個老資格的體育記者評述道：「他做裁判，給足球場上帶來了嚴格而公正的氣氛以及藝術家的特色。」他判斷迅速，懲罰公道，有威信（球員在他面前總是畢恭畢敬地尊稱「先生」），有體力（在九十分鐘的比賽裡，他總是和足球保持十米以內的距離），所以很快贏得了觀眾的讚賞。正像有人在演說中評論的那樣，他這樣的裁判是獨一無二的，球員個個服從他，觀眾人人敬重他，每次比賽後，看臺上總要響起一片喝采聲。

這樣的才能和幹勁僅僅出自於職業道德嗎？這是一部分的原因。最重要的原因則是華金・伊諾斯特羅薩・貝爾蒙特企圖用他的裁判魅力打動「男人婆」的心。這種魅力是他後來在歐洲取得勝利的祕密武器，可是他卻覺得痛苦，因爲他希望得到的是自己所屬的安地斯民族的讚揚。他和「男人婆」幾乎天天約會，有流言蜚語說他倆是情侶。但實際上，儘管這位裁判在感情上始終不渝，經受了多年的考驗，卻未能征服薩麗達那顆心。

有一天，薩麗達在卡亞俄港某家酒館的地板上把他拎起來，帶回市中心的住所，洗掉他臉上的口水和木屑，扶他躺在床上，然後說出了她此生最大的祕密。華金・伊諾斯特羅薩・貝爾蒙特臉色變得蒼白，彷彿被吸血鬼咬了一口。他得知這個女孩在年輕時有過一段倒楣的情史以及災難性的男女關係。薩麗達和她的哥哥（理查？）之間悲劇的戀情（情欲的烈焰毀滅人性的暴風雨）讓她懷上了孩子。她狡猾地跟追求她而遭她白眼的男人（紅頭髮安圖涅斯？路裘・馬羅金？）結了婚，爲的是讓那個亂倫之子有個名正言順的姓氏。但是那個年輕而走運的丈夫（惡魔把它的尾巴伸進鍋裡，鍋裡的湯汁都毀了）及時發現了這個詭計，立刻休了這個企圖把別人的孩子偷渡到他名下的女騙子。被迫墮胎之後，薩麗達一氣之下離家出走，逃離了原來的居住地，不再用那顯赫的姓氏，在貝亞畢斯塔和拉貝爾拉一帶流浪，有幸活了下來，並且獲得「男人婆」的綽號。從那時起，她便發誓再也不委身於任何男人，要永遠像個百分之百的男子漢那樣（哎呀，除了製造出精子之外？）生活。

華金·伊諾斯特羅薩·貝爾蒙特知道了薩麗達·萬卡·薩拉維利亞的悲慘遭遇，明白她有褻瀆神明的行為，違犯過人們的大忌，破壞過公民道德與宗教戒律，不但沒有就此放棄對她的愛慕，反而更甚以往。這個拉貝爾拉的名人甚至打算治癒「男人婆」的精神創傷，讓她能和社會與男人重修舊好，把她再次變成一個溫柔多情、調皮風雅的利馬女孩（像祕魯總督情婦貝利喬麗那樣？）。

就在他聲名遠播、紛紛受邀在利馬和國外擔任國際賽事裁判的同時，他又收到去墨西哥、巴西、哥倫比亞、委內瑞拉工作的邀請，可是他像個放棄紐約的電腦而堅持用聖斐南多的結核病天竺鼠做試驗的愛國學者，謝絕了全部邀請，對那位亂倫女孩的追求卻日益積極。

他彷彿已見到薩麗達·萬卡·薩拉維利亞會做出某些讓步的跡象（類似山丘上印第安人的炊煙和非洲叢林裡的鼓聲之類的）。一天傍晚，華金和那女孩在中央廣場的海地咖啡館吃過點心和咖啡之後，他雙手握住對方的右手有一分多鐘（準確無誤，他那當裁判的頭腦善於計算時間）。不久，國家足球隊有一場比賽，對方是一群亡命之徒，來自一個名聲不太好的國家（阿根廷之類的？），他們穿著釘鞋、護膝、護肘上場，而實際上，這幾樣東西是用來傷人的武器。他們申辯說（他們說的是實話）在他們國家裡習慣這樣玩球（而且最後要以凌虐作為圓滿的結尾），華金·伊諾斯特羅薩·貝爾蒙特完全不理會，將他們一個個罰出場外，直到祕魯球隊由於對方技術犯規缺少隊員而贏得勝利為止。當然嘍，比賽後，群眾把裁判抬在肩上走出了體育場。當他和薩麗達・萬卡・薩拉維利亞單獨在一起時，女孩摟住他的頸項吻了他一下——出於愛國心？還是出於體育比賽時的激動情緒？有一次他臥病在床（肝部的病變讓這位球場風雲人物的肝臟逐漸硬化，而且每隔一段時間就又病危），住在加里翁醫院的一星期裡，她始終在旁悉心守護。一天夜裡，華金看見她在垂淚，難道是爲他？這給予他極大的勇氣，激勵他每天以不同的理由向她求婚，但是徒勞無功。薩麗達・萬卡・薩拉維利亞觀看他的每一場裁判（新聞記者把他的裁判技術比作交響樂的指揮），陪他去國外工作，甚至搬到華金棲身的「殖民公寓」，和他的鋼琴家妹妹及年老的父母同住。但她仍保持這份情誼的純潔，不肯讓他倆的關係往床上發展。不確定感就像一朵花瓣摘也摘不完的雛菊，讓華金・伊諾斯特羅薩・貝爾蒙特愈發酗酒成性，最後竟然爛醉如泥不可收拾了。

烈酒是他職業生涯的絆腳石，據知情的人說，他因爲酗酒而不能去歐洲做裁判。可是從另外一方面講，要怎麼解釋一個人喝了那麼多酒還能從事這種嚴重消耗體力的工作呢？事實是，他像謎一般地把這兩種才幹同時發揚光大。三十歲以後，這兩種本事並存不悖：華金・伊諾斯特羅薩・貝爾蒙特儘管爛醉如泥卻能當裁判；同樣的，他身在酒館，腦海裡還在繼續做裁判。

烈酒沒影響他的才幹，既沒有模糊他的視線，也沒有削弱他的權威，更沒有減緩他奔跑的速度。不錯，有一次在比賽中，人們看見他在打酒嗝，於是誹謗之聲四起，甚囂塵上，說什麼有一次他渴得嗓子冒煙如置身於撒哈拉沙漠，便從某個救護球員的護士手中搶去一瓶藥劑，像喝白開水一樣一飲而盡。但是這些奇聞軼事，這些圍繞著天才而無中生有的神話，沒葬送他發光發熱的前程。

就這樣，在體育場震耳欲聾的掌聲中，以及爲平復內心苦楚（像法醫在活體上挖來挖去的鉗子，像夾斷了骨頭的刑具）而喝得酩酊大醉的狀態下，他那顆執意傳播眞理（耶和華見證人？）的心靈爲年輕時曾在一個瘋狂之夜強姦了維多利亞區某個少女（薩麗達．萬卡．薩拉維利亞？）而悔恨，華金．伊諾斯特羅薩．貝爾蒙特邁入了五十歲的壯年。他長得天庭飽滿，鼻直口方，目光深邃，心地善良而正直；這時他已經登上職業的頂峰。

在這樣的形勢下，半個世紀以來最重要的一次足球比賽——南美洲冠軍決賽，就要登上利馬這個舞臺了。預賽時，玻利維亞和祕魯兩隊都用過不光彩的手段踢進數球。雖然按照常規，這場決賽應由中立國的裁判主持，上述兩隊卻再三堅持要那個著名的華金．伊諾斯特羅薩來做主裁，外國隊（出於高原人的豪爽、安地斯山脈子民的高貴情操以及阿依瑪拉民族的自尊心）尤其要求這樣做。由於正式球員、候補球員、教練皆提出如不滿足他們的要求便退出比賽，面對這一威脅，比賽委員會只得讓步，於是那位耶和華見證人便接受了此一使命，主持一場人人預言終生難忘的決賽。

那是個星期日，利馬上空固執的烏雲散開了，太陽光溫暖著這場決賽。很多人露宿街頭，期望排到一張票。（可是眾所周知，一個月以前票已售罄。）天剛亮，國家體育場四周便聚滿了人群，紛紛跟在賣黃牛票的人後面，準備不惜任何代價入場觀球。距離比賽還有兩個鐘頭，場內已經擠得水洩不通。有幾百個南方偉大鄰國的公民（玻利維亞人？）離開那潔淨的高原，坐飛機、汽車或步行來到利馬，集中坐在東看臺。外地與本地觀眾都在等著球隊出場，不時發出一陣陣哄鬧聲和掌聲。

面對這樣的人潮，政府當局採取了措施。爲了確保觀眾和運動員的安全與平靜，把國民警備隊中最出色的中隊（短短數月之內，他們憑著不怕犧牲、機智勇敢的精神把卡亞俄港的流氓慣犯掃蕩一空）調到利馬來。這支中隊的領袖、犯罪分子聞風喪膽的人物——著名的利圖瑪警長，沿著體育場警醒地巡視，檢查哨兵是否在崗位上，心血來潮地對他得力的助手哈依麥·孔查警官下達指令。

當比賽的哨聲響起，在西看臺上，除了有薩麗達·萬卡·薩拉維利亞（這個色情狂的受害者迷戀上了那個強姦她的人；由華金主持裁判的比賽，她一場也不錯過）擠在喧囂的、令人窒息的人群中，還有那位剛剛走下病床、令人尊敬的塞巴斯蒂安·貝瓜，他是被那個藥廠業務員路裘·馬羅金·貝爾蒙特刺傷的（這個罪犯是否蒙典獄長特許，也來到體育場，坐在北看臺上？），陪同貝瓜的還有他的妻子瑪加麗塔和女兒羅莎，後者曾被一群老鼠咬傷，現已完全康復。啊，那是一個多麼不幸的森林之晨！

當華金·伊諾斯特羅薩（得尤？德爾芬？）像往常那樣不得不繞場一周以示感謝觀眾的掌聲，靈活而漂亮地開球之後，絲毫沒能預料會有什麼悲慘事件發生。恰恰相反，無論是球員的表現還是讚揚前鋒推進以及後衛斷球的啦啦隊的掌聲，一切都在熱情而又豪爽的氣氛中進行。從比賽一開始就明顯看出權威人士的判斷可能應驗：儘管爭強好勝，比賽的雙方勢均力敵。華金·伊諾斯特羅薩（阿夫里爾？）比任何時候都更活潑，他彷彿腳蹬冰鞋在球場上滑來滑去，絲毫不影響球員的活動，總是置身最佳角度，所以他的裁決雖然嚴厲，卻很公正，這樣就使得白熱化的比賽不致變成爭吵，不致演變成暴力毆鬥。但是，人類的能力是有限的，縱然是聖潔的耶和華見證人也無法阻止命運之神事先策畫的行動，因爲後者是完全無動於衷的（天地不仁啊！就像英國佬一樣冷漠）。

下半場，當雙方踢成一比一，觀眾的嗓子已經喊啞、手掌拍紅的時候，地獄般的災難悄悄降臨了。利圖瑪警長和孔查警官天真地以爲一切順利，不會有盜竊、鬥毆、兒童走失等事件破壞這個下午的時光。

可是就在這時，四點十三分，五萬名觀眾親眼看見了不可思議的事情。突然，從南看臺最混亂的底層站起一個人，他長得又黑又高又瘦，還有一嘴大暴牙。那人輕巧地爬上鐵柵欄，闖進球場，嘴裡還在喊著什麼。眾人看到他幾乎裸著身子，腰間只圍著一塊遮羞布，但是令人更爲驚訝的是他遍體鱗傷。一陣恐怖的騷亂震動了各面看臺，觀眾都明白這個裸身的人企圖傷害裁判。這是毫無疑問的，那個號叫著的巨人逕向觀眾崇拜的偶像（古梅辛多·伊諾斯特羅薩·德爾芬？）撲去。而後者完全醉心於他的藝術活動，根本沒看到巨人，繼續指揮著這場比賽。

這個意外的入侵者是誰？莫非是那個偷乘輪船的流浪漢，那個在卡亞俄港祕密登陸而又被夜間巡邏隊發現的人？難道就是那個當局決定悄悄幹掉而孔查警官在那漆黑的夜裡放掉的不幸之人？無論是利圖瑪警長還是孔查警官都來不及調查。他倆明白，如果不立即採取行動，整個民族的光榮就要慘遭蹂躪。警長命令警官立刻行動——他們上級和下級之間只需眼皮一眨便可心領神會。哈依麥·孔查無須起立，拔出手槍就射出十幾發子彈，雖然遠在五十公尺之外，子彈仍然全數射中那個赤身裸體的人。就這樣，如同成語所說，「亡羊補牢，猶未晚矣」，警官總算執行了上司的命令，因爲這傢伙就是卡亞俄港的偷渡犯啊！

觀眾（就像善變的調情高手一時的熱情，就像水性楊花的女人心意搖擺不定）看到那個可能殺害裁判的人中彈斃命，便一反剛才對他的憎恨，立刻認爲他是受害者而深表同情，對國民警備隊表現出敵意。一片足以把天上飛鳥震聾的噓聲沖天而起，看臺上下群情激憤，他們看到那個黑人一動不動地躺在地上，由於身中十幾彈，血液流盡。那陣槍聲把交戰雙方的球隊嚇得驚慌失措，可是偉大的伊諾斯特羅薩忠於職守，他不允許比賽中斷，而是就在屍體旁邊繼續表演下去，對於噓聲（這時又加上驚叫和謾罵）他全然不睬。頃刻間，五顏六色的坐墊像飛碟一樣往利圖瑪警長率領的警備隊扔去。這預示著暴風雨即將掩至，利圖瑪警長嗅出危險的氣息，他決定立刻行動，下令準備催淚彈。他想無論如何要避免流血事件。片刻後，場地四周有許多地方的欄杆已被衝破，狂熱的好鬥分子虎視眈眈地向場內撲來，警長立刻命令部下用催淚彈廓清場地。他以為眼淚和噴嚏會使憤怒的人群安靜下來，輕風一旦驅散化學氣味，和平就會重新籠罩體育場。與此同時，他還吩咐四名警察保護哈依麥・孔查警官，因爲警官已經成爲狂怒的人群進攻的目標，顯然想要把他私刑處死——不過要辦到這一點，他們必須征服這條野牛。

然而利圖瑪警長忘記了關鍵所在：他本人在兩小時以前爲防止無票的足球迷強行擁入場內，曾下令封鎖每一道通向體育場的柵欄和鐵門。當那些立即動員執行命令的警察向觀眾報以催淚彈的時候，短短幾秒鐘之內，遠遠近近的看臺上升起一團惡臭的濃煙，觀眾於是紛紛逃命。人群跌跌撞撞，你推我擁，一面用手帕捂住嘴巴，一面流淚，向出口處飛奔。人潮被關閉的柵欄和鐵門截住了去路。眞的截住了嗎？其實僅僅是幾秒鐘的事，由於從後方擁來大批人潮，第一排的人成了攻城用的撞擊物，他們被強大的壓力擠癟、撕碎，落得血肉模糊。所以，住在體育場附近的里瑪克區的居民，那個星期日下午四點三十分若是從彼處經過，就會看到極其悲慘的場面：在一片此起彼伏的爆裂聲中，突然之間，體育場的大門破成碎片，向外噴吐支離破碎的屍首；而且禍不單行，屍首又被瘋狂的人群踐踏，因爲人人拚命要從這個狹窄的、血流成河的出口逃走。

在這次下橋地區的大燔祭中，第一批犧牲品是那些把耶和華見證派引進祕魯的人：莫蓋瓜省人塞巴斯蒂安・貝瓜先生、他的妻子瑪加麗塔和女兒羅莎，那個出色的長笛演奏家。毀掉這個宗教家庭的恰恰是本來能夠拯救他們的東西：謹慎。因爲慘案剛一發生，那個裸體暴徒遭野牛撞得粉身碎骨時，塞巴斯蒂安．貝瓜先生濃眉緊鎖，武斷地敲敲手指頭，命令他的家族：「撤退！」這並非出於恐懼，傳道士是不曉得「恐懼」二字的，而是由於謹慎；無論他本人還是他的家屬，都認爲他們不應捲入任何亂子，免得敵人以此爲藉口玷汙了他們虔誠教徒的名聲。貝瓜一家人因而急忙離開晒太陽的地方，走下臺階，向出口處走去。正在這時，催淚彈爆炸了。一家三口來到六號鐵門處，靜靜地等待開門，此時，他們看到身後潮水般擁來滿面淚痕的人彈。他們還沒來得及懺悔他們不曾犯下的罪孽，就被恐懼的人群擠在鐵門上壓個稀爛了（成了肉泥粥、人血湯？）。塞巴斯蒂安先生在踏入另一個世界之前的一瞬間，還在頑固地堅信那異端邪說，高聲喊道：「基督是死在大樹上，而不是十字架上！」

那個刺傷塞巴斯蒂安先生、強姦瑪加麗塔女士以及那位演奏家的罪犯反倒死得（能這樣說嗎？）沒有那麼慘。因爲慘案一發生，年輕的馬羅金．德爾芬以爲時機已到：他準備趁亂甩掉典獄長派來陪他觀賽的獄卒，逃離祕魯首都利馬，躲到國外，改名換姓，重新開始瘋狂犯罪的生活。五分鐘以後，他的美夢被擊得粉碎，當時（路裘？以西結？）馬羅金．德爾芬和秋皮達斯監獄那個獄卒已來到五號門，獄卒拉住馬羅金的手，兩個人正趕上站在大門的第一排，隨即被人流所碾碎。（據說，那個獄卒和藥廠業務員的手指直到死後仍然緊握在一起。對此人們議論紛紛。）

薩麗達．萬卡．薩拉維利亞之死至少沒有那麼不清不白引人遐思。她的死是極大的誤會，是因爲警察當局錯估了她的行動和企圖。慘案發生時，這位來自廷戈．馬利亞的女孩一看見那個裸體暴徒和爆炸的煙霧，聽到四處奔走號叫聲，她便決定（愛情讓她無畏無懼）要和自己心愛的人在一起。她與足球迷的方向相反，向下面的比賽場地跑去，這樣一來，她僥倖免於被踐踏而死，但是卻沒有逃過利圖瑪警長那鷹一般的目光，他透過四處瀰漫的瓦斯煙霧發現有個模糊的人影在跑動，只見她跳過跑道，向裁判跑去（那位裁判無視周圍動靜，仍然在挑釁那頭鬥牛，仍然蹲在地上向球員打暗號）。警長認爲只要自己一息尚存，就應該保護那位鬥牛士不被傷害，於是拔出手槍，用三發子彈切斷那個戀人的去路，並且奪去她的生命：薩麗達剛好死在古梅辛多・貝爾蒙特的腳下。

這位拉貝爾拉的人物是這個悲慘的下午的犧牲者中唯一自然死亡的。如果在平常的情況下，這就很不自然。之所以稱之爲自然死亡，是因爲他的情人死在跟前，他的心臟受不了刺激而停止了跳動。他倒在薩麗達身旁，兩個人在最後時刻得以擁抱在一起，並且一道進入了那不幸情侶的黑夜（就像羅密歐與茱麗葉？）。

至於那位過去紀錄毫無瑕疵的維護治安的警長，他悲傷地體認到，儘管他經驗老到，辦事精明，還是完全破壞了秩序，而且整座阿喬體育場及其四周都成了遍地屍骨的墳場，於是把最後一發子彈上了膛，就像陪伴輪船沉向海底的老水手那樣，舉槍打碎腦殼，了此餘生（已到中年，卻無成就）。警察同仁一看見警長自殺身亡，鬥志立刻瓦解；忘掉了紀律，忘掉了團結，忘掉了熱愛自己的天職；一心想著脫掉制服，從死人身上剝下老百姓的衣服，以便僞裝逃走。其中有幾個達到了目的。但是，哈依麥・孔查警官未能如願，因爲僥倖未死的觀眾把他閹割之後，又用他身上的皮帶將他絞死在欄杆上。《唐老鴨》的忠實讀者、勤奮能幹的警長，就這樣搖盪在利馬的天空下，這時天空（有意要呼應此一慘案？）已布滿了烏雲，開始落下冬天的毛毛細雨……

這個故事就這樣以但丁式的血案結束了嗎？還是像鳳凰（母雞？）那樣浴火重生地編出新的插曲和頑強的人物？這場球賽慘劇的結局會是什麼？

17

上午九點鐘，我們到大學校園搭公車離開利馬。胡莉亞姨媽藉口在旅行之前得再買些東西，從我舅舅家裡跑了出來。我假裝要去電臺工作，離開外祖父家。胡莉亞在袋子裡裝了睡衣和內衣，我在袋子裡放了牙刷、梳子、刮鬍刀（說眞話，這對我沒有太大的用處）。

帕斯夸爾和哈威爾在校園裡等我們，他們已經買好了車票。幸好沒有其他旅客。帕斯夸爾和哈威爾十分謹慎，他們和司機一起坐在前面，讓我和胡莉亞姨媽坐在後面。那是一個典型的冬天早晨，天空烏雲密布，我們行駛在沙漠之中的大部分時間一直下著濛濛細雨。整趟旅途中，我和胡莉亞姨媽幾乎從頭到尾都在狂熱接吻，不發一語緊握著手，在馬達的嗚響中靜靜聽著帕斯夸爾和哈威爾低聲交談，司機有時也插話進來。上午十一點半，我們到達欽查市。這時陽光明媚，氣候溫和宜人，天空萬里無雲，空氣清新透明，街上行人熙來攘往，一切都像是好兆頭。胡莉亞姨媽微笑著，滿心歡喜。

帕斯夸爾和哈威爾去市政府看看是否一切準備就緒，我和胡莉亞姨媽去南美飯店安頓下來。這是一所木坯結構的單層老式磚房，用餐的地方在露臺，一條瓷磚鋪的狹窄走道兩旁排列著十幾間小房間，看起來像妓院似的。櫃檯的人向我要了證件，只看了我的記者證；可是當我在我的名字旁邊寫上「及其夫人」的時候，他便嘲弄地瞥了胡莉亞姨媽一眼。我們的房裡鋪著小石板，有些已裂開，透過縫隙還可看到地皮。一張雙人床，鋪著綠色菱形圖案的床單；一把小椅子；牆上有幾枚掛衣服用的粗釘子。我們一進屋便熱烈擁抱，互相親吻愛撫，直到胡莉亞姨媽推開我笑著說：「好了，小巴爾加斯，我們應該先結婚再說。」

她很激動，眼睛閃閃發光，充滿喜悅的神采。我非常愛她，為了即將和她結婚，心中洋溢著幸福。她到走廊盡頭的公共盥洗室梳洗，我在房裡等待時，不禁對天發誓，我們不會像我認識的夫婦那樣，讓結婚成為一場災難，而將永遠幸福地生活在一起，結婚將不影響我總有一天成為作家的計畫。胡莉亞姨媽終於出來了，我們手拉手慢慢向市政府走去。

在一家咖啡館門口，我們見到了帕斯夸爾和哈威爾，他們正在喝冷飲。市長去主持某個開幕式了，但是很快就會回來。我問他們是否確實與帕斯夸爾的親戚約定好我們將在中午成婚，他們兩個都嘲笑我。哈威爾拿我這個心急如焚的未婚夫開了幾個玩笑，並且引用了一個很恰當的諺語：有得等好過沒得等。為了消磨時間，我們四個人在中央廣場高大的桉樹和橡樹下散步。有些小鬼在那兒追逐嬉戲，老人則是邊讀利馬的報紙邊讓擦鞋匠擦皮鞋。過了四個鐘頭，我們回到市政府。戴一副大眼鏡的瘦小祕書告訴我們一個壞消息：市長已出席開幕式回來，但是他又到欽查市「太陽」餐廳去吃午飯了。

「您沒有告訴他，我們在等他為我們舉行婚禮嗎？」哈威爾責備他說。

「他和客人在一起，說話不方便。」祕書一副很擅長應對進退的樣子打發道。

「我們到餐廳去找他，把他叫回來。」帕斯夸爾安慰我說。「別擔心，馬里奧先生。」

我們邊走邊問，在廣場附近找到了「太陽」餐廳。這是一家當地人開的小館，小小的餐桌上連桌布也沒有，最裡面是廚房，那兒又是煙又是火，熱氣騰騰，一些女人圍著大銅鍋、炒菜鍋和香氣撲鼻的一盤盤菜肴忙碌著。餐廳裡一架立式留聲機以最大音量播放著華爾滋舞曲。用餐的人很多。當胡莉亞姨媽站在門口正要說還是等市長吃完飯比較好時，市長從一個角落裡認出了帕斯夸爾，向他打招呼。我們看到我們這位泛美電臺的編輯和一個從餐桌邊站起來的金髮男子擁抱。那張餐桌有五、六個人用餐，全是男人，桌上擺著五、六瓶啤酒。帕斯夸爾招呼我們走過去。

「啊，坦白說，未婚夫婦，我完全忘了這件事啦。」市長握著我們的手，用一種行家的目光從上到下打量著胡莉亞姨媽。他轉過身，面對那些諂媚地看著他的同桌食客扯開大嗓門蓋過華爾滋舞曲對他們說：「這兩個人剛從利馬逃出來，我要爲他們舉行婚禮。」

那些人笑起來，鼓掌歡迎，要來與我們握手。市長要我們坐在一起，又要來啤酒爲我們的幸福乾杯。

「但是，現在你們可不能坐一起，你們今後一輩子都要黏在一起的。」市長樂呵呵地說，拽著胡莉亞姨媽的手臂拉到他身邊坐下。「未婚妻坐在這兒，在我的身旁。幸好我的妻子不在。」

同桌的人都向他祝賀。他們比市長的年齡要大，大概是商人或農場主人之類的吧，一律穿著他們最體面的服裝，也一律都像市長一樣喝得醉醺醺的。有幾個人認識帕斯夸爾，他們詢問他在利馬的生活、什麼時候回利馬去。我靠著哈威爾坐在桌子一端，臉上盡量堆滿笑容，慢慢地喝著半溫的啤酒，心裡一分鐘一分鐘數著時間。市長和他的伙伴很快就對我們失去興趣。他們一瓶又一瓶地喝著，先是光喝啤酒，隨後就著檸檬汁生魚片和煙熏比目魚喝，還吃杏仁派，後來又光是喝啤酒。沒有人還記得結婚的事，就連帕斯夸爾也是如此，他的眼睛通紅，和別人一樣用令人厭惡的聲音跟市長一起唱情歌。整頓午餐，市長一直在恭維胡莉亞姨媽，此時他企圖摟住胡莉亞姨媽，把她拉向自己肥胖的臉。胡莉亞姨媽強顏歡笑，和他保持一定的距離，時不時地向我投來焦急的目光。

「穩著點，朋友。」哈威爾對我說。「你只要想結婚的事，別的什麼都別想。」

「情況似乎失控了。」我對哈威爾說，因爲我聽到市長高興到了極點的時候說要拿吉他來，關起餐廳的門讓我們跳舞。「再這樣下去我大概會被關進監獄，就在我給那蠢蛋一拳之後。」

我心中一團怒火，站起身來對胡莉亞姨媽說我們要走了，打定主意，如果市長舉止無禮就揍他一頓。胡莉亞姨媽立刻站起來，得到解脫似的。市長沒阻止她，繼續心醉神迷地引吭高歌。看到我們要走，他微笑著向我們告別，我覺得那微笑帶有譏諷的味道。哈威爾跟在我們身後走出來，他說市長只是喝醉了。在我們去南美飯店的路上，我大罵帕斯夸爾，不知爲什麼，我覺得他應該爲這頓荒唐的午餐負責。

「你別像個沒有教養的孩子，要學會冷靜應對。」哈威爾責備我說。「那傢伙喝醉了，他什麼也不記得了。但是你不要難過。今天他會爲你們辦理結婚的。你們在飯店裡等著，我來叫你們好了。」

進了房間，一剩下我和胡莉亞姨媽兩個人，我們便投進對方的懷抱拚命熱吻。我們兩個都不說話，但是手和嘴滔滔不絕地表達著我們的激情。我們從門邊就開始接吻，慢慢地移近床邊，接著在床上坐下來，最後終於躺下，緊緊擁抱的臂膀一刻也沒有鬆開。我幸福得要發瘋，感到迫不及待，沒有經驗的貪婪的手撫摸著胡莉亞姨媽，先是隔著衣服，然後解開她那已被弄皺的磚色上衣釦子，正當我吻她的胸脯時，有人不識相地輕輕敲門了。

「一切都準備好了，私奔的戀人。」我們聽到哈威爾的聲音。「五分鐘以後，在市政府舉行婚禮。那個蠢蛋在等你們。」

我們快活地慌忙從床上跳下來，胡莉亞姨媽羞得滿面緋紅，整理著身上的衣服，我像個孩子似的閉上眼睛，想著一些嚴肅正經的東西（數字、三角形、圓圈、祖母、母親）好讓下半身冷靜下來。在走道盡頭的盥洗室裡，胡莉亞姨媽和我先後梳理了一下，然後便一口氣跑到市政府。祕書立刻請我們進入市長辦公室，那房間很寬敞，牆上掛著祕魯國徽，辦公桌上插滿了小旗，放著一本本登記冊，桌前排了五、六張木凳，彷彿是學校的教室。金髮市長剛剛洗過臉，頭髮還濕漉漉的，人已經清醒，從辦公桌後鄭重其事地向我們點頭致意。他完全變了一個人，既禮貌又莊重。哈威爾和帕斯夸爾在辦公桌兩邊狡獪地向我們微笑著。

「好的，我們開始吧！」市長說。他的聲音遲疑而含糊，像大舌頭說話似的。「證件在哪兒？」

「在您那兒，市長先生。」哈威爾彬彬有禮地回答說。「我和帕斯夸爾星期五就交給您了，以便提前辦理手續。您不記得了嗎？」

「看你醉成什麼樣子，表兄，竟然忘得一乾二淨！」帕斯夸爾笑了，聲音裡也帶著醉意。

「是你自己要我們把證件交給你的。」

「噢，那大概是在祕書手裡。」市長嘟囔著說，顯得有些不高興，板著臉看著帕斯夸爾喊道：「祕書！」

戴一副大眼鏡的瘦小祕書拖了幾分鐘才找到我們的出生證和胡莉亞姨媽的離婚判決書。我們默默等著，市長抽著菸，打著呵欠，不耐煩地看著表。祕書終於帶著反感的神情一邊查看一邊把證件拿來，放在辦公桌上，打著官腔說：「證件在這兒，市長先生。男方未達法定年齡，我已經告訴過您了。」

「有人問您了嗎？用得著您多嘴？」帕斯夸爾向祕書走過去一步，像是要掐死他。

「我是履行我的職責。」祕書回答說。他轉身朝著市長，指著我酸不溜丟地堅持道。「他只有十八歲，而且拿不出結婚同意書。」

「表兄，你怎麼找了個笨蛋當助手！」帕斯夸爾忍不住了。「幹麼還不馬上把他攆走，找個機靈點的人來？」

「住嘴，你喝醉了，看你那副德性。」市長說，咳嗽了一下，以爭取時間。他雙臂環抱，神情嚴肅地掃了我和胡莉亞姨媽一眼。「我本想放過結婚同意書這件事，幫你們一個忙。但是，這是一道重要的手續，我很遺憾。」

「這是怎麼搞的？」我惶惑不解地說。「難道你不是星期五就知道我年齡的事嗎？」

「這是在玩什麼把戲？」哈威爾插嘴說。「您不是跟我說讓他們結婚沒問題嗎？」

「您是要我犯法嗎？」市長發火了，像是受了侮辱似的。「還有，您不必那麼大嗓門跟我說話，好好說，把誤會說清楚，不要大吼大叫。」

「但是，表兄，你發瘋了吧！」帕斯夸爾氣沖沖地說，一拳搥在辦公桌上。「你本來同意了，你知道年齡的事，還說沒關係。你不要一副什麼都不記得的樣子，也不要現在才來和我談法律規定。痛痛快快給他們結婚，不要他媽的節外生枝！」

「你不要在高貴的女士面前說髒話，也不要再喝酒了，因爲你無法控制自己。」市長心平氣和地說。他轉身面向祕書，打了個手勢讓他退下去。只剩下我們這夥人的時候，他壓低聲音同謀者似的向我們微笑著。「你們沒看到這傢伙是我對手的密探嗎？現在他發覺了，我不能爲你們辦理結婚了。否則，我會落到不可收拾的下場。」

沒有辦法說服他。我對他發誓說我的父母住在美國，因此我拿不出結婚同意書，我們家裡不會有人為我結婚一事找麻煩，我和胡莉亞姨媽結完婚就動身到國外，再也不回祕魯。

「我們早就講好了的嘛，您不能失信。」哈威爾說。

「你不要那麼不近人情，表兄。」帕斯夸爾拽著他一隻手臂。「你不知道我們是從利馬趕來的嗎？」

「少囉嗦，你們不要纏著我不放。我想出了一個主意，一切都會解決的。」市長最後說，他站起身來，向我擠眉弄眼。「到湯博．德莫拉去！去找漁夫馬丁！你們現在就去，就說是我介紹你們去的。漁夫馬丁是個非常熱情的黑人。他會十分樂意為你們辦理結婚手續。這再好不過了。那是個小村子，不會因此引起什麼風波。去找馬丁，他是村長。你們給他一些小費，事情很容易解決。他幾乎不識字，不會看這些證件的。」

我想說服他隨我們一同前往。我又是說笑，又是恭維，又是懇求，但是無濟於事。他有約，有工作，有家人在等他。他送我們到門口，以肯定的語氣對我們說在湯博．德莫拉只要兩分鐘一切都可辦妥。

就在市政府門口，我們叫了一輛破爛不堪的計程車，把我們載到湯博．德莫拉去。一路上，哈威爾和帕斯夸爾都在批評市長。哈威爾說市長是他所見過最無恥的人，帕斯夸爾企圖把罪過歸咎於祕書。這時司機突然插嘴，大罵欽查市長，說他活著只是為了作官和嫖妓，我和胡莉亞姨媽手拉手對望，我不時地在她耳邊悄悄地說我愛她。

黃昏時刻我們到了湯博．德莫拉村。從海濱看到一輪火紅的太陽正從晴朗的天空沉入大海；

天空中一一躍出的星星眨巴著眼睛。我們穿過這個有二十幾戶人家的村落，住宅全是蘆葦和泥巴砌成的棚屋，到處是底部鑿穿待修的漁船以及晾在木樁上的漁網。我們嗅到了鮮魚和大海的氣味。半裸著身子的黑人小孩把我們圍起來，問個不停：我們是誰，從哪兒來，想買什麼。我們終於找到了村長的棚屋。他的妻子是黑人，正徒手擦著額頭上的汗水，用扇子搧著爐灶。她告訴我們村長捕魚去了。接著又看看天補充說他馬上就要回來了。我們到海灘上去等村長。整整一個鐘頭，我們坐在一截樹幹上，看著漁夫費盡九牛二虎之力把漁船拖上沙灘，看著他們的妻子就在沙灘上砍去魚頭、清掉內臟，還得忙著阻擋貪吃的狗。馬丁是最後回來的。夜幕降臨，月亮已在天空升起。

馬丁是個頭髮斑白的黑人，大腹便便，愛開玩笑，話很多。儘管入夜已很涼爽，他還是只穿著一條貼身的短褲。我們向他致意，彷彿對待一個從天國下凡的神人。我們幫他把漁船拖上岸，然後跟著他回家去。漁村裡沒有大門的棚屋裡洩出灶火的微弱光亮，我們邊走邊向他解釋來訪的原因。他露出一嘴大馬牙笑起來。「說什麼我也不幹，朋友們。你們去找別的笨蛋幫你們煎這盤臭魚吧。」他對我們說，大嗓門像唱歌似的。「我曾經因爲辦過一件類似的胡鬧事，差一點挨子彈。」

他告訴我們，幾個星期之前，爲了幫助欽查市長，他不管有沒有結婚同意書就爲一對情人辦理了結婚手續。四天以後，新娘的丈夫找來了，氣得都快發瘋了。「原來是卡奇切鎮的女孩。那鎮上的女人都有掃帚，晚上在天上飛。」意思是這個鎮的女人都不正經，漁夫說。「這女孩兩年前就結婚了。她的丈夫威脅要殺死那個竟敢讓一對通姦者合法結婚的皮條客村長。」

馬丁拍著他那水滴閃閃發光的大肚皮嘲弄地說：「我那位在欽查的同事對事情的來龍去脈心

知肚明，他是個滑頭，自己是怎麼也不肯牽扯進去的。每逢碰到這種骯髒事，他就推給漁夫馬丁，讓黑人馬丁當他的替死鬼。實在太滑頭了！」

沒有辦法動搖他的決心。他根本不看我們的證件，也不聽哈威爾、帕斯夸爾和我講的道理。胡莉亞姨媽不說話，有時面對黑人滿嘴詼諧而下流的話強顏歡笑。馬丁開著玩笑回答我們的問題，嘲笑欽查市長，或者哈哈大笑著重新再說一遍由於他讓卡奇切那個迷人女孩和一個男人結了婚、她的丈夫因而要殺死他的故事。那女人的丈夫既沒有死，也沒有和她離婚。我們到了馬丁家裡，想不到他的妻子卻成了我們的同盟。馬丁本人一邊擦著臉、手臂和肥大的軀幹，貪婪地聞著爐灶上煮沸的飯鍋，一邊告訴妻子我們要他做的事。

「爲他們辦結婚手續吧，你這個沒心沒肺的黑鬼。」妻子對馬丁說，憐憫地朝胡莉亞姨媽點點頭。「看看這個可憐的孩子，他們把她弄出來卻不能結婚，她經歷這一切會有多難過呀。你有什麼好不辦的，還是因爲自己是村長覺得了不起？」

馬丁邁著四方步在棚屋的泥地上走來走去，收拾杯子和茶碗。這時我們又一次對他發動攻勢，表示願意奉獻一切，包括獻上我們對他的感激，再加上一筆相當他多日打魚收入的報酬。但是他堅定不移，最後罵他妻子說不要對她不懂的事多嘴多舌。不過，他的情緒馬上恢復過來，在我們每個人手上放了一只杯子或小茶碗，爲我們倒了一點皮斯科酒。「爲了不讓你們白跑一趟，朋友們！」馬丁舉起酒杯安慰我們，沒有一點譏諷意味。「爲未婚夫婦的幸福乾杯。」這時向我們敬酒眞是糟透了。

和我們告別的時候，馬丁對我們說，由於有卡奇切鎮女孩的先例，我們到湯博·德莫拉來是來錯了。但是，他勸我們到下欽查去，到卡門、蘇納木柏、聖伯得祿或本省任何一個小鎮去，說在那兒會有人立即為我們辦理結婚手續的。

「那些鎮長是些閒人，無事可幹，有機會為人舉行婚禮肯定高興得要死。」馬丁對我喊道。

我們回到計程車等我們的地方，一句話沒說。司機提醒我們，由於等了那麼長時間，車費需要另議。在回欽查市的路上，我們商定第二天一大早便到各區各鎮去，拿出慷慨的報酬，直到找到一個該死的鎮長為我們辦理結婚手續。

「快九點了。」胡莉亞姨媽突然說。「他們大概已經告訴我姊姊了吧？」

我讓小巴布利托把我要對路裘舅舅和奧爾嘉舅媽交代的話背下來，並且重複了十幾次。為了更有把握，最後我把要說的話寫在一張紙上：「馬里奧和胡莉亞已經結婚。你們不必為他們擔心。他們很好，幾天之後就回利馬。」小巴布利托要在晚上九點鐘從公用電話打電話，轉達完口信之後立即把電話掛掉。我借著火柴的光亮看了看表：是的，家裡已經知道了。

「他們大概正在砲轟南西。」胡莉亞姨媽說，她故作輕鬆，彷彿在講別人的事。「他們知道南西是同謀，不會輕易饒過那個可憐的孩子的。」

道路坑窪不平，破舊的計程車顛簸得很厲害，好像隨時都要停下來，周身的鐵皮和螺絲嘰嘰嘎嘎作響。月光柔和地映照著沙洲，我們不時遠遠看到一片片的棕櫚樹、無花果樹和角豆樹。天上繁星密布。

「或許你爸爸剛下飛機，他們就告訴他了。眞是不尋常的見面禮！」哈威爾說。

「我對上帝發誓我們將找到一個鎮長，如果明天上午還不能讓你們在這個地方結婚，我就不是欽查人，我這是君子之言。」帕斯夸爾說。

「你們是要找個鎮長讓你們結婚嗎？」司機關心地問。「小姐是搶出來的？你們為什麼不早告訴我呢？這樣不信任我。如果你們早說了，我會把你們送到格羅西奧・普拉多去。那裡的鎮長是我的朋友，保證肯幫你們辦手續。」

我建議繼續開車到格羅西奧・普拉多去，但是他馬上澆了我冷水。鎮長那時大概不在鎮上，而是在他的小莊園裡，要找他，得騎毛驢走差不多一個鐘頭。最好還是第二天再說。我們定好次日早上八點他來接我們。如果他能讓他的朋友幫助我們，我答應給他一大筆錢作報答。

「一定辦成。」他爲我們打氣。「無須多費口舌，你們在修女梅爾喬麗塔的鎮上結婚就是了。」

南美飯店的餐廳已準備關門了。但是哈威爾說服了侍者爲我們準備點吃的。侍者送來了可口可樂和一些重新加熱的蛋炒飯，我們幾乎沒有吃。飯吃到一半的時候，我們突然察覺到彼此在竊竊私語地說話，彷彿是些陰謀分子，大家忍不住大笑起來。帕斯夸爾和哈威爾原來打算這一天在我們結婚後回利馬去，但是由於計畫生變，他們留了下來。爲了省錢，兩人合住一間客房。當我們各自到自己房間去時，有六、七個人走進餐廳，幾個穿長靴和馬褲的人大聲吵著要啤酒。這些人醉醺醺的喊叫聲、大笑聲、碰杯聲、愚蠢的玩笑和粗野的敬酒，乃至於打嗝和嘔吐的聲音，譜成了我們新婚之夜的主題曲。雖說白天在欽查市政府未獲成功，但仍然是一個熱烈而美好的新婚之夜。這天夜裡，在那張由於我們沒完沒了的接吻而像起重機一樣呀呀作響並且肯定有許多跳蚤的破床上，我們一次又一次地做愛，一次比一次更激情；我們的雙手和雙唇總是不分開，互相取悅對方，同時述說著要永遠相愛，絕不說謊和欺騙對方，白頭到老。店家來敲門時（我們要他們七點鐘把我們叫醒），那群醉漢剛剛停止喧鬧，而我和胡莉亞姨媽仍然睜眼未眠，裸著身子在綠色菱形圖案的床單上緊緊抱在一起，微醺一般神魂顛倒，滿懷激情地對視著。

在南美飯店公共盥洗室裡梳洗堪稱一樁英勇事蹟。沐浴設備像是從來無人用過，生鏽的蓮蓬頭向各個方向噴灑水流，唯獨避開洗澡的人。在流出清水之前，必須先忍受好一陣子咕嘟咕嘟湧出的汙水。沒有毛巾，只有一塊破布用來擦手，因此我們不得不用被單擦身子。但是，我們滿心幸福，情緒激動，這些不便只讓我們覺得很好玩。我們在餐廳裡看到哈威爾和帕斯夸爾，他們已經穿好衣服，困倦的臉上有些蒼白，厭惡地望著昨天夜裡醉漢把這兒弄得亂七八糟的殘跡：到處是打碎的杯子、菸頭、混著口水的嘔吐物，惡臭嗆鼻，一名餐廳職員正在這些穢物上撒下一桶桶木屑。我們在街上的小酒店喝了牛奶咖啡，從那兒可以看到廣場茂密高大的樹木。灰濛濛的薄霧中，一輪太陽升起來，天空晴朗。這樣開始新的一天，給人以奇特的感覺。我們回來的時候，司機已在飯店等我們了。

我們沿一條塵土飛揚的泥土路到格羅西奧．普拉多去，路兩旁是葡萄園和棉田。在沙漠的盡頭遠遠看到了灰褐色的科迪勒拉山脈。司機很愛講話，和我們的一語不發形成對照。他甚至喋喋不休地說著修女梅爾喬麗塔：凡是她有的東西，什麼都送給窮人；她照料病人和老人，安慰遭受不幸的人。在世時她已相當出名，省內所有小鎮的信徒都來她身邊祈禱。她有好些神蹟，例如曾救活患了不治之症的垂死病人，看見過聖靈顯靈，還看見過上帝，她也曾讓長在石頭上的玫瑰永恆地開著花。

「她比烏馬伊鎮的小修女或盧倫鎮的守護神更得人心，只要看一看有多少人來朝聖就知道了，沒有理由不封她為聖女。你們是利馬人，為她奔走一下促成這件事吧。儘管相信我，這是在伸張正義。」

終於風塵僕僕到達格羅西奧．普拉多沒有樹木的寬大方形廣場之後，我們發現梅爾喬麗塔確實不負眾望。一群群的小孩子和女人圍住了汽車，一邊喊叫一邊打手勢，主動提議要帶我們去修道院。梅爾喬麗塔就生在那棟建築裡，在那兒修行，在那兒行神蹟，並且安葬在那兒。他們送給我們小神像、禱文、神符、修女像紀念章，司機不得不告訴他們，我們既不是朝聖者也不是遊客，好讓我們不受打擾。

鎮公所是座鐵板屋頂的土坯房子，窄小簡陋，陰沉沉地矗立在廣場一側，大門關著。

「我的朋友很快就來，我們到陰涼的地方等他吧。」

我們坐在鎮公所屋簷下的人行道上，從那兒望見在條條筆直的泥土路盡頭，周圍不到五十米的範圍內都是搖搖欲墜的小房子和蘆葦搭成的棚屋，接下去便是小莊園和沙漠。胡莉亞姨媽坐在我身邊，腦袋枕在我肩上，閉著眼睛。我們就這樣坐了半小時，看著騾夫徒步或者騎著驢子走過去，看著女人到流過一個轉角的小河去汲水。這時，有個騎馬老人經過。

「你們在等哈辛多先生嗎？」他脫去草帽向我們致意。「他到伊卡市去了，去求省長放他到兵營去領回他的兒子，士兵們把他兒子抓去服役了。哈辛多先生下午才會回來。」

司機建議我們留在格羅西奧．普拉多參觀梅爾喬麗塔的紀念地。但是，我堅持到別的小鎮去碰碰運氣。經過一番討價還價，最後他答應繼續載我們到中午。

早上九點鐘我們又重新啓程。汽車在騾行小路上劇烈搖晃，那些被沙洲吃掉一半的泥土路揚得我們滿身沙子。我們有時駛臨大海，有時駛近山麓，跑遍了整個欽查省。在卡門鎮口，汽車的一個輪圈斷裂了，由於司機沒有千斤頂，我們只好四個人把汽車架起來。半晌時分，太陽漸漸熱起來，直至令人難以忍受；車子被灼烤著，大家像在土耳其浴池裡似的汗水淋漓。馬達的散熱器開始冒煙，我們不得不預備滿滿一鐵桶水，每隔一段時間澆它一次。

我們找了三四個區長和三四個副村長，那些小村落有的只有二十幾戶人家，村長全是些粗人。找他們要到小莊園去，他們正在那兒耕田；或者要到商店去，他們正在那兒向居民販賣油和香菸。其中有個村長（即蘇納木柏的村長），我們不得不到水溝邊把他搖醒，他喝醉了，正在那兒呼呼大睡。我們每到一處地方政府所在地，我就從汽車上下來，有時是帕斯夸爾，有時是司機，有時是哈威爾陪著，去和村長交涉，因爲經驗告訴我們，去的人愈多，村長愈害怕。不管我們如何解釋，每次我在農民、漁夫或者商人（下欽查的村長自稱是「鄉醫」）臉上看到的總是一種不信任的神情，眼裡露出驚恐的目光。其中只有兩個人是斷然拒絕的，一個是上拉蘭的村長，那是個小老頭。我一邊跟他講話，他一邊把苜蓿包放在幾匹騾背上。他告訴我，除了本村人外，他不爲任何人辦理結婚。另一個是聖胡安．德亞納克的村長，他是個梅斯蒂索人，也是個農民。一看到我們，他大吃一驚，以爲我們是警察局的人，是爲某件事來找他算帳的。一知道我們的來意，便大動肝火。「不行，免談。白人到這個出自上帝之手的村子來結婚一定有什麼不好的原因。」其他鎮、村長拒絕不辦的藉口都大同小異。最常見的藉口是：登記冊丟了，或者說用完了，在欽查市發新登記冊之前，本地無法辦理出生、死亡證明，也不能爲任何人辦理結婚。查文鎮長的回答是最荒唐的：他不能爲我們辦理結婚手續，因爲沒有時間，他要去殺一隻狐狸，這隻狐狸每夜都要吃掉當地兩三隻小雞。只有在「新鎮」差一點大功告成。鎮長耐心地聽了來龍去脈，同意爲我們辦理結婚，並說付五百索爾可以免掉結婚同意書。他沒在我的年齡這件事上找麻煩，顯然相信了我們說的法律規定已經改了，現在不用到二十一歲，十八歲就能結婚。我們站在架在兩隻大桶上充當辦公桌的一塊大木板前（這是一間土坯房，屋頂有洞，可以看到天空），這時鎮長開始一個字一個字地讀證件。突然，胡莉亞姨媽是玻利維亞人這件事讓他退縮了。我們告訴他這沒什麼妨礙，外國人也是可以結婚的，並且答應再多給他一些錢。但是毫無用處。「我不想冒險。小姐是玻利維亞人這件事可不是鬧著玩的。」

下午三點左右我們回到欽查。熱得要死，滿身灰塵，垂頭喪氣。在城郊，胡莉亞姨媽哭了起來。我把她抱在懷裡，在耳邊悄悄對她說不要這樣，我愛她，即使跑遍祕魯所有村鎮我們也要結婚。

「我不是爲我們不能結婚哭。」她淚眼汪汪，努力露出笑臉。「而是因爲這一切太可笑了。」

到了飯店，我們要司機過一個鐘頭回來，以便再到格羅西奧·普拉多去找他朋友。

我們四個人沒有一個覺得餓，因此大家的午餐只是一份乾酪三明治和可口可樂，是在櫃檯前站著吃的。隨後便去休息。儘管前天夜裡一夜未眠，又經歷今天上午一次次的失敗，我和胡莉亞還是在飄著塵埃的微弱光亮中，在菱形花格床單上，熱情如火、興致勃勃地做愛。從床上，我們看到太陽的餘暉透進來。高高的天窗玻璃上長滿苔蘚，使陽光變得淡薄而昏暗。我們沒有起床去餐廳和我們的同謀者會面，而是即刻進入了夢鄉。但我們睡得很不安穩，一陣陣強烈的衝動促使我們本能地伸手彼此尋覓、彼此撫摸，而且兩人都是噩夢連連。醒來後，我們把那些噩夢說給彼此聽，知道兩個人都在夢中看到了家裡的親戚。當我告訴胡莉亞姨媽，在夢中我有一會兒感到經歷了彼得羅·卡瑪喬筆下的悲劇之一的時候，她笑了。

有人敲了幾下門，我醒了過來。室內漆黑一片，透過天窗的縫隙看到幾道電燈的光亮。我大聲喊著說馬上就來，一邊搖晃著腦袋趕走睡意，一邊劃亮火柴看了看表。已是晚上七點鐘。我覺得天要塌下來似的。這一天又白白地溜走了，更糟糕的是我已經沒有錢再繼續去找村長了。我摸索著走到門邊把門半打開。當我正爲了沒把我叫醒要罵哈威爾的時候，卻發現他滿面春風。「一切都辦好了，小巴爾加斯。」他說，驕傲得像隻孔雀。「格羅西奧．普拉多鎮長正在登記冊上填資料，核發你們的結婚證書。別再作孽了，快點，我們在計程車上等你們。」

他關了門，我聽見他笑著離去了。胡莉亞姨媽已經從床上坐起來，揉著眼睛，在陰影中我猜得出她臉上驚訝和將信將疑的表情。

「我第一本書就寫這個司機。」我一邊說，我們一邊穿衣服。

「你不要高興得太早了。」胡莉亞姨媽笑道。「就是看到結婚證書我也不會相信。」

我們急急忙忙跑出來。穿過餐廳時看到那裡有許多人在喝啤酒。有個人十分風趣地恭維胡莉亞姨媽，逗得很多人笑起來。帕斯夸爾和哈威爾坐在車裡，但已不是上午那一輛，司機也換了人。

帕斯夸爾解釋說：「先前那司機想要詐，收我們雙倍的錢，趁火打劫。我們叫他滾蛋了，在這裡找了另一位司機，這個人好極了。」

種種擔心一下子占據了我的腦海，我想換了司機可能會讓婚禮再次告吹。但是哈威爾要我放心。下午也不是那個司機和他們去格羅西奧．普拉多的，而是這一個。他們頑皮地告訴我們，他們決定「讓我們休息」，以防再次遭到拒絕時胡莉亞姨媽又要難過；他們去格羅西奧．普拉多交涉，和鎮長談判了很久。

「是個博學的梅斯蒂索人，只有欽查這塊土地才能有這樣的上等人。」帕斯夸爾說。「你必須加入梅爾喬麗塔的修會表示對他的感激。」

格羅西奧．普拉多的鎮長靜靜聽了哈威爾的解釋，不慌不忙地閱讀了全部證件，考慮了好一陣子，而後提出了他的條件：一千索爾，但是要把我出生證上的「六」字改成「三」字，這樣我就等於早出生了三年。

「勞工階級的智慧！」哈威爾說。「我們是沒落階級，你信我這句話。我們連想都沒有想到這一點，而這個人民公僕憑著一點點常識，事情就解決了，你已經到了法定結婚年齡了。」就在鎮公所，鎮長和哈威爾動手把「六」改成了「三」。鎮長說，墨水不一樣有什麼要緊，重要的是內容。我們在八點鐘左右到達格羅西奧．普拉多。那是個晴朗的夜晚，滿天星斗，天氣溫和宜人。鎮裡的小房子和棚屋都亮著燈光。我們看到一座燈火輝煌的房子，透過蘆葦的縫隙射出了萬丈燭光。帕斯夸爾畫著十字對我們說那就是梅爾喬麗塔住過的修道院。

鎮公所裡，鎮長正在厚重的黑皮登記冊上塡寫資料。這棟建築只有一個房間，地板是泥地，剛剛灑過水，飄起一層潮濕的蒸氣。桌上點著三根蠟燭，微弱的光亮映照出粉刷過的牆上用釘子釘著的一面祕魯國旗和一幅共和國總統的圖像。鎮長是個五十上下的人，身材肥胖，面部毫無表情。他用鋼筆慢慢寫著，每寫幾個字就在墨水瓶裡蘸一下。他哭喪著臉點頭向胡莉亞姨媽和我打招呼。我估計他這樣慢吞吞地塡寫登記表格可能有一個多小時。他寫完之後，動也不動地說：「需要兩個證婚人。」

哈威爾和帕斯夸爾走上前去，但是只有帕斯夸爾被鎮長接受了，因爲哈威爾年紀太輕。我跑出去和坐在計程車裡的司機商量，他同意以一百索爾爲代價作我們的證婚人。他是個瘦瘦的梅斯蒂索人，鑲著一顆金牙。他時時都在抽菸，來這兒的路上沒有說過一句話。當鎮長指給他應該在哪兒簽字時，他不悅地搖搖頭說：「眞倒楣。」看他說話的神氣彷彿後悔了。「什麼地方見過這種連一瓶給未婚夫婦祝賀的可憐的酒都沒有的婚禮？我不能爲這種事情作證。」他憐憫地看了我們一眼，從門口又補充說：「等我一會兒。」

鎮長雙臂抱在胸前，閉上眼睛，打盹似的。胡莉亞姨媽、帕斯夸爾、哈威爾和我互相觀望，不知如何是好。最後，我準備到街上去找另一個證婚人。

「沒必要，他很快就回來。」帕斯夸爾制止我說。「再說，他說得的確有道理，我們應該想到敬酒的事。這個梅斯蒂索人提醒了我們。」

「我緊張得快受不了啦。」胡莉亞姨媽抓住我的手悄悄地說。「你不覺得我們像是在搶銀行，警察馬上就要來了嗎？」

梅斯蒂索人耽擱了幾十分鐘，宛如過了幾年，但是他終於又回來了，手裡拿著兩瓶酒。儀式得以繼續。證婚人簽字之後，鎮長讓胡莉亞姨媽和我也簽了字。他打開一本法典，湊近一根蠟燭，像他寫字一樣慢吞吞地對我們念了有關夫妻義務和權利的條款。隨後便發給我們證明，宣布我們已經結婚了。我和胡莉亞姨媽接了吻，而後證婚人和鎮長都擁抱我們。司機咬住瓶蓋打開酒瓶。沒有酒杯，我們只好一個人一個人地對著瓶口喝。在回欽查市的路上，大家都鬆了一口氣，心裡很高興。哈威爾企圖用口哨吹出新婚進行曲，可是吹得令人啼笑皆非。

付過計程車費之後，我們到中央廣場去，讓哈威爾和帕斯夸爾換搭公車趕回利馬。一個鐘頭之後才有車去利馬，因此我們有時間在「太陽」餐廳用餐。吃飯時，我們擬定了計畫。到米拉佛拉瑞斯之後，哈威爾到我舅父母路裘和奧爾嘉那兒去探探家裡的狀況，打電話告訴我們。我們第二天上午回利馬去。帕斯夸爾必須想出合適的理由去解釋他離開電臺兩天多這件事。

我們在公車站送走哈威爾和帕斯夸爾，像一對老夫老妻似的聊著天回到南美飯店。胡莉亞姨媽覺得不舒服，她認爲是在格羅西奧．普拉多喝酒所致。我對她說我覺得那酒的味道好極了，但是沒有告訴她，這是我平生第一次喝酒。

18

利馬的抒情詩人格利桑托·馬拉維亞斯出生在市中心聖安娜廣場附近一條巷道裡。人們常常爬到這裡的屋頂上放祕魯飛得最優美的風箏。當那些綢紙做的五彩繽紛的風箏在「高地區」上空悠然翱翔時，「赤腳」修道院的小修女便跑到天窗前窺探。一個幾年以後將把美洲華爾滋舞、馬麗內拉舞和波爾卡舞提高到風箏一樣水準的嬰兒落地了，這孩子正好在風箏命名儀式那天出生。命名儀式把本區最有名的吉他手、鼓手、歌唱家都吸引到聖安娜的小巷來。產婆打開孩子出生的H室的窗戶，宣布利馬這個角落裡的人口又增加了，並且預言：「如果這孩子活下來，一定是個流行歌手。」

但是，這孩子能不能活下去，好像還是個問號。他體重不到一公斤，兩條小腿短得出奇，大概永遠走不了路。父親巴倫丁·馬拉維亞斯多年來一直想讓本區居民信奉耶穌。（他在自己的房間裡創辦了修會，並對天發誓在他歸天以前要讓修會人數超過「奇蹟」修會——這是個輕率魯莽的舉動，還是個確保他長壽的妙招？）他宣布：他的守護神將創造奇蹟，救活他的兒子，並讓他像正常的基督徒一樣行走。孩子的母親瑪利亞·玻塔爾是位妙手廚娘，終其一生連感冒也沒得過。當她看到自己日夜思盼、百般乞求上帝而得到的兒子（類人蟲？畸形兒？）是個人不像人、鬼不像鬼的東西時，心情激憤得把丈夫攆出了家門，並且在大庭廣眾之下把責任推到他身上，指責說是他的假虔誠才落得了這樣的後果。

可是，格利桑托・馬拉維亞斯竟然活了下來，雖然那雙小腿滑稽可笑，但終究學會了走路。當然走得不平穩，看起來像個木偶，每步分三個動作——抬腿、彎膝、落腳，而且走得那樣緩慢，如果你走在他身旁，會覺得是跟著堵在狹街窄巷中的迎神隊伍前進。但是，至少這孩子的雙親（他們已重歸於好）可以宣布格利桑托不用拄枴杖或靠別人幫助就能跑遍四方了。巴倫丁先生跪在聖安娜教堂裡，熱淚盈眶地向耶穌感謝賜福。不過，瑪利亞・玻塔爾卻說那奇蹟完全是利馬最有名的癱瘓專家艾貝托・金德羅斯醫生創出來的，這位醫生曾讓無數癱瘓病人變成了短跑運動員。瑪利亞曾在家擺設豐盛的酒菜，請這位名醫來家裡親自傳授按摩、治療和護理技術，如此一來，儘管格利桑托的雙腿是那麼短小彎曲，還是能夠站立，並且在人間的道路上挪動行走了。

誰都不會說格利桑托・馬拉維亞斯有著和他出生地其他孩子一樣的童年。不幸或者幸運的是，格利桑托瘦弱的身體不允許他參加任何讓鄰居孩子身心得到鍛煉的活動。他不能踢布做的足球，不能玩拳擊，不能在街角打陀螺。在老利馬的街道上，聖安娜廣場的孩子經常用彈弓、石子或拳打腳踢和來自奇里莫沃、古恰卡斯、「五角」和塞爾卡多區的孩子打架鬥毆，他從來沒有參與過。他不能和他在聖佳蘭公立學校（他在這裡學會識字）的同學去坎多格蘭德以及尼亞尼亞果園偷果子吃，也不能和他們去里瑪克河洗澡，更不能去桑托約牧馬場學騎驢。他個子比侏儒矮，瘦如乾柴，皮膚像他父親一樣呈巧克力色，頭髮像他母親那樣挺直。格利桑托總是站在遠處用那雙聰明的眼睛盯著他的伙伴，看著他們玩耍，在那些他不能參加的危險活動中累得滿頭大汗，成長茁壯。他臉上的表情是無可奈何的憂鬱呢還是平靜的悲傷？

有一段時間，看來他就要像他父親（他除了信仰耶穌外，這一輩子還抬過各種耶穌和聖母像，穿過不同的教袍）一樣虔誠了，因爲有好幾年的時間，他老老實實地在聖安娜廣場附近的幾個教堂裡當侍童，隨叫隨到，經文倒背如流，又顯得天眞無邪，所以教區神父都包容他的動作遲鈍，常常叫他來幫忙做彌撒，聖週時在耶穌赴難路上敲小鐘，或者在遊行隊伍中抬香爐。看到他身穿總是顯得又肥又大的侍童長袍，聽著他以純熟的拉丁文，在聖安德肋、卡門、布埃納．莫埃特甚至是古恰卡斯（連這麼偏遠地區都請他去）教堂的祭壇上那麼認眞地背誦經文，母親瑪利亞．玻塔爾痛苦難言。她本來希望兒子轟轟烈烈地闖一番事業，當軍官，做冒險家，或者成爲舉世無雙的演員。但是，利馬教友會會長巴倫丁．馬拉維亞斯看到自己的怪兒子可能當上傳道士，不禁暗自歡喜。

父母都看錯了，這孩子對宗教並不感興趣。他的內心活動十分激烈，靈敏的感情不知能從何處、透過怎樣的方式得到安慰。蠟燭劈啪燃燒，聖香與禱告聲繞梁不絕，到處是面前擺著供品的聖像，念悼亡經，舉行各種禮儀，畫十字和屈膝下跪，這種環境撲滅了他那早熟的詩興和靈感。瑪利亞．玻塔爾幫助「赤腳」修道院的修女做甜食、料理家務，所以她是爲數不多的可以打破修道院嚴格清規進入內宅院的人。這位技術高超的廚娘經常也帶格利桑托去那裡，當這孩子長大（指年齡，而不是身材）時，修女已經看慣了他（痴傻，萎靡不振，像人又像鬼），所以，當瑪利亞．玻塔爾和修女一起準備聖餅、蛋塔、蛋白餅、甜糕、杏仁糖，以便賣掉好籌措去非洲傳教的費用時，就讓他隨便在修道院裡走動。就這樣，格利桑托．馬拉維亞斯長到十歲時，懂得了愛情是什麼……

讓格利桑托．馬拉維亞斯一見傾心的那個女孩叫法蒂瑪，和他同年，在「赤腳」修道院當侍女。格利桑托．馬拉維亞斯第一次看到她的時候，法蒂瑪剛剛沖洗完修道院走廊的石板地，正要去花園給玫瑰和百合澆水。儘管她身穿滿是破洞的麻衣，用一塊破粗布當頭巾包住頭髮，還是看得出她的眞實模樣：象牙一般潔白的皮膚，泛青的眼袋，驕傲的下巴，纖細的足踝。她是一個由於一場平民百姓羨慕的貴族之家的悲劇而被遺棄的嬰兒，修女把她撿了回來。一個冬天的夜晚，她裹著天藍色的小毯子被丟在胡寧大道旁，身上有一封書寫工整、淚跡斑斑的信：「我是一段遭到詛咒的戀情的產物，一個榮耀滿門的家族因我而聲譽掃地。我的存在將再再提醒著把我帶到這世上的那對父母的罪孽，因爲他們是同父同母，根本不能相愛，沒有權利生我和承認我。善良的『赤腳』修女們，您們是唯一能養活我而又不爲我感到羞辱也不讓我受到凌辱的人。我那悲痛欲絕的雙親願慷慨酬謝諸位的善行，這種善行也將爲您們打開通往天堂之門。」

修女在這個亂倫而生的女孩身上還發現一個裝滿鈔票的布袋，想到即使是多麼野蠻的異教徒也應該向他們宣講福音，給衣穿、給飯吃，所以最後決定先讓這女孩當使女，以後如果她有天資，就讓她穿上白色教服，給耶穌當女奴。修女爲她取名爲法蒂瑪（法蒂瑪原是葡萄牙的小村落。傳說一九一七年，三個牧童在村子附近的山洞裡看到了聖母），因爲撿到她的那一天正是葡萄牙三個牧童見到聖母的日子。這女孩就這樣遠離塵世，在「赤腳」修道院貞潔的圍牆內慢慢長大了。修道院的環境純潔無瑕，在格利桑托之前，法蒂瑪除了多病的老人塞巴斯蒂安先生（貝瓜？）之外，沒見過別的男人。這位神父每星期來修道院一次，寬恕修女輕微的罪過（都是些小事）。這女孩溫柔順從，討人喜歡，有經驗的修女說，她心靈純潔，眼睛明亮，氣質不凡，一舉一動都流露出明顯的神聖特質。

格利桑托．馬拉維亞斯拿出超人般的意志力克服令自己難以啓齒的膽怯，鼓起勇氣走近那女孩，問她是否可以幫她一起澆花。那女孩欣然同意，從那以後，瑪利亞．玻塔爾每次去修道院和修女一起忙著在廚房幹活時，法蒂瑪和格利桑托不是一塊打掃房間，就是清掃院子，或者一起更換祭壇的鮮花，有時一起擦窗戶，給地板打蠟，拂去祈禱書上的灰塵。這個醜陋的男孩和那個俏麗的女孩之間漸漸建立起在記憶中總是最美好的初戀、那般大概只有死神才能拆散的情誼。

在這個半殘廢的孩子快滿十二歲時，巴倫丁．馬拉維亞斯和瑪利亞．玻塔爾發現了某些跡象，說明格利桑托有一種愛好，這愛好將在短短的時間裡讓格利桑托成為最富有靈感的詩人和著名的作曲家。

每週至少一次的歡慶活動或莊嚴的儀式把聖安娜廣場的居民聚在一起。在裁縫查姆皮塔茲的車庫裡，在拉馬五金店的小院子裡，在巴倫丁住的小巷裡，或者因為某家有嬰兒出生，或者有人過世（是歡慶喜事臨門，還是解除心靈的苦痛？），總免不了有什麼理由要通宵達旦地熱鬧一番，彈吉他，敲小鼓，鼓掌，引吭高歌。在瑪利亞．玻塔爾的白酒和佳肴助興下，眾人翩翩起舞時，格利桑托凝視著吉他手、歌手、鼓手，彷彿他們的言語和聲音有超然的魔力一般。當樂師休息片刻，抽支菸或品嘗一杯美酒時，這孩子畢恭畢敬地走近吉他，輕輕撫摸，好像怕它們受驚，並且撥弄六根琴弦，發出悅耳的聲音……

眾人很快就發現這孩子是個天才，有傑出的音樂才華。這個半殘廢人聽覺靈敏，能立即聽出記住任何旋律，儘管他的小手軟弱無力，但能用小鼓嫻熟地給各種印第安音樂伴奏。在樂隊休息用餐或飲酒時，他獨自掌握了彈奏吉他的訣竅，並深深地愛上了它。居民常常看見他在娛樂活動中彈吉他，樂隊又多了一位樂師。

格利桑托的腿沒有再長，雖然他已十四歲，看起來只有七八歲的樣子。他非常瘦小（這是藝術天分的確切證據，受到啓發的人都有這般削瘦的特徵），因爲他患有慢性食欲不振。如果不是瑪利亞·玻塔爾強迫他吃飯的話，這個年輕的詩人早已入土升天了。他身體雖然虛弱，可是一接觸到音樂就不知道什麼是疲倦。本區的吉他手彈奏或演唱許多小時之後，就筋疲力竭癱軟在地，手指痙攣，聲音嘶啞，簡直會被誤以爲是啞巴，可是那個殘廢人依然坐在原來的那張小稻草椅子上（日本人般的小腳丫從來踏不到地面，小小的手指不知疲倦地撥弄著），彈奏出悠揚的琴聲，同時輕聲哼唱，彷彿演奏剛剛開始。他的聲音並不洪亮，與著名的以西結·德爾芬相形見絀——此人用G調演唱圓舞曲時，面前窗戶的玻璃都能震碎。可是：音量不足卻有其他辦法來彌補：完美的音調，完美的技法，從來沒有彈錯一個音符。

不過，後來讓格利桑托成名的卻不是他的演奏天分，而是作曲才華。這個「高地區」的殘廢青年除了能彈奏演唱印第安音樂以外，還善於創作歌曲。某個星期六，在歡慶聖廚日的活動中，到處掛滿彩色旗幟，響笛聲四起，天空中彩帶橫飛，聖安娜小巷熱鬧非凡，格利桑托開始有了名氣。活動進行到午夜時分，音樂家突然爲參加慶祝活動的人演奏了一首從來沒聽過的波爾卡舞曲，歌詞以精釆的對話組成：

憑什麼？
憑著愛，憑著愛，憑著愛。
做什麼？
戴上一朵花，一朵花，一朵花。

戴在哪？
在我的領口，我的領口，我的領口。
爲了誰？
爲了瑪利亞·玻塔爾，瑪利亞·玻塔爾，瑪利亞·玻塔爾……

悠揚的旋律打動了來參加喜慶活動的人，他們情不自禁地跳起了舞，跳呀，蹦呀，歌詞很讓他們感動。大家不約而同好奇地問道：作者是誰呀？樂師回過頭去，指了指格利桑托·馬拉維亞斯，他具有眞正的傑出人物的謙虛，低下了眼睛。瑪利亞·玻塔爾發瘋似的吻他，教友會會員巴倫丁擦乾眼淚，全區的居民歡呼起來，向這位嶄露頭角的小詩人祝賀。在這座修女城又出現了一位藝術家。

格利桑托·馬拉維亞斯的職業生涯（如果這個缺乏想像力的用語足以形容藝術家的心領神悟的話）像流星劃破天際。沒過幾個月，他創作的歌曲在利馬便無人不知，無人不曉。幾年之後，所有祕魯人都耳熟能詳、永誌不忘了。他還不到二十歲，不管人們願意與否，都承認格利桑托·馬拉維亞斯是祕魯深負眾望的作曲家。他的華爾滋舞曲給富豪之家的舞會增色不少，是中產階級盛宴上必不可少的節目，貧家寒舍也把它當作美食品嘗。首都各個樂團競相演奏，沒有任何一個男人或女人在開始從事聲樂這門艱鉅的職業時不在自己的節目單上選入馬拉維亞斯的傑作。他的樂曲灌了唱片，出了歌曲集，電臺和雜誌上更是常見他的身影。在民眾的想像和閒談中，「高地區」的這位殘廢作曲家成了神話人物。

榮譽和聲望沒沖昏這個純樸年輕人的理智，他對來自各方的讚揚無動於衷。上高中二年級時，他放棄了學業，全心投入於藝術。他以在舞會上彈吉他、唱小夜曲或創作離合詩所得到的小費終於買了一把吉他。買到吉他的那天，他欣喜若狂：他找到了爲他解憂的知己、消除孤寂的伴侶、抒發靈感的聲音。

格利桑托不會寫譜，也不會讀譜，因爲他從來沒學過。他靠直覺和聽覺工作。一旦學會一種曲調，就唱給地方上名叫布拉斯．聖吉內斯的老師聽，這位老師幫他譜上曲子，塡好五線譜。他從來不想拿自己的才智去做買賣，一次也沒有申請版權，也不曾收過版稅。當朋友通報有毫無藝術天才的二流音樂家在抄襲他的曲子和歌詞時，他只是打個呵欠了事。儘管他這樣無私，但還是掙得一些錢，不是唱片公司和電臺寄給他錢，就是演奏時請他表演的人塞給他的。格利桑托把錢統統交給了父母。在雙親過世以後（他已經三十歲），他就把錢和朋友共用。他從來沒有想過要離開「高地區」和他出生的那條小巷的H室。這是由於他忠於且愛惜自己卑賤的身世，還是由於熱愛那條小巷？無疑，兩者兼而有之。但是，這首先是因爲住在那狹小的門廳裡，離那個叫法蒂瑪的近親結合而生的女孩只有數十米之遠。他是在法蒂瑪當侍女時認識她的，這女孩現在已經當修女了，她宣誓做耶穌的順服、貞潔（不要吧！）和清貧的妻子。

這是格利桑托一生的祕密，是他悶悶不樂的原因，而眾人卻一向盲目地把他心靈的創傷、他的悲哀歸咎於他那雙殘腿和畸形。另外，多虧他發育不正常，格利桑托外形上一直像個小孩，因而得以繼續隨母親去「赤腳」修道院，每週至少一次見到他夢寐以求的女孩。修女法蒂瑪會像格利桑托愛她那樣愛這個殘廢青年嗎？不得而知。法蒂瑪這朵溫室的鮮花本來對曠野裡多情的花粉的祕密一無所知，但是，在許多老婦中間，在聖潔的修練天地裡，她從一個孩子長成了少女，而後又到了成年，也就知曉了人事。她聽到的、看到的、想到的一切，都是修道院（極爲嚴格的組織）這個道德的篩子嚴格地篩過的。她哪能想到，在她看來已是屬於上帝的貞操還可以在人間做交易呢？

但是，正如山上淌下的水流進大河，剛剛生下的小牛犢在睜開眼睛之前就尋找乳頭吸吮潔白的奶汁，這女孩也許愛他吧。至少格利桑托是她的朋友，是她結識的唯一的同齡男人，玩耍的唯一伙伴。假如可以把掃院子、擦玻璃、澆花草、點蠟燭（在瑪利亞．玻塔爾這位巧手裁縫教修女刺繡時，他們所共同完成的事情）稱爲玩耍的話。

但是，事實上，兩個孩子從小在一起，多年以來總是促膝談心。她，天真無邪；他，怯生靦腆。在純潔的交談中，他們（像百合花般嬌嫩，像鴿子般空靈）藉由間接的話題，例如法蒂瑪蒐集的五彩繽紛的聖像，以及格利桑托向她解釋電車、汽車、電影是什麼，婉轉地表達愛意。這一切，不管他人理解與否，都寫進了格利桑托．馬拉維亞斯獻給那位神祕女子的歌曲裡了，然而格利桑托從不寫出她的姓名，除了那首最有名的、標題令他的樂迷十分好奇的圓舞曲：〈聖女法蒂瑪〉。

格利桑托．馬拉維亞斯雖然明知不能把法蒂瑪接出修道院、娶她爲妻，但是，每個星期有幾個鐘頭能見到他心中的女神，還是很幸福的。這些短暫的會面賦予他無盡的靈感，〈莫薩馬拉舞〉、〈雅拉維舞〉、〈歡樂舞〉、〈萊斯巴羅薩舞〉等舞曲隨之誕生。他一生中的第二次悲劇（除了殘疾以外）來得偶然。那一天，「赤腳」修道院院長看到他正在小便。院長利圖瑪的臉由青變紫，由紫變白，頓時怒不可遏。院長跑去問瑪利亞．玻塔爾她兒子多大了，女裁縫照實說了，雖然從身材和外形來看他不過十歲的樣子，但實際上已年滿十八歲。院長利圖瑪手畫十字，下令永遠不許他再進修道院的大門。

這對聖安娜廣場的詩人來說猶如青天霹靂，一下子犯了難以治癒的相思病，多日臥床不起，發高燒，不停夢囈。名醫和巫師又擦藥又施咒，想讓他甦醒過來。待他能夠起身，簡直成了個幽靈，幾乎無法站立。可是，這場病證實情人被奪走對他的藝術造詣是有益的。從此，曲調悲哀，使得聽眾傷心落淚；歌詞雄壯有力，富有戲劇色彩。格利桑托．馬拉維亞斯的有名歌曲都是那些年所作。他的朋友每當一邊用悠揚的琴弦伴奏，一邊傾聽那些令人心碎的歌詞（「女孩彷彿金絲雀被關進籠子，像鴿子被捉住，像鮮花被摘來放進耶穌教堂，在遠方絕望地思念著她的小伙子多麼憂傷」）時，常常不禁自問：「那女孩是誰？」他們（像夏娃受撒旦引誘時那般好奇）想從包圍這位詩人的女人當中找出他的女神來。

這是因爲儘管格利桑托．馬拉維亞斯膽小如鼠，其貌不揚，但對利馬女人卻有巨大的魅力。有巨額存款的白人婦女、小康家庭的印第安少女、住在大雜院裡的舞女、剛剛踏入社會的年輕小姐，或者行動不便的老太婆，都藉口要求他簽字留念，經常光顧那簡陋的H室。這些女人與他調情，贈送禮物，奉承恭維，博取他的歡心，提議要和他約在別的地方，或者當場直接做出更大膽的舉動。難道這些女人，如同在其首都名字上大做文章、賣弄學識（宜人的風、美好的天候、有益健康的空氣？）的某個國家（阿根廷首都「布宜諾斯艾利斯」的原意是「美好的空氣」）的女人那樣，喜歡畸形男人？那裡的女人有一種愚蠢的偏見，認爲以夫妻關係而言，畸形的男人要比正常男人好。格利桑托．馬拉維亞斯的情況卻並非如此，是他的藝術才華讓這個聖安娜廣場的侏儒身價百倍，蓋過他的生理缺陷，成了女人思慕的對象。

格利桑托．馬拉維亞斯結核病初癒，身體虛弱，委婉地謝絕了追求者，暗示那些糾纏不休的女人不必在他身上浪費時間。他隱晦地說：「我要忠貞不二，我是葡萄牙的小牧童。」這讓他周圍的人紛紛議論起來。

那時，他秉持著吉普賽人的精神過生活。每天中午左右才起床，常常和聖安娜教堂的教士古梅辛多．得尤一起午餐。這位古梅辛多博士以前是個博學的法官，某個教徒曾在他的辦公室裡砍傷自己（佩德羅．巴雷達．依薩爾迪瓦先生？），以表示他是清白無辜的（殺了一個從巴西坐遠洋貨輪偷渡過來的黑人？）。古梅辛多博士萬分激動，決定辭去法官職務去做教士。那個砍傷自己的教徒事件被格利桑托．馬拉維亞斯譜成了一首以吉他、驢顎琴、木箱鼓合奏的樂章〈鮮血判我無罪〉。

詩人和古梅辛多教士經常一起漫步在利馬街頭，在那兒，格利桑托（從生活中汲取靈感的藝術家？）爲自己的歌曲選擇人物和題材。他的作品（傳統、歷史、民俗、流言）以優美的旋律把利馬的各種人物和風俗習慣不朽地流傳下去。在塞爾卡多廣場附近的鬥雞場和聖格利斯托鬥雞場裡，馬拉維亞斯和古梅辛多教士常常觀看鬥雞人訓練公雞，這些鬥雞人準備在桑地亞大劇場的鬥雞競賽中爭奪冠軍。就這樣，他創作了馬麗內拉舞曲〈媽媽，注意那個紅臉的公雞〉。有時他們也在上卡門小廣場晒太陽，在門廊下看著雜耍藝人蒙列翁表演耍布娃娃，格利桑托因而創作了華爾滋舞曲〈上卡門的少女〉。（開頭是這樣的：「啊唷，我的寶貝，你有鐵絲做的手指，稻草做的心」。）無疑，也是在漫步老利馬大道時，格利桑托看到了華爾滋舞曲〈修女，你曾經也是女人〉裡描寫的披黑斗篷的老婦，並目睹了波爾卡舞曲〈流浪兒〉中孩子打架鬥毆的場面。

六點左右，兩人分手。教士回教堂去，爲在卡亞俄港遭殺害的野人的亡靈祈禱，詩人到裁縫查姆皮塔茲的車庫去。在那裡，和他的親密朋友如鼓手希福恩特斯、驢顎琴手提布西奧、女歌手路希婭．阿賽密拉（？）、吉他手費利佩、胡安．波托卡雷羅等人一起排練新歌曲，準備演出。

每當夜幕降臨，免不了有人拿出皮斯科酒，大家暢飲一番。就這樣，他們邊演唱邊交談，邊排練邊飲酒，一起消磨時光。夜深時，他們就隨便到利馬的某個飯館去用餐，在那裡，藝術家格利桑托·馬拉維亞斯總是被當作上賓來禮遇。其他日子他們都要外出表演，有時是慶生會，有時是訂婚儀式，有時是結婚典禮，或者是在某個俱樂部演出。他們黎明時方能返回住所，朋友們常常把殘廢詩人送到家門口。但是，朋友離去、回家進入夢鄉之際，一個矮小的畸形身影便踉踉蹌蹌地從小巷裡出來，拖著吉他，在濕漉漉的夜幕裡，在細雨、晨霧之中走著，猶如幽靈一般。他來到空曠無人的聖安娜小廣場，坐在一張與「赤腳」修道院遙遙相對的石凳上。那時，黎明即起的人便可聽到人間罕見的憂傷的吉他旋律和發自肺腑的火一樣的情歌。一些早起的修女有時發現他在那裡低聲吟唱，面對修道院啜泣，便惡意地散布謠言說他被虛榮心迷住了心竅，愛上了聖母，拂曉時為她唱小夜曲。

幾個星期、幾個月、幾年過去了。格利桑托·馬拉維亞斯的聲譽有如膨脹的氣球飛向太陽一般，隨他的歌曲傳遍四方。但是，沒有人，包括他的摯友古梅辛多·利圖瑪教士——被妻子和兒子痛打（因為養老鼠嗎？）的前國民警察，養傷期間回應了上帝的呼喚——懷疑他迷戀修女法蒂瑪。這幾年法蒂瑪繼續在成為聖神的道路上忙碌著。自從修道院院長（修女路希婭·阿賽密拉？）發現詩人是個男兒身（是那個命定的早晨，在法官的辦公室裡？）的那一天以來，這對純潔的青梅竹馬就沒有機會在一起說話了。但是，這些年他們卻有幸見面，雖然不容易，並且相隔一定的距離。法蒂瑪當了修女之後，像她的女伴一樣，一天二十四個鐘頭，每兩個人一組輪流值班，在小教堂裡祈禱。那些值班的赤腳修女以一道木柵欄和信眾隔開，儘管縫隙很小，兩邊的人還是互相看得見。這一點說明了這位利馬詩人何以如此虔誠，而他的虔誠也因此常常成為眾人的笑柄。對於大家的嘲笑，格利桑托・馬拉維亞斯只是譜了一首虔誠的東多拉舞曲：「是的，我是信徒……」

眞的，格利桑托每天都在「赤腳」教堂裡待上許久，一天去好幾次，畫畫十字，朝木柵欄望上一眼。如果（他的心撲通撲通地跳著，脈搏加速，背上發冷）在那個方形的木柵欄裡，在祈禱臺前的白色身影中發現了法蒂瑪修女，他便立刻跪在古老教堂的瓷磚地板上。他側身跪著（他的身體幫了忙，很難辨認出他的正面和側面），看起來像是注視著祭壇，實際上他那對痴情的眼睛卻緊盯著情人身上雪白的修女服和頭上漿洗過的帽子。修女法蒂瑪不時像田徑運動員賽跑時換氣那樣中斷祈禱，抬起眼睛看看（十字花欞的？）祭壇，這時，她認出了跪在前排的格利桑托。於是，一種難以察覺的微笑浮現在修女潔白細膩的面孔上，想到那是她童年時的朋友，溫柔的心田又重新激起了縷縷情思。他們的目光相遇了，在那一瞬間，修女法蒂瑪不得不垂下眼睛。難道他們傾訴了連天使都害羞的衷情嗎？因爲（是的，一點兒也沒錯）那女孩是在一個陽光明媚的日子，在皮斯科郊外，被藥廠業務員路裘・阿夫里爾・馬羅金的汽車壓傷，後來被神奇地救活了的，那時她還不滿五歲。爲感謝法蒂瑪聖母，她當了修女。隨著時間的流逝，她在孤寂的修道院裡逐漸長大，並且情眞意切地愛上了「高地區」的詩人。

格利桑托・馬拉維亞斯心甘情願不在肉體上占有他的情人，只是在教堂裡以純潔而高尙的方式和她接觸。但是，他一直不認爲修女法蒂瑪會聽不到他的歌曲（這對一個其唯一動人之處就是他的藝術才華的男人來說實在太殘酷了），那些歌曲正是在她的啓發下創作出來的，儘管她並不知道。他不相信這二十年來不顧身患肺炎每天清晨都爲她吟唱的情歌沒有傳到情人的耳朵裡（任何人只要看一眼修道院的高牆厚壁都明白的）。一天，格利桑托・馬拉維亞斯開始把神祕的宗教題材融入了他的表演曲目當中：聖羅莎的奇蹟（聖羅莎，一五八六—一六一七：祕魯修女，死後受封爲女聖徒）、聖馬丁．德波雷斯的（動物學的）事蹟（聖馬丁．德波雷斯，一五六三—一六三九：祕魯教徒，在利馬創建了第一所孤兒院）、殉教者的故事和彼拉多的詛咒（彼拉多：西元一世紀羅馬帝國駐猶太的總督。據《新約全書》記載，耶穌由他判決釘死在十字架上）代替了民歌。這不但沒有降低大眾對他的評價，反而又吸引了大批新仰慕者：神父、教士、修女、公教進行會成員。印第安音樂在香燭的薰染之下，增添了宗教色彩並變得高貴起來，開始越過它扎根的沙龍和俱樂部的高牆，在教堂、天主教大遊行、修道院、神學院這些昔日不可能聽到的地方也能聽到了。

經過十年的精心籌畫，格利桑托終於成功了。一天，這位受神職人員歡迎的作曲家、教會的詩人、天主教大遊行的樂師，前來「赤腳」修道院獻藝，在小教堂和迴廊裡爲在非洲的傳教士義演募款。修道院的堡壘被他攻破了。利馬大主教（赫赫有名的學者，音樂的行家）立刻批准演出，並且同意「赤腳」修道院中止幾個鐘頭的戒律，讓修女欣賞一下音樂。主教本人也打算帶著一群高級教士前來聆賞。

這次演出在利馬的歷史上是個重大事件，它發生在格利桑托．馬拉維亞斯邁入壯年的那天：五十歲生日嗎？這位音樂家前額突出，鼻子寬大，一雙鷹眼，性情耿直，心地善良，那溫文爾雅的風度相貌正是他內在美的眞實寫照。

儘管只發了個人邀請（爲免音樂家被人群踏成碎片所採取的預防措施），並且提醒說沒有邀請函不得出席，但基於現實考量，還是由傑出的利圖瑪警長和他的助手哈依麥．孔查警官率領警察設下警戒線。不過，面對黑壓壓的人群，那警戒線似乎是用紙做的，立刻被衝垮了。從前一晚就聚集在那裡的人群一下子擁入修道院，懷著崇敬的心情擠滿了迴廊、前廳、樓梯、門廳。應邀而來的人只好從暗門進來，直接走到高層座位上，擠在破舊的欄杆後就座，準備欣賞音樂會。

下午六點鐘，當詩人面帶征服者的微笑，穿著藍色西裝，邁著運動員的輕盈步伐，金黃色的鬈髮隨風飄動，由樂隊和合唱隊跟隨走進來的時候，頓時掌聲雷動，震撼了「赤腳」修道院。古梅辛多．馬拉維亞斯這時屈膝跪下，以男中音的聲調朗誦道：「我主耶穌，萬福馬利亞。」他的眼睛（甜蜜的？）在無數的人頭中認出了張張熟悉的面孔。

名占星師（以西結？）德爾芬．阿塞米拉教授坐在第一排。此人成天觀望天空、測量海潮、打著神祕的手勢，爲利馬的百萬富翁占卜命運，他（懷著玩彈珠般的赤子之心）格外偏好印第安音樂。利馬最受歡迎的那個黑人也在場，他盛裝打扮，鈕釦孔裡插著一朵紅色的康乃馨，戴著一頂全新的草帽，他就是（坐飛機？）偷渡而來、在這裡開始了新生活的人（用他部落的特製毒藥捕殺老鼠發財致富？）。或者有鬼作祟，或者純屬偶然，還有兩個人也被音樂家吸引來了，他們是耶和華見證人路裘．阿夫里爾．馬羅金——由於他的英雄事蹟（用鋒利的裁紙刀砍掉了自己右手的食指？）而得到了殘廢人的綽號；還有維多利亞區的絕代美女薩麗達．萬卡．薩拉維利亞（她儘管生得優雅，卻十分任性），她讓路裘．阿夫里爾．馬羅金爲了愛情承受了砍掉食指的嚴峻考驗。此外，我們的利馬詩人豈會沒看到密密麻麻的祕魯樂迷當中有個面無血色的身影？那是來自米拉佛拉瑞斯區的年輕人理查．金德羅斯？他趁卡門修道院的門大開之際溜了進來，混在人群中間，從遠處看著他那個妹妹（法蒂瑪修女？利圖瑪修女？路希婭修女？）——爲了讓她擺脫那亂倫的愛情，父母把她關進這裡當修女。就連從未離開過殖民公寓，整日忙著爲他人服務，教可憐的聾啞孩子用手勢和表情交談的又聾又啞的貝瓜一家，也被大家的好奇心所感染，趕來修道院，爲的是看看（因爲他們聽不見）利馬的偶像。

神父古梅辛多·得尤宣布演出開始後，那場將使全城陷入哀傷的天大災難臨頭了。在幾百位擠在門廳、院子、樓梯和房頂上的瘋狂觀眾面前，抒情詩人由風琴伴奏，正在演唱〈我的宗教信仰不允許出賣〉這支優美動聽的歌曲的最後幾個音。第一波爲古梅辛多神父喝采的掌聲（善與惡如同牛奶與咖啡般混合在一起）正是群眾毀滅之始。因爲他們完全被歌聲所吸引，完全沉浸在掌聲和歡呼聲中，以致把地震的前兆誤認爲上帝的金絲鳥在群眾之間激起的沸騰情緒。在仍然有機會逃出室外的幾秒之間，誰也沒有反應過來，直到轟鳴聲如火山爆發般震耳欲聾，他們明白震動的不是他們自己而是大地時，爲時已晚。因爲卡門修道院的三扇門（無巧不成書？上帝的旨意？建築師的愚蠢？）立刻因房屋塌陷而堵塞了。地震一發生，正門的大天使石像就倒了下來，把格利桑托·馬拉維亞斯警長埋住了，當時他在警官哈依麥·孔查和憲兵利圖瑪的幫助下，正要指揮群眾撤離修道院。這位英勇的好公民和他兩位助手成了地下爆燃的首批犧牲品。猶如鞋底蟑螂一樣，三個來看演出的祕魯消防隊員在卡門修道院的聖門下被冷酷無情的石人奪去了生命。

與此同時，在修道院內，受音樂和宗教吸引來的信徒像蒼蠅一樣紛紛死去。掌聲之後，隨之而來的是一片呻吟、哀叫、呼號。崇高的石塊、古老的磚瓦無法抵擋一波又一波永無止境來自大地深處的震動。牆壁一堵接一堵地破碎倒塌，把那些企圖越牆而逃的人壓得粉身碎骨。幾位有名的滅鼠專家（貝瓜一家人？）就這樣死去了。隨後，二樓的走廊整個坍陷下去，悽慘的叫聲四起，塵土飛揚，彷彿刮起了龍捲風，站在高臺上想更清楚地聽聽古梅辛多修道院院長在說什麼的活人像砲彈和流星般地被拋了出來，撞到擠在院子裡的人身上。利馬的心理學家路裘·阿夫里爾·馬羅金腦袋在地上摔得粉碎，一命嗚呼。此人用自己發明的藥方（玩一種叫作九柱球戲的吵鬧遊戲？）治癒了大半個城市的精神病。不過，頃刻間造成大批死傷的還是卡門修道院屋頂的塌陷。其中有修道院院長路希婭．阿賽密拉。她由於寫了一本備受教宗誇讚的題爲《以十字架的名義反對十字架》的書，脫離了她原來的宗教派別（耶和華見證人）而舉世知名。

法蒂瑪修女和理查之死（鮮血和面紗都無法阻止他們之間的愛）更爲悽慘。在漫長的烈火燃燒中，這兩個人緊緊抱在一起，安全無恙，而他們周圍的人，有的窒息而死，有的被燒死或踩死。大火熄滅了，在火炭和濃煙之中，這對情人熱烈地親吻，慘死者的屍體在他們周圍狼藉地躺著。現在可以逃到大街上去了。理查於是攬著法蒂瑪修女的腰，把她拖到烈火燒毀而倒塌的牆口。但是，兩人還沒有走幾步，大地就在他們的腳下裂開（是吃人的大地存心不良？還是天堂的審判？）。地板上原有一道通往地下密室的門，密室是殖民時期留下來的，卡門修道院把死者的屍骨保存在此。這會兒，大火燒燬了門，兄妹兩人（他們是惡魔？）從這裡掉下去，在地下納骨室裡一命嗚呼。

是魔鬼把他們帶走了嗎？他們相愛的結局就是下地獄嗎？還是上帝同情他們的不幸遭遇，把他們送上了天堂？這個有血、有歌、有火的神祕故事已經結束了，還是要在人世以外的地方繼續下去？

19

清晨七點，哈威爾從利馬打來電話。聲音很不清楚，但無論是電話的嗡嗡聲抑或雜音的干擾，絲毫不能掩蓋他那驚慌的聲調。

他開門見山地說：「壞消息，一大堆壞消息。」

他和帕斯夸爾前一晚搭公車返回首都時，車子在距離利馬五十公里處偏離了公路，在沙地裡翻了車。他們兩人安全無恙，可是司機和另外一個乘客卻傷勢很重。深夜要攔車求援，簡直比登天還難。回到寓所，哈威爾已經累得筋疲力盡，可是接著又受到了更大的驚嚇。原來有個人在門口等他。那人是我的父親，他面色鐵青，手持左輪手槍，威脅哈威爾如果不立刻說出我和胡莉亞姨媽藏在何處就馬上開槍。哈威爾嚇得要死（「老友，我生下來只在電影裡見過左輪手槍。」），再三以爹媽、聖徒的名義賭咒發誓他不知道我們的下落，並聲稱已有一星期沒看見我了。我父親聽罷，稍稍平靜了些，遞給哈威爾一封信，要他親自交到我手裡。哈威爾被剛剛發生的事嚇得暈頭轉向（「小巴爾加斯，這是怎樣的一夜喲！」）。我父親剛走，他便決定立刻去找路裘舅舅，打算了解一下我母親這方面的親戚是否也如此憤怒。路裘舅舅身穿睡衣接待了他。他們談了將近一個鐘頭。路裘舅舅沒生氣，但是很難過，他憂心忡忡，不知所措。哈威爾向他擔保，我們的婚事完全合法，並聲稱曾極力勸我放棄這門婚事，但是毫無效果。路袞舅舅建議我們盡快返回利馬，見機行事，處理問題。

「小巴爾加斯，最大的問題在你父親。」哈威爾報告完說道。「家裡的人會慢慢默認的。但你父親現在火冒三丈。你還不知道他那封信寫什麼呢！」

我罵他不該私自拆別人信件，然後告訴他，我們準備立即回利馬，中午左右到他上班的地方去看他，要不然就打電話給他。胡莉亞姨媽這時正在穿衣服，我把發生的一切毫無保留地告訴她，不過盡量輕描淡寫。

「我可不喜歡手裡揮動左輪手槍這種事。」胡莉亞姨媽發表看法說。「我推測他開槍要打的人是我，對不對？喂，小巴爾加斯，但願我那位公公別在蜜月時殺死我。翻車的事怎麼樣啦？可憐的哈威爾！可憐的帕斯夸爾！我們的瘋狂把他們害苦了。」

她既不驚慌，也不難過，看起來心情還很愉快，像是決心應付任何災難。我自己也是這樣。付過旅館住宿費，我們去中央廣場喝咖啡。半小時後，搭上一輛開往利馬的破舊公車，又飛馳在泛美公路上了。我倆幾乎都在親嘴、親臉又親手；我們低聲耳語著甜言蜜語，毫不理會乘客和司機（他從後視鏡窺視我們）不安的目光。

上午十點，我們到達利馬。這一天，天色灰暗，薄霧把房屋和人群罩上了一層幻影；濕氣很重，使人覺得彷彿吸入肺中的全是水。我們在奧爾嘉舅媽和路袞舅舅家門口下了汽車。在敲門之前，爲了互相打氣，我們倆再次用力握了握手。胡莉亞姨媽變得十分嚴肅，我的心情很緊張。路袞舅舅親自爲我們開了門。他強顏歡笑地先是吻了胡莉亞姨媽，然後也吻了我。

「你姊姊還沒起床，不過已經醒了。」他指指臥室，對胡莉亞姨媽說道：「進去吧，沒關係。」

我和舅舅到小客廳裡坐下來。沒有霧的時候，從這個房間可以望見耶穌教士神學院、防波堤和大海，但這時只能依稀辨別出神學院的紅磚屋頂和大牆。

「我不會揪你的耳朵，因爲你已經是大人了，不能再揪啦。」路裘舅舅嘟噥道，神情疲憊不堪，顯然是夜裡失眠了。「你自己知道自己在幹什麼嗎？」

「爲了不被你們拆散，我們只好這樣做。」我按照事先準備好的說詞回答。「我和胡莉亞相愛。我們沒有做任何衝動的事。事前我們考慮過了，我們確信自己沒有做錯。我向你保證，我們絕不後悔。」

「你年輕幼稚，沒有工作，連個立足之地都沒有。爲了養活老婆，你不得不放棄讀大學去拚命工作。」路裘舅舅低聲嘆道，一面點菸，一面搖頭。「你在自己脖子上拴了一根繩索。誰也不會同意，因爲我們家裡的人本來都盼望你有出息。憑一時任性，你就過起庸庸碌碌的生活來，那太令人傷心了。」

「我不會放棄學業，我要讀到大學畢業，並且繼續從事結婚以前就在做的工作。」我勁頭十足地向他保證。「你應該相信我，也要讓家人相信我。胡莉亞會幫我的。我會更加發憤讀書，努力工作。」

「眼前最要緊的是讓你父親息怒。他現在氣得都發瘋了。」路裘舅舅的口氣突然緩和下來，看來他已經訓話訓夠了，準備幫我一把。他說：「你父親失去了理智，他叫嚷著要去警察局控告胡莉亞。我不曉得他還會做出什麼。」

我對路裘舅舅說，我打算和父親談談，盡量說服他接受既成事實。路裘舅舅從頭到腳把我打量了一番：新郎官穿著一身髒衣裳，實在丟人。他要我馬上洗澡換衣服，順便安慰一下坐立不安的外祖父和外祖母。我們又談了片刻，甚至一塊兒喝了咖啡。可是，胡莉亞姨媽一直沒有從奧爾嘉舅媽屋裡出來。我豎起耳朵仔細諦聽，想聽聽是否有哭聲、吼叫聲、吵架聲。沒有，臥室裡沒有任何聲響傳出來。最後，胡莉亞姨媽終於單獨走出房門，她顯得很激動，面頰緋紅，彷彿被烈日晒過，但是嘴上卻掛著微笑。

「你居然安然無恙、活著出來了。」路裘舅舅說道。「我以爲你姊姊會把你的頭髮給揪光了呢。」

「她差一點給我一記耳光。」胡莉亞姨媽坦率地說，在我身邊坐下。「當然，她痛罵了我一頓。可是，無論如何，看來在事情解決之前，我還可以繼續住在家裡。」

我起身說我應該到泛美電臺去看看，因爲如果恰逢此時丟掉這份工作，那可太慘了。路裘舅舅一直送我到門口，他要我回來吃午飯。當我和胡莉亞姨媽吻別時，我看見舅舅在笑。

我跑到街口雜貨店打電話給南西表姊，正好是她本人來接。一聽出是我的聲音，她說話都走了調。我們約好十分鐘後在薩拉薩爾公園見面。到達公園時，她已經等在那裡，迫不及待地要滿足好奇心。在她告訴我任何事情之前，我得先把欽查市歷險記從頭到尾報告一遍，還回答她許多關於細節的提問。諸如胡莉亞姨媽結婚時穿什麼衣服之類。讓她覺得很有趣而開懷大笑起來的是那個我稍微添油加醋的故事（她並不相信）：批准我們結婚的那位村長是個半裸體的赤腳黑人漁夫。講完之後，我要她仔仔細細告訴我家人對我們結婚的反應。事情果然不出我們所料：來來去去奔相走告，緊張激烈的祕密協商，忙不迭的電話交談，縱橫滿面的熱淚；之後是紛紛去慰問我的母親，彷彿她已經失去了唯一的兒子。南西則是遭到圍攻和威脅，因爲他們認爲她是我們的同謀，硬逼她說出我們在什麼地方。但是她堅決抵抗，斷然否認知道我們的下落，甚至還流下幾滴鱷魚的眼淚，打消他們的懷疑。南西對我父親的舉動也同樣深感不安。

她警告我說：「在他氣沒消之前，你別去看他。他氣成那個樣子，會把你揍死的。」

我問她租的那間套房怎樣了。她那務實精神又一次讓我大開眼界。就在這天上午，她已經和屋主談過了。由於浴室需要修繕，還要更換一扇門、塗上油漆，因此十天之內是不能住的。我的心一下子涼了半截。當我向外祖父家走去時，心中盤算著這兩個星期我們倆到什麼鬼地方去避難呢？

還沒有想出解決的辦法，我已到了外祖父家，見到了母親。我進門時，她就在客廳裡。一看是我，立刻放聲大哭起來。她把我緊緊抱在懷裡，不停地撫摸我的眼睛和面頰，搓著我的頭髮，泣不成聲，無限哀憐地一遍遍說：「我的兒子，寶貝，親愛的，人家怎麼欺負你了？那個女人對你做了什麼呀！」我將近一年沒看見母親了。儘管她的臉龐哭得有些浮腫，我卻覺得她比以前年輕漂亮。我盡量安慰她，告訴她人家沒逼迫我，是我自己下決心要結婚的。她無法忍受聽見新媳婦的名字，不免哭得更加傷心。由於正在氣頭上，她十分衝動，罵胡莉亞姨媽是「那個老太婆」、「欺人太甚的娘兒們」、「離過婚的女人」。突然，在這場戲中，我發現了一件以前不曾留心的事：比起他人的蜚短流長，更讓母親難過的是宗教信仰。因爲她是個虔誠的天主教徒；胡莉亞姨媽年齡比我大，她倒覺得無傷大雅，但是胡莉亞離過婚這件事，她卻認爲關係重大（也就是說，教會方面是不許她再婚的）。

在外祖父母的幫助下，我終於讓母親安靜下來。外祖父母眞是謹愼、善良、機智的楷模。外公按照慣例吻我的前額時，只是說道：「哎呀，詩人，你總算又露面了，你眞讓我們操心哪。」

外婆一連親吻、擁抱我好幾次之後，為了不讓我母親聽見，同謀者似的在我耳邊壓低聲音淘氣地問道：「胡莉亞好嗎？」

淋浴完、換過衣服之後（我有如釋重負的感覺，那重擔我已經挑了四天啦），我和母親可以談話了。她已不再哭泣，正在喝外婆給她泡的茶。外婆坐在椅子扶手上，不停地撫摸著母親，好像她是個小女孩。我開了個玩笑，想讓母親破涕為笑，結果一點兒也不討好。（「媽媽，我跟您的好朋友結了婚，您該高興才對呀。」）接著我又提到更敏感的話題，我對她發誓說我絕不會放棄學業，一定拿到律師證書，甚至說不定我還要和祕魯外交界有所接觸。（「媽媽，外交部那些人不是偽君子就是性變態。」）讓我進入外交部工作是母親最大的夙願。她的態度漸漸緩和下來，但是臉上總是掛著痛苦的表情；她詢問了我在大學的情況、學業成績、電臺的工作；她罵我無情無義，居然不寫信告訴親娘。她說我父親受到嚴重打擊，他對我的期望極大，所以一定要阻止「那女的」毀掉我的一生。他請教過律師，說我的婚姻無效，並將宣布作廢，胡莉亞姨媽可能因誘拐未成年犯罪受到起訴。我父親盛怒未消，目前還不想見我，以免他做出「可怕的事情」。他要求胡莉亞姨媽立刻離開祕魯，否則要她承擔一切後果。

我回答母親說，我和胡莉亞姨媽正是為了永遠在一起才結婚的；婚禮剛舉行兩天就把我妻子打發到國外，實在太不堪設想。可是她無意和我討論這事。「你了解你父親，他的脾氣你也曉得。你只能設法讓他高興，不然的話……」說著她眼裡流露出恐怖的神色。最後我說上班要遲到了，改天再談吧。針對我的前途問題，我又安慰了她一番，向她保證一定拿到法律學位。

在開往利馬市中心的公車上，我忽然心生一種不祥的預感：會不會有人已經占據了我的辦公桌？我三天沒上班了，加上最近幾週為了準備結婚，我完全沒有過問新聞稿，這樣一來，帕斯夸爾和小巴布利托任何荒唐事都做得出來。我心情沉重地想到，除去人事糾紛之外，還意謂著我會失去工作。我開始編造能夠打動赫納羅父子的理由。但是，當我提心弔膽地走進泛美電臺的大樓時，我驚訝到了極點，因爲在電梯上遇見開明老闆時，他那種向我打招呼的樣子，就像我們十分鐘前才剛見過面。他的臉色顯得十分嚴肅：「毫無疑問，大難臨頭了。」他對我說，難過地搖搖頭，彷彿我們剛剛談過那件事。「你說我們該怎麼辦？只能把他送走。」

他在二樓下了電梯。我爲了混過去，也擺出一副哭喪的面孔，低聲嘟囔著什麼，好像完全了解他對我談到的事。「啊，糟糕，眞遺憾！」我爲發生一件那麼嚴重的事而暗自慶幸，因爲這樣就無人察覺我缺勤了幾日。我走到樓頂，帕斯夸爾和小巴布利托正神情憂傷地傾聽小赫納羅的女祕書納麗講些什麼。他們只向我略微點頭致意，誰也沒有拿我的婚事開玩笑。大家難過地望著我說：「彼得羅·卡瑪喬被送進精神病院了。」小巴布利托沉痛地低聲說。「馬里奧先生，這是多麼悲慘的事啊！」

接著，他們三個人，特別是納麗（她一直在經理辦公室注意著事態的發展）把詳情敘述給我聽。這一切正是在我一心忙於結婚的那幾天裡發生的。火災、地震、車禍、沉船、火車出軌等等成爲彼得羅·卡瑪喬創作生涯告終的罪魁禍首，因爲這些毀滅性的事件在幾分鐘之內就讓數十個腳色死於非命，也把廣播劇搞得亂七八糟。這一次，就連中央電臺的演員和職員，由於害怕，或由於無法阻止聽眾的怨言與抗議傳入赫納羅父子的耳朵中，再也不能捍衛劇作家了。兩位老闆從報紙上已有所警覺，連日來新聞記者一直在嘲諷彼得羅·卡瑪喬筆下的大浩劫。於是赫納羅父子召見了彼得羅，爲了不傷他的自尊，不惹他生氣，父子二人在詢問時極爲謹慎。但是，就在會見時，他的精神崩潰了。之所以有那些悲慘的結局，是由於彼得羅·卡瑪喬企圖從零開始重新編寫劇本，因爲他的記憶力不行了，不知道自己前面寫過什麼事、什麼人、各個人物屬於哪個故事。「他邊哭喊邊扯頭髮。」納麗說。他對赫納羅父子毫不掩飾地說，最近幾週來，他的工作、生活、睡眠已經成爲一種酷刑。赫納羅父子找來利馬著名的醫生奧諾里奧．德爾加多，這位名醫立刻宣告大作家不宜工作，他那「衰竭」的腦力必須休息一段時間。

我們正全神貫注聽著納麗的敘述，這時電話鈴響了。是小赫納羅打來的，他有急事，要馬上見我。我下樓到了他的辦公室，心裡暗想這一回可要挨罵了。但是，他卻像在電梯裡一樣地對待我，一副認爲我完全了解狀況的樣子。他剛與哈瓦那的人通過電話，咬牙切齒地說CMQ趁人之危，把劇本的價格提高了四倍。

「眞是一場災難，不可思議倒楣透頂。以前這是收聽率最高的節目，廣告商都爲它打架。」他邊說邊翻閱辦公桌上的一疊紙張。「現在我們又落入CMQ那些鯊魚口中，太不幸了！」

我問他彼得羅．卡瑪喬情況如何、他是否去探視過、需要多久才能重新工作。

「毫無希望。」他有些惱怒地哼了一聲，但是隨後還是用一種同情的口吻說道：「德爾加多醫生說，他的神經系統正在『融解』。『融解』，你明白這是什麼意思嗎？就是他瘋了！我推測一定是他的大腦腐爛了之類的，你說對嗎？我父親問醫生，恢復健康是否要幾個月的時間，醫生回答說：『也許要幾年。』你想想看！」

他垂下頭，一副心事重重的樣子。接著，他用算命先生那種有把握的口氣預測未來的事態說：一旦廣告商知道從今以後又用CMQ的劇本，他們就會取消合約，或者要求減價百分之五十。更糟糕的是，新劇本在三週至一個月之內是到不了的；因爲古巴這時亂得一塌糊塗，遍地是恐怖主義和游擊戰爭，CMQ也處於動亂之中。有人被捕入獄，還有其他成堆的麻煩事。但是，聽眾一個月內聽不到廣播劇，這是不可想像的。這樣一來，中央電臺就會失去聽眾。新聞電臺和海外電臺就會把聽眾搶過去，因爲這兩個電臺已經開始用阿根廷廣播劇那些荒唐可笑的貨色來打擊中央電臺了。

「對了，正因爲如此，我才把你給請來了。」他補充道，一面望望我，彷彿這時才發現我站在那裡。「你應該拉我們一把，你是才子嘛，對你來說，這件工作做來很容易。」

所謂的「這件工作」，指的是鑽到中央電臺的倉庫裡去翻找彼得羅．卡瑪喬來這裡之前所保存的舊劇本。要一一檢查，看看哪些劇本能夠馬上使用，直到ＣＭＱ的新劇本出爐。

「當然，我們會給你額外的報酬。我們這裡是不會剝削任何人的。」

我對小赫納羅眞是萬分感激；對他面臨的困難也深表同情。就算他給我一百索爾，在這個時刻也算是天降奇蹟了。我正要離開他的辦公室，他叫住了我：「喂，我聽說你結婚了。」我轉回身，看見他正在向我親熱地打手勢。「誰是那個倒楣鬼？我想一定是個女人嘍？好吧，恭喜你了，我們去喝一杯慶祝慶祝。」

我回到辦公室，打了電話給胡莉亞姨媽。她告訴我，奧爾嘉舅媽已經較爲平靜了，但仍然不時地表示驚訝，對胡莉亞說：「你眞是瘋了！」那間套房不能讓我們租用，她並不很難過。（「小巴爾加斯，既然我們已經這麼長時間不睡在一起，那麼再分開兩個星期也不成問題。」）她告訴我，洗過澡換過裝之後，覺得心情舒暢極了。我告訴她中午不回去吃飯，因爲要鑽到劇本堆裡找材料，只好晚上再見。我給泛美電臺準備完兩份新聞稿，便鑽進中央電臺的倉庫裡去了。那是一個沒有燈光的黑洞，裡面掛滿了蜘蛛網；一進屋，就聽到老鼠在暗中亂跑。地面上到處是紙，成堆的，散亂的，捆成包的，單頁的。由於潮氣和灰塵，我立刻嗆得打起噴嚏來。在那裡根本不可能工作，因此我把一捆捆的紙搬到彼得羅・卡瑪喬的房間，在他的辦公室裡安頓下來。這裡沒有留下他的任何痕跡，語錄詞典、利馬地圖，社會、心理、種族卡片，統統不在了。CMQ的舊劇本混亂骯髒到了極點：潮濕使字跡模糊；老鼠和蟲咬汙損了許多書頁；就像彼得羅・卡瑪喬的故事一樣，劇本雜亂無章地混在一起。沒有多少東西可供選用；最多也只能尋找一些尚能閱讀的紙片。

爲了湊出拼圖式的廣播劇，我在帶有恐怖色彩的氣氛中探索著，由於過敏而不停地打著噴嚏。就這樣，三個鐘頭過去了。突然，房門打開，哈威爾走了進來。

「在這個時候，你問題成堆，居然還有心思收拾彼得羅・卡瑪喬的殘局，眞是不可思議。」他氣沖沖地對我說。「我從你外祖父那裡來。你要是知道出了什麼事情，那你就該發抖了。」

他朝堆滿劇本的書桌上扔過來兩封信。其中一封是我父親前一天晚上讓他轉交給我的。上面寫著：「馬里奧：我限你在四十八小時之內讓那個女人離開祕魯。如果她不走，我將採取必要手段讓她爲自己的膽大包天付出高昂代價。至於你，我想告訴你，我身上是帶著槍的，絕不允許你玩什麼把戲。假若你不照辦，讓那個女人在限定的時間離境，我就叫你像狗一樣當著眾人的面吃上幾顆子彈。」

他在信尾簽上父姓、母姓和名字，隨後又附上一句：「如果你想找警察保護，就儘管去。爲了表明立場，我在這裡再次簽名，以示我要殺你的決心。無論在何處遇到你，我都會像打死一條狗那樣打死你。」果然，附言後面，他用更爲蒼勁有力的筆法簽了字。

另一封信是外祖母在半個鐘頭前交給哈威爾讓他帶給我的。那是米拉佛拉瑞斯警察局的傳訊，是警察送給外祖母的。我必須在次日上午九時去警察局。

「糟糕的不是這封信，而是正像我昨天晚上看見的那樣，他很可能把口頭威脅變成行動。」哈威爾在窗臺上坐下來，一面安慰我。「好兄弟，我們怎麼辦？」

「要馬上找個律師請教一下。」這是我唯一能想到的。「詢問一下我的婚姻和別的事。你認識哪個可以免費或者以後再付錢的律師嗎？」

我們來到一個年輕律師家裡，他是哈威爾的親戚。從前我們在米拉佛拉瑞斯的海灘上曾經和他一起追波逐浪。他十分和藹可親，興匆匆聽取了欽查市的故事，還跟我開了幾句玩笑。正如哈威爾所料，他不肯收費。他解釋說，這樁婚事並非無效，但是可以使之無效，因爲在出生證上改了日期。不過，這需要經過司法程序。如果兩年內沒有審理，那麼這門婚事便自動「修復」，那時就不能作廢了。至於胡莉亞姨媽則可能被指控爲「誘拐青少年犯罪」，由警察局提出報告，將胡莉亞逮捕，至少暫時拘留，然後開庭審判。但是他敢肯定，鑒於目前狀況，即我已經十八歲而不是十二歲，所以起訴不可能成功。任何一級法院都會判胡莉亞無罪。

「即使如此，你父親只要願意，就能夠讓胡莉亞度過一段很痛苦的日子。」當我和哈威爾回電臺去，走到拐向聯合大道的地方時，哈威爾做出這樣的結論。「他眞的在政府裡有什麼勢力嗎？」

我不清楚。也許他是某個將軍的朋友，或者某個部長的教父吧。爲了了解警察局的打算，我毅然決定不再等到第二天才去。我請哈威爾幫我從中央電臺的亂紙堆裡找出幾個腳本來，以便我騰出時間當天去警察局理清疑團。他同意了，並且還答應萬一我被拘留，他會去探監，而且每次都幫我帶香菸。

傍晚六點，我交給小赫納羅兩個稍加整理的腳本，並答應他次日再交三個。接著我飛快地看了一下七點和八點的新聞稿，告訴帕斯夸爾我還要回泛美電臺。半小時後，我在哈威爾陪同下來到米拉佛拉瑞斯區的「七二八」海堤分局。我們等了很久，終於有一個警官（穿軍服的少校）和一個偵查隊長接見了我們。我父親這天上午來這裡要求他們正式傳訊我。他們手頭已經寫好了偵訊大綱，我的回答要由一個便衣警察打字記錄下來，這樣就費去了很多時間，因爲那個打字員十分蹩腳。我承認我已經結婚（而且特別強調完全是出於自願），但是我拒絕說出是在什麼地點舉行的婚禮、在哪兒登記的。我同樣拒絕回答誰是證婚人。問題都是這一類性質的，似乎出自一個別有用心的訟棍之手。諸如：我的出生年月（難道在之前的問題當中回答得還不夠清楚？）；接著便問我是否尚未成年、現在居住何處、與何人同居。當然，他們也問到了胡莉亞姨媽的年齡（他們稱她爲胡莉亞「女士」），這個問題我也拒不回答，我說披露女士的年齡不是紳士會做的事。這句話引起了兩名警察幼稚的好奇心；當我在供詞上簽字之後，他們擺出長輩的架勢，說是「純粹出於好奇心」，問一問「女士」比我大幾歲。我們走出分局時，我突然感到蒙受了奇恥大辱，彷彿自己當了殺人犯或者強盜似的。

哈威爾認爲我很失策，因爲拒絕說出結婚地點本身就是一種挑釁行爲，那會更加激怒我的父親，而且完全於事無補，因爲不出幾天就會調查出來。這天晚上，受到情緒的影響，我無心再回電臺，於是直接到路裘舅舅家。奧爾嘉舅媽爲我開了門，她臉色沉重，目帶凶光，但是什麼也沒有對我說，甚至還把臉貼過來讓我親吻。她和我一道走進客廳。胡莉亞姨媽和路裘舅舅都在裡面。一見到他們，我便明白事態嚴重。我問他們發生了什麼事情。

「事情變得很麻煩。」胡莉亞姨媽告訴我，一面拉住我的手。我看見這個動作引起了奧爾嘉舅媽的不快。「我那位公公打算把我當作不受歡迎的外來者驅逐出境。」

原來那天下午，豪爾赫、彼得羅兩位舅父及胡安姨丈會晤了我的父親。看見我父親氣成那副樣子，他們嚇得跑了回來。他寒著一張臉，兩眼噴火，言談間流露出不可動搖的決心：胡莉亞姨媽必須在四十八小時之內離開祕魯，否則要承擔一切後果。他果然是獨裁政權勞工部長（一個叫作比利亞科塔的將軍）的摯友（可能是中學同學）。他已經和部長談過：假如胡莉亞姨媽不願自行離境，那就由士兵押上飛機。至於我，如果不肯聽話，便要付出高昂的代價，如同對哈威爾那樣，他也掏出左輪手槍給我的長輩們看。最後，我拿出了父親的信，敘述了警方的傳訊，更完整地呈現了整件事的全貌。父親的信至少有一個好處：它把路裘舅舅和奧爾嘉舅媽爭取到我們這一邊來了。路裘舅舅倒來幾杯威士忌，我們正舉杯要喝的時候，奧爾嘉舅媽忽然放聲大哭起來，她說這怎麼可能，她的妹妹竟然被看作罪犯，受到警察的威脅；她們是玻利維亞的名門望族呀。

「除了我走沒有別的辦法，小巴爾加斯。」胡莉亞姨媽說道。我看見她和我舅父母交換了一個眼色，我明白他們是商量過了。「你別這樣看我，這不是什麼陰謀，也不是永久分離，等你父親火氣一消，我就回來。這樣做是爲了避免更大的風波。」

他們三人早已商量妥當，並且擬好了計畫。他們排除了玻利維亞，建議胡莉亞姨媽去智利，到瓦爾帕萊索她祖母家裡，住到大家能夠心平氣和時，我一通知她，她便馬上重返祕魯。聽完計畫，我生氣地表示堅決反對。我說，胡莉亞姨媽是我的妻子，我和她結婚就是爲了兩人生活在一起；要走我們一道走。他們提醒我，我尚未成年，沒有父親准許，不能申請護照。我說，那就偷渡出去。他們又問我手中有多少錢去國外生活。（辦理婚事和預付房租的開銷把泛美電臺預支的工資以及在當鋪裡抵押衣物的錢用光了。我身上所剩無幾，只夠買幾盒香菸。）

「我們倆已經結婚，這是誰也不能奪走的東西。」胡莉亞姨媽說道，一面撫弄著我的頭髮，一面熱淚盈眶地親吻著我。「只是分開幾個星期，最多幾個月。我不願因爲我的過錯讓你挨子彈。」

吃飯的時候，奧爾嘉舅媽和路裘舅舅一一曉以大義，企圖說服我。什麼我應該理智一些呀，我太任性啦；什麼現在已經結婚了，就該做些暫時的讓步呀，以免弄得不可收拾。他們說，我應該體諒他們，他們面對我父親和其他家庭成員，作爲胡莉亞姨媽的姊姊和姊夫，立場十分爲難：他們對胡莉亞的事既不能表示贊成，又不能表示反對。將來他們會幫助我們的，現在也已經這樣做了，我應該配合。他們說，胡莉亞姨媽在瓦爾帕萊索逗留期間，我必須再找一份工作，否則將來我們靠什麼生活、誰來養活我們呀。我父親終究會平復過來，接受既成事實。

午夜時分，舅父母已經悄悄上床睡覺，我和胡莉亞姨媽穿著內衣，膽戰心驚地百般恩愛，同時兩耳不安地提防著任何意外的動靜，直到筋疲力盡才作罷。眞是沒有別的辦法。次日清晨，我們就要退掉去拉巴斯的機票，改買去智利的機票。半小時後，我走在米拉佛拉瑞斯區的大道上，朝著外祖父家那間單身小屋走去，一路上感到痛苦又無力，我暗暗地咒罵著自己，竟然連買一把左輪手槍的錢都沒有。

兩天之後，胡莉亞姨媽登上一架黎明起飛的班機，前往智利。換機票時，航空公司沒爲難我們，但是需要補差額；多虧帕斯夸爾借給我們一千五百索爾，才把這筆錢付了。（當帕斯夸爾告訴我手頭有一筆五千索爾的存款，我大吃一驚，因爲就憑他賺的那點工資，這可說是奇蹟了。）爲了讓胡莉亞姨媽帶些錢在身上，我把全部藏書甚至法律系的教科書和講義都賣給了拉巴斯大道上那個書商，然後用這筆錢兌換了五十美元。

奧爾嘉舅媽和路裘舅舅和我們一起到了機場。前一天夜裡，我留在他們家。我倆沒有睡覺，也沒有同房。晚飯後，舅父母走開了，我坐在床頭望著胡莉亞姨媽細心地打點行裝。隨後，我們便到沒有開燈的客廳裡坐下，一坐坐了三四個鐘頭，手握著手，緊緊地依偎在沙發上；爲了不吵醒家人，我們輕聲交談著。我們一下子擁抱，一下子貼著臉，一下子接吻，不過大部分時間是在吸菸和談話中度過的。我們談到當我們重聚的時候要做些什麼；談到她要如何協助我工作；談到總有一天我們會以這樣或那樣的方式去巴黎住閣樓，在那兒我最終會成爲作家。我對她說了那位同胞彼得羅．卡瑪喬的事蹟，說他已經住院，周圍全是瘋子，他本人也一定瘋了。我倆約好每天都要寫一封長信，詳細報告各自的情況：做些什麼，想些什麼，有什麼感受。我向她保證，當她重返祕魯時，我一定把事情安排好，賺到的錢足以讓我們溫飽。五點鐘，鬧鐘響了，天空仍然漆黑；一個鐘頭之後，當我們到達利馬坦博機場時，天剛濛濛亮。胡莉亞姨媽穿的是我喜歡的那件藍色外衣，看起來很美。道別的時候，她十分平靜，但是我感到她在擁抱我的時候渾身發抖。至於我呢，站在機場平臺上，望著她在晨曦中登上飛機的時候，我哽咽了，眼淚奪眶而出。

她在智利的流亡生活持續了一個月又十四天。這六個星期對我來說具有決定意義。在這段時間裡（我訪親拜友，求同學告老師；哀求他們、打擾他們，弄得他們頭昏腦脹，爲的是讓他們助我一臂之力），我終於找到了七份工作，其中當然包括電臺編輯這一項。第一件工作是在國家俱樂部圖書館裡，該館位於電臺附近。我的任務是每天上午利用編新聞稿的空檔去那裡兩個鐘頭，登錄新到的書籍和雜誌，把舊雜誌編入總目。第二件工作是聖馬可大學的一位歷史教授（我在他的課堂上成績優異）要我做他的助手，每天下午三點至五點，在他坐落於米拉佛拉瑞斯區的住宅裡，將報紙上的有關文章整理到卡片上，以備撰寫祕魯史之用。教授負責的部分是征服時期與獨立戰爭兩個分卷。在新找到的工作中，最生動有趣的是與利馬公共慈善局簽訂的合約。在傳教士公墓裡，有一大排殖民時期的墓碑，有關的登記冊已經佚失。我的任務是研究碑文的內容，將死者的姓名和生卒年月登記造冊。這項工作我可以在任何時候做，因爲是計件付酬的，每個死者給一個索爾。我利用下午六點的新聞稿與泛美電臺播音的空檔去做這件事。這時哈威爾已經下班，常常陪我一起去。那時正值隆冬，天黑得早，公墓的主任（一個胖子，自稱曾八次出席國會，參加祕魯總統的交接儀式）借給我們手電筒和小梯子，以便閱讀壁龕高處的碑文。有時我們開玩笑，假裝聽到嘆息聲和腳鐐響，看到墳墓中出現白色身影，結果眞的嚇得毛骨悚然。除去週間去兩三次之外，星期日的上午也去。其餘的工作多少帶有一些文學性質。每週爲《商報》的星期日副刊寫一次詩人、小說家或散文家的訪問稿，發表在「作家與作品」專欄裡。每月爲《祕魯文化》雜誌撰寫一篇文章，那一欄的標題是我取的：「人物、書籍與思想」。最後，一位教授朋友委託我爲投考天主教大學的學生編寫公民教育課大綱（儘管我是聖馬可大學的學生，我們學校與天主教大學是死對頭）；每星期一我還必須交出一篇課文，主題包羅萬象，從祖國的符號到土著語言學者與西班牙語學者之間的論戰，乃至於祕魯特有的動植物。

這些工作（我覺得好像在跟彼得羅．卡瑪喬比賽），讓我的收入增加了三倍，足夠支付兩個人的生活費用。我從每項工作中都預支了部分工資，這樣就把打字機贖了回來。這架機器對新聞工作是絕對必要的（儘管我有許多文章還是在泛美電臺寫的）。用這些錢，還請南西表姊買了一些居家裝飾的東西，因爲女房東果然在十五天之後把套房租給了我。接收這個附有一間小小浴室的套房的早晨，我覺得快活極了。但我仍舊住在外祖父家裡，因爲我決定等到胡莉亞姨媽回來的那一天再正式入住；不過，我幾乎每天晚上都去那裡寫文章，編纂死者名單。我雖然不停地工作，不停地東奔西走，卻並不感到疲倦和氣餒，恰恰相反，我感到精力十分旺盛；我認爲我能夠繼續像從前那樣讀書（儘管只能利用每天搭公車通勤的時間）。

胡莉亞姨媽信守諾言，每天都有信來。外祖母把信交給我的時候，眼裡總閃耀出調皮的光芒，並且低聲問：「這封信是誰寄來的呀？你知道嗎？」我也連續不斷地給她寫信，每天夜裡的最後一件事就是這個，有時雖然已經頭昏腦脹、睡意矇矓，但仍然向她報告這一天的忙碌情景。自從她出境以後，我先後在外祖父家、在路裘舅舅家、在大街上遇見了許多親戚，看到了他們的反應。他們的態度各異，有些是出乎意料之外的。彼得羅舅舅的態度最爲嚴厲：全然不理睬我的問候，冷冰冰地看我一眼，馬上背轉身去。赫蘇斯姨媽老淚縱橫地擁抱我，充滿感情地低聲嘆道：「可憐的孩子！」另外一些姨媽、舅媽、姑媽和叔叔、伯伯、舅舅則採取置若罔聞的態度，似乎什麼事情也沒有發生；他們對我十分親熱，但是絕不談及胡莉亞姨媽，裝作對我們的婚事一無所知。

我一直沒有見到父親，但是我知道一旦胡莉亞姨媽出國，他的要求得到滿足，怒氣便會打消。那時，我父母暫住在幾位叔舅家裡，我從未去拜訪過，可是母親天天都來外祖父家找我。她對我的態度是矛盾的，一方面親切、充滿母愛，而另一方面，每當那個忌諱的話題直接或間接地冒出頭時，她立刻變得臉色蒼白，淚流滿面，並且堅決地表示：「這事我永遠也不會同意。」當我建議她去看看那間套房的時候，她動了肝火，好像我罵了她一樣。她總是指責我賣衣物和書籍的事，彷彿那是一齣希臘悲劇。我打斷她的話，說道：「好媽媽，您別再來您那套廣播劇了。」她從不提起我的父親，我也不問她；但是，由於經常看見他的親戚，我獲悉他的火氣已消，轉而對我的前途感到失望了。他常常說：「他在滿二十一歲以前，必須聽我的話，往後就隨他去墮落好了。」

我雖然忙得焦頭爛額，在這幾週中還是寫成一篇短篇小說，題目叫作〈梅爾喬麗塔神與尼古拉斯神父〉。故事發生在格羅西奧·普拉多，當然是反宗教的：一個聰明的神父發現群眾崇拜梅爾喬麗塔神，便想出一條生財之道，他以大企業家的雄心和魄力做起複合式生意：製造並販售聖像、教士披肩、幸運符以及各種聖物；在梅爾喬麗塔神住過的地方發售入場券，假藉爲祂籌建教堂以及派代表團前往羅馬爲祂爭取正名的名義募款。我用新聞報導的方式寫成兩個不同的結尾：一個結尾是格羅西奧·普拉多的居民發現了尼古拉斯神父的勾當，便把他私刑處死；另一個結尾是這位神父當上了利馬的大主教。（我決定把這篇小說讀給胡莉亞姨媽聽之後再選擇其中一個結尾。）我是在國家俱樂部的圖書館裡寫成的，我在那裡編輯新書目錄的工作多少有點兒象徵意味。

我從中央電臺倉庫裡搶救出來的廣播劇本（這項工作對我來說意謂著二百索爾的額外收入），經過刪改整理足夠安排播放一個月，屆時CMQ的劇本就能送到了。但是，正如那位開明企業家所預料的，無論是倉庫裡的劇本還是CMQ的劇本都不能保有彼得羅·卡瑪喬的廣大聽眾。由於收聽率下降，爲了不失去廣告收入，只好降低廣告費。不過，事情並不那樣可怕，赫納羅父子一向富有創造精神並且幹勁十足，他們用一個叫作「爲六萬四千索爾回答問題」的節目找到了新的財源。這個節目是從巴黎電影院傳來的；專精各種主題（汽車、古希臘悲劇詩人索福克勒斯、足球、印加人）的參賽者回答累積獎金高達六萬四千索爾的問題。透過小赫納羅，我一直注意著彼得羅·卡瑪喬的情況。近來我經常和小老闆到科美納大道的布蘭薩咖啡館喝咖啡。卡瑪喬在德爾加多醫生的私人診所裡住了近一個月之久，但由於花費太昂貴，赫納羅父子設法把他轉送到拉爾科·埃雷拉大道上的公立精神病院去了。在那裡，據說人家還很尊重他。有個星期日，在傳教士公墓登記過卡片之後，我搭公車來到拉爾科．埃雷拉，打算去探視卡瑪喬。我帶了幾小袋檸檬馬鞭草薄荷茶充作禮物，準備讓他泡著喝。但是，正當我隨著探視的人群踏進瘋人院那監獄式大門時，我突然決定不去看他了。在這個滿是瘋子的地方（大學一年級時，我們曾在這裡上過心理學實習課），重見那位只不過也是其中一個瘋子的文人，光想著，我就痛苦到無法走進去。我轉身向外走，回到了米拉佛拉瑞斯。

星期一，我對媽媽說想和父親見面。她勸我要謹慎，別說惹他生氣的話，不要去冒挨子彈的風險，最後她把父親的電話號碼給了我。父親要我第二天上午十一點到他在去美國之前用的那間辦公室。那個地方在卡拉巴亞街，一條瓷磚鋪地的長廊盡頭。這條長廊的兩側坐落著住宅和辦公室。在進出口公司，我認出了幾位從前和父親共事的職員，他們把我領進了經理辦公室。父親獨自坐在以前的辦公桌後面。他身穿奶油色西裝，結著一條綠底白點的領帶，我發現他比一年前瘦多了，臉色有些蒼白。

「哈囉，爸爸。」我站在門口說道，盡量穩住我的聲音。

「你要說什麼就說吧。」他指著一張椅子說道，語氣沒什麼起伏，聽不出有太多的惱怒。

我側身在椅子邊上坐下，深深地吸了一口氣，彷彿田徑運動員準備開始比賽一樣。

「我想把我正在做的事情和打算要做的事情向您報告一下。」我結結巴巴地說道。

他依然沉默不語，等待我講下去。爲了顯得鎮定，我說得很慢，一邊留心觀察著他的反應。我把我找到的工作、每項工作的收入、如何安排時間完成工作，以及完成學校作業和考試的情況，詳細地向他說明清楚。我沒撒謊，但是我把一切都說得令人滿意：我的生活安排得井井有條，我負起我應負的責任，並且熱切地盼望著完成學業。講到這裡，我停下來，父親仍舊一語不發，等待我的結論。因此我只好呑口口水，說了出來：「您看，我已經可以謀生，維持自己的生活，而且能夠繼續讀書。」隨後，我的聲音愈來愈微弱，幾乎聽不見了：「我希望你能准許我把胡莉亞叫回來。我們倆已經結婚了，不能丟她一個人生活。」

他眨眨眼睛，臉色愈發蒼白。霎時間，我以爲他又要大發雷霆，這曾經是我童年最可怕的噩夢。但是，他只是粗聲粗氣地對我說：「正如你所知道的，這樁婚事是無效的。你尚未成年，未經允許是不能結婚的。如今你結婚了，這只有僞造結婚證書或對出生證明動手腳才辦得到。在這兩種情況下，這件婚事隨時可以宣告無效。」

他解釋說，僞造官方證件是很嚴重的，要受到法律制裁。如果說要由誰爲此付出代價的話，那將不是我這個小孩子，因爲法官會認爲我是被誘騙；要追究的是那個成年的女人，她會被推斷爲罪犯。語調冰冷地闡釋完法律之後，他又繼續長篇大論講了好久，愈講愈激動。他說，我以爲他和我作對，實際上他一向是爲我好；即使有時對我嚴厲些，那也是爲了糾正我的錯誤，爲我的前途操心。他說，我的倔強和叛逆將會毀掉我的終生；這樁婚事等於在我的脖子上套了一根繩索；他是爲我好才反對的，並非像我想的那樣，是爲了傷害我。哪個父親不愛自己的兒子？此外，他明白我大膽追求所愛並非壞事，無論如何，這總是一種男子漢的表現；如果我像個女人，那就可怕了。但是一個十八歲的半大小子、一個大學生，跟一個離過婚的成年女人結婚，十足是未經深思熟慮的愚蠢舉動，其後果之嚴重要到將來才懂得後悔莫及。那時，由於這樁錯誤的婚姻，我會變成一個可憐蟲，終日喝那杯難喝的苦酒。他不要我落得那樣的下場，他要我一帆風順，前程似錦。總而言之，他要我至少別放棄學業，否則將遺憾終生。說罷，他站起身來，我也跟著站了起來。接著是令人難以忍受的沉默，只聽到隔壁打字的聲音一陣陣傳來。我低聲向他保證念完大學，他默默地點了點頭。道別的時候，我們猶豫了一下，還是抱了抱彼此。

從父親的辦公室出來，我直奔中央郵局發出一份電報：「你已獲釋。我盡速寄上機票。吻你。」那天下午我去歷史學家的家裡、泛美電臺的頂樓和公墓，絞盡腦汁，思索著如何湊齊這筆錢。當天夜裡，我開出一張準備借錢的名單和金額。但是，第二天從外祖父那裡送來一份回電：「明日搭機抵祕。吻你。」後來我才知道，胡莉亞賣掉了戒指、耳環、髮簪、手鐲、幾乎全部衣服，才買到那張機票。所以，當我在利馬坦博機場接到她的時候（那是星期四的下午），她已是個窮得身無分文的女人了。

我把胡莉亞直接送到那間小套房，這套房幾天前已由南西表姊打蠟，並且打掃得窗明几淨，還擺上紅玫瑰美化了一番，紅玫瑰附帶一張卡片寫著「歡迎」。胡莉亞姨媽裡裡外外審視了一遍，好像那是一個新玩具。看到公墓的卡片整整齊齊擺在那裡，看到給《祕魯文化》的文章所做的批注，看到《商報》準備會見的作家名單，看到我的工作時間表以及我列舉的預算（理論上證明我們是能過活的），胡莉亞姨媽開心地笑了。我告訴她，等我們親熱過後，我要念一篇題爲〈梅爾喬麗塔神與尼古拉斯神父〉的小說給她聽，請她幫我選個結尾。

她急忙脫衣服，笑著說道：「哎呀，小巴爾加斯，你已經長大成人啦。現在爲了讓一切更完美，去掉你臉上的孩子氣，答應我，你把鬍子留起來吧。」

20

我和胡莉亞姨媽的婚姻委實美滿，比所有親戚甚至胡莉亞本人所擔心、希望、預言的時間都要長久：一共維持了八年。在這些年裡，由於我的倔強和她的幫助及熱情，加上運氣不錯，別的一些預言（夢想和欲望）也都一一實現了。我們果眞去了巴黎，住進有名的閣樓。而我，好壞且不說，總算成了個作家，出版了好幾本書。我沒有讀完法律系，但是，爲了貼補家用、便於維持生計，我從一個像法律系一樣無聊的科系（拉丁語言學系）拿到了大學學位。

後來，胡莉亞姨媽和我離婚時，我的大家族裡有許多人落了淚，因爲所有的人（當然，首先是從我的母親和父親）都很愛她。一年以後，當我再婚時——這次是和我的表妹（奧爾嘉舅媽和路裘舅舅的女兒，眞是巧合），在家庭裡激起的風波要比第一次小多了（他們只是在私下議論）。是的，他們挖空心思要逼著我在教堂舉行婚禮，甚至連利馬的大主教也都參與策畫（當然，他也是我們的親戚），他對我們採取了寬宏大量的態度，迅速簽字，同意我們結婚。那時候，我家人已經從驚恐中恢復過來，不管我做出什麼荒唐事都不感到意外了。

我和胡莉亞姨媽在西班牙住了一年，在法國住了五年。之後我和表妹帕德麗希雅繼續住在歐洲，先是住在倫敦，後來住在巴塞隆納。有一段時間，我曾和利馬的某家雜誌社往來，我常寄些文章給這個雜誌社，該社則支付我機票錢，讓我每年都能回祕魯待幾個星期。多虧這些旅行，我能見到親人和朋友。這樣的旅行對我來說是很重要的。我想無限期地在歐洲住下去，原因很多，但最主要的是在那裡我總能找到像記者、翻譯、播音員或者教授這類能有些空閒時間的工作。第一次到馬德里時，我對胡莉亞姨媽說：「我想當作家，我將只接受一些不會讓我脫離文學的工作。」她回答我說：「難道你要我割開我的裙子，纏上塊頭巾，到格蘭維亞紅燈區去找顧客嗎？」不過我眞的運氣很好。我在巴黎的貝利茨學校教西班牙文，在法新社編新聞稿，在聯合國教科文組織做翻譯，爲熱納維里埃的電影製片廠配音譯製影片，或者爲法國廣播電視臺準備節目，我總是能找到有油水可撈的職務，每天至少有半天的時間專心寫作。問題在於我所寫的一切都涉及祕魯，我愈寫愈沒把握，時間和距離讓我愈來愈不了解祕魯的狀況（那個時期的我醉心於創造「寫實」的小說）。然而，回利馬的念頭對我來說是不堪設想的。回想起我當初在利馬同時兼七份工作，賺的錢湊在一起才剛好夠我們溫飽，幾乎沒有時間讀書，只能硬擠出一點零星的時間寫作，儘管我已累得頭皮發麻，也因此我發誓就算餓死也不要再回祕魯過那種生活了。另一方面，我一向覺得祕魯是個憂傷的國度。

所以我們先後和《快報》及《面具》雜誌達成的協定是，我爲他們寫文章，他們每年爲我們提供兩次回祕魯的旅費，他們會答應這樣的條件是我們沒有料到的。一般來說，我們每年都在祕魯度過冬季（七月或者八月）。因爲這兩個月份能讓我完全沉浸在前十一個月所構思的環境、景色和人物之中。這對我裨益匪淺（我不知道事實上怎樣，但是毫無疑問心理上是如此），簡直是強心劑。回國聽聽祕魯人講話，聽聽我周圍人的語句、詞彙、發音，我便再度置身於我從內心感到親切的環境之中，但是，不管怎麼說，我還是擺脫了這種環境，每年大部分時間不能對親近它、了解它、與它產生共鳴、為改造它而盡力。

我回到利馬雖說是度假，但實際上沒有休息過一秒鐘，每次都是筋疲力竭地返回歐洲，我們除了和我那些粗俗的親戚和無數的朋友每天一起吃飯外，其餘時間都忙著蒐集素材。為此，有一年我去上馬拉尼翁地區旅行了一趟，為的是親眼觀察、傾聽、體驗我所寫的小說的舞臺，了解一下那個世界的情形。另一年，我在殷勤的朋友的護衛下，對夜生活中那些藏汙納垢之所（夜總會、酒吧、妓院）作了一次有系統的考察。在這些地方，展示著我另一篇故事的主人公的糜爛生活。工作和消遣交織在一起——因為那些「考察」從來不是一種負擔，或者說從來都是充滿活力的、其樂無窮的。這不僅僅是因為能夠得到文學上的好處；在這些考察中，我做了一些以往住在祕魯時從未做過、如今我重返祕魯後也還是不做的事情：去當地人的俱樂部玩，到大劇院觀看民間舞蹈，走遍邊緣城區和貧民窟，跑遍比較生疏或者根本不了解的城區，如卡亞俄、巴霍·埃爾·普恩特和「高地區」去觀察生活，進跑馬場去賭錢，或者到外國教堂的地下墓穴和（據推測應該是）貝利喬麗的住宅裡去東嗅西聞。

而這一年，更重要的是我大量閱讀各種書籍，累積資料。我正在寫一本反映曼努埃爾·阿波利納里奧·奧德里亞將軍（此人曾兩次擔任祕魯總統，一次是一九四八年十月—一九五〇年六月，一次是一九五〇年七月—一九五六年七月）時代（一九四八—一九五六）的小說。在利馬休假期間，我每週兩個上午去國家圖書館報刊檔案室瀏覽那些年的報章雜誌，甚至如痴似狂地去閱讀由顧問（從那種法庭式的修辭來看，這些人全是律師）捉刀的這個獨裁者的演說。從國家圖書館出來時已是中午左右，我沿著阿班凱林蔭道往下走去，這裡已經漸漸變成流動小販的巨大市場。在林蔭道的小徑上，男男女女摩肩擦踵，許多人穿著印第安式的披肩和裙子，用毯子和報紙擺成地攤，或者用木箱、鐵皮、帳篷臨時搭起小鋪，五花八門想像得到的東西都賣，從別針、髮夾到洋裝和西裝，當然，還有就地架起火盆現做的各式各樣小吃。這是利馬大爲改觀的地方之一。在這條人滿爲患的安地斯山人的阿班凱林蔭道上，到處飄散著撲鼻而來的油炸食品的香味，響著凱楚阿人的說話聲。它和上班族來來往往的那種寬闊的林蔭道沒有任何相似之處。十年之前，當我讀大學一年級時，只有爲數甚少的乞丐經常從這兒到國家圖書館去。在這條林蔭道兩旁的那些街區，可以看到、感覺到鄉村人口流入首都的問題，他們在十年內讓利馬的居民增加了一倍，導致山坡上、沙丘邊、垃圾堆旁形成一個又一個貧民窟。成千上萬的人由於乾旱、艱苦的工作條件、前途無望、飢餓，離鄉背井到這一帶定居下來。

爲了認識一下城市的新貌，我沿著阿班凱林蔭道朝公園大學和從前是聖馬可大學的地方走去（這所大學已經搬到了利馬郊外，一間博物館和幾間辦公室占據了以前我上人文學科和法律課程的那幢破舊大樓）。我到那兒去不僅是由於好奇和懷舊，而且是爲了蒐集寫作材料，因爲我正在寫的小說裡的某些故事就發生在公園大學，發生在聖馬可大學的教學大樓裡，發生在二手書店，發生在撞球房和周圍又黑又髒的小咖啡店裡。那天早晨，我像個旅人那樣，站在美麗的英雄小教堂前觀察那個地區流動的人群——擦皮鞋的，賣甜餅的，賣冷飲的，賣三明治的。這時，忽然有人抓住我的肩膀，原來那是老了十二歲卻處處和從前一樣的小巴布利托。

我們緊緊擁抱著。眞的，他沒有任何改變，還是那個身材魁梧、笑容可掬的梅斯蒂索人，氣喘吁吁，走起路來幾乎不抬腳，看起來像在滑冰似的，就這樣從人生之路上滑行而過。儘管轉瞬間已過六旬，他還是一根白髮都沒有，頭上仔細地抹了髮蠟，直挺挺的頭髮精心地壓平了，像是一個四〇年代的阿根廷人。他比在泛美電臺當記者時（理論上可以說是記者）穿得闊氣多了：

一套花格綠色西裝，一條耀眼的小領帶（我還是頭一次看到他打領帶），皮鞋也是擦得發亮，食指上還戴了一枚印加風格的金戒指。見到他我開心極了，於是請他去喝咖啡。我們最後在一家叫帕萊莫的酒吧裡坐下來，這地方也兼營燒烤，讓我不禁回想起大學時代。我對他說，我無須問他過得怎麼樣，因爲一眼就能看出他過得很好。他笑了，十分得意地對我說：「我沒有什麼怨言，在多年的坎坷生活之後，到了老年我終於時來運轉。不過，首先請你允許我要點啤酒，見到你眞是太高興啦。」他叫來服務生，要了一瓶冰鎭皮爾森啤酒，接著又呵呵笑起來，笑得都喘不過氣了，彷彿氣喘發作似的。「人常說結婚是自找苦吃，對我來說卻正好相反。」

我們一起喝著啤酒，小巴布利托斷斷續續、氣喘吁吁地把他的經歷告訴我。他說電視一傳到祕魯，赫納羅父子就叫他穿起制服，戴上暗紅色的帽子，到他們在亞雷基帕大道建起的第五頻道電視大樓做守衛。

「從記者到守衛，好像在走下坡路。」他聳了聳肩膀說。「從職稱上看確實如此。但是職稱能當飯吃嗎？他們提高了我的工資，這才是最重要的。」

當守衛不是苦差事。通知通知來訪者，告訴他們電視臺分哪些部門，在現場觀眾排隊進電視臺時維持維持秩序，其餘時間便用來和街角的警察聊足球。但是，此外（他咂了一下舌頭，沉浸在愉快的回憶之中）有段時間，他一部分工作就是每天中午去阿雷納萊斯大道的貝利索餅鋪買起司肉餡餅。這家餅鋪在第五頻道電視大樓的下一條街上。赫納羅父子很愛吃這種餅，職員、演員、播音員和製作人也很愛吃，小巴布利托也幫他們帶來，這樣，他可拿到豐厚的小費。就是在這種來往於電視臺和貝利索餅鋪之間的過程中（由於他穿的制服，這個區的孩子給他取了個外號叫消防隊員），小巴布利托認識了他的妻子。她是煎出那些美味脆餅的女人：貝利索餅鋪的廚師。

「她對我的制服和法國將軍帽子很感興趣，對我一見傾心，被我征服了。」他笑了，笑得喘不過氣來，喝了一口啤酒，又喘不過氣來。小巴布利托繼續說：「棕髮美女一個，比在下我年輕二十歲，胸部堅挺到子彈打不穿。她就是這樣一位小姐，馬里奧先生。」

小巴布利托開始跟她搭訕，向她獻殷勤，她以笑臉相迎，很快兩個人就開始約會了。他們墜入愛河，過起電影中那種浪漫生活。這個棕髮美女做事果決，有進取心，滿腦子都是對未來的規畫。是她決定他們應該開一家餐廳的，小巴布利托問她用什麼來開餐廳，她回答說就用他們辭職拿到的離職金。儘管在小巴布利托看來，放棄固定的收入而去冒險這簡直是發瘋，還是照她的想法去做了。他們用離職金在帕魯羅路買下一棟可憐的小房子，竭盡全力購置了桌椅和廚具。小巴布利托親自粉刷牆壁，在門上塗上招牌：「皇家孔雀」。頭一年十分操勞，但賺的錢僅勉強餬口。爲了到帕拉達街去以最便宜的價錢買上等食材，夫妻倆黎明即起。一切都是兩人親力親爲，她當廚師，他是端盤子的服務生兼櫃檯的結帳人員，兩個人共同打掃和整理，打烊後便在桌子中間鋪上幾個墊子睡覺。從第二年起，顧客增加了，他們不得不雇一個人在廚房當助手，再雇一個服務生，最後空間容納不下，只好謝絕一些顧客。那時，這個棕髮女人便想到了租用隔壁那幢大三倍的房子。他們眞的這樣做了，沒有後悔。如今，他們把第二層樓都用上了。他們在「皇家孔雀」對面買下了一棟小房子。兩人情投意合，終於結了婚。

我祝賀他們成婚，問他是否已學會做菜。

小巴布利托突然說：「我有個主意。我們去找帕斯夸爾，到我的餐廳用午餐，我請你們吃飯。」

我接受了，因爲我從來不會拒絕人家請我吃飯的。同時，也因爲我很想見見帕斯夸爾。小巴布利托告訴我，帕斯夸爾現在是一份緋聞週刊的編輯，他也闖出了一點名堂。他們經常見面，帕斯夸爾是「皇家孔雀」的常客。

《特刊》雜誌社的辦公地點離得相當遠，在波雷尼亞區和阿里卡林蔭道交叉的一條橫街上。我們坐公車直達那裡，這路公車我以前生活在祕魯時還沒有。我們不得不兜了幾個圈子，因爲小巴布利托不記得具體位置。最後，我們終於找到了雜誌社，它坐落在「幻想」電影院後面的一條偏僻陋巷裡。從外面就可看出《特刊》雜誌社並未賺大錢：兩扇車門中間，用一個釘子掛著這家週刊的招牌，搖搖晃晃，很不穩固。

進到裡面，便能看見雜誌社辦公室是兩間車庫打通合成的，而所謂打通只是在中間隔著的牆壁上敲個洞，那洞既沒有修平，也沒有安框，彷彿師傅把活做了一半就放棄了。一個紙板屏風遮著那個沒安框的門，像公共場所的洗手間一樣，紙板上面密密麻麻胡亂塗滿了髒話和淫畫。在我們進入的那間車庫牆上，在潮斑和汙垢中間，掛著照片、海報和《特刊》雜誌的封面：其中有足球隊員、豔麗的歌星，當然也有犯人和受害者。每本封面上都有醒目的大標題，諸如「殺母娶女！」和「警察突襲同志性愛派對！」。這個房間看來是編輯部、攝影部兼檔案室，到處堆滿雜物，寸步難行：小桌子上放著打字機，兩個人擠在一起飛快地打字；一個小男孩正把待售的雜誌分成一落落，再用細繩捆起來；角落裡有一架敞開的衣櫃，裡面塞滿底片、照片和鉛版；在一張桌子（缺了的一條腿以三塊磚代替）後面，一個穿紅色毛衣的女孩在檢查著現金出納帳的收據。這兒的東西和人好像全都處在一種狹窄窘迫的困境之中。沒有人阻擋我們，沒有人問我們什麼，我們向大家問好時也沒人回答。

屏風的另一邊，在那同樣貼滿了聳人聽聞的雜誌封面的牆前，擺著三張辦公桌，每張辦公桌上都有一張卡片，上邊用墨水寫了辦公人員的職務：社長、總編、行政。看到我們走進房間，兩個正伏在桌上看校樣的人抬起頭來。站著的那一位就是帕斯夸爾。

我們緊緊擁抱，不像小巴布利托還和從前一樣，他完全變了一個人，變得胖呼呼的，有個啤酒肚，還有個雙下巴，外表顯得像個老頭兒似的。他蓄著希特勒的小鬍鬚，已經灰白了。他熱情地接待我，當他微笑時，我看到他有些牙齒已經脫落。寒暄過後，他把我介紹給另一個人，那人皮膚黝黑，穿著芥末色襯衫，坐在辦公桌旁。

「這是《特刊》雜誌社的編輯雷瓦格里亞蒂博士。」

「我差一點就要說錯話了，小巴布列托告訴我編輯是你。」我一邊對帕斯夸爾說，一邊把手向雷瓦格里亞蒂博士伸過去。

「我們的營運狀況是不好，但還沒有差到那個地步。」這位編輯說道。「你們請坐，你們請坐。」

帕斯夸爾向我解釋道：「我是總編輯，這就是我的辦公桌。」

小巴布利托對他說，我們是來找他去「皇家孔雀」用餐，共敘泛美電臺時期的友情。帕斯夸爾表示贊同，但是我們必須等他幾分鐘，他要把那些校樣送回印刷廠，事情很急，因爲馬上就要付印了。他去了，留下我們和雷瓦格里亞蒂面對面尷尬地坐在一起。當這位博士知道我住在歐洲時，就很有興趣地向我提了一大堆問題。法國女人眞像傳言中那樣容易弄上床嗎？她們在床上眞是技巧一流又恬不知恥嗎？每一個國家的女人都有她們自己的獨門絕招是眞的嗎？比如，他自己就聽那些常出國旅行的人說過一些非常有趣的事情（小巴布利托眼睛骨碌碌地動著，聽得津津有味）。義大利女人真的熱愛口交嗎？巴黎女人真的除非男人從後面猛攻，否則得不到滿足嗎？北歐女人真的和她們的親生父親亂來嗎？我盡可能地回答雷瓦格里亞蒂博士那一連串滔滔不絕的問題，辦公室裡漸漸瀰漫著淫穢的氣氛。我愈來愈後悔讓自己陷入這種處境，我們的用餐計畫勢必要延後到不知什麼時候去。小巴布利托聽著那些色情的見聞，覺得既驚奇又興奮，笑了又笑。當這位編輯的好奇弄得我疲憊不堪時，我提出要借他的電話。他露出諷刺的神氣說：「由於付不起電話費，一個星期前拆掉了。」他講得很坦率，但是樣子很凶。「原因您也看到了，這個雜誌即將垮臺，所有我們這些在這裡工作的笨蛋也要和它一塊完蛋。」

接著，他受虐狂般沾沾自喜地告訴我，《特刊》雜誌是在奧德里亞時代創辦的，當時前景一片大好。政府在雜誌裡登消息，私下塞錢要它攻擊某些人、保護另一些人。此外，當時它是少數獲准出版的雜誌，像熱麵包一樣，銷路很好。但是，奧德里亞一垮臺，可怕的競爭開始，這家雜誌就破產了。他就是在這種情況下像收爛攤子一般接受辦這份雜誌的。他把它扶起來，改變編輯方針，讓它成爲專登緋聞的雜誌。有段時期，儘管背了很重的債，雜誌還是營運正常。但是最後這一年，由於紙價上漲，印刷費增加，敵對陣營大肆攻擊和廣告縮水，一切都陷入了困境。此外，曾遭到雜誌指責的那些無賴反唇相稽，說他們刊登的文章純屬造謠誹謗。現在，老闆很害怕，把所有股份全部分給了編輯，免得必須扛起收拾殘局的責任。垮臺之日已經爲期不遠了，這幾個星期，情況已很慘，沒有錢支付工資，職員搬走打字機，賣掉辦公桌，偷走一切値錢的東西，停刊已近在眼前。

「事情拖不過一個月了，我的朋友。」他以一種孤注一擲的語氣喘著粗氣說道。「這裡僅剩殘骸，你難道沒有嗅出腐爛的氣味嗎？」

我正想對他說，確實已經嗅到了。這時一個瘦骨嶙峋的小個子走進來打斷了談話，他不需要推開屏風，從狹小的裂縫中就進入了房間。他留著德國式的髮型，有點可笑，穿著打扮像個流浪漢，一件藍色上衣，一件滿是補丁的襯衫，套在十分合身的灰運動衫的下面。最奇特的要算他的鞋了，一雙褪了色的紅色網球鞋，破舊到其中一隻的前端只好用帶子捆著，彷彿鞋底已經脫開，或者就要掉下來。一看到這個人，雷瓦格里亞蒂博士就罵了起來：「如果你認為可以繼續哄騙我，那就錯了！」他說，氣勢洶洶地向那個小個子走過去，嚇得那個瘦子微微跳了一下。「昨晚你是不是應該把阿亞庫喬凶殺案的消息弄來？」

「我弄來了，社長先生。我這裡有全部的有關材料，半小時之後巡邏隊就把罪犯送到了利馬市政府。」那矮子激昂地說。

我嚇得目瞪口呆，看起來想必是一副傻子的恍惚樣。那完美的措詞、溫和的音色，以及「有關」和「罪犯」這類的字眼，只能出自他之口。但是從外型和衣著上，我怎麼能將這個雷瓦格里亞蒂要生吞活剝的衣衫襤褸的可憐蟲與那位玻利維亞劇作家相提並論呢？

「別想騙我，至少要有勇氣承認您的錯誤。您沒有帶來材料，害得梅爾科奇塔無法寫完他的新聞報導，搞得內容與事實不符。我不喜歡失真的文章。因為好的新聞報導不該是這樣！」

「我把材料帶來了，先生。」彼得羅．卡瑪喬雖然顯得很驚恐，但還是彬彬有禮地回答。「我回來時雜誌社關門了。那時正是十一點一刻，我向過路人問過時間，社長先生。因為我知道這些資料有多重要，於是我就到梅爾科奇塔家去了。我在人行道上一直等他到凌晨兩點鐘，可是他沒有回家睡覺。這不是我的過錯，先生。押解罪犯的巡邏隊在路上遇到了懸崖坍方，他們本應九點到，結果十一點才到。不要責怪我沒有完成任務。對我來說，雜誌社排第一，比我的健康更重要，先生。」

費了好大的勁，我才漸漸地把我記憶中的彼得羅·卡瑪喬和眼前這個人聯想在一起。還是那一雙突眼，但是已經失去了狂熱，失去了那種誘人的光芒，現在那目光是可憐、灰暗、帶有恐懼的。至於他的表情和動作，邊說話邊比畫的樣子，手臂像叫賣的小販般不自然地擺動的習慣，還是依然如故，如同他那獨具一格、有節奏的、令人昏昏欲睡的聲音一樣。

「這都怪你小氣，不搭公車，到什麼地方都遲到，這就是事情的眞相。」雷瓦格里亞蒂博士懷疑地嘟囔道。「你不要那麼吝嗇，他媽的，只需花上四個銅板坐公車，到哪兒都能準時。」

但是差別之處大於相似之處。主要的變化要算頭髮了。剪掉披肩長髮，理成光頭，讓他的臉看起來更小、更尖，已經失去了個性與氣勢。他也比以前瘦很多，看起來像個苦行僧，或甚至幽靈。但是，也許一開始讓我認不出他來的是他的衣服。從前，他只穿黑衣，穿那身黑得發亮的喪禮西裝，總是繫著小領結。現在，他穿著搬運工人的工作服，襯衫滿是補丁，網球鞋用繩子綁著，看起來像個十幾年前的小丑。

「我向您擔保，不是如您所想像的，先生。」他非常自信地辯解道。「我已經向您證明，我不管到什麼地方去，走路都要比坐那些臭哄哄的、像蝸牛爬行一樣的公車快。我不是因爲小氣才走路，而是爲了更勤奮地履行我的職責。好多次我都是跑著完成任務的，先生。」

在這方面他也依然如故：絕對缺乏幽默。他說話沒有一點頑皮或機敏的樣子，甚至可說沒有感情，像個機器人般，儘管他現在說的話在過去是不可能出自他口中的。

「夠了，不要再胡說八道，不要再發神經了，我這把年紀不會那麼容易被耍。」雷瓦格里亞蒂轉向我們，像是要我們作證。「你們聽過這麼荒唐的事情嗎？一個人憑雙腳會比搭公車還快地跑遍利馬的警察局？這位先生竟要我相信他這種鬼話。」他又轉過身面向玻利維亞劇作家，劇作家的目光一直盯著他，甚至沒有瞥我們一眼。「用不著我來提醒你，因爲我想每當你坐在一盤食物前面時，你就會想起我們的好處。這裡給了你一份工作，幫了你的大忙，而我們正處在困境中，本來是應該裁減編輯的，更何況是你這種跑腿小弟。你至少應該知恩圖報，好好履行自己的職責。」

這時帕斯夸爾進來，從屏風那邊說道：「一切就緒，這一期稿子全部送印刷廠了。」他也向我們道歉，因爲讓我們久等了。當彼得羅・卡瑪喬準備走出去時，我走近他：「您好，彼得羅。」我對他說，手伸過去。「您不記得我了嗎？」

他瞇著眼睛從上到下打量著我，驚異地把臉湊過來，彷彿生平頭一次看到我。最後，他伸出手給我，冷冰冰地、禮貌地向我致意，同時，以他特有的方式向我點點頭，說：「非常高興認識您。我叫彼得羅・卡瑪喬，一個朋友。」

「但是，這不可能。」我簡直糊塗了。「他沒有認出我，我變得那麼老了嗎？」

「別再假裝你得了健忘症。」帕斯夸爾在卡瑪喬身上拍了一下，卡瑪喬搖晃了起來。「你忘記了在布蘭薩咖啡館天天白喝他的咖啡嗎？」

「不是咖啡，是檸檬馬鞭草薄荷茶。」我開玩笑說，察看他的反應。卡瑪喬一方面很有禮貌地專心聽著，一方面還是非常冷淡。他點了點頭（我看到他的頭頂幾乎禿了），露出牙齒勉強地笑了笑：「那茶對胃很好，有助消化，還能減肥。」他說，然後好像是要作出讓步以便擺脫我們，又補充道：「是的，這有可能，我不否認。我們可能認識，確實如此。」他又重複說：「很高興見到您。」

小巴布利托也靠過來，露出一副長輩的神情，嘲弄地一隻手臂搭在卡瑪喬的肩上，同時半親切半輕蔑地跟我說：「這是因爲小彼得羅在這兒不願提起他從前是個重要人物，如今他是無足輕重的人了。」帕斯夸爾笑了，小巴布利托笑了，我也裝出笑的樣子，就連彼得羅·卡瑪喬都擠出了一絲微笑。「他甚至想假裝連我和帕斯夸爾都不記得了。」小巴布利托伸手去拍卡瑪喬那幾乎禿光的腦袋瓜子，像在玩弄一條小狗似的。「我們正要去吃午飯，聚在一塊兒重溫你稱王稱霸的時代。算你運氣好，小彼得羅，今天你可以吃頓熱飯，我們請你！」

「太感謝了，同事。」他說，立即又照例向大家點頭致意。「但是，我不能陪各位，我的妻子在等我，如果我不回去吃午飯，她會不放心的。」

「她把你管得那麼嚴，你是她的奴隸，眞沒出息。」小巴布利托搖著他說。

「您結婚了？」我驚奇地說。因爲我沒想到彼得羅·卡瑪喬已經成了家，娶了妻子，有了兒女……「啊呀，恭喜您，我原以爲您要單身一輩子哩。」

「我們已經慶祝過銀婚紀念日了。」他以明確乾脆的語調對我說。「她是個了不起的妻子，先生。善良而無私。由於生活條件的關係，我們分開了。但是，當我需要幫助時，她又回來支持我了。就像我對您說的，是個了不起的妻子。她是個藝術家，一個外國藝術家。」我看到小巴布利托、帕斯夸爾、雷瓦格里亞蒂博士交換著譏諷的眼光，但是彼得羅·卡瑪喬沒有發覺。隔了一會，他補充說：「好吧，祝各位玩得愉快。我的精神與各位同在。」

「小心不要再讓我失望了，這可是最後一次機會。」當劇作家消失在屏風後面時，雷瓦格里亞蒂博士警告說。

還聽得到彼得羅·卡瑪喬的腳步聲——聽起來是朝通往街上的大門走去，帕斯夸爾、小巴布利托和雷瓦格里亞蒂博士便哈哈大笑起來，對著彼此擠眉弄眼，露出狡猾的表情，指著卡瑪喬離開的地方。

「他才不像他表現出來的那樣糊塗，他裝傻是爲了掩飾他妻子的不正經。」雷瓦格里亞蒂博士幸災樂禍地說。「每當他提起他老婆時，我眞想對他說：不要再用『藝術家』這個字眼稱呼她了，在祕魯話當中，正確的說法是脫衣舞孃。」

「天字第一號醜八怪！」帕斯夸爾說，表情猶如孩子看到了毛毛蟲。「一個又老又肥的阿根廷老太婆。頭髮染成金黃色，臉上的妝有一吋厚，穿著半透明的衣服，在梅薩尼內夜總會唱探戈舞曲。那間夜總會是爲乞丐開的舞廳。」

「住嘴，不要忘恩負義，你們兩個都跟她有過關係。」雷瓦格里亞蒂博士說。「我也玩過她了。」

「不管唱不唱歌，她都是個妓女。」小巴布利托高聲說，眼睛裡彷彿要噴出火來。「這事我清楚。我去梅薩尼內夜總會看她演出，表演完後她靠近我，要以二十英鎊的代價幫我口交。我不要，對不起，小老太婆，你都老得沒牙了，哪裡含得住我的老二，就算是免費，就算你還倒貼好了，我也不要。因爲，我向您發誓，馬里奧先生，她眞的一顆牙都不剩了。」

「他們早就結婚了。」帕斯夸爾對我說，同時把捲起的襯衫袖子放下來，穿上外套，打上領帶。「是在玻利維亞，彼得羅來利馬以前結婚的。看來是她甩了他，去舞廳當妓女。在彼得羅進精神病院時，他們又重新在一起。因此，他成天說她是一位無私的妻子，就是因爲他發瘋時她陪在身邊。」

「他像狗一樣感謝她，因爲多虧她，他才有一口飯吃。」

雷瓦格里亞蒂博士糾正說：「也許你認爲他們一家全靠卡瑪喬跑警察局蒐集材料賺的錢生活，不，他們是靠那女人賣淫吃飯。如果不是她，他早就得肺結核了。」

「事實上，彼得羅花不了多少錢。」帕斯夸爾對我說。接著又解釋說：「他們住在聖格利斯托的一條陋巷裡。眞是從天堂跌到地獄，不是嗎？我們這位親愛的博士竟不相信當年彼得羅在寫廣播劇時是個風雲人物，人們大排長龍向他要簽名。」

我們走出房間。在隔壁的車庫裡，核對收據的女孩、記者、包雜誌的小弟都已離開。他們把燈熄了，亂七八糟堆在那兒的東西透露出一股陰森的氣息。我們到了街上，雷瓦格里亞蒂博士關上門，鎖好鎖。我們四人並肩走著，到阿里卡大道去攔計程車。爲了找話聊，我問爲什麼彼得羅只是個跑腿的，而不是編輯。

「因爲他不會寫東西。」雷瓦格里亞蒂博士回答說，彷彿預料到我會這樣問。「這個人太炫技了，沒人看得懂他的遣詞用字，新聞報導不能這樣寫。所以我只讓他跑跑警察局。我並不需要他，但是覺得他好玩，是個丑角；此外，他拿的薪水比一個傭人還少。」他賊頭賊腦地笑了，同時問道：「好的，我到底有沒有獲邀吃午飯？」

「當然，這還用說。」小巴布利托說。「您和馬里奧先生是貴賓。」

「這個人滿腦子奇怪的想法。」坐進計程車朝帕魯羅路駛去時，帕斯夸爾又回到原來的話題上。「舉例說，他不願坐公車，去哪裡都靠雙腳走，說是走路比坐車快。一想到他整天走路我就累，單是跑市中心的警察局就有多少公里呀。你們看到他的鞋破成什麼樣子了嗎？」

「他是個吝嗇鬼。」雷瓦格里亞蒂博士厭惡地說。

小巴布利托爲他辯解：「我不認爲他吝嗇。只是有點瘋瘋癲癲，另外，是個苦命人。」

午餐拖了很長時間，熱氣騰騰、各色當地風味的菜肴一道道地端上來，還有冰鎮啤酒。席間大家無話不談，講有趣的故事、奇聞軼事，對某些人品頭論足，還談了點政治。我則不得不再次講些關於歐洲女人的事情來滿足他們的好奇心。甚至有一會兒，當雷瓦格里亞蒂博士醉醺醺地調戲起小巴布利托的妻子時，他們差一點動了拳頭。小巴布利托的妻子是個棕髮美女，雖說已四十歲，仍然風姿未減。但是，我想方設法在整個令人厭煩的下午不讓他們三人說一句關於彼得羅·卡瑪喬的話。

當我到了路裘和奧爾嘉舅父母（他們已從我的舅父母變成了我的岳父母）家中時，頭痛得厲害，渾身疼軟無力，打不起精神來。那時已近黃昏，帕德麗希雅看到我，垮下臉來。她說，我可以藉口蒐集寫作題材騙過胡莉亞姨媽，在外面尋花問柳，而胡莉亞姨媽一句話也不敢說，免得別人認爲她不是個好太太。可是，哼，她帕德麗希雅小姐可不是好惹的，她不在乎別人怎麼看。假如下次再敢藉口到國家圖書館閱讀奧德里亞將軍的演講稿，從早上八點出門，到晚上八點才回家，眼睛通紅，滿嘴酒臭，手帕上肯定還沾著女人的口紅，她要挖出我的眼珠子，或者把盤子摔在我頭上。帕德麗希雅表妹是個驕傲倔強的女孩，她說到就一定會做到的。

（全書完）

GREAT! 11 **胡莉亞姨媽與作家**
LA TÍA JULIA Y EL ESCRIBIDOR

作　　者	馬里奧・巴爾加斯・尤薩Mario Vargas Llosa
譯　　者	趙德明、李德明、蔣宗曹、尹承東
責任編輯	祁怡瑋、陳瀅如
封面設計	王志弘
排　　版	浩瀚電腦排版股份有限公司
副總編輯	陳瀅如
編輯總監	劉麗眞
總 經 理	陳逸瑛
發 行 人	凃玉雲
出　　版	麥田出版 地址：10483臺北市中山區民生東路二段141號5樓 電話：(02)2500-7696 傳眞：(02)2500-1967
發　　行	英屬蓋曼群島商家庭傳媒股份有限公司城邦分公司 地址：10483臺北市中山區民生東路二段141號11樓 網址：http://www.cite.com.tw 客服專線：(02)2500-7718；2500-7719 24小時傳眞專線：(02)2500-1990；2500-1991 服務時間：週一至週五09:30-12:00；13:30-17:00 劃撥帳號：19863813　　戶名：書虫股份有限公司 讀者服務信箱：service@readingclub.com.tw
香港發行所	城邦（香港）出版集團有限公司 地址：香港灣仔駱克道193號東超商業中心1樓 電話：+852-2508-6231 傳眞：+852-2578-9337 電郵：hkcite@biznetvigator.com
馬新發行所	城邦（馬新）出版集團【Cite(M) Sdn. Bhd. (458372U)】 地址：11, Jalan 30D/146, Desa Tasik, Sungai Besi, 57000 Kuala Lumpur, Malaysia 電話：+603-9056-3833 傳眞：+603-9056-2833
麥田部落格	http:// ryefield.pixnet.net
印　　刷	前進彩藝有限公司
初　　版	2011年10月
售　　價	420元
I S B N	978-986-120-996-8

國家圖書館出版品預行編目資料

胡莉亞姨媽與作家／馬里奧.巴爾加斯.尤薩(Mario Vargas Llosa)著；趙德明等譯. －－ 初版. －－ 臺北市：麥田出版：家庭傳媒城邦分公司發行, 2011.10
面：　　公分：－－（GREAT!；11）
譯自：La tia Julia y el escribidor
ISBN 978-986-120-996-8（平裝）
878.57　　100015064

城邦讀書花園
www.cite.com.tw

Printed in Taiwan.
本書若有缺頁、破損、裝訂錯誤，請寄回更換。

cite城邦媒體 麥田出版
Rye Field Publications
A division of Cité Publishing Ltd.

廣　告　回　函
北區郵政管理局登記證
台北廣字第000791號
免　貼　郵　票

英屬蓋曼群島商
家庭傳媒股份有限公司城邦分公司
104 臺北市民生東路二段141號5樓

▼

請沿虛線折下裝訂，謝謝！

文學・歷史・人文・軍事・生活

麥田出版
Rye Field Publications

編號：RC7011　　書名：胡莉亞姨媽與作家

讀者回函卡

cite城邦媒體

謝謝您購買我們出版的書。請將讀者回函卡填好寄回，我們將不定期寄上城邦集團最新的出版資訊。

姓名： ____________ **電子信箱：** ____________

聯絡地址：□□□ ____________

電話：（公）____________ 分機 ____（宅）____________

身分證字號： ____________（此即您的讀者編號）

生日： ____年____月____日 性別：□男 □女

職業：□軍警 □公教 □學生 □傳播業 □製造業 □金融業 □資訊業 □銷售業

□其他 ____________

教育程度：□碩士及以上 □大學 □專科 □高中 □國中及以下

購買方式：□書店 □郵購 □其他 ____________

喜歡閱讀的種類：（可複選）

□文學 □商業 □軍事 □歷史 □旅遊 □藝術 □科學 □推理 □傳記

□生活、勵志 □教育、心理 □其他 ____________

您從何處得知本書的消息？（可複選）

□書店 □報章雜誌 □廣播 □電視 □書訊 □親友 □其他 ____________

本書優點：（可複選）

□內容符合期待 □文筆流暢 □具實用性 □版面、圖片、字體安排適當

□其他 ____________

本書缺點：（可複選）

□內容不符合期待 □文筆欠佳 □內容保守 □版面、圖片、字體安排不易閱讀

□價格偏高 □其他 ____________

您對我們的建議： ____________

____

____